读客科幻文库

跟着读客读科幻，经典科幻全看遍。

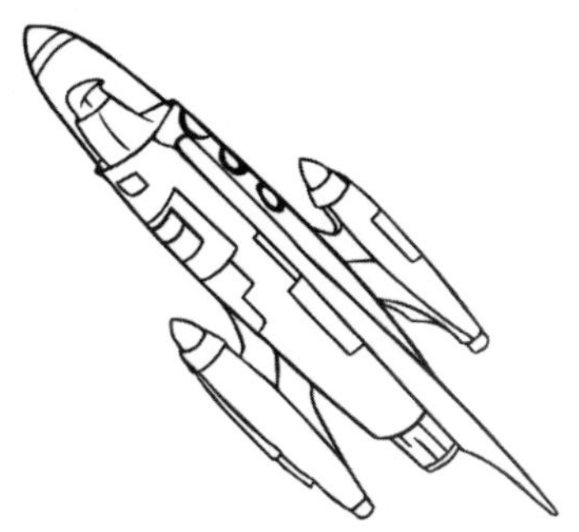

FORWARD THE FOUNDATION

银河帝国

5 迈向基地

[美]艾萨克·阿西莫夫 著

叶李华 译

江苏凤凰文艺出版社
JIANGSU PHOENIX LITERATURE AND ART PUBLISHING, LTD

目　录

第一篇

伊图·丹莫刺尔

伊图·丹莫刺尔：……虽然在克里昂大帝一世在位的大半时期，伊图·丹莫刺尔无疑是政府中真正的掌权者，历史学家对他的统治方式却众说纷纭。根据传统的诠释，他是银河帝国分裂前最后一个世纪间，那些一个接一个、强势而无情的压迫者之一。但如今已经浮现一些修正主义观点，坚持他即使是独裁者，也属于开明专制派。根据此一观点，他与哈里·谢顿的关系被人大做文章（不过真相永远无法确定），尤其是在拉斯金·久瑞南事件那段非常时期。后者的昙花一现……

——《银河百科全书》*

* 本书所引用的《银河百科全书》数据，皆取自基地纪元1020年的第116版。发行者为“端点星银河百科全书出版公司”，作者承蒙发行者授权引用。

01

“我再讲一遍，哈里，”雨果·阿马瑞尔说，“你的朋友丹莫刺尔麻烦大了。”他非常轻微地强调了“朋友”二字，而且带着如假包换的嫌恶神态。

哈里·谢顿察觉到话里的酸味，却未加理会，他从三用电脑前抬起头来。“我再讲一遍，雨果，这毫无意义。”然后，他带着一点厌烦——一点而已，补充道：“你为什么要坚持这件事，无端浪费我的时间？”

“因为我认为它很重要。”雨果以挑战的架式坐下，这种姿态代表他不会轻易动摇。他人在这里，而且要留在这里。

八年前，他只是达尔区的一个热闾工，社会阶级低得不能再低。是谢顿将他从那个阶级拉拔出来，使他成为一名数学家与知识分子——非但如此，还成为一名心理史学家。

他无时无刻不记得过去与现在的分际，以及这个转变是拜何人之赐。这就意味着，假如为了谢顿好，他必须对谢顿疾言厉色，那么即使他对这位老大哥万分敬爱，即使他顾及自己的前途，也都无法阻止他这样做。他亏欠谢顿太多太多，这份疾言厉色只是其中之一。

“听我说，哈里，”他一面说，一面用左手虚劈一记，“由于某种我无法理解的原因，你对这个丹莫刺尔评价颇高，但我可不然。除你之外，那些值得我尊重他们意见的人，对他都没有什么好感。我不在乎他这个人发生什么事，哈里，可是只要我想到你在乎，我就没有选择余地，不得不向你报告这件事。”

谢顿微微一笑，一半是针对此人的热忱，另一半是认为他的关心毫无用处。他很喜欢雨果·阿马瑞尔，甚至不只是‘喜欢’两字所能形容。他一生中曾有一段短暂时期，在川陀这颗行星表面四处逃亡，雨果便是他当时结识的四个人之一。另外三人是伊图·丹莫刺尔、铎丝·凡纳比里以及芮奇。后来，他再也没有结识类似的患难之交。

这四个人，以四种不同的特殊方式，成为他生命中不可或缺的角色。就雨果·阿马瑞尔而言，是因为他对心理史学原理的敏捷领悟力，以及对新领域充满想象的洞察力。谢顿感到相当安慰，因为他知道，倘若在这个领域的数学尚未发展完善之际（它的进展多么缓慢，过程多么困难重重），自己就有什么三长两短，至少还有一个优秀的头脑会继续这项研究。

他说："很抱歉，雨果，我不是有意对你不耐烦，或是对你急着要我了解的事不屑一顾。只是我手头的工作，身为系主任……”

这回轮到雨果露出笑容，他赶紧压下一声轻笑。“很抱歉，哈里，我不该发笑，但你没有担任那个职位的天分。”

“我十分了解，但我必须学习。我必须好像是在做些无害的事，而再也没有——再也没有——比在斯璀璘大学数学系当系主任更无害的事。我可以让琐事占满我整天的作息，这样一来，就没有人需要知道或问及我们的心理史学研究进展。可是问题在于，我的确让琐事占满我整天的作息，我没有足够的时间……”他环顾一下这间研究室，对储存在电脑中的材料瞥了一眼。这些电脑资料只有他与雨果能够开启，而且刻意以自家发明的符号记述，即使外人误打误撞闯了进去，也无法理解那些符号的意义。

雨果说："一旦在这个职位上进入状况，你就能把工作分派下去，然后便会有较多的时间。"

"但愿如此。"谢顿透着怀疑说，"别管了，告诉我，哪件和伊图·丹莫刺尔有关的事那么重要？"

"只不过是伊图·丹莫刺尔，浩哉吾皇的首相，正忙着制造一场叛变。"

谢顿皱起眉头。"他为什么要那样做？"

"我不是说他要，但是他正在那样做——不论他知不知道，而他的一些政敌还帮了很大的忙。你也了解，我可无所谓。我甚至认为，在理想情况下，将他赶出皇宫，逐出川陀……甚至逼他远离帝国会是件好事。可是正如我刚才所说，你对他评价颇高，所以我才来警告你，因为我觉得你对最近的政治趋势关心得还不够。"

"还有许多更重要的事要做。"谢顿温和地说。

"比如说心理史学，我同意。可是如果我们对政治始终无知，心理史学的发展怎么会有成功的希望？我是指当今的政治。此时，此刻，才是现在转变成未来的时刻。我们不能光研究过去，因为我们知道过去发生过什么。我们能用来检验研究成果的，是现在和不久的将来。"

"在我的感觉中，"谢顿说，"我以前好像听过这番论述。"

"以后你还会听到。向你解释这点，似乎对我并没有什么好处。"

谢顿叹了一口气，将身子靠向椅背，带着微笑凝视着雨果。这个小老弟也许满身是刺，可是他对心理史学极其认真，而这就胜于一切。

雨果仍有当年热闾工的本色。他拥有宽阔的肩膀，以及惯于重度体力劳动的魁梧体格。他没有让身体松软下来，这倒是件好事，因为它对谢顿是个激励，帮助他抗拒把每一分钟都花在书桌前的冲动。谢顿并没有雨果那般的体力，但他仍旧保有一名角力士的技能——虽说他今年已经四十岁，绝不可能永远保有，不过目前还没有衰退的迹象。拜每日勤练之赐，他的腰身仍然苗条，双腿与双臂也结实依旧。

他说："你对丹莫刺尔如此关切，不可能纯粹由于他是我的朋友，你一定还有别的动机。"

"这点毫无疑问。只要你是丹莫刺尔的朋友，你在这所大学的职位便有保障，你就能继续从事心理史学的研究。"

"这就对了。所以我的确有与他为友的理由，这绝不是你无法理解的。"

"你有必要去巴结他，这点我能理解。但至于友谊嘛，这，就是我无法理解的。然而，假如丹莫刺尔丧失权力，姑且不论对你的职位可能造成什么影响，到时候克里昂会亲自掌理帝国，这就会加速它的衰落。在我们发展出心理史学所有的枝节，使它成为拯救全体人类的科学之前，无政府状态便可能来临。"

"我懂了。但是，你可知道，我实在认为我们无法及时发展出心理史学，借以阻止帝国的衰亡。"

"即使无法阻止，我们至少能缓冲这个效应，对不对？"

"或许吧。"

"那么，这就对了。我们在安定中工作的时间越长，我们能阻止衰亡或至少减轻冲击的机会就越大。既然情况如此，那么倒推回来，拯救丹莫刺尔也许就有必要，不论我们——或至少我自己——喜不喜欢这样做。"

"但你刚才还说，希望见到他被赶出皇宫，逐出川陀，甚至远离帝国。"

“没错，我是说在理想情况下。但我们并不是处于理想的情况，所以我们需要我们的首相，即使他是个压迫和专制的工具。”

“我懂了。可是你为什么认为帝国已接近崩溃的边缘，失去一位首相就会引爆呢？”

“心理史学。”

“你用它作预测吗？我们甚至连骨架都没搭好，你能作些什么预测？”

“别忘了还有直觉这回事，哈里。”

“直觉自古就有，但我们要的不只是这个，对不对？我们要的是个数学方法，它能够在各种不同的条件下，告诉我们某些特定发展的几率。假使直觉足以引导我们，我们就根本不需要心理史学。”

“这未必是个无法并存的情况，哈里。我是在说兼容并蓄：二者的结合。这也许好过在两者中作出选择——至少在心理史学尽善尽美之前。”

“倘若真能完成的话。”谢顿说，“别管了，告诉我，丹莫刺尔的危机是打哪儿来的？有可能伤害他或推翻他的是什么东西？我们是不是在讨论丹莫刺尔可能被推翻？”

“是的。”雨果绷起脸来。

“那么可怜可怜我的无知，告诉我吧。”

雨果面红耳赤。“你太谦虚了，哈里。不用说，你一定听说过九九·久瑞南。”

“当然，他是个群众煽动家——慢着，他是从哪儿来的？尼沙亚，是吗？一个微不足道的世界，我猜，居民以牧羊为生，生产高品质的乳酪。”

“对了。然而，他不只是群众煽动家。他统率一个强大的党派，而且它一天比一天强大。他说，他的目标是争取社会公平，扩大人民的参政权。”

“没错，”谢顿说，“这些我都听说过。他的口号是‘政府属于人民’。”

“不完全对，哈里。他说的是‘政府即人民’。”

谢顿点了点头。“嗯，你可知道，我相当认同这个想法。”

“我也是，久瑞南若是真心的，我全心全意赞成。但其实不然，他只是拿它当踏脚石。那是手段，而不是目的。他要把丹莫刺尔赶下台，接下来，控制克里昂一世就会很简单。然后久瑞南自己会坐上皇位，那时他就成了人民。是你自己告诉我的，在帝国历史上，这种事例比比皆是。而且如今帝国已大不如前，变得衰弱且不稳定。过去仅会令它摇晃的冲击，现在却可能将它撞得粉碎。帝国将陷于内战，永远无法自拔，我们却没有心理史学指导我们该怎么做。”

“对，我明白你的意思了。可是想要除掉丹莫刺尔，也绝不是件容易的事。”

“你不清楚久瑞南的势力变得多强了。”

“他变得多强并不重要。”谢顿眉宇间似乎掠过一个念头，“我不懂他父母为何替他取名九九，这名字听来有些幼稚。”

“他的父母和这件事无关。他的真名叫拉斯金，那是尼沙亚上一个很普通的名字。九九是他自己取的，想必是源自他的姓氏第一个字。”

“那他更傻了，你不觉得吗？”

“不，我可不觉得。他的追随者总是喊着：‘九……九……九……九……’一遍又一遍，颇有催眠作用。”

“好吧，”谢顿再度俯身面对他的三用电脑，开始调整它所产生的多维模拟，“我们静观其变。”

“你怎能那么不当一回事？我是在告诉你危险迫在眉睫。”

“不，不会的。”谢顿答道，他的双眼如钢铁般冷酷，他的声音突然强硬起来，“你只知其一不知其二。”

“我不知道什么？”

“我们改天再来讨论这个问题，雨果。现在，继续做你的研究吧，让我来担心丹莫刺尔和帝国的局势。”

雨果紧抿着嘴，不过他对谢顿的服从早已根深蒂固。“好的，哈里。”

但也不是强到压倒一切。他在门口转过头来，说道：“你在铸成一个错误，哈里。”

谢顿轻轻一笑。“我可不这么想，反正我听到你的警告了，我不会忘记的。话说回来，一切都会平安无事。”

雨果离去后，谢顿的笑容随即敛去。真的一切都会平安无事吗？

02

可是，谢顿虽然没有忘记雨果的警告，却也未曾特别用心想过。他的四十岁生日倏来倏去，照例又带给他一次心理打击。

四十岁！他已不再年轻。生命不再像一片浩瀚的未知领域，地平线不再隐没在遥远的尽头。他来到川陀已有八年，时间过得真快。再过八年，他就将近五十岁，老年岁月即将来临。

而在心理史学的研究上，他甚至还没有一个好的开始。雨果·阿马瑞尔总是兴致勃勃地谈论一些定律，并且根据直觉提出大胆的假设，再根据假设导出他的方程式。但是怎么有可能测试那些假设呢？心理史学还不是一门实验性科学；心理史学的完整研究所需的实验，将牵涉到许多世界的民众、数个世纪的时间，还要完全不顾任何道德责任。

这是个不可能解决的难题，而系务工作所花的每一分钟都令他心痛，所以这天傍晚，他是怀着忧郁的心情走回家去。

通常他只要在校园里走一趟，总是能令精神振奋起来。斯璀璘大学的穹顶很高，整个校园都让人有置身露天的感觉，却不必忍受像他上次（也是唯一一次）造访皇宫时遇到的那种天气。这儿有许多树木、草坪、人行步道，他仿佛回到了当年母星赫利肯的那个学院。

今日的天气设定成阴天的幻象，其中阳光（当然没有太阳，有的只是阳光）以不规则的间隔忽隐忽现。气温有点凉，只有一点而已。

在谢顿的感觉中，天凉的日子似乎较过去频繁了些。是川陀在节约能源吗？或是越来越缺乏效率？还是他年纪渐渐大了（想到这里，他在心中皱了一下眉头），体内的血液逐渐稀薄？他将双手放进外套口袋里，还缩了缩脖子。

通常他都不必依靠意识引导自己前进。从他的研究室到他的电脑房，再从那里到他的寓所，或是相反的方向，他的身体都十分熟悉这些路程。在一般情况下，他总是一边走一边想别的事。但是今天，一个声音贯穿他的意识，一个没有意义的声音。

“九……九……九……九……”

那个声音相当轻柔而且遥远，但是它唤起了一段记忆。没错，雨果的警告，那个群众煽动家。他正在校园内吗？

谢顿未曾刻意作出决定，他的双腿便突然转向，带他爬过了小丘，向大学运动场前进。那里是学生做柔软体操和各项运动，以及大放厥词的场所。

在运动场中央，聚集着不多不少的一群学生，正在狂热地齐声呐喊。而某个演讲台上，站着一个他不认识的人，那人声音洪亮，并且带着摇摆的节奏。

然而，他并不是那个久瑞南。谢顿曾在全息电视上看过久瑞南几次，自从听到雨果的警告，谢顿便特别留意。久瑞南身材高大，微笑时带着一种邪恶的革命情感。他有着浓密的沙色头发，以及一对浅蓝色眼睛。

这个演讲者则是小个子——瘦弱、宽嘴、黑头发、大嗓门。谢顿并未注意听那些话，不过还是听到一句“权力由一人之手转移至众人”，接着便有许多人高声附和。

很好，谢顿心想，可是他打算怎么实现呢？还有，他是认真的吗？

现在他来到了人群的外围，正在四下寻找熟人。他发现了芬南格罗斯，数学系大学部的一个学生。他是个不错的年轻人，有着黝黑的皮肤与卷卷的头发。

“芬南格罗斯。”他喊道。

“谢顿教授。”芬南格罗斯望了一会儿才应声，仿佛认不出手边没有键盘的谢顿。他快步走过来。“您来听这家伙演讲吗？”

“我来这儿只是要找出喧嚣的来源，此外没有任何目的。他是谁？”

“教授，他叫纳马提，他在替九九发表演说。”

“我听到了。”谢顿答道，此时那些齐声呐喊再度响起。显然，每当演讲者提出一个强而有力的论点，听众就会开始呐喊。“但这个纳马提到底是谁？我没听过这个名字。他是哪个系的？”

“他不是这所大学的成员，教授，他是九九的人。”

“如果他不是这所大学的成员，那么除非有许可证，否则他就无权在此演讲。你认为他有许可证吗？”

“教授，我可不知道。”

“好吧，那我们来弄清楚。”

谢顿正要走入人群，芬南格罗斯却一把拉住他的袖子。“别轻举妄动，教授，他带着几名打手。”

演讲者身后站着六个年轻人，彼此间有一段距离。他们双腿张开，两臂交抱，脸色阴沉。

“打手？”

“武斗用的，以防有人想做什么傻事。”

“那么他绝不是这所大学的成员，即使他有一张许可证，也不能带着你所谓的‘打手’。芬南格罗斯，给大学安全警卫发讯号。就算没有人发讯号，他们现在也该来了。”

“我想他们不愿惹麻烦。”芬南格罗斯喃喃道，“拜托，教授，别出头。如果您要我去找安全警卫，我这就去，但请您等他们来了再说。”

“也许警卫还没来，我就能把他们驱散。”

他开始往里面挤。这并不太难，在场有些人认识他，其他人也看得到他的教授肩章。他走到演讲台前，双手搭在上面，轻哼一声，纵身跳上三尺高的台子。他懊恼地暗自想道，十年前，他用一只手就能办到，而且不会哼这一声。

他在演讲台上站直身子。那演讲者早已住口，正以机警而冰冷的目光望着他。

谢顿平静地说：“先生，请出示对学生演讲的许可证。”

“你是谁？”那演讲者道。他故意说得很大声，声音传遍全场。

“我是这所大学的教员。”谢顿以同样大的声音说，“你的许可证？”

“我否认你有质疑我的权利。”演讲者身后的年轻人纷纷聚了过来。

“如果你没有，我劝你马上离开大学校园。”

“如果我不呢？”

“那么，后果之一，大学安全警卫已在半途。”他转身面对群众。“同学们，”他喊道，“我们在校园内享有集会的自由，也有自由发表言论的权利，但如果我们允许没有许可证的外人，进行未经批准的……”

一只大手落在他的肩膀上，令他心头一凛。他转过身去，发现那是芬南格罗斯称为“打手”的一个人。

那人说：“滚开——快点。”他的口音很重，谢顿一时无法确定他是哪里人。

“把我赶走有什么用？”谢顿说，“安全警卫随时会到。”

“那样的话，”纳马提凶狠地咧嘴一笑，“就会有一场暴动，这吓不倒我们。”

“当然不会。”谢顿说，“你们希望引起暴动，可是你们不会如愿，你们会默默离开这里。”他再度转身面对学生，同时甩掉搭在肩上的那只手。“我们一定要做到，对不对？”

群众中有人高声喊道：“那是谢顿教授！他是好人！可别揍他！”

谢顿察觉人群中出现了矛盾心态。他知道，有些人会乐于见到大学安全警卫引发一场骚动，这种人总是有的。另一方面，一定也有人对他心存好感，还有些人虽然不认识他，却不希望见到一名教授受到暴力攻击。

此时响起一名女子的声音："小心，教授！"

谢顿叹了一声，紧盯着面前那几个高大的年轻人。他不知道自己是否应付得了、自己的反射动作是否够快、自己的肌肉是否够结实——即使他是个角力高手。

一名打手慢慢凑近他，当然是过度自信，动作不怎么快。这给了谢顿一点宝贵时间，正是他步入中年的身体所需要的。那打手面对着谢顿伸出一只手臂，这使得拆招更加容易。

谢顿抓住那只手臂，随即一个回旋，弯腰，抬手，再向下一拉（同时哼了一声，他为什么一定要哼一声？），那名打手便飞了出去，部分是他自己的冲力发挥作用。他重重一声落在演讲台外缘，右肩显然脱臼了。

面对这个完全意料之外的发展，围观群众发出狂野的喊叫。一股集体骄傲感，立时迸发出来。

"解决他们，教授！"一个声音喊道，其他人马上响应。

谢顿将头发向后抚平，尽量不大口喘气。然后，他一脚把那个还在呻吟的打手踢下演讲台。

"还有谁要上？"他得意地问道，"或是你们要默默离去？"

他面对着纳马提与他的五名党羽。当他们踌躇不定地僵在那里时，谢顿说："我警告你们，群众现在站在我这边。如果你们一起冲过来，他们会把你们撕烂。好了，下个是谁？来吧，一次一个。"

他将最后一句话的音量提高，还弯起手指，做出"放马过来"的手势。群众随即发出兴奋的呐喊。

纳马提硬邦邦站在那里。谢顿跳到他身后，将他的脖子箍在自己的臂弯里。此时学生纷纷爬上演讲台，喊道："一次一个！一次一个！"并在那些保镖与谢顿之间筑起一道人墙。

谢顿加大压在纳马提气管上的力道，同时在他耳旁悄声说："有办法做得到，纳马提，而我知道怎么做，我练了好多年。只要你动一动，试图挣脱，我就毁了你的喉咙，以后你顶多只能发出这么小的声音。你若珍惜你的声音，就照我的话去做。当我松手时，叫那伙流氓赶紧离去。要是你说一句别的，那就会是你最后一次用正常声音说话。倘若你再回到这个校园，不会再有好好先生了，下次我会和你算清这笔账。”

他暂且松开手，纳马提立刻沙哑地说：“你们全都滚开。”那些人迅速撤退，扶着受伤的同志一块离去。

不久之后，当大学安全警卫抵达时，谢顿说：“抱歉，诸位，虚惊一场。”

他离开运动场，带着相当懊恼的心情，继续踏上回家的路途。他显露了自己不愿显露的一面——他是数学家哈里·谢顿，不是残酷成性的角力士哈里·谢顿。

此外，他还满怀沮丧地想，铎丝会听说这件事。事实上，他最好自己告诉她，以免她从别处听来的版本，将这个事件说得比实际情况更糟。

她不会高兴的。

03

她的确不高兴。

铎丝在他们的寓所门口等他。她摆出一个轻松的姿势，一只手叉着腰，看来像极了八年前在同一所大学里，他第一次见到她的模样：身材苗条，浮凸有致，一头鬈曲的金红色头发——在他眼里非常美丽，但就任何客观角度而言则谈不上。不过，在他们相识几天之后，他就再也无法对她作出客观评价。

铎丝·凡纳比里！当他看到她平静的面容时，他心里想的是这个名字。在许多世界上，甚至在川陀的许多行政区中，一般会称她为铎丝·谢顿。可是，他总是认为，那会在她身上贴上所有权的标签，而他不愿这样做，尽管早在虚无缥缈的前帝国时代，这个约定俗成的惯例便已受到认可。

铎丝悲伤地摇了摇头，险些搅乱了蓬松的鬈发，柔声道："我听说了，哈里。我究竟该拿你怎么办？"

"亲一下不会错的。"

"好吧，或许，但我们得先探讨一下这件事，进来吧。"大门在他们身后关上。"你该知道，亲爱的，我有我自己的课程，还有自己的研究。我仍在钻研那个可怕的川陀王国历史，你告诉过我，那对你的工作有绝对的必要。我是不是该全部搁下，专门在你身边晃来晃去，以便保护你？你知道的，那仍然是我的工作。如今你在心理史学上逐渐有些进展，那更成了我责无旁贷的责任。”

“有些进展？我倒希望有。可是你不需要保护我。”

“不需要吗？我刚才派芮奇出去找你。毕竟你迟到了，而我有些担心。通常你要迟些回家的时候，都会事先告诉我。假如这令我听来像是你的守护者，那很抱歉，哈里，但我的确是你的守护者。”

“守护者铎丝，你有没有想到过，偶尔我也想要挣脱一下锁链？”

“万一你发生了什么事，我怎么向丹莫刺尔交代？”

“我是不是误了晚餐？我们点了外卖没有？”

“没有，我一直在等你。既然你回来了，就由你来点吧。在饮食这方面，你要比我挑剔得多。可是，不要改变话题。”

“芮奇没告诉你说我没事吗？所以还有什么好谈的呢？”

“当他找到你的时候，你已经控制了局面。于是他先回家来，但不比你早多少。我没听到任何细节。告诉我，你、在、做、什、么？”

谢顿耸了耸肩。“校园里有个非法集会，铎丝，我把它驱散了。我要是没那样做，这所大学可能会惹上好些不必要的麻烦。”

“非得靠你阻止不可？哈里，你不再是角力士，你是个……”

他急忙插进一句：“是个老头？”

“就角力士而言，是的。别忘了，你四十岁了。你现在有什么感觉？”

“嗯——有点僵硬。”

“我不难想象。假如你继续装成年轻的赫利肯运动家，总有一天会折断一根肋骨。现在，把经过情形告诉我。”

“好吧，我和你提过雨果如何警告我，说那个九九·久瑞南的群众运动给丹莫刺尔带来麻烦。”

“九九。是的，这些我还知道。我不知道的那些呢？今天发生了什么事？”

“运动场有个群众大会，九九的一个党羽，叫做纳马提的，在对群众发表演说……”

“纳马提就是坎伯尔·丁恩·纳马提，久瑞南的左右手。”

“好，你知道得比我还清楚。不管他是谁，反正他当时对着大批群众演说，却没有申请许可证。我想，他是希望借此引发某种暴动。他们靠这些骚乱壮大，如果因此导致大学关闭，哪怕只是暂时的，他也能指控丹莫刺尔破坏学术自由。我猜，他们把每件事都怪在他头上。所以我阻止了他们，在未引发暴动的情况下，把他们赶走了。”

“你似乎引以为傲。”

“有何不可？对一个四十岁的人来说，不坏啊。”

“这就是你那么做的原因？测验你四十岁的身体状况？”

谢顿若有所思地键入晚餐菜单，然后说：“不，我的确担心这所大学会惹上不必要的麻烦，而且我还为丹莫刺尔担心。只怕雨果的一番危机论，在我心中所留下的印象超乎我的想象。那是个蠢念头，铎丝，因为我知道丹莫刺尔能照顾自己。除你之外，我不能对雨果或其他人解释这一点。”

他深深吸了一口气。“我至少可以和你谈，这带给我难以想象的喜悦。至少据我所知，除了你我，以及丹莫刺尔自己，再也没有人知道丹莫刺尔是打不倒的。”

铎丝拍了一下凹陷壁板上的一个开关，起居间的餐厅部分便亮起柔和的桃色光芒。她与谢顿一同走向餐桌，上面已经铺好亚麻桌布，摆上水晶杯与各式各样的餐具。他们坐定后，晚餐开始送达——在傍晚这个时刻，晚餐从来不会耽搁太久，谢顿将这点视为理所当然。他们没有必要再惠顾教员餐厅，而他早已习惯这样的社会地位。

谢顿在食物中加些调味品，那是他们滞留麦曲生时学到的吃法。麦曲生区是个怪异、男性至上、宗教主宰一切、永远活在过去的地方，唯有该区的调味品，是他俩唯一不厌恶的麦曲生特产。

铎丝柔声道："你说'打不倒的'是什么意思？"

"得了吧，亲爱的，他能改造别人的情感，你总不会忘记吧。如果久瑞南真变得危险，他就会被——"他用双手做了个含糊的动作，"改造；改变他的心意。"

铎丝显得心神不宁，晚餐在反常的沉默中进行。直到晚餐结束，剩菜、碗盘、餐具等等全部卷入餐桌中央的废物处理槽（然后它平稳地自动合拢），她才再度开口。"我不确定要不要和你谈这件事，哈里，但我不能让你被自己的天真所愚弄。"

"天真？"他皱起眉头。

"是的，我们始终没有讨论过这件事，我也从未想到会有这一天。可是丹莫刺尔真有些短处，他不是打不倒的，他也可能受到伤害，而久瑞南对他的确是个威胁。"

"你这话当真吗？"

"我当然当真。你并不了解机器人，至少绝不了解像丹莫刺尔那么复杂的，而我刚好相反。"

04

又有一段短暂的沉默，但这只是因为思想是无声的。谢顿的内心简直吵翻了天。

是的，这是事实。他的妻子对机器人似乎确实有惊人的认识。过去许多年来，谢顿常对这点百思不解，最后终于放弃，将它塞进心灵的暗角。若非伊图·丹莫刺尔——一个机器人——谢顿永远不会遇见铎丝。因为铎丝是为丹莫刺尔工作的；八年前，是丹莫刺尔"指派"铎丝接下这个任务，在谢顿亡命川陀各区的逃亡中，尽力保护他的安全。即使现在，她成了他的妻子、他的配偶、他的"另一半"，谢顿仍然不时纳闷，铎丝与机器人丹莫刺尔之间，究竟有什么奇妙的联系。在铎丝的生命中，这是谢顿唯一真正感到不属于他，也不欢迎他的一处。而这就引出了那个最残酷的问题：铎丝留在谢顿身边，是出于对丹莫刺尔的服从，还是出于对谢顿的爱？他想要相信是后者，然而……

他与铎丝·凡纳比里在一起的日子很快乐，但那是有代价、有条件的。那个条件并非藉由讨论或协议所定，而是彼此未曾言明的一种谅解，因此反倒分外严格。

谢顿了解，自己心目中理想妻子的各项优点，他在铎丝身上都找到了。诚然，他没有儿女，但他一来从未指望，二来，说老实话，也没有多大的渴求。他拥有芮奇，在感情上，芮奇就是他的儿子，仿佛芮奇继承了谢顿家族整个的基因组，或许有过之而无不及。

现在铎丝却令他想到这个问题，等于打破了这些年来让他们相安无事的那个协定。他感到心中有一股模模糊糊但越来越强的怨气。

可是他很快将那些想法、那些问题再度抛到脑后。他已经学会接受她是他的保护者，今后也不会有任何改变。毕竟，与她共享一个家、一张餐桌、一张床的是他自己，而不是伊图·丹莫刺尔。

铎丝的声音将他从冥想拉回现实。

“我说——你是不是闷闷不乐，哈里？”

他有点吃惊，因为听她的口气，她是在重复这句话，这使他了解他刚才不断深陷自己的思绪，因而与她的距离越拉越远。

“对不起，亲爱的，我不是闷闷不乐——不是有意闷闷不乐。我只是在想，我该如何回应你刚才的话。”

“关于机器人吗？”当她说出这个词汇时，她似乎相当冷静。

“你说，我对他们知道得不如你多。我该如何回应这句话呢？”他顿了一下，再以平静的口吻补充道（他知道是在碰运气），“我是说，而不至于冒犯你。”

“我可没说你不知道机器人。假如你要引用我说的话，那就做得准确点。我说的是，你不了解机器人。我确信这方面你知道得很多，也许比我还多，可是‘知道’不一定代表‘了解’。”

“好了，铎丝，你在故意用矛盾的言语困扰我。矛盾只有一个来源，那就是无意或刻意骗倒人的模棱两可。我不喜欢在科学中见到这种言论，也不喜欢在日常谈话中听到，除非本意是幽默，而我认为现在并非如此。”

铎丝以她特有的方式笑了几声，适可而止，仿佛欢乐过于珍贵，不能以太过慷慨的方式与人分享。“这个矛盾对你所造成的困扰，显然已经使你变得夸张，而你在夸张时总是相当滑稽。话说回来，我会解释的，我并没有打算令你困扰。”她伸出手来拍拍他的手背，谢顿才惊讶地（还有点不好意思地）发觉自己已经握紧拳头。

铎丝说：“你常常就心理史学高谈阔论，至少对我如此。你知道吗？”

谢顿清了清喉咙。“在这方面，我得求你大发慈悲。这个计划是秘密的，它的本质使然。除非受到心理史学影响的人都对它一无所知，否则心理史学根本无效，所以我只能找雨果和找你谈。对雨果而言，那全是直觉。他很杰出，但他太容易疯狂地跳进未知的领域，因而我必须扮演谨慎保守的角色，不断将他拉回来。但我自己也有些疯狂的想法，能大声说出来给自己听对我很有帮助，即使——”他微微一笑，“我心里十分明白，我说的话你一个字也听不懂。”

“我知道我是你的共鸣板，我不在乎，我真的不在乎，哈里，所以请勿暗自决定改变你的行为。自然，我并不了解你的数学，我只是个历史学家，我研究的甚至不是科学史。现在，我的时间都花在经济变动对政治发展的影响……”

“没错，那方面我又是你的共鸣板，难道你没有注意到吗？在适当的时候，我的心理史学需要用到它，所以我觉得你对我的帮助是不可或缺的。”

“很好！既然咱们找到了你和我在一起的原因——我知道，不可能是因为我天仙般的美丽——就让我继续解释吧。有些时候，当你的讨论脱离纯粹的数学领域时，我似乎也能体会你的意思。在好些时候，你都解释过你所谓的极简主义之必要性。我想我能了解这一点，你所谓的极简主义，是指……”

“我知道我指的是什么。”

铎丝显得有些难过。“拜托，哈里，别太自大。我不是试图对你解释，而是想对自己解释。你说你是我的共鸣板，那就请你言行一致。礼尚往来才是公平的，对不对？”

“礼尚往来没有错，但如果我插一句嘴，你就要给我扣上自大的帽子……”

“够了！闭嘴！你告诉过我，极简主义是应用心理史学中最重要的一环；若试图将不理想的历史发展修改成理想的，或至少是较理想的，极简主义是不可或缺的工具。你曾经说过，必需施行的变动要尽可能微小、尽可能简单……”

“是的，”谢顿热切地说，“那是因为……”

“不，哈里，现在是我在试着解释，我俩都知道你当然了解。你必须谨守极简主义，因为每一项变动，任何一项变动，都会带来无数的副作用，不可能都是我们所能接受的。假如变动的规模太大，而且副作用太多的话，那么结果必定会和你当初的计划大相径庭，变得完全无法预测。”

“没错，”谢顿说，“那是混沌效应的本质。问题在于，是否任何变动都能控制得足够小，使得结果可被合理地预测；或是在每一方面，人类历史都是无法避免且无从改变的混沌现象。最初，就是因为这个问题，使我认为心理史学不是……”

“我知道，可是你不让我表达自己的观点。问题的症结不在于是否任何变动都能足够小，而是任何大于极小的变动都注定带来混沌。需要的极小值也许是零，但假如不是零，它的值仍然非常小。找出某个足够小却大于零的变动，将是主要的难题。好，我想，这就是你所指的极简主义之必要性。”

“差不多就是这样。”谢顿说，“当然，和其他理论一样，用数学语言能作出更简练、更严密的叙述。听我说……”

“饶了我吧。”铎丝说，“既然你知道心理史学中的极简主义，哈里，你就该知道如何用它来解释丹莫刺尔的处境。你并未充分理解你所拥有的知识，因为你显然没有想到，可将心理史学法则用到机器人学法则上。”

谢顿有气无力地答道：“这回，我不懂你要说什么了。”

“他也需要利用极简法则，对不对，哈里？根据机器人学第一法则，机器人不得伤害人类，那是普通机器人的最高指导原则。可是丹莫刺尔非比寻常，对他而言，还有第零法则的存在，它甚至凌驾第一法则之上。第零法则说机器人不得伤害人类整体，但这点便将丹莫刺尔套牢，正如你被心理史学法则套牢一样。你懂了吗？”

“我开始懂了。”

“但愿如此。假如丹莫刺尔有能力改变人类的心灵，他在这样做的时候，必须避免产生他不愿见到的副作用。由于他是御前首相，他得担心的副作用一定多得数不清。”

“如何将这个理论应用到如今的情况呢？”

“想想看吧！你不能告诉任何人丹莫刺尔是机器人，当然我是例外。因为他调整过你，使你根本做不到。可是他需要作多大的调整呢？你想要告诉别人他是机器人吗？你仰赖他保护你、仰赖他支持你、仰赖他默默发挥影响力来帮助你，你会想毁掉他的优势吗？当然不会。因此，当年他需要做的变动非常小，刚好足以防止你在兴奋中或不留神时脱口而出。那个变动如此微小，因此并没有特别的副作用，这正是丹莫刺尔治理帝国所采用的一般模式。”

“对于久瑞南呢？”

“显然和你的情况完全不同。不论他的动机为何，他势必反对丹莫刺尔到底。毫无疑问，丹莫刺尔能改变这点，但那样做得付出代价，会在久瑞南的组织中引起可观的震荡，导致的结果将是丹莫刺尔无法预测的。他不愿冒险伤害久瑞南，以免产生的副作用会伤及无辜，甚至可能波及全人类，所以他必须暂且放过久瑞南，直到他能找到某种微小变动——某种足够小的变动，既能挽救局势，又不会造成伤害。这就是为什么雨果说得对，以及丹莫刺尔也有弱点的原因。”

谢顿一直仔细聆听，却没有作出回应，似乎陷入了沉思。过了好几分钟，他才重新开口。“如果丹莫刺尔对这件事束手无策，那我必须挺身而出。”

“假如连他都束手无策，你又能做些什么？”

“这件事不一样。我并未受到机器人学法则的束缚，我不需要强迫自己遵循极简主义。首先，我必须去见丹莫刺尔。”

铎丝显得有点焦虑不安。“你非去不可吗？突显你们两人之间的关系，绝不能算明智之举。”

“事到如今，我们势必不能再假装毫无瓜葛。自然，我不会大张旗鼓去见他，不会在全息电视上大肆宣传，可是我必须见他一面。”

05

谢顿发觉自己对时光的流逝愤怒不已。八年前，刚来到川陀时，他凡事都能立即采取行动。当时他只拥有旅馆内的一个房间、一些随手可丢的行李，能够随心所欲来往川陀各行政区。

现在的他，则是每天忙着系务会议，忙着制定决策，忙着许多其他工作。想抽身见丹莫刺尔一面不是简单的事；即使他做得到，丹莫刺尔自己的时间表也早已排满。要找一个两人都有空的时候，可还真不容易。

而要铎丝对他点头，同样不是容易的事。“哈里，我不知道你打算做什么。”

他不耐烦地答道：“我也不知道我打算做什么，铎丝，我希望见到丹莫刺尔时，能够找出答案。”

“你的首要职责是心理史学，他会那样说。”

“或许吧，我会找出答案的。”

后来，他刚刚和首相约好在八天后见面，就收到一封来信。那封信出现在他的研究室墙壁屏幕上，以稍嫌古老的字体写成。而配合这个古老字体的，则是颇有古风的文句：敝人乞求谒见哈里·谢顿教授。

谢顿惊讶地瞪着这行字。如今即使上书皇帝陛下，也不会用这种几世纪前的文体。

信末的署名也很特别，不像通常那样印得清清楚楚，而是一个龙飞凤舞的签名，虽然完全可以辨识，却透出艺术大师即兴挥毫的一种韵味。那个签名是：拉斯金·久瑞南——是九九自己，乞求谒见谢顿。

谢顿不知不觉呵呵笑了几声。对方为何选用那种字眼，为何亲笔签名，意图实在很明显。这使得一个简单的请求，变成了激发好奇心的工具。谢顿并非十分渴望与此人见面，换成平时，他绝不会有兴趣。可是究竟有什么事，值得使用古文体与艺术字？他倒想弄清楚。

他让秘书安排了会面的时间与地点。当然是在他的研究室，而不是他的寓所。这将是一次公务会谈，没有社交的成分。

时间安排在他会见丹莫刺尔之前。

铎丝说:“我一点也不惊讶,哈里。你打伤了他手下两个人,其中之一还是他的首席助理;你破坏了他举行的小小集会;而且你借着羞辱他的代表,令他当众丢人现眼。他想要见见你这个人,我想我最好跟你一道去。”

谢顿摇了摇头。“我会带着芮奇。我晓得的门道他都晓得,而且他是个身强体壮、精力充沛的二十岁青年。不过,我确定并没有特别防范的必要。”

“你怎能如此确定?”

“久瑞南要到校园里来见我,所以附近会有很多年轻人。在学生心目中,我还不算是个不受欢迎的人物。而且我觉得,久瑞南是那种准备充分的人,他知道我在大本营中将平安无事。我确定他会万分客气——绝对友善。”

“嗯。”铎丝的嘴角稍微扭了一下。

“而且相当可怕。”谢顿补充道。

06

哈里·谢顿保持面无表情,仅仅稍微点了点头,刚好足以表达应有的礼貌。他曾不厌其烦地查过久瑞南的多张全息像,可是,正如通常的情形,真人总有松懈的时候,还会随着外界状况不断作出反应,因此看来绝不会和全息像一模一样——不论事先准备得多么充分。或许,谢顿心想,正是观察者对“真人”的反应造成了这种差异。

久瑞南是个高个子，至少与谢顿一样高，但其他尺度都更为巨大。这并非由于他有强壮的体格，因为他给人一种松软的印象，虽然还谈不上肥胖。他有一张圆脸，一对浅蓝色眼珠，一头算是沙色而不是黄色的浓密头发。他穿着一件冷色的连身服，脸上带着似笑非笑的表情，令人产生友善的错觉，却也明摆那只是你的错觉而已。

“谢顿教授，”他的声音低沉，且在严格控制之下，那是演说家特有的声音，“我很高兴见到你，非常感谢你应允这次会晤。我确信你不会介意我带了一个同伴，我的左右手，虽然我事先未曾对你言明。他叫坎伯尔·丁恩·纳马提——他的名字有三个部分，你该注意到了。我相信你曾经见过他。”

“是的，我见过，那次事件我记得很清楚。”谢顿带着点嘲讽的神态望着纳马提。上次相遇时，纳马提正在大学运动场演讲。此时，在轻松的情况下，谢顿趁机仔细打量他一番。纳马提身高中等，有着瘦削的脸庞、蜡黄的面色、黑色的头发，以及一张宽大的嘴巴。他不像久瑞南那样似笑非笑，也没有任何显著的表情，只表现出一份谨慎的机警。

“我的朋友纳马提博士——他的学位是古代文学——自己要求与我同来，”久瑞南的笑容加深了一点，“他是来道歉的。”

久瑞南瞥了纳马提一眼。纳马提起初抿着嘴，但随即以平板的声音说：“对于在运动场发生的事，教授，我很抱歉。我不太清楚管理校园集会的严格规定，又有点被自己的激情迷了心窍。”

“这是可以理解的，”久瑞南说，“他当时也不太清楚你的身份。我想，我们现在大可忘掉这场不愉快。”

“我向你们保证，两位先生，”谢顿说，“我并没有多么希望记住这件事。这是我儿子，芮奇·谢顿，所以你们看，我也有个同伴。”

芮奇已经蓄起两撇又黑又浓的八字胡，那是达尔人的男性象征。八年前，他与谢顿初遇时，脸上连一根毛也没有；那时他是个野孩子，衣衫褴褛，饥肠辘辘。他个子不高，但动作灵活，肌肉发达，而且他的表情刻意分外高傲，好在肉体身高上增加几寸精神高度。

“早安，年轻人。”久瑞南说。

“早安，阁下。”芮奇答道。

“请坐，两位先生。”谢顿说，“我能招待两位吃点或喝点什么吗？”

久瑞南举起双手，做出婉拒的手势。“不了，教授，这并不是社交性的拜会。”他在谢顿指示的位置坐下来，“不过我希望，将来会有许多次这样的拜会。”

“如果有公事要谈，那就开始吧。”

“那桩蒙你宽宏大量答应忘掉的小意外，谢顿教授，我已经听说了，但我不禁纳闷你为何要冒险那样做。那是相当危险的事，你必须承认。”

“事实上，我不这么认为。”

“但我认为如此。所以我冒昧地尽我所能，查出一切有关你的资料，谢顿教授。你是个很有意思的人，我发现你来自赫利肯。”

“是的，我在那里出生，记录上写得很清楚。”

“而你在川陀已经待了八年。”

“那也是一项公开的记录。”

“而你一开始，就借着你发表的一篇数学论文而声名大噪。那是关于——你称它作什么？心理史学是吗？”

谢顿非常轻微地摇了摇头。对于当初那个轻率的举动，他不知道后悔过多少次。当然，当初他并不觉得那是轻率的。他说：“那只是年少的轻狂，结果一事无成。”

“是吗？”久瑞南环顾四周，露出惊喜的神态，“但现在的你，是川陀一所著名大学的数学系系主任。而且我相信，你只有四十岁。顺便提一下，我今年四十二，所以我绝不认为你有多老。你一定是个非常优秀的数学家，才能胜任这个职位。”

谢顿耸了耸肩。“我对这个问题不愿置评。”

“或者，你一定有些有权有势的朋友。”

“我们都希望结交有权有势的朋友，久瑞南先生，可是我想你在这里找不到半个。大学教授几乎不可能结交有权有势的朋友，甚至有时我想，什么样的朋友都交不到。”他微微一笑。

久瑞南也露出微笑。“难道你不将大帝视为一位有权有势的朋友吗，谢顿教授？”

“我当然会，可是那和我又有什么关系？”

“在我的印象中，大帝是你的朋友之一。”

“久瑞南先生，我确定那些记录会告诉你，八年前我觐见过大帝陛下一次。前后大概顶多一小时，当时我看不出他显得多么热络。后来我再也没有和他说过话，甚至没再见过他，当然不包括在全息电视上。”

“但是，教授，不一定非得和大帝见面或说话，才能结交这位有权有势的朋友。只要能和伊图·丹莫刺尔，那位御前首相，见面或说话就够了。丹莫刺尔是你的保护者，既然他和你有这重关系，我们当然能说大帝和你也有这重关系。”

“你是否在那些记录的任何地方，找到所谓丹莫刺尔首相保护我的记载？或是那些记录中有任何记载，能够让你推导出这个结论？”

“既然你们两人的关系众所周知，我又何必搜寻记录呢？这件事你知我知，就让我们将它当成已知数，继续讨论下去吧。还有，拜托，”他举起双手，“省省吧，别跟我掏心掏肺地否认什么事，那样只会浪费时间。”

“实际上，”谢顿说，“我正准备问，你为什么认为他会想保护我？有什么目的？”

“教授！你是在假装认为我是老天真，藉此刺伤我吗？我刚才提到你的心理史学，丹莫刺尔要的就是它。”

“而我告诉过你，那只是年少的轻率之作，结果一事无成。”

“你可以告诉我许多许多事情，教授，但我没有义务接受你的说法。好了，让我坦白讲吧。在我手下一些数学家的帮助下，我读了一遍你的原始论文，并试图了解它的内容。他们告诉我，那是个疯狂的梦想，而且相当不可能……”

“我相当同意他们的说法。”谢顿道。

“可是我有一种感觉，丹莫刺尔在等它发展成功并派上用场。如果他能等，那我也能等。让我来等它，谢顿教授，对你会比较好。”

“为什么？”

“因为丹莫刺尔不会在他的位子上再待多久，反对他的舆论正步步高涨。当大帝厌倦这个不受欢迎的首相时，就可能会找人取而代之，以免受他的连累而失去皇位。大帝的宠爱甚至可能降临不才的在下。而你仍将需要一位保护者，他要能确保你得以在安定中工作，而且拥有充足的经费，来负担你所需要的设备和助理。”

“而你会是那位保护者吗？”

“当然，而且和丹莫刺尔的理由一样。我想要一个成功的心理史学技术，好让我能更有效率地治理帝国。”

谢顿若有所思地点了点头，等了一会儿，然后说：“可是这样的话，久瑞南先生，我为什么一定要关心这件事呢？我是个穷学者，过着平静的生活，埋首于与世无争的数学和教育工作。你说丹莫刺尔是我现在的保护者，而你将是我未来的保护者。那么，我大可继续默默从事自己的工作，而让你和首相去分个胜负，不论是谁胜利，我仍然有个保护者。或者，至少你是这么说的。”

久瑞南僵凝的笑容似乎敛去一点。坐在一旁的纳马提，则将阴沉的脸孔转向久瑞南，仿佛想说些什么。但久瑞南一只手稍微动了动，纳马提便轻咳一声，什么也没有说。

久瑞南道：“谢顿博士，你是个爱国者吗？”

“啊，当然啦。帝国已经为人类带来数千年的和平——至少，大多数岁月如此——而且促进了人类稳定的发展。”

“话是没错，可是过去一两个世纪，进步的步调却减缓了。”

谢顿耸了耸肩。“这方面我没有研究。”

“你不必有研究。你知道的，在政治上，过去一两个世纪是动乱的时代。皇帝在位的时间都很短，有时还因为遇刺而更加缩短……”

“光是提到这种事，”谢顿插嘴道，“就已经接近叛国。我宁可你不……”

“好啦，”久瑞南上半身靠向椅背，“看你多没安全感。帝国正在衰败，我愿意公开这么说。那些追随我的人也这么说，因为他们看得太清楚。我们需要换一个人在大帝身边，他要能够控制整个帝国、压制似乎无所不在的反叛企图、赋予军队应有的领导权、引导经济……”

谢顿不耐烦地抬起手，做了一个要求暂停的动作。“而你就是做那些事的人，对不对？”

“我打算当那个人。那不会是个简单的工作，而且我猜不会有许多志愿者，理由很明显。丹莫刺尔当然做不到，在他手中，帝国的衰落正向完全崩溃加速前进。”

“可是你有办法阻止吗？”

“是的，谢顿博士。借着你的帮助，借着心理史学。”

“借着心理史学，或许丹莫刺尔也能阻止帝国的崩溃——假使心理史学真的存在。”

久瑞南心平气和地说：“它的确存在，我们别再假装了，但它的存在帮不了丹莫刺尔。心理史学只是工具，还需要一个了解它的头脑，以及一双懂得使用它的手。”

“而你有这样的头脑和双手，是吗？”

“是的，我了解自己的长处。我要心理史学。”

谢顿摇了摇头。“你爱要什么都可以，反正我没有。”

“你有，你有，我不和你争论这点。”久瑞南倾身凑近谢顿，仿佛希望将声音直接灌进他的耳朵，而不是借着声波载送过去，“你说你是个爱国者。我必须取代丹莫刺尔，以免帝国遭到毁灭。然而，取代过程本身就可能大大削弱帝国的元气。我不希望有这种结果，而你可以指导我如何顺利地、巧妙地达成这个目标，不至于造成伤害或破坏——看在帝国的份上。”

谢顿说：“我办不到，你指控我拥有我所没有的知识。我很愿意效劳，可是我办不到。”

久瑞南突然站起来。“好吧，你知道了我的心意，以及我想向你要什么。好好想一想，此外，我还要请你为帝国想一想。你或许觉得应该忠于你的朋友，丹莫刺尔，这个全银河人类的掠夺者。小心点，你所做的有可能动摇帝国的根本。我以银河中万兆人类的名义求你帮助我，请想想帝国吧。”

他的声音压低了，变成令人毛骨悚然且强而有力的低语，谢顿感到自己几乎在发抖。“我随时都会想到帝国。”他说。

久瑞南说:“那么，我现在要求的就是这些。谢谢你应允会见我。”

当研究室的门无声无息地滑开，久瑞南与他的同伴大步离去时，谢顿默默望着他们两人的背影。

他皱起眉头。有件事困扰着他，而他不确定究竟是什么事。

07

纳马提的黑眼珠紧盯着久瑞南。此时，他们坐在斯璀璘区的办公室中。这里不算是个精致的总部，而是一间刻意遮掩的场所。他们在斯璀璘势力还弱，但他们一定会逐渐壮大。

这个运动的成长相当惊人。三年前，它从一无所有开始，如今触须已延伸至川陀各个角落。当然，各处的势力仍有大小之别。外围世界则大多尚未触及——丹莫刺尔花了很大力气让那些世界满意，但那正是他的错误。发生在川陀上的叛乱才真正危险；其他地方的叛乱不难控制，而在这里，丹莫刺尔却可能因此垮台，奇怪的是他自己竟然不了解。但久瑞南始终坚信一个理论，即丹莫刺尔的声誉被过分夸大了，只要有人敢反对他，便能证明他只是个空壳子，而大帝一旦发觉自身安全难保，就会立刻铲除这个首相。

至少，目前为止，久瑞南的预测都一一应验。除了一些小事，例如最近在斯璀璘大学被谢顿这家伙破坏的那场集会，他从未走错路。

或许正因为如此，久瑞南坚持要见他一面。即使脚趾头的一粒小肉刺，也必须处理掉。久瑞南很喜欢这种绝不犯错的感觉，而纳马提不得不承认，对未来一连串成功的展望乃是继续成功的最佳保证。为了避免失败的羞辱，人们倾向于加入显然占上风的一方，即使那样做有违自己的心意。

但是，这次与这个谢顿的会晤算是成功吗？或是原先那粒肉刺旁又长出了第二粒？纳马提不喜欢被一路拉去，只是为了向对方低声下气地道歉，他看不出那样做有什么好处。

现在久瑞南坐在那里，沉默不语，显然陷入了沉思。他轻咬着拇指的指尖，仿佛试图从中吸取某种心灵养分。

“九九。”纳马提轻声唤道。群众在公开场合拼命呐喊的这个昵称，只有极少数人能真正用来称呼久瑞南，而纳马提便是其中之一。久瑞南用这些方法赚取群众对他的爱戴，但在私下的场合，除了那些一开始就跟着他的战友，他要求每个人都对他必恭必敬。

“九九。”他再度唤道。

久瑞南抬起头来。“啊，坎·丁，什么事？”他的声音听起来有点暴躁。

“九九，我们要怎样对付谢顿这家伙？”

“对付？现在什么都别做，他可能会加入我们。”

“为什么要等？我们可以对他施压；我们可以拉动大学里几根线，让他日子不好过。”

“不，不。目前为止，丹莫刺尔一直放任我们发展，那傻子过度自信。不过，我们绝对不能做的一件事，就是逼他在我们准备好之前采取行动。如果我们以鲁莽的手段对付谢顿，就有可能导致那种结果。我觉得丹莫刺尔对谢顿极为重视。”

“因为你们两人谈到的那个心理史学？”

“正是。”

“那是什么东西？我从没听说过。”

“很少有人听说过。那是一种分析人类社会的数学方法，最终的目标是预测未来。”

纳马提皱起眉头，发觉自己不知不觉移开了久瑞南一点。这是久瑞南的玩笑吗？是为了要让他发笑吗？纳马提向来不清楚别人何时或为何指望他发笑，他自己从来没有那种冲动。

他说：“预测未来？如何预测？”

“啊！假使我知道，我还需要谢顿做什么？”

“坦白讲我不相信，九九。一个人怎能预知未来？那是算命。”

“我知道。但在这个谢顿打散了你的小小集会后，我彻底调查过他。八年前他来到川陀，在一个数学家会议上，发表了一篇有关心理史学的论文，然后整个东西就销声匿迹。再也没有任何人提到，甚至包括谢顿自己。”

“那么，听起来好像一文不值。”

“喔，不，正好相反。假使它慢慢消失，假使它受到冷嘲热讽，那我会说它一文不值。但突然间被完全切断，却代表整个东西被放进了冰窖的最深处。这就是丹莫刺尔也许根本没有阻止我们的原因。说不定指引他的并不是愚蠢的过度自信，而是心理史学，它一定正在作些预测，丹莫刺尔则计划于适当时机善加利用。果真如此，我们就有可能失败，除非我们自己也能利用心理史学。”

“谢顿声称它不存在。”

“假使你是他，你不会这么做吗？”

“我还是要说，我们应该对他施压。”

“没有用的，坎·丁，你可听过‘文恩的斧头’这个故事？”

“没有。”

“假使你是尼沙亚人，就一定会听过，那是我家乡一个很有名的民间故事。简单地说，文恩是个伐木工，他有一把神奇的斧头，只要轻轻一挥，就能砍倒任何树木。这把斧头珍贵无比，他却从来不必花工夫收藏或保管，而它也始终没被偷走。因为除了文恩自己，没有人能举起或挥动这把斧头。

“嗯，目前这个时候，除了谢顿自己，没有人处理得了心理史学。假使由于我们强迫他，令他不得不站到我们这边，我们就永远无法确定他的忠诚。他很可能会力陈某种看来似乎对我们有利的行动方针，却巧妙地偷天换日，以致一段时日后，我们竟发现自己一夜之间被摧毁了。不，他必须因为希望我们获胜，而自愿投入我们的阵营，为我们效力。”

“可是我们怎能说服他呢？”

“谢顿有个儿子，我记得他叫芮奇。你有没有注意到他？”

“没有特别注意。”

“坎·丁，坎·丁，如果你不注意每一件事，你就永远抓不到重点。那年轻人全神贯注听我说话，他的眼睛透露出他的心意。他被打动了，我看得出来。若说有哪件事是我看得出来的，那就是我打动他人的程度。当我摇撼了某个心灵，当我驱使某人回心转意时，我心里都会有数。”

久瑞南微微一笑，那不是他在公开场合所展现的假惺惺且逢迎的笑容。这次是一个衷心的微笑，有些冰冷而咄咄逼人。

“我们来看看能对芮奇做些什么，”他说，“还有是否能通过他，让我们得到谢顿。”

08

两位政治人物走后，芮奇一面望着谢顿，一面摸着自己的八字胡。抚摸这两撇胡子能为他带来满足感。在斯璀璘区，虽然也有些男人留八字胡，但通常都是稀疏的次等货，而且色泽不明显；即使色泽深浓，仍然是稀疏的次等货。大多数男人则根本不留，只好让他们的上唇裸露在外。例如谢顿就没有，不过那样也好，从他的发色看来，他配上两撇胡子会很滑稽。

他凝视着谢顿，等待他从沉思中回过神来，最后发觉自己再也等不下去。

“爸！”他唤道。

谢顿抬起头来说：“什么事？”他的声音带着些许恼怒，因为他的沉思被打断了，芮奇如此判断。

芮奇说：“我认为你根本不该见那两个家伙。”

“哦？为什么？”

“嗯，那个瘦子，不管他叫什么名字，就是你在运动场找他麻烦的那个家伙。他不会喜欢那件事的。”

“可是他道歉了。”

“他不是真心的。而另一个家伙，久瑞南，他可危险得很。万一他们带着武器呢？”

“什么？在这所大学？在我的研究室？当然不会，这里又不是脐眼。此外，如果他们轻举妄动，我能同时收拾他们两个，轻而易举。”

“我可不敢说，爸，”芮奇透着怀疑的口气，“你越来越……”

“别说出来，你这忘恩负义的小子。”谢顿一面说，一面伸出一根指头做训诫状，“你说的话会和你母亲一模一样，而我已经受够了她。我没有越来越老，或者，至少还没那么老。何况还有你在我身边，你几乎是和我一样老练的角力士。”

芮奇皱了一下鼻子。“角力没啥好耍。”没有用的。芮奇听到自己那样说，心里就很清楚，即使离开达尔那个泥淖已有八年，他的达尔腔仍会脱口而出，明显标示着他是低下阶层的一员。而且他个子很矮，有时他甚至会觉得自己发育不良。但他拥有八字胡，没有人会用施舍的目光看他第二眼。

他说：“你准备怎样对付久瑞南？”

“目前，什么也不做。”

“这个嘛，爸，听我说。我在川陀全视上看过久瑞南几回，我甚至把他的演讲录到全息影带上。大家都在谈论他，所以我想我该看看他到底在说些什么。你可知道，他的话真有几分道理。我不喜欢他，也不相信他，可是他的话确有几分道理。他希望各区拥有平等的权利，以及平等的机会，而那没啥不对，不是吗？”

“当然没错，所有的文明人都这么想。”

“那我们为什么没有那种东西呢？大帝这么想吗？丹莫刺尔呢？”

“大帝和首相有整个帝国需要操心，他们无法将全副心力集中在川陀上。久瑞南口头谈谈平等当然容易，他肩上没有责任。假使他处于统治者的地位，便会发觉他的心力被帝国二千五百万颗行星大大分散。非但如此，他还会发觉川陀各区在每方面都和他作对；每一区都想为自己争取很多平等，却不希望别区获得太多。告诉我，芮奇，只为了让久瑞南证明他做得到什么，你认为就该让他有有执政的机会吗？”

芮奇耸了耸肩。“我不知道，我存疑。但如果他刚才想对你怎么样，还没移动两厘米，我就会抵住他的喉咙。”

“那么，你对我的忠心，超过了你对帝国的关怀。”

“当然，你是我爸。”

谢顿以怜爱的目光望着芮奇，但在这个目光背后，他却生出一丝不确定感。久瑞南近乎催眠的影响力有多么深远呢？

09

哈里·谢顿在座椅上向后仰，垂直的椅背立刻倾斜，让他保持斜倚的坐姿。他的双手垫在脑后，双眼没有任何焦点。他的呼吸则非常轻，真的非常轻。

铎丝·凡纳比里待在房间另一端，她刚关掉阅读镜，并将微缩胶片放回原位。刚才她相当专心地工作了好一段时间，在修订她对早期川陀历史中“弗罗伦纳事件”的意见。她觉得若暂停一下，猜猜谢顿在思考什么，会是个颇为适当的休息。

一定是心理史学。他也许要花掉后半生所有的时间，探寻这个“半混沌技术”的各种蹊径。很可能他一辈子也无法完成，到头来将这项工作留给别人（应该是留给雨果，只要这个年轻人没有被这个问题也耗得油尽灯枯），他则会因为不得不如此而伤透了心。

然而，这给了他一个活下去的理由。始终拥抱着这个问题，会让他活得更长久，这使她感到欣慰。总有一天她会失去他，她心里明白，而且发觉这个想法困扰着她。刚开始的时候，她的任务十分单纯，只是为了他所拥有的知识而保护他，当时看来，似乎不会发生这种事。

它在何时转变成自己的需要呢？她又怎么会有如此的需要呢？这个男人究竟有什么魅力，即使明知他安然无事，因此根深蒂固的命令并不会化为行动，看不到他仍会令她心神不宁？根据命令，她需要关切的只有他的安危。其他的情绪是怎么闯进来的？

很久以前，当那些情绪明显浮现之际，她曾对丹莫刺尔提到这件事。

当时，他表情严肃地望着她，说道："你的心思很复杂，铎丝，因此这个问题并没有简单的答案。在我的生命中，曾经出现过一些人，他们的存在使我更容易思考，使我作出反应时更加愉快。我曾经试图衡量，在他们存在时和终于消失后，我的反应所呈现的难易变化，看看总结起来，我究竟是得是失。在这个过程中，我明白了一件事。他们的出现所带来的快乐，胜过他们逝去所留下的遗憾。所以说，整体而言，体验你现在所体验的，总比放弃来得好。"

她心想：哈里总有一天会留下大片空白，而每过一天就更接近那一天，我绝不能想这件事。

为了抛开这个念头，她终于决定打断他的思绪。"你在想什么，哈里？"

"什么？"谢顿显然花了一番力气，才将目光重新聚焦。

"我想一定是心理史学，我猜你又在探索另一条死胡同。"

“这个嘛，那回事暂时不在我心上。”他突然哈哈大笑，“你想知道我在想什么吗？头发！”

“头发？谁的？”

“此时此刻，是你的。”他柔情地望着她。

“有什么不对劲吗？我该染成别的颜色吗？还是说，过了这么多年，也许该出现白发了？”

“得了！谁要你的头发变白。只是它使我联想到其他事情，比如说尼沙亚。”

“尼沙亚？那是什么？”

“前帝国时代的川陀王国始终没有涵盖它，所以你没听过并不令我惊讶。它是一个世界，一个小世界；遗世独立，微不足道，乏人问津。我会对它稍有了解，只是因为我不厌其烦地查过资料。在二千五百万个世界当中，只有极少数真能长久名扬星际，但我怀疑是否还有任何世界像尼沙亚那么不重要。而这点就相当重要，你懂了吧。”

铎丝将她的参考资料推到一旁，说道：“你总是告诉我说你厌恶矛盾，这个新嗜好又是怎么回事？这个不重要的重要性到底是什么？”

“喔，当我自己制造矛盾时，我倒是不在乎。你可知道，久瑞南来自尼沙亚。”

“啊，原来你关切的是久瑞南。”

“没错，在芮奇的坚持下，我看了一些他的演讲。内容没有多大意义，但是整体而言，却能造成近乎催眠的效应，芮奇就被他深深打动了。”

“我猜任何出身达尔的人都会，哈里。久瑞南对各区平等的坚定诉求，自然会吸引那些受压迫的热间工。你记得我们在达尔的所见所闻吗？”

“我记得非常清楚，我当然不会怪这孩子。令我困扰的，只是久瑞南来自尼沙亚。”

铎丝耸了耸肩。“嗯，久瑞南总得从某处来。反之，尼沙亚和其他任何世界一样，有时总会对外输出移民，甚至对川陀输出。”

“没错，可是，正如我所说，我不厌其烦地对尼沙亚作了一番调查。我甚至设法和那儿某个低层官员做过一次超空间接触，花了好大一笔信用点，而我无法心安理得地让系上付账。”

“你有任何值回点数的发现吗？”

“我想应该有。你可知道，久瑞南总是讲些小故事来阐明他的论点，那些故事都是他的母星尼沙亚上的传说。在川陀上，这样做对他有很大的好处，因为会使他显得平凡普通，满脑子朴素的哲学。那些故事充斥于他的演说中，让人觉得他来自一个小世界，在一个与世隔绝的农场长大，周围是一片原始的生态环境。人们喜欢这一点，尤其是川陀人，他们宁死不愿困在原始的生态环境里，但是照样喜爱梦想。”

“可是这有什么问题呢？”

“奇怪的是，和我谈话的那个尼沙亚人，对那些故事一个也不熟悉。”

“这没什么意义，哈里。它或许是个小世界，但它总是个世界。在那个世界上，久瑞南的出生地所流行的故事，不一定在那个官员的家乡同样流行。”

“不，不。民间故事通常都是世界性的，顶多只是改头换面一番。不过除了这点之外，我还很不容易听懂那人的口音，他说的银河标准语有浓重的腔调。为了确定这件事，我还和那个世界上其他几个人谈过，结果他们都有同样的腔调。”

“那又怎么样？”

“久瑞南没有那种腔调，他讲的是相当纯正的川陀话。实际上，比我说的好得太多了。我带有赫利肯方言的‘儿’音，而他完全没有。根据记录显示，他在十九岁时来到川陀。在我看来，一生最初十九年都说那种粗俗的尼沙亚式银河标准语，来到川陀后，那种腔调竟然完全消失，这简直是不可能的事。不论他在这里待了多久，总会残留一点那种腔调。看看芮奇，还有他偶尔脱口而出的达尔独特用语。”

“从这一切，你推论出什么来？”

“我推论出的是——我整晚坐在这里，像个推理机一般推论良久，得到的结论是——久瑞南根本不是从尼沙亚来的。事实上，我想他之所以挑选尼沙亚，假装那是他的故乡，只是因为它那么偏僻遥远、那么与世隔绝，以致没有人会想要查证。他一定做过彻底的电脑搜寻，才找到这样一个最不可能被拆穿谎言的世界。”

“可是这实在荒谬，哈里。他为什么假装来自一个并非真正故乡的世界？这代表需要窜改大量的记录。”

“或许那正是他做过的事情。或许他在内政部有够多的追随者，使这件事得以实现。或许每个人所做的更动都微乎其微，根本算不上窜改。而他所有的追随者都太狂热，以致没有人谈论这一点。”

“但问题还是——为什么？”

“因为我怀疑，久瑞南不希望人们知道他的真正出身。”

“为什么？帝国境内所有世界一律平等，不论是根据法律或根据惯例。”

“这我就不敢说了，在真实人生中，这些高度理想的理论从未真正实现。”

“那么他是从哪里来的？你究竟有没有任何概念？”

“有的，这就把我们带回头发这个话题了。”

“和头发有什么关系？”

“当时，我坐在久瑞南对面打量他，越看越不对劲，却不知道为什么有那种感觉。后来我终于了解，是他的头发使我觉得不对劲。它具有某种特质，一种生命，一种光泽……一种完美，是我以前从未见过的。然后我明白了，他的头发是以人工仔细种植在头皮上的，他头上本来不该有那种东西。”

“不该有？”铎丝眯起双眼，显然她突然领悟了，“你的意思是……”

“没错，我正是那个意思。他来自那个活在过去、受神话支配的川陀麦曲生区，那就是他一直努力掩饰的事实。”

10

铎丝·凡纳比里冷静地思考这个问题。冷静是她唯一的思考模式，她向来没有炽烈的情绪。

她闭起双眼以便集中精神。她与谢顿造访麦曲生已是八年前的事，而且在那里未曾停留太久。除了食物之外，那里实在没有什么值得恭维的。

心中的影像逐渐升起。那是个严苛的、禁欲的、男性中心的社会，强调的是过去，人人除去全身毛发——那是一种心甘情愿的痛苦过程，好让他们与众不同，好让他们“知道自己是什么人”。她还想到他们的种种传说，以及他们对过去的记忆（或幻想）——当时他们统治整个银河，拥有倍增的寿命，与机器人生活在一起。

铎丝张开眼睛，问道：“为什么，哈里？”

“什么为什么，亲爱的？”

“为什么他要假装不是来自麦曲生？”

她并不认为他对麦曲生的记忆会比自己详尽；事实上，她知道这不可能，但是他的心智比她优越，至少绝对不同。她自己的心智只能从事记忆，以及靠数学演绎程序得出明显的推论；他的心智则能做出意料之外的跃迁。谢顿喜欢假装让他的助手雨果·阿马瑞尔独享直觉，可是这点瞒不过铎丝。谢顿还喜欢扮成出世的数学家，透过一双永远存疑的眼睛观察这个世界，而这点同样瞒不过她。

“为什么他要假装不是来自麦曲生？”当她重复这个问题的时候，他坐在那里，目光聚焦于自己内心深处。每当他透出这种眼神，铎丝总会联想到他又试图从心理史学的概念中，再榨出一小滴的用处与效力。

谢顿终于开口：“那是个严苛的社会，是个处处设限的社会。总是会有人不满这种控制一切思想言行的方式；总是会有人觉得自己无法驯服地套上缰索，而向往较世俗的外界中更大的自由。这是可以理解的。”

“所以他们培植人工毛发？”

“不，通常不会。一般的脱缰者会戴假发，那样做简单得多，但效果也差得多——脱缰者是麦曲生人对那些背离人士的称呼，当然，他们鄙视那些人。我听人家说，真正认真的脱缰者会培植人工毛发。那种过程既困难又昂贵，但是几乎可以乱真。以前我从未见过这种人，不过我听说过。我花了许多年的时间，研究川陀上的八百个行政区，试图整理出心理史学的基本法则和数学模式。遗憾的是，我累积的成果实在太少，但我的确学到一些东西。”

“可是，脱缰者为何必须隐藏来自麦曲生的事实？据我所知，他们并没有遭到迫害。”

“没错，他们没有。事实上，一般人并不认为麦曲生人是劣等民族。不过实际情况更糟，谁也不把麦曲生人当一回事。大家都承认他们相当聪明，而且教育水准高、尊贵、文明、精于饮食，他们保持该区繁荣的本事简直吓人，可是没有人把他们当一回事。在外人眼中，他们的信仰荒唐、滑稽，而且愚蠢得难以置信，这种看法甚至烙在麦曲生脱缰者的身上。一个试图在政府里面掌权的麦曲生人，会在众人的哄笑声中垮台。让人害怕没有关系，甚至受人轻视也能安然无事，但是被人嘲笑——则注定完蛋。久瑞南想要当首相，所以他必须有头发；而为了高枕无忧，他必须装成是在某个偏远的世界长大，而且尽可能让那个世界离麦曲生越远越好。”

“当然有些人是自然的秃头。”

“绝不会像麦曲生人自愿接受的脱毛那般彻底。若在外围世界，那不会有太大关系。但是对外围世界而言，麦曲生只是个遥远的传说。麦曲生如此闭关自守，实在很少有麦曲生人离开过川陀。不过，川陀上的情形则不同。虽然有些人秃头，但他们通常还保有一圈头发，以宣示他们并非麦曲生人，或者他们会留胡须。少数完全没有毛发的——通常是一种病态——运气就不好了。我猜他们必须随身携带一张医生证明，以证明他们不是麦曲生人。”

铎丝微微皱着眉头说：“这点对我们有任何帮助吗？”

“我还不确定。”

“你不能公布他是麦曲生人吗？”

“我不确定这点是否容易办到。他一定把狐狸尾巴藏得很好，而即使办得到……”

“怎么样？”

谢顿耸了耸肩。“我不想诉诸种族偏见。川陀现在的社会情势已经够糟了，更何况放纵谁都无法控制的激情。万一我实在需要拿麦曲生做文章，那会是我最后的手段。”

“所以说，你也要用极简主义。”

“当然。”

“那你会怎么做呢？”

“我已经约好要和丹莫刺尔见面，他也许知道该怎么做。”

铎丝以锐利的目光望着他。“哈里，你是不是渐渐无法自拔，指望丹莫刺尔能为你解决所有的问题？”

“没有，但他或许会解决这个问题。”

“假如他不会呢？”

“那么我必须想别的办法，对不对？”

“比如说？”

谢顿的脸庞掠过一个痛苦的表情。“铎丝，我不知道，你也别指望我能解决所有的问题。”

11

伊图·丹莫刺尔不常露面，只有在克里昂大帝面前例外。隐身幕后是他的一贯政策，原因不一而足，其中之一是他的外表几乎没有岁月的痕迹。

哈里·谢顿已有好几年未曾见过他，而且除了刚到川陀那段日子之外，从未与他真正私下交谈过。

有鉴于拉斯金·久瑞南最近那次示威性的拜会，谢顿与丹莫刺尔都觉得最好别张扬两人的关系。哈里·谢顿倘若造访位于皇宫的首相办公室，不可能不引人注目。因此为了保障安全，他们将会面的地点，定在邻近御苑的“穹缘旅馆”里一间虽小但设备豪华的套房中。

这次与丹莫刺尔会面，沉痛地勾起谢顿昔日的回忆。仅仅丹莫刺尔看起来和过去一模一样，便令沉痛的感觉更为加剧。他的脸庞仍保有棱角分明的特征，他的身材仍然高大壮硕，头发则依旧是略带金黄的浅黑色。他不算英俊，但显得威严而高贵，看来就像人们心目中一位帝国首相应有的理想形象，与过去历史上那些首相完全不同。单是他的外貌，谢顿心想，就给了他驾驭皇帝以及控制宫廷与整个帝国的一半力量。

丹莫刺尔向他走来，嘴角挂着浅浅的笑容，却一点也没有改变严肃的神情。

“哈里，”他说，“很高兴见到你。我有几分担心你会改变心意，而取消这个约会。”

“我则十分担心你会那样做，首相。”

“叫我伊图——假如你不敢叫我的真名。”

“我不能，我喊不出来，你知道的。”

“对我可以。说吧，我满喜欢听的。”

谢顿犹豫了一下，仿佛无法相信他的嘴唇能框出那几个字，或是他的声带能发出那几个音。“丹尼尔。”他终于说了出来。

“是的，机·丹尼尔·奥利瓦。”丹莫刺尔说，“很好，你将和我一同进餐，哈里。和你共餐的话，我就不必吃任何东西，那将是一大解脱。”

“乐于从命，虽然我不认为单方面进食是真正的欢宴。尝一两口当然……”

“就能让你高兴……”

“话说回来，”谢顿道，“我忍不住担心，相聚时间太长是不是明智之举。”

“是明智的。这是圣命，大帝陛下要我这么做。”

“为什么，丹尼尔？”

“再过两年，十载会议又要召开了。你看起来很惊讶，难道你忘了吗？”

“并不尽然，我只是没想到这件事。”

“你不准备参加吗？上次你可是热门人物。”

“没错，我的心理史学是有点热门。”

“你吸引了大帝的注意，没有其他数学家做到这一点。”

“最初受到吸引的人是你，而不是大帝。然后我就不得不东躲西藏，远离大帝的注意，直到我能向你保证，我对心理史学的研究已经迈出第一步，从此以后，你才允许我待在安全隐蔽的角落。”

“在一个举世闻名的数学系当系主任，可不算待在隐蔽的角落。”

“不，正是如此，因为它隐藏了我的心理史学。”

“啊，餐点送来了。让我们暂且谈点别的，像个朋友那样。铎丝好吗？”

“好极了。一个不折不扣的妻子，时时刻刻担心我的安危，简直把我烦死了。”

“那是她的工作。”

“她常常这么提醒我。说正经的，丹尼尔，你撮合我俩的这份恩情，我怎么也无法报答。”

“谢谢你，哈里。可是，老实说，我并未预见这桩婚姻会为你或为她带来幸福，尤其是铎丝……”

“还是要谢谢你送我这个礼物，无论实际结果和你的预期差了多少。”

“我很高兴。可是你会发现，这个礼物带来的结果或许还是未知数，正如同我的友谊。”

对于这句话，谢顿根本无从回答，因此，在丹莫刺尔示意下，他开始进餐。

过了一会儿，他对叉子上的一块鱼肉点了点头，说道：“我不确定这是什么肉，但这是麦曲生料理。”

“是的，没错，我知道你喜欢。”

“它就是麦曲生人活着的目的，是他们唯一的目的。但他们对你有特殊意义，我不能忘记这点。”

“这个特殊意义已经不存在了。很久很久以前，他们的祖先住在奥罗拉这颗行星上。他们至少能活三百年，是银河‘五十外世界’的共主。最初将我设计并制造出来的是个奥罗拉人，这点我没有忘记；和他们的麦曲生后裔比起来，我的记忆正确得多，扭曲的部分则少得多。可是后来，仍是很久很久以前，我离开了他们。我对人类的福祉究竟为何，作出了自己的选择，而我尽可能遵循它，长久以来一直如此。”

谢顿突然惊慌地问道：“我们会不会被窃听？”

丹莫刺尔似乎被逗乐了。“假如你现在才想到，那就太迟了。可是不用怕，我已经做好必要的预防措施。你来的时候没有给多少人看到，离去时也不会有多少人看到你，那些真见到你的则不会惊讶。很多人都知道，我是个十分自负却十分平庸的业余数学家。宫廷中那些不完全算是朋友的人，总是把这件事当成笑话。我会想为即将来临的十载会议做些准备工作，这里谁也不会大惊小怪。我希望和你讨论的，是有关这次会议的问题。”

“我不知道我帮得上什么忙。我只有一样东西也许能在会议上讨论，偏偏又是我绝对不能讨论的。就算我参加了，也只会当一名听众，我不打算发表任何论文。”

“我了解。话说回来，假如你想听听新鲜事，大帝陛下还记得你。”

“我想是因为你一直在提醒他。”

“不，我从来没花这个工夫。然而，大帝陛下偶尔会出乎我意料之外。他注意到会议即将召开，也显然还记得你在上届发表的演说。他对心理史学这玩意仍有兴趣，而我必须警告你，很可能兴趣还越来越浓。他或许会要求见你，这种可能性并不是没有。一生中接到两次圣召，廷臣当然会视之为莫大的荣耀。”

“你在开玩笑，我见他能有什么贡献？”

“无论如何，假如接到觐见的传召，你简直不可能拒绝。好了，你那两个年轻伙伴，雨果和芮奇，他们怎么样？”

“你当然知道，我猜你将我盯得很紧。”

“是的，没错。但仅限于你的安全，而不是你的生活中每一个层面。只怕我的职务占掉了太多时间，使我无法面面顾到。”

“铎丝不向你报告吗？”

“出现危机时，她才会那样做，她不愿为无关紧要的事扮演间谍。”他又露出浅浅的微笑。

谢顿轻哼一声。“两个小朋友都不错。雨果越来越难驾驭，他比我更像一名心理史学家，我认为他总觉得我在牵制他。至于芮奇，他是个可爱的淘气鬼，一向如此。当他还是个不好惹的街头顽童时，他就赢得我的心，更令人惊讶的是，他还赢得了铎丝的心。我真心相信，丹尼尔，如果哪天铎丝对我生厌，想要离我而去，也会为了芮奇而留下来。”

丹莫刺尔点了点头。谢顿以阴沉的口气继续说：“要不是卫荷的芮喜尔觉得他可爱，今天我不会在这里，我早就被轰掉了……”他不安地欠了欠身，“我不愿想到这件事，丹尼尔，它是个完全偶然且无法预测的事件。心理史学怎能帮得上任何忙？”

“你不是告诉过我，顶多，心理史学只能以几率处理庞大的数目，而无法处理单独一个人？”

“但如果那个人刚好是关键……”

“我觉得你将发现没有任何人是真正的关键，甚至包括我，或是你。”

“也许你是对的。我发现，不论我在那些假设之下如何埋头苦干，我却仍然认为自己是关键人物。这是一种异乎寻常的自负，它超越了一切理智。而你也是个关键人物，这正是我来这儿要和你讨论的事——尽可能开诚布公。我一定要知道。”

"知道什么？"服务生已将残羹剩肴收拾干净。室内的照明暗了几分，四周墙壁因而显得逼近不少，带来一种极其隐密的感觉。

谢顿说："久瑞南。"他戛然而止，仿佛觉得光是提到这个名字就足够了。

"啊，他啊。"

"你知道他？"

"当然，我怎能不知道？"

"好，我也想知道有关他的事。"

"你想知道什么？"

"得了吧，丹尼尔，别跟我装蒜。他是危险人物吗？"

"他当然是危险人物。你对这点有任何怀疑吗？"

"我的意思是，对你而言？对你这个首相职位而言？"

"我正是那个意思，所以我才说他是危险人物。"

"你却允许这种事？"

丹莫刺尔身子向前倾，将左手肘放在他们之间的桌子上。"并非每件事都会等我批准，哈里，让我们看开点吧。皇帝陛下，克里昂大帝一世，在位至今已有十八年。这段期间，我一直是他的行政首长，也就是他的首相。而在他父亲在位的最后几年，我就掌握着几乎相同的权力。这是一段很长的时间，过去鲜有掌权那么久的首相。"

"你不是个普通的首相，丹尼尔，你自己明白。当心理史学还在发展之际，你一定得继续掌权。别冲着我笑，这是实话。八年前，我们初次相遇时，你告诉我帝国正处于衰败和没落的状态。难道你的看法改变了？"

"不，当然没有。"

"事实上，如今衰落的迹象更明显了，不是吗？"

“是的，没错，尽管我在努力阻止。”

“要是没有你，会发生什么事？久瑞南正在鼓动整个帝国和你作对。”

“川陀，哈里，川陀而已。目前为止，外围世界仍然相当稳固，对我的政绩也还算满意，即使经济持续衰退而贸易持续锐减。”

“但是川陀才有决定性的影响。川陀——我们安身立命的京畿世界，帝国的首都、核心和行政中心——正是能让你垮台的地方。如果川陀说不，你就无法保住职位。”

“我同意。”

“而你若是离开了，谁又来照顾外围世界呢？又有什么办法能防止衰落加速，避免帝国迅速沦至无政府状态？”

“当然，有这个可能。”

“所以你一定要做些什么。雨果深信你已陷入致命的危机，无法保住你的职位，他的直觉这么告诉他。铎丝也说过同样的话，还用什么三大、四大法则来解释。”

“机器人学法则。”丹莫刺尔接口道。

“小芮奇似乎被久瑞南的主义深深吸引——他出身达尔，你懂了吧。而我，我不能确定，所以我来找你求个心安，我想是这样的。告诉我，这个情势完全在你掌握之中。”

“我希望能这样回答你。然而，我无法让你心安，我的确身处险境。”

“你什么都不做吗？”

“不，我正在做许多事，用以遏止不满的情绪，并削弱久瑞南的宣传。假使我没有那样做，也许我已经下台了，可是我做得还不够。”

谢顿犹豫了一下，最后终于说："我相信久瑞南其实是麦曲生人。"

"是吗？"

"是我个人的看法。我曾经想到，我们或许能用这点来对付他，但我又不愿释放种族偏见的力量，因而迟疑不决。"

"你的迟疑是明智的。有很多事虽然做得到，却会产生我们不乐见的副作用。你可了解，哈里，我不怕离开我的职位——只要能找到某个继任者，只要他继续遵循我用以尽可能减缓帝国衰落的那些原则。反之，假如久瑞南这个人接替我的位置，那么在我看来，帝国就万劫不复了。"

"那么，只要能阻止他，我们怎么做都是适当的。"

"并不尽然。即使久瑞南被消灭，而我留了下来，帝国仍有可能变作一盘散沙。所以说，假如某项行动会加速帝国的衰亡，我就一定不能用它来对付久瑞南和保住我自己。我还想不到有什么办法，既可确保消灭久瑞南，又能确保帝国不至陷入无政府状态。"

"极简主义。"谢顿悄声道。

"你说什么？"

"铎丝曾对我解释，说你会受制于极简主义。"

"的确如此。"

"那么我今天的造访一无所获，丹尼尔。"

"你是指你来求个心安，却没有得到。"

"只怕就是这样。"

"可是我见你，也是因为想求个心安。"

"从我这儿？"

"从心理史学，它应该能找到一个我找不到的安全之道。"

谢顿重重叹了一口气。"丹尼尔，心理史学尚未发展到那个程度。”

首相严肃地望着他。“你已经花了八年的时间，哈里。”

“有可能经过八十年或八百年，仍然无法发展到那个程度。这是个很棘手的问题。”

丹莫刺尔说：“我并未指望这个技术臻于完美，但你也许已经有了某种蓝图、某种骨架、某种原则，可以当做指导方针。它或许不完美，但总比单纯的臆测要好。”

“不会比我八年前掌握得更多。”谢顿悲伤地说，“那么，这就是我们的结论：你必须继续掌权，久瑞南必须被消灭，好让帝国的稳定尽可能持久，以便我多少有些发展出心理史学的机会。然而，除非我先发展出心理史学，否则就做不到这一点。对不对？”

“似乎就是这样，哈里。”

“这么说，我们只是在做无用的循环论证，而帝国已注定毁灭。”

“除非发生某件意料不到的事，除非你让某件意料不到的事发生。”

“我？丹尼尔，没有心理史学的帮助，我怎么办得到？”

“我也不知道，哈里。”

于是谢顿起身离去——满怀绝望。

12

其后几天，哈里·谢顿暂且搁下系上的事务，将他的电脑设定在新闻搜集模式。

来自二千五百万个世界的每日新闻，有能力处理的电脑少之又少。但由于它不可或缺，帝国的大本营装有不少这种电脑。此外，某些大型外围世界的首都也有。不过，大多数首都仅与川陀上的中央新闻站维持超波联系，如此便已足敷需要。

一个重要的数学系所使用的电脑，若是足够先进，就能改装成独立的新闻站，而谢顿的电脑便早已仔细改装过。毕竟，这是他发展心理史学必需的工具。不过，他刻意用其他的、更可信许多的理由，来解释那台电脑的功用。

在理想状况下，任何世界倘若发生任何异常状况，这台电脑都会立即报道。一个不起眼的警告灯会发出经过编码的闪光，让谢顿能轻易找出这条新闻。这种灯号很少亮起，因为“异常状况”的定义既严格且严谨，仅限于大型且鲜有的动乱。

在没有异常状况的时候，使用者该做的则是随机检查各个世界。当然，不是二千五百万个世界一网打尽，而是每次拣选几十个。这是个令人沮丧消沉，甚至焦头烂额的工作，因为每个世界每天总会有些小型灾难。这里一场火山爆发，那里一场洪水泛滥，某处则有某种形式的经济崩溃，此外当然少不了暴动。过去一千年来，每天至少在上百个世界上，会发生由某种原因所引起的暴动。

自然，对这些事必须见怪不怪。在住人世界上，既然暴动与火山爆发皆为家常便饭，对两者就该一视同仁。反之，假使哪一天，银河各地都没有暴动的报道，那才可能是很不寻常的征兆，值得以最严肃的态度严阵以待。

谢顿从不觉得需要严阵以待。外围世界就像风和日丽的汪洋，虽然混乱与灾祸从未间断，但都只是轻微的浪涛与小型的波动，如此而已。在过去这八年甚至八十年之间，他都找不到任何明白显示帝国衰落的整体趋势。然而丹莫刺尔（丹莫刺尔不在面前的时候，谢顿无法再将他想成丹尼尔）说过，帝国的衰落一直在持续，他天天都在为帝国把脉。他用的方法谢顿无法模仿，除非有一天，谢顿掌握了心理史学的指导能力。

可能是衰落的程度太过微小，在达到某个临界点前察觉不出来。就像一栋慢慢损坏腐朽的住宅，除非某天晚上屋顶垮掉，根本不会显出腐朽的征兆。

帝国的屋顶何时会垮呢？这是个大问题，谢顿没有答案。

有些时候，谢顿会检查川陀本身的动态。相较之下，本地新闻的价值一向高得多。原因之一，川陀是所有世界中人口最多的一个，居民总共有四百亿。原因之二，八百个区本身便形成一个微型帝国。原因之三，政府的无聊活动与皇室的一言一行都是新闻。

然而，此时吸引谢顿目光的却是达尔区。刚结束的那场达尔区议会选举，将五名“九九派”送进议会。根据新闻评论，这是九九派首次取得区议会的席次。

这并不令人惊讶。若说有哪个区是久瑞南的根据地，那就非达尔莫属。但谢顿觉得这是个令人忧心的指标，标示着那位群众煽动家的进展。他命令电脑将这则新闻输进微晶片，当天傍晚将它带回家中。

谢顿进门时，芮奇正埋首使用电脑，他抬起头来，显然感到需要自我解释一番。“我在帮妈查些她需要的参考资料。”他说。

“你自己的功课呢？”

“做完了，爸，全做完了。”

“很好，看看这玩意。”他对芮奇扬了扬手中的晶片，才将它插进微投影机。

芮奇瞥了一眼凭空呈现眼前的新闻，便说：“是的，我晓得。”

“你晓得？”

“当然，我通常都很留意达尔的时事。你也知道，故乡就是故乡。”

“你对这件事有什么看法？”

“我并不惊讶。你呢？其他川陀人都把达尔视为粪土，达尔人为何不该赞同久瑞南的观点？”

“你也赞同他们吗？”

“这——”芮奇面孔扭曲，显得若有所思，“我必须承认，他有些话很合我的胃口。他说他希望人人平等，这有什么不对？”

“完全正确——只要他是真心的，只要他有诚意，只要他并非用这些话骗取选票。”

“很有道理，爸，可是大多数达尔人也许会想：又有什么好损失的呢？我们现在就得不到平等，虽然法律并不是这么说。”

“这种事很难立法。”

“当你热得要死的时候，那样做没法子帮你降温。”

谢顿心念电转，他看到这则新闻后便一直在动脑筋。然后他说：“芮奇，自从你母亲和我带你离开达尔，你就再也没有回去过，对不对？”

“我当然回去过。五年前，你访问达尔的时候，我跟你们一块去了。”

“没错，没错，”谢顿挥了挥手，表示无需讨论，“但那次不算。我们住在一家区际旅馆，里面一点也不像达尔。而且我记得，铎丝一次也不准你单独上街。毕竟，当时你只有十五岁。现在，既然你已经满二十岁，你想不想再次造访达尔，单独前往，一切自己做主？”

芮奇呵呵大笑。“妈绝不会准的。”

“我可没说我喜欢想象说服她的难度，但我不打算征得她的同意。现在的问题是：你愿不愿意为我做这件事？”

“出于好奇吗？当然。我很想看看老家发生些什么变化。”

“你从课业中抽得出时间吗？”

“当然，我耽误个一周不算什么。何况，你可以帮我把讲课录下，我回来就会补上。我请假不成问题，毕竟我老爸也是一名教授——除非你被开除了，爸。”

“还没有，但我可不认为这是一次旅游假期。”

“假如你那么想，我才觉得奇怪呢。我认为你根本不知道什么是旅游假期，爸，你知道这几个字，都令我很讶异。”

“别没大没小的。你到那里之后，我要你去找拉斯金·久瑞南。”

芮奇看来吃了一惊。“我该怎么做呢？我又不知道他会在哪里。”

“他正准备到达尔去。刚选出几个九九派新议员的达尔区议会，邀请他去发表演说。我们会查出确切日期，你可以提早几天出发。”

“我怎样才能见到他呢，爸？我可不认为他会随时候教。”

“我也不这么想，但我要把这个问题留给你解决。你十二岁的时候，就知道该如何进行了，我希望这几年下来，你的机灵没给磨得太钝。”

芮奇微微一笑。“我希望没有。可是假定我真见到他，那下一步呢？”

“那么，尽可能打探各种情报。他真正在计划什么，他真正在想什么。”

“你真以为他会告诉我吗？”

“如果他那样做，我也不会惊讶。你自有办法博取他的信任，你这个小滑头。我们来商议一下细节吧。”

此后，两人总共商议了好几次。

谢顿内心相当痛苦。他不确定这一切会导致什么结果，但他不敢去找雨果·阿马瑞尔、丹莫刺尔，或（尤其是）铎丝交换意见。他们可能会阻止他，可能会向他证明他出的是馊主意，而他不想要那种证明。他的计划似乎是拯救帝国唯一的途径，他不希望有任何阻挠。

但这个途径果真存在吗？在谢顿看来，似乎只有芮奇有可能逐渐赢得久瑞南的信任。但芮奇是适当的工具吗？他是个达尔人，而且赞同久瑞南。谢顿能够信任他几分？

真可怕！芮奇是他的儿子，谢顿以前从来没有怀疑过芮奇。

13

若说谢顿怀疑这个意图的功效；若说他害怕这可能使事件过早引爆，或是使对方狗急跳墙；若说他心中充满痛苦的疑虑，不知可否百分之百信任芮奇能达成任务，然而他从未怀疑——一点也没有——当他将这个既成事实告知铎丝时，她的反应会怎么样。

而他并没有失望——或许这几个字勉强可以形容他如今的情绪。

然而，就某方面而言，他还是失望了。因为铎丝并未像他预料中那样、像他早已准备好承受的那样，在一阵惊骇中提高嗓门。

可是他又怎么知道呢？她与其他女子不同，他从未见过她真正生气。说不定她根本不能真正生气，或是不能生出他眼中真正的怒气。

她只是透着冰冷的目光，低声而苛刻地非难这件事。“你送他到达尔去？一个人去？”声音非常轻柔，带着诧异的口气。

一时之间，这个平静的语调令谢顿语塞。然后他坚定地说：“我必须如此，确有这个必要。”

“让我弄明白点。你把他送到那个贼窝，那个刺客的巢穴，那个所有罪犯的大本营？”

“铎丝！你这样说让我很生气，我以为只有偏执狂才会用那些陈腔滥调。”

“你难道否认达尔正像我描述的那样？”

“当然，达尔是有罪犯和贫民窟。这点我非常清楚，我俩都清楚。但并非整个达尔都像那样，况且每一区都有罪犯和贫民窟，就连皇区和斯璀璘也不例外。”

“总有程度上的差别，不是吗？一不等于十。即使每个世界都罪恶充斥，即使每一区都罪恶充斥，达尔也是名列前茅，对不对？你有电脑，查查统计数据。”

“我不需要那样做。达尔是川陀上最贫穷的一区，而贫穷、不幸和犯罪有明确的关联，这点我承认。”

“这点你承认！而你还是派他一个人去？你可以跟他一起去，或是要我跟他一起去，或是派五六个他的同学和他同行。他们会喜欢暂时抛下课业喘口气，我十分确定。”

“我需要他做的事，需要他独自前往。”

“你到底需要他做什么？”

谢顿却坚决地三缄其口。

铎丝说：“到了这个地步吗？你连我都不相信了？”

“这是一场赌博。我一个人敢冒这个险，却不能把你或其他人牵扯进来。”

“但冒这个险的不是你，而是可怜的芮奇。”

“他并没有冒什么险。”谢顿不耐烦地说，“他今年二十岁，年轻又有活力，而且壮得像棵树——我不是指川陀此地那些玻璃温室里的树苗，我说的是赫利肯森林里那种高大结实的树木。而且他还是个角力士，而达尔人都不会角力。”

“你的角力可真了不起。”铎丝的冰冷一点也没有解冻，“你以为那是一切问题的解决之道。达尔人身上带着刀，每个人都有，此外还有手铳，我可以确定。”

“我不知道有没有手铳，法律对手铳的管制是相当严的。至于刀嘛，我肯定芮奇也带着一把。他甚至在这儿校园都带着刀，那是绝对违法的行为。你以为他到达尔去，不会带一把吗？”

铎丝沉默不语。

谢顿也沉默了几分钟，然后判断该是安抚她的时候了。于是他说：“听好，我只告诉你一点，我希望他见到即将访问达尔的久瑞南。”

“哦？你指望芮奇做些什么？设法让他对自己的邪恶政治手段悔恨不已，再把他送回麦曲生？”

“得了吧，真是的。你若准备采取这种尖酸刻薄的态度，那就没什么好讨论的。”他将目光从她身上移开，望向窗外穹顶之下的青灰色天空。“我指望他做的——”他支吾了一下，“是拯救帝国。”

“老实说，那还容易得多。”

谢顿以坚定的声音说：“我正是如此指望。你没有解决之道，丹莫刺尔自己也没有，他甚至说如何解决全看我了。那正是我努力的目标，正是我需要芮奇去达尔的目的。毕竟，你也知道他博取他人好感的本事。它曾在我们身上发生作用，我确信对久瑞南也会有同样的效果。如果我是对的，一切都有可能圆满解决。”

铎丝的眼睛稍微张大了些。“你是准备告诉我，你在利用心理史学指导你？”

“不，我不准备对你说谎。我尚未达到那一步，还无法用心理史学作任何指导。可是雨果不断谈论直觉，而我也有我的直觉。”

“直觉！那是什么？定义一下！”

“很简单，直觉是人类心灵特有的一种艺术。根据本身并不完整，甚至或许误导的资料，能够整理出正确的答案，这种艺术就是直觉。”

“而你做到了。”

谢顿以坚定不移的口吻说："是的，我做到了。"

但在他自己心中，却萦绕着不敢与铎丝分享的一句话。万一芮奇的魅力消失了，那该怎么办？或是更糟的情况，万一他的达尔意识变得太强，那又该怎么办？

14

脐眼就是脐眼。肮脏、参差不齐、阴暗、弯弯曲曲的脐眼，散发着腐朽的气味，却又充满一种生命力。而芮奇深信，川陀其他地方都找不到这种生命力，说不定帝国其他地方也都找不到。不过除了川陀，芮奇对其他世界一概欠缺第一手的认识。

与脐眼告别时，他才刚满十二岁。但现在看来，连居民似乎也没有什么改变；仍是低贱者与不逊者的混合体；充满着虚假的骄傲与不平的怨恨；男性的标志是深浓的八字胡，女性则是有如布袋的服装，而在芮奇较成熟、较世故的眼中，后者实在邋遢至于极点。

穿着这种服装的女人怎能吸引男人？但这是个愚蠢的问题。即使十二岁的时候，他也已经有十分清楚的概念，知道多么容易和多么迅速就能除去那些衣服。

就这样，他陷入沉思与回忆，一面走过一条满是橱窗的街道，一面试图说服自己他认识某某地方，同时还在寻思，不知道人群中有没有他真正记得的人，只不过他们现在大了八岁。说不定，那些人就是他的儿时玩伴。他又不安地想到，虽然他记得些他们互相取的绰号，却不记得任何一个人的真实姓名。

事实上，他记忆中的鸿沟十分巨大。八年虽然不算很长的时间，却是二十岁少年一生的五分之二，而且自从离开脐眼后，他的生活有了重大的改变，过去的一切早已淡出，就像一场迷蒙的梦境。

不过气味仍然记忆犹新。他在一间低矮、污黑的糕饼店外停下脚步，闻着弥漫空气中的椰子糖霜味——他从未在别处闻过同样的味道。即使他曾在别处买过涂着椰子糖霜的蛋挞，即使它们以“达尔风味”作号召，那些气味也只有一两分相似，如此而已。

他觉得受到强烈的诱惑。嗯，有何不可？他身上有信用点，而铎丝又不在这里，不会皱起鼻子来，高声质疑这个地方有多干净，或者更有可能干脆说多不干净。在以前那些日子里，谁会为干不干净操心？

店内相当昏暗，芮奇的眼睛花了点时间才能适应。里面有几张矮桌，桌旁都有几把相当脆弱的椅子，显然顾客可以在此小吃一顿，享用些等同于咖啡与蛋挞的饮食。其中一张矮桌旁坐着一个年轻人，面前摆着一个空杯子。那人穿着一件曾是白色的短衫，若非光线不好，那件衣服或许会显得更肮脏。

那位烘焙师，或至少是个侍者，从后面一间屋子走出来，以相当粗鲁的口气说：“你要吃啥？”

“一个椰子霜。”芮奇以同样粗鲁的口气答道（他若表现礼貌就不是脐眼人了），用的是他记得清清楚楚的那个俗称。

这个名称仍然通用，因为侍者拿的东西没错，不过竟是徒手抓给他的。若是过去那个小男孩芮奇，会将这件事视为理所当然，但成年的芮奇却稍稍吃了一惊。

“你要袋子吗？”

“不，”芮奇说，“我就在这儿吃。”他付了账，从侍者手中接过那个椰子霜，立刻咬下香浓的一口，同时双眼半闭起来。在他的孩提时代，这是一种难得的享受。他弄到足够信用点的时候会去买一个；有时也能从暂时发一笔小财的朋友那里分一口；而最常见的情形，则是在没人注意之际偷一个。如今，他想要多少就能买多少。

“嘿。”一个声音喊道。

芮奇张开眼睛。那是坐在桌旁的那个人，正冲着他横眉竖目。

芮奇和气地说："你在和我说话吗，小弟弟？”

“是啊，你在干啥？”

“吃个椰子霜，跟你有啥相干？”他自然而然用起脐眼的说话方式，丝毫没有困难。

“你在脐眼干啥？”

“生在这儿，长在这儿。在一张床上，不是在街上，和你不一样。”侮辱的话语脱口而出，仿佛他从未离开家乡。

“是吗？就一个脐眼人来说，你穿得相当好，相当拉风喔，身上还带着香水的骚味。”他举起小指，暗示芮奇娘娘腔。

“我不想讲你身上的骚味。我出人头地了。”

“出人头地？又——怎——样？”又有两名男子走进糕饼店。芮奇微微皱起眉头，因为他不确定他们是不是被召来的。桌旁那人对刚进来的两人说："这哥儿们出人头地了，他说他是脐眼人。”

刚进来的两人之一，吊儿郎当、虚情假意地行了个礼，同时咧嘴笑了笑，并未表现出丝毫亲切，倒是露出一口黄板牙。“那不好吗？看到脐眼同胞出人头地总是好事，让他们有机会帮助贫穷不幸的本区同胞。比方说，信用点。你随时可施舍一两个信用点给穷人，对不对？”

“你要多少？”芮奇问。

“你有多少，先生？”那人说，他脸上的笑容消失了。

“嘿，”柜台后面那个侍者说，“你们全滚出我的店去，我这里可不想惹啥麻烦。”

“不会有麻烦的。”芮奇说，“我要走了。”

他正准备离去，但坐着的那人伸出一条腿拦住他。“别走，兄弟，我们会想念你的。”

柜台后面那人钻到后头去了，显然害怕会出现最糟的情况。

芮奇微微一笑。“有一回我在脐眼，哥儿们，我跟我老爸和老妈一块儿，被十个哥儿们拦住。十个，我数过。我们不得不收拾他们。”

“是吗？”一直说话的那个人又说，“你老爸收拾了十个人？”

“我老爸？才不呢。他不会浪费这个时间，是我老妈干的。我能做得比她更好，而且现在你们只有三个。所以说，如果你不介意，赶紧给我闪开。”

“当然行。只要留下你所有的信用点，还有身上几件衣服。”

桌旁那人站了起来，手中握着一把刀。

“你来真的，”芮奇说，“你非要浪费我的时间不可。”他已经吃完椰子霜，现在半转过身来。然后，说时迟那时快，他将身子定在桌缘，右腿猛然踢出，趾尖不偏不倚落在持刀那人的鼠蹊。

他大吼一声，身形一矮，桌子便飞起来，将另一人推到墙边并将他定住。芮奇的右手同时挥出，快如闪电，掌缘重重击在第三个人的喉结，那人一阵呛咳，随即仆倒在地。

这几下只花了两秒钟的时间。此时芮奇站在那里，双手各握着一把刀，说道：“现在你们谁还想动？”

他们愤愤地瞪着他，却全都僵在原处。芮奇又说：“这样的话，我要走了。”

可是，躲到后面去的侍者一定发过求救讯号，因为这时又有三名男子走进店里，而那名侍者随即尖叫：“一群捣蛋鬼！不折不扣的捣蛋鬼！”

刚进来的三个人穿着相同的服装，那显然是一种制服，却是芮奇从未见过的一种。他们的裤子塞进皮靴里，宽松的绿色短衫以皮带束紧，头上罩着一顶古怪的半球形帽子，看来有点滑稽。此外，每件短衫的左肩都有“久卫”两个字。

他们的样子看起来像达尔人，脸上的八字胡却不太像。三人的胡子虽然又黑又密，却不让它蔓延太广，靠嘴唇的一侧还经过仔细修剪。芮奇暗自嘲笑一番——与他自己狂野的八字胡比起来，它们缺乏一股生气，但他必须承认它们看起来干净清爽。

三人当中带头的那个说：“我是昆柏下士，这里到底发生了什么事？”

几个被打败的脐眼人连滚带爬挣扎而起，显然状况不妙。其中一人仍直不起腰，另外一人揉着喉咙，第三个则表现得仿佛扭伤一侧肩膀。

下士以练达的目光瞪着他们，他的两名手下则堵住门口。他又转向芮奇——唯一似乎毫发无损的那个人。“你是脐眼人吗，孩子？”

“生在这儿，长在这儿，但我在别处住了八年。”他不再用脐眼腔说话，但不免还有一点口音，至少与下士保有的程度差不多。达尔不只脐眼一处，某些地方的人还是十分渴望做上流人士。

芮奇说：“你们是保安官吗？我似乎不记得你们的制服……”

“我们不是保安官，你在脐眼找不到多少保安官。我们是久瑞南卫队，负责维持此地的治安。我们认识这三个人，他们早就受到警告，我们自会处置他们。你才是我们的麻烦，小子，你的名字和识别号码？”

芮奇对他们说了。

“这里发生了什么事？”

芮奇也对他们说了。

“你在这里干什么？”

芮奇说：“我问你，你有权力质问我吗？如果你不是保安官……”

“听着，”下士厉声道，“你别质问什么权力。脐眼就只有我们，我们的权力是我们争取来的。你说你打倒了这三个人，我相信你的说法，可是你打不倒我们。我们不准携带手铳——”说到这里，下士缓缓抽出一柄手铳。

“现在告诉我，你在这里干什么？”

芮奇叹了一口气。假使他依照原定计划，直接前往区政厅；假使他没有停下来，让自己沉湎于脐眼与椰子霜的旧日情怀……

他说：“我来是有重要公事求见久瑞南先生，既然你们似乎隶属他的组织……”

“求见领导人？”

“是的，下士。”

“身上带着两把刀？”

“为了自卫。我去见久瑞南先生时，不准备把刀带在身上。”

“你当然这么说。先生，我们要把你拘留起来。我们会彻底调查这件事，这也许得花点时间，但我们会查到底。”

“可是你们没有这个权力，你们不是合法的警……”

“好啦，去找别人抱怨吧。在此之前，你是我们的。”

于是两把刀被没收了，而芮奇则遭到拘留。

15

克里昂已不再是全息像中那位年轻英俊的君主。或许他在全息像中仍是如此，但镜子告诉他的则是另一回事。他最近的一次寿辰，照常在盛大典礼与仪式中欢度，却掩不了四十岁这件事实。

大帝实在找不出年届四十有何不妥。他的健康状况极佳，体重增加了些，但没有太多。由于周期性进行微调，他的面容稍显光滑细嫩，使他看起来或许比实际年龄更年轻些。

他在位已有十八年，已经是本世纪在位较长的皇帝之一。而他觉得没有任何必然的理由，可能阻止他再坐四十年皇位。说不定，最后他会成为帝国历史上在位最久的皇帝。

克里昂又照了照镜子，想到倘若关掉第三维，自己会更好看一点。

且说丹莫刺尔——忠诚、可靠、不可或缺、令人难以忍受的丹莫刺尔。他没有任何改变，他的外表一如往昔。据克里昂所知，他从未做过任何微调手术。当然，话说回来，丹莫刺尔对每件事都守口如瓶。而且他从未年轻过，当初他侍奉克里昂的父亲，而克里昂还是稚嫩的皇太子时，他看起来就已经不再年轻。如今，他看起来同样不年轻。那么，是不是一开始便显得老成，以免日后发生变化会比较好呢？

变化！

这提醒了他，他召来丹莫刺尔确有目的，并非只是让他站在那里陪着皇帝沉思默想。皇帝若是沉思默想太久，会被丹莫刺尔视为老迈的征兆。

“丹莫刺尔。”他说。

“陛下？”

“久瑞南这家伙，我已经听得烦了。”

“启禀陛下，您根本没有必要听到他。他不过是那些浮上台面的新闻之一，过一阵子就会自动消失。”

“可是他并未消失。”

“有时还真需要点时间，陛下。”

“你对他有什么看法，丹莫刺尔？”

“他是个危险人物，但拥有一定的民望。正是这个民望，增加了他的危险性。”

“如果你觉得他有危险，而我觉得他很烦人，我们还等什么呢？不能就这么把他下狱或处决，或是做些什么吗？”

“川陀的政治情势，陛下，可是相当敏感……”

“总是敏感。你什么时候告诉过我某件事不敏感？”

“启禀陛下，我们生在敏感的时代。假如以强硬的手段对付他，因而使得危机恶化，那就一点用也没有。”

“我不喜欢这样。或许我不够博学，当皇帝没时间变得博学，可是无论如何，我知道帝国的历史。过去几个世纪，曾有许多这些所谓‘民望分子’掌权的例子。在每个例子中，他们都把在位的皇帝贬成一个摆饰。我可不希望当个摆饰，丹莫刺尔。”

“难以想象您会如此，陛下。”

“如果你什么都不做，就不难想象了。”

“我正在试图采取对策，陛下，不过是谨慎的对策。”

“至少，有一个人并不谨慎。差不多一个月前，一个大学教授，一、个、教、授，独力阻止了一场潜在的九九派暴动。他就那么挺身而出，适时将它制止。”

“的确是这样，陛下。您是怎么听到这个消息的？”

“因为他是某个令我感兴趣的教授。你怎么没把这件事告诉我？”

丹莫刺尔以近乎谄媚的口吻说：“把送到我面前的每件小事都拿来烦您，这样做对吗？”

“小事？这个采取行动的人是哈里·谢顿。”

“那的确是他的名字。”

“而且是个熟悉的名字。几年前，在上届十载会议中，他不是提出一篇引起我们注意的论文吗？”

“是的，陛下。”

克里昂看来很高兴。“你看，我的记性还不差，我不需要事事依赖我的幕僚。我曾经因为这个谢顿的论文约见过他，对不对？”

“您的记性真是完美无缺，陛下。”

“他的构想怎么样了？那是个算命的门道，我完美无缺的记性想不起来他管它叫什么。”

“启禀陛下，心理史学。严格说来，那不是算命的门道，而是一种理论，探讨的是预测未来历史一般趋势的方法。”

“它后来怎么样？”

“启禀陛下，一事无成。正如我当时解释的，结果证明那个构想完全不切实际。它是个生动的构想，可是毫无用处。”

“但他却能采取行动阻止一场潜在的暴动。如果不是事先知道自己会成功，他还敢这样做吗？这不就证明那个什么——心理史学在发挥功效吗？”

“那只不过证明哈里·谢顿是个有勇无谋的人，陛下。即使心理史学理论实际可行，也不能针对某一个人或某项行动作出预测。”

“你不是数学家，丹莫刺尔，他才是。我想，现在是我再次询问他的时候了，毕竟，距离十载会议再度召开的日子也不远了。”

“那将毫无用处……”

“丹莫刺尔，吾意已决，不得有误。”

“遵命，陛下。”

16

芮奇坐在一间临时改建的牢房里，万分不耐烦地聆听对方讲话，尽量不将真实情绪表现出来。这间牢房深藏在龙蛇杂处的脐眼住宅区，他不记得穿过了多少巷道才被押到这里。在以前那些日子里，他能准确无误地穿梭于同样的巷道，甩掉任何追赶他的人。

面前那人身穿久瑞南卫队的绿色制服，他若不是传道者便是洗脑员，否则就是某种失败的神学家。无论如何，他声称自己名叫桑德·尼，这时他正用浓重的达尔口音，传述一段他熟记在心的冗长福音。

“假如达尔的人民想要享有平等，他们必须证明自己值得。良好的规矩、温文的行为，以及得体的娱乐都是必要的条件。外人总是指控我们具侵略性和携带刀械，借此将他们的偏狭心态合理化。

我们必须谈吐文雅，而且……”

芮奇插嘴道：“我同意你的话，尼卫士，每一句都同意。可是我必须见久瑞南先生。”

这名卫士缓缓摇了摇头。“除非你事先约好，并获得批准，否则你见不到。”

“听好，我父亲是斯璀璘大学一位重量级的教授，一位数学教授。”

“我不识什么教授不教授，我记得你说过自己是达尔人。”

“我当然是，你听不出我的口音吗？”

“而你却有个老子，是个大牌大学的教授？听来不大可能。”

“好吧，他是我的养父。”

卫士听了进去，仍然摇了摇头。“你在达尔认识任何人吗？”

“有个瑞塔嬷嬷，她会认得我。”她认识他的时候就已经很老了，现在她可能行将就木，或是已经去世了。

“从没听说她这个人。”

还有谁呢？他以前认识的那些人，都不太可能敲响面前这个人的浆糊脑袋。他当年最要好的朋友是个叫史慕吉的少年，或者应该说，芮奇只知道他叫这个名字。但即使在如今走投无路之际，芮奇也绝不会让自己说：“你认识一个和我同年、叫做史慕吉的人吗？”

最后他终于说：“有个叫雨果·阿马瑞尔的。”

尼卫士的眼睛似乎微微一亮。“谁？”

“雨果·阿马瑞尔，”芮奇急切地说，“他在那所大学里，为我的养父工作。”

“他也是达尔人吗？那所大学里每个人都是达尔人吗？”

“只有他和我是。他以前是个热闾工。”

“他在那所大学干什么？”

“八年前，我父亲把他从热间带出来。”

“好吧，我去找个人。”

芮奇不得不等在那儿。即使他逃跑，在脐眼错综复杂的巷道中，要跑到哪里才不会立刻被逮住？

过了二十分钟，尼卫士再度出现，带来了当初逮捕芮奇的那位下士。芮奇觉得生出一线希望，至少那位下士应该有点头脑。

下士说：“你认识的那个达尔人是谁？”

“雨果·阿马瑞尔。下士，八年前我父亲在达尔遇到这个热间工，就把他带到斯璀璘大学去了。”

“他为什么那样做？”

“我父亲认为，下士，雨果能作出比热间工更重要的贡献。”

“比如说？”

“在数学上。他……”

下士举起一只手。“他当初在哪个热间工作？”

芮奇想了一下。“我当时还小，不过我想是丙二。”

“很接近了，是丙三。”

“这么说你认识他，下士？”

“不认识他本人，但这个故事在热间间流传很广，而我在那里工作过。也许你就是那么听来的，你可有任何证据，证明你真认识雨果·阿马瑞尔？”

“听好，我来告诉你我想怎么做。我准备把自己的名字写在一张纸上，再写上我父亲的名字，此外我还要写一个名词。然后随便你用什么方法，联络上久瑞南先生手下某位官员——久瑞南先生明天会到达尔来。你只要把我的名字、我父亲的名字，还有那个名词念给他听就好。如果不起任何作用，我想我就得待在这儿直到老死，可是我不相信会有那种事。事实上，我确定他们三秒钟之内就会把我弄出去，而你会因为传递这项讯息，获得升迁的机会。如果你拒绝这样做，等到他们发现我在这儿——他们一定会的——你的麻烦就会像无底洞。总而言之，如果你知道雨果·阿马瑞尔是随一位大名鼎鼎的数学家离去，那就说服你自己，我父亲正是那位大名鼎鼎的数学家，他的名字是哈里·谢顿。”

下士的表情明白显示，他并非没有听过这个名字。

他说：“你要写的那个名词是什么？”

“心理史学。”

下士皱了皱眉头。“那是什么？”

“这无关紧要。只要把它传上去，看看会有什么结果。”

下士从笔记本上撕下一小张纸，递给了芮奇。“好吧，把它写下来，我们看看会有什么结果。”

芮奇发觉自己正在发抖，他非常想知道会有什么结果。那完全取决于中士找到的是什么人，以及这个名词带有什么魔力。

17

哈里·谢顿望着雨滴落在皇家地面车的大型车窗上，一股难忍的乡愁刺痛了他的心。

他来到川陀已有八年，不过，奉命前往这颗行星唯一的露天地表觐见大帝，这只是第二次而已，而两次的天气都很糟。第一次是在他刚到川陀不久，恶劣的天气只令他生厌，不觉得有任何新奇之处。毕竟，他的故乡世界赫利肯也有暴风雨，尤其是他从小到大居住的那一带。

可是如今，他在人工气候下生活了八年，所谓的风雨，仅是随机出现的电脑化云量，以及睡眠时间降下的规律细雨。肆虐的强风为和风所取代，而且没有极端的冷热——有的只是轻微的变化，偶尔会让人拉开衬衫前胸的拉链，或者披上一件轻便的外套。即使变化如此和缓，他还是听过有人抱怨。

然而此时，谢顿见到真正的雨水从寒冷的天空硬生生落下。他有好多年没见过这种东西，而他十分喜爱，因为那是老朋友。雨水使他想起赫利肯，想起他的青少年时代，想起那些相当无忧无虑的日子。他不禁心想，不知道应不应该怂恿司机绕个远路。

不可能！大帝想要见他，而搭地面车本身已经很花时间——即使他们沿直线行走，途中又没有任何交通阻碍。当然，大帝是不会等人的。

克里昂看来与八年前谢顿见到的那位很不一样。他增加了大约十磅的体重，而且脸上多了一重阴霾。他眼圈附近与双颊的皮肤好像被人掐过，谢顿认得出那是微调过度的结果。就某方面而言，谢顿为克里昂感到难过——纵使拥有至高的权势与皇威，这位皇帝对时光的流逝仍无可奈何。

克里昂又是单独会见哈里·谢顿，仍是在上次那间陈设豪奢的房间。谢顿谨遵惯例，等待大帝陛下先开口。

打量了一下谢顿的外表后，大帝以平常的口吻说："很高兴见到你，教授。让我们免除一切形式，就像我们上次见面那样。"

"遵命，陛下。"谢顿生硬地说。大帝由于一时兴起而命令你一切不拘形式，并不代表你这么做就一定安全。

克里昂做了一个难以察觉的动作，整个房间立刻活起来，餐桌自动摆好，碗盘一个个出现。谢顿眼花撩乱，无法看清所有的细节。

大帝随口道：“谢顿，你和我一同进餐吧？”

这句话的语调完全属于问句，但其中的力量却使它成为命令。

“这是我的荣幸，陛下。”谢顿说完，又谨慎地环顾四周。他非常明白臣民不会（或说绝对不该）向皇帝陛下发问，但他实在忍不住。于是，他以相当平静的口气，试图让这句话听起来不像一个问题，问道：“首相不和我们一起用餐？”

“他不会来，”克里昂说，“此刻他正在忙别的事。而且无论如何，我希望和你私下谈谈。”

他们默默吃了一会儿，克里昂定睛凝视着他，谢顿则尝试以微笑回应。克里昂并没有残酷的恶名，甚至没有不负责任的传闻，但在理论上，他能让谢顿因某个含糊的罪名而遭逮捕。此外，假使大帝希望运用他的影响力，这件案子或许永远得不到审判。能避免他的注意总是上上策，而此时此刻，谢顿却无法做到这一点。

不用说，八年前的情况还要更糟，那次他是由武装卫士带进宫的。然而，这项事实并没有使谢顿感到轻松。

然后克里昂开口了。“谢顿，”他说，“首相对我极其有用，但我有些时候觉得，百姓也许认为我自己没有主见。你会这么想吗？”

“启禀陛下，从来不会。”谢顿冷静地答道，过分辩白根本没用。

“我不相信你。然而，我的确有自己的主见。而我记得你刚到川陀的时候，正在搞一个叫心理史学的东西。”

“我确信陛下也一定记得，”谢顿柔声道，“当时我就解释过，那只是个数学理论，并没有实际的应用。”

“当时你是那么说的。现在你还那么说吗？”

“是的，陛下。”

“后来你有没有继续研究？”

“偶尔我会玩一玩，可是一无所获。非常遗憾，混沌总是产生干扰，可预测性并不……”

大帝打岔道：“有个特定的问题，我希望你着手研究一下——务必用些甜点，谢顿，很不错的。”

“什么问题，陛下？”

“就是久瑞南这个人。丹莫刺尔告诉我——喔，他可真委婉——说我不能逮捕此人，也不能派军队消灭他的党羽，他说那样只会使情势恶化。”

“如果首相这么说，我想应该就是如此。”

“可是我不想要久瑞南这个人……无论如何，我不会当他的傀儡。偏偏丹莫刺尔什么也不做。”

“启禀陛下，我确信他正在尽力而为。”

“如果他正在为缓和问题而努力，他显然没有随时向我报告。”

“那或许是个很自然的心愿，他希望让陛下高高在上，避免沾到这场纷争。首相或许觉得，如果久瑞南竟然……如果他竟然……”

“取而代之。”克里昂以无比嫌恶的语气说。

“是的，陛下。您个人不能表现得反对他，否则就是不智之举。为了帝国的稳定，您必须保持中立。”

“我实在宁可除掉久瑞南，来确保帝国的稳定。你有什么建议，谢顿？”

“我，陛下？”

“你，谢顿。”克里昂不耐烦地说，“我这么讲吧，如果你说心理史学只是个游戏，我可不相信你。丹莫刺尔一直和你保持友好关系，你以为我那么白痴，连这件事都不知道吗？他指望你能贡献些什么，他指望你发展出心理史学。既然我不是傻瓜，我同样指望这玩意。谢顿，你支持久瑞南吗？说实话！”

“不，陛下，我不支持他，我认为他对帝国十足是个威胁。”

“很好，我相信你。你曾在你们的大学校园里，独力阻止一场潜在的九九派暴动，我晓得这件事。”

“那纯粹是我个人一时的冲动，陛下。”

“去对傻瓜说吧，别跟我来这一套，你是用心理史学做到的。”

“陛——下！”

“别抗议了。你究竟在如何对付久瑞南？你若是站在帝国这边，一定正在做些什么。”

“启禀陛下，”谢顿谨慎地说，他不确定大帝知道了多少，“我已经派小儿去达尔区见久瑞南。”

“为什么？”

“小儿是达尔人，而且很机灵，他也许会发现些对我们有用的情报。”

“也许？”

“只是也许，陛下。”

“你会随时向我报告吗？”

“会的，陛下。”

“还有，谢顿，别再告诉我心理史学只是游戏，也别再说它不存在，我不要听这些。我指望你对久瑞南做点什么，该怎么做我不敢说，但你必须做点什么。我不要见到别的结果，你可以走了。”

谢顿回到斯璀璘大学，心情比离开时更沉重许多。听克里昂的口气，仿佛他绝不会接受失败。

现在一切都看芮奇的了。

18

芮奇坐在达尔区一栋公共建筑的前厅。当他还是个衣衫褴褛的少年时，他从未到过这里探险——从来无法到此探险。现在，他实实在在感到有点不安，仿佛他是非法侵入此地。

他试着让自己看起来镇定、值得信赖，而且惹人怜爱。

爸爸告诉过他，可爱是他与生俱来的一种特质，但他自己却从未意识到。假如它会自然而然流露出来，而他却太努力表现出这个本色，或许反而会弄巧成拙。

他一面试着放松心情，一面望着坐在桌前操作电脑的那位官员。那官员并不是达尔人，事实上，他就是坎伯尔·丁恩·纳马提；他曾陪同久瑞南拜见谢顿，当时芮奇也在场。

每隔一会儿，伏案的纳马提便抬起头来，以充满敌意的目光瞪芮奇一眼。这位纳马提并不欣赏芮奇的可爱，这点芮奇看得出来。

芮奇并未试图以友善的笑容面对纳马提的敌意，那样会显得太做作，因此他只是默默等待。他已经走到这一步，假如久瑞南不出所料来到这里，芮奇便有和他说话的机会。

久瑞南果真来了，他大摇大摆走进来，脸上挂着他在公众面前惯有的笑容，热情洋溢且信心十足。纳马提举起一只手，久瑞南便停下脚步。他们两人开始低声交谈，芮奇则在一旁专心观察，试图表现得若无其事却欲盖弥彰。芮奇觉得情势很明显，纳马提是在反对这次会晤，芮奇却敢怒而不敢言。

然后久瑞南望向芮奇，微微一笑，并将纳马提推到一旁。芮奇突然想通了，虽然纳马提是这个组织的头脑，但拥有领袖魅力的显然是久瑞南。

久瑞南大步向他走来，伸出一只丰满而稍嫌潮湿的手掌。“稀客稀客，谢顿教授的公子。你好吗？”

“很好，谢谢你，阁下。”

“我了解你在途中遇到些麻烦。”

“不太严重，阁下。”

“而我相信，你来这里是为令尊送口信的。我希望他正在重新考虑他的决定，并已决心在这场圣战中加入我方阵营。”

“我可不这么想，阁下。”

久瑞南微微皱起眉头。“你是背着他来这里的吗？”

“不，阁下，是他派我来的。”

“我懂了。你饿不饿，小伙子？”

“现在不饿，阁下。”

“那么你介不介意我吃点东西？我没有留太多时间给生活上的普通享受。”他露出灿烂的笑容。

“我绝不介意，阁下。”

两人来到一张餐桌旁，坐了下来。久瑞南打开一个三明治，咬了一口，再以有些含糊的声音说：“他为什么派你来呢，孩子？”

芮奇耸了耸肩。“我想他以为，我也许能发现你的什么秘密，好让他用来对付你。他全心全意忠于丹莫刺尔首相。”

“而你不是？”

“没错，阁下，我是达尔人。”

“我知道你是，谢顿先生，但你这句话是什么意思？”

“意思是我受到压迫，所以我站在你这边，我想要帮助你。当然，我可不想让我父亲知道。”

“没有理由让他知道。你打算怎样帮助我？”他瞥了纳马提一眼，后者倚在那张电脑桌旁，正在聆听这场对话，他的双臂交抱，脸拉得好长。“你对心理史学知道一些吗？”

“不知道，阁下。我父亲从不和我谈这东西，即使他提起，我也听不懂。我认为他在那方面搞不出任何名堂。”

“你确定吗？”

“我当然确定。那里还有个哥儿们，雨果·阿马瑞尔，也是个达尔人，他有时会提到这件事。我确定什么结果都没有。”

“啊！你看改天我能见见雨果·阿马瑞尔吗？”

“我看不行。他不怎么向着丹莫刺尔，可是他死心塌地向着我父亲，他是不会出卖他的。”

“可是你会？”

芮奇看起来很不高兴，他倔强地喃喃道：“我是达尔人。”

久瑞南清了清喉咙。“那么让我再问你一遍，年轻人，你打算怎样帮助我？”

“我有件事要告诉你，但你不见得会相信。”

“是吗？试试看。如果我不相信，我会坦白告诉你。”

“是关于伊图·丹莫刺尔首相的事。”

“什么事？”

芮奇不安地四下张望。“有什么人听得到我说话吗？”

“只有纳马提和我自己。”

“好吧，那么听好。丹莫刺尔这哥儿们其实不是哥儿们，他是机器人。”

“什么！”久瑞南暴喝一声。

芮奇觉得需要解释一番。“机器人就是人形机器，阁下。他不是人类，他是个机器。”

纳马提突然激动地喊道：“九九，别相信这些，这是无稽之谈。”

久瑞南却举起一只手做训诫状，他的双眼还闪闪发光。“你为何这样说？”

“我父亲去过麦曲生，他把一切告诉了我。在麦曲生，人们常常谈论机器人。”

“是的，我知道。至少，我也那么听说过。”

“麦曲生人相信，机器人曾在他们祖先的社会非常普遍，可是后来被消灭了。”

纳马提眯起眼睛。“但你凭什么认为丹莫刺尔是机器人？根据我听来的一点点奇幻故事，机器人是金属制造的，对不对？”

“没错。”芮奇一本正经地说，“可是根据我听来的故事，有些机器人看起来和人类一模一样，而且他们长生不死……”

纳马提猛力摇了摇头。“传说！无稽的传说！九九，我们为什么要听……”

但久瑞南迅速打断他的话。“不，坎·丁，我要听下去，我也听过这些传说。”

“但这实在荒谬，九九。”

“别这么急着说‘荒谬’，即使真是如此，人们还不是都在荒谬中生生死死。事实不算什么，重要的是众人心中怎么想。年轻人，把传说摆到一边，告诉我，你为什么认为丹莫刺尔是机器人？让我们假设机器人的确存在，那么丹莫刺尔究竟做了什么，而让你说他是个机器人？是他自己告诉你的吗？”

“不是，阁下。”芮奇答道。

“是你父亲告诉你的吗？”久瑞南又问。

“也不是，阁下。那只是我自己的想法，但我可以确定。”

“为什么？是什么使你如此确定？”

“只不过是根据他的一些言行举止。他的样子不会改变，他不会衰老，他从来不表现情绪，他有些特征透出他是金属制的。”

久瑞南上身靠回椅背，望了芮奇好长一段时间，他的心思仿佛在嗡嗡作响。

最后他终于说：“假定他真是机器人，年轻人，你又何必在乎呢？这和你有什么关系吗？”

“当然和我有关系，”芮奇说，“我是人类，我不要啥子机器人来治理帝国。”

久瑞南转向纳马提，做出双手赞成的手势。“你听到了吗，坎·丁？‘我是人类，我不要啥子机器人来治理帝国。’让他上全息电视去说，让他一遍又一遍重复，直到敲响川陀每个人的耳膜为止……”

“嘿，”芮奇总算喘过气来，“我不能在全息电视上说那句话，我不能让我父亲发现……”

“不，当然不会。”久瑞南立即接口道，“我们不会那么做，我们只会用那句话。我们会另外找个达尔人，会在每一区都找一个人，每个人都用自己的方言，但总是同样的宣示：‘我不要啥子机器人来治理帝国。’”

纳马提说：“如果丹莫刺尔证明自己不是机器人，那怎么办？”

“真是的。”久瑞南说，“他要怎么做？他根本不可能做得到，心理上不可能。什么？伟大的丹莫刺尔，皇帝身后的掌权者；这些年来，他一直扯弄着克里昂一世身上的绳索，在此之前则扯弄着钉在其父身上的绳索，现在他竟然会放下身段，当众哭诉他也是人类吗？那样做对他而言，几乎和他真是机器人具有同样的杀伤力。坎·丁，这坏蛋这回输定了，而这都要归功于这位优秀的年轻人。”

芮奇面红耳赤。

久瑞南说：“你的名字是芮奇，对吗？一旦我党得以执政，我们不会忘记你的。达尔会被照顾得很好，你会在我们这里有个好职位。总有一天，你将成为达尔区的领袖，芮奇，你不会后悔曾经这么做。你现在后悔吗？”

“打死也不后悔。”芮奇慷慨激昂地说。

“既然如此，我们要确保你回到你父亲身边。你要让他知道，我们不打算伤害他，我们极为重视他。你告诉他这就是你的发现，你爱编个什么故事都行。从今以后，如果发现任何其他事情，你认为可能对我们有用，尤其是关于心理史学的，你就立刻通知我们。”

“不在话下。但是，你说你保证达尔有翻身的机会，你是真心的吗？”

“绝对是的，我的好孩子。各区平等，各个世界平等。我们会有个崭新的帝国，特权和不平等所造成的一切罪恶将连根拔除。”

芮奇使劲点了点头。“那正是我想要的。”

19

克里昂一世，银河的共主，此时正匆匆忙忙走过拱廊。透过这道拱廊，偏殿的寝宫连接着相当庞大的官僚系统所使用的办公室，而那些官僚则散居皇宫各个别馆，因此整座皇宫就是帝国的神经中枢。

他的几名贴身侍从走在他后面，脸上挂着深切无比的忧虑。一般说来，皇帝不会移驾找什么人；他只要召唤他们，他们便会赶来见他。假如他真迈开脚步，也绝不会显现出焦急或情感受创的样子。他怎么能呢？身为一位皇帝，与其说是个重要人物，不如说更像所有世界的一个象征。

但他现在似乎就是个普通人。他不耐烦地挥动右手，示意每个人退到一旁。而他的左手，则握着一张闪闪发光的全息像。

“首相，他在哪里？”他用近乎掐住脖子的声音说，完全不像那种刻意训练出来的声调（它与皇位同样是他身上的重担）。

一路上的高级官员通通不知所措，他们纷纷喘着大气，根本不可能保持镇定。大帝气呼呼地掠过他们，使他们全部觉得仿佛活在一场白日噩梦中。

最后他终于冲进丹莫刺尔的个人办公室。他微微喘着气，大吼道——不折不扣地大吼道：“丹、莫、刺、尔！”

丹莫刺尔带着一丝惊讶抬起头来，接着不急不徐地起身，因为除非受到特别的恩准，任何人在皇帝面前都不会坐着。“陛下？”

他答道。

大帝将那张全息像摔到丹莫刺尔的办公桌上，问道："这是什么？你能告诉我吗？"

丹莫刺尔看了看大帝丢给他的东西。那是一张美丽的全息像，鲜明而生动。几乎能听见那个十岁左右的小男孩，正在说着字幕上那句话："我不要啥子机器人来治理帝国。"

丹莫刺尔平静地说："启禀陛下，我也收到了。"

"还有谁收到了？"

"我的感觉是，陛下，它是一份正在川陀各处广为散发的传单。"

"没错，你有没有看到那小鬼望着什么人？"他伸出至尊的食指，轻轻敲了敲那个人像，"那不是你吗？"

"真是十分相似，陛下。"

"你所谓的这份传单，唯一的意图就是指控你是机器人，我这样猜有没有错？"

"那似乎的确是它的意图，陛下。"

"我要是说错了，立刻纠正我，机器人不就是传说中的人形机器，那种在……在惊悚影片和儿童故事中才有的东西？"

"麦曲生人将它当成信仰的对象，陛下，而机器人……"

"我对麦曲生人和他们信仰的对象并没有兴趣。他们为什么指控你是机器人？"

"我确定那只是一种比喻，陛下。他们希望将我刻画成一个没有心肠的人；我的观点缺乏良知，只是一台机器的计算结果。"

"那太隐晦了，丹莫刺尔，我可不是傻瓜。"他又轻轻敲了敲那张全息像，"他们试图让百姓相信你真是机器人。"

"假如百姓愿意相信，陛下，我们几乎无法阻止。"

“我们承受不起。它有损你这个首相的尊严，更糟的是，它还有损我这个皇帝的尊严。那暗示的是我，我，竟然会选一个机器人当我的首相，这是忍无可忍的事。听好，丹莫刺尔，不是有些禁止诋毁帝国官员的法律吗？”

“启禀陛下，的确有，而且相当严苛，可以追溯到伟大的《亚布拉米斯法典》。”

“而诋毁皇帝本人，则是罪大恶极的死罪，对不对？”

“的确难逃一死，陛下，一点都没错。”

“好啦，这不只诋毁你，还诋毁了我。无论是谁干的，都该立即处决。当然，幕后的主使者就是那个久瑞南。”

“毫无疑问，陛下，但要证明这点可能相当困难。”

“荒谬！我有足够的证据！我要处决他。”

“问题是，陛下，诋毁罪实际上从未遭到追究。至少，本世纪绝对没有。”

“这就是社会变得如此不稳定，而帝国也开始动摇根本的原因。那些法律仍是白纸黑字，所以赶快执行吧。”

丹莫刺尔说：“请陛下三思这是否明智，那会使您显得像个暴君和独裁者。您以仁慈与和善为念的统治，一向是最成功的……”

“没错，但是看看我得到了什么。让我们换个方式，叫他们开始怕我，而不是敬爱我——以这种方式敬爱我。”

“我极力劝告您别这么做，陛下，它可能会成为点燃一场叛乱的火花。”

“那么，你要怎么做呢？走到百姓面前说：‘看看我，我不是机器人。’”

“不，因为正如陛下所说，那样会毁掉我的尊严，更糟的是，也会毁掉您的尊严。”

“那该怎么办？”

“我不确定，陛下，我尚未好好想过。”

“尚未好好想过？去联络谢顿。”

“陛下？”

“我的命令为何那么难以理解？去、联、络、谢、顿！”

“陛下希望我召他进宫吗？”

“不，没时间那么做了。我相信你能帮我们架设一条密封通讯线路，无法窃听的那种。”

“没问题，陛下。”

“那就去办吧。赶快！”

20

谢顿欠缺丹莫刺尔那份泰然自若，他毕竟只是血肉之躯。传到研究室的那些召唤，以及“扰乱场”突然生出的微弱光芒与滋滋噪音，足以显示发生了不寻常的事。他以前也曾经用过密封线路通话，但从未达到帝国安全标准的极限。

他预期会有某位政府官员来为丹莫刺尔传话。有鉴于那份机器人传单逐渐掀起的骚动，他的预期不会低于这个层级。

但他的预期也并未高于这个层级。因此当大帝本人的影像，周围泛着扰乱场的微弱闪光，跨进（姑且这么说）他的研究室时，谢顿跌回座椅中，嘴巴张得老大，只能徒劳无功地试图站起来。

克里昂做个不耐烦的手势，示意他继续坐着。“你一定知道发生了什么事，谢顿。”

“您是指那份机器人传单，陛下？”

“那正是我的意思。现在该怎么做？”

尽管大帝恩准他继续坐着，谢顿终究还是站了起来。“启禀陛下，不只如此而已。久瑞南针对机器人这个议题，正在川陀各地组织示威活动。至少，我听新闻幕上是这么说的。”

“它还没传到我耳朵里。当然没有，皇帝何必知道发生了什么事？”

“这种事不劳陛下操心，我确信首相……”

“首相什么也不会做，甚至不会向我报告最新状况。现在我要向你和心理史学求助，告、诉、我、该、怎、么、做。”

“陛下？”

“我不准备和你玩游戏，谢顿，你在心理史学上已经花了八年时间。首相告诉我，我一定不能采取法律行动对付久瑞南，那么，我该做些什么呢？”

谢顿结结巴巴地说：“陛……陛下！什么也别做！”

“你什么也不能告诉我吗？”

“不，陛下，我不是这个意思。我是指您一定不能采取行动，任何行动都不能！首相若告诉您不能采取法律行动，那他说得很对，否则只会使情况更糟。”

“很好。那怎么做才能使情况更好呢？”

“您什么事也别做，首相什么事也别做，政府则允许久瑞南放手去做。”

“那会有什么帮助？”

谢顿尽量压抑声音中的绝望语调，说道：“很快就会看出来。”

大帝突然像是放了气的气球，仿佛所有的怒意与愤慨都被抽出体外。他说："啊！我懂了！你完全掌握了局势！"

"陛下！我可没那么说……"

"你不必说，我已经听到很多了。你完全掌握了局势，但我要的是结果。我仍保有禁卫军和武装部队，他们会忠心耿耿。倘若出现真正的混乱，我绝不会犹豫，但我会先给你一个机会。"

他的影像一闪就消失了，谢顿坐在那里，干瞪着显像早已消失的空洞空间。

八年前，他在十载会议上首度提到心理史学，从那个不愉快的时刻开始，他就必须面对一个事实：他根本没有自己脱口而出的那个东西。

他有的只是一些虚无缥缈的疯狂想法，以及雨果·阿马瑞尔所谓的直觉。

21

短短两天内，久瑞南的示威横扫整个川陀，少数由他亲自出马，大部分是他的副手们所领导。正如谢顿对铎丝喃喃抱怨的，这次行动具有军事效率的一切特征。"倘若在古代，他是天生的大将。"他说，"他的天分浪费在政治上了。"

铎丝则说："浪费？照这个速度，他能在一周内当上首相，而他只要有心，两周内就能当上皇帝。根据报道，有些戍卫部队正为他喝彩呢。”

谢顿摇了摇头。“会瓦解的，铎丝。”

“什么？久瑞南的政党还是帝国？”

“久瑞南的政党。机器人的说法的确制造出一时的轰动，尤其是因为他们有效地利用那份传单，但只要稍微深思一下，稍微冷静一点，民众就会看出那是多么无稽的指控。”

“可是，哈里，”铎丝坚定地说，“你不必跟我假装，那可不是无稽的说法。久瑞南怎么可能发现丹莫刺尔是机器人呢？”

“喔，那件事！哈，是芮奇告诉他的。”

“芮奇！”

“没错。他圆满达成任务，已经平安归来，他们还对他承诺，有一天会让他成为达尔区的领袖。他当然深获信任，我早就知道他做得到。”

“你的意思是，你告诉芮奇说丹莫刺尔是机器人，还让他把这个消息传给久瑞南？”铎丝看来吓坏了。

“不，我不可能那么做。你知道我不能告诉芮奇，或是任何人，说丹莫刺尔是机器人。我以尽可能坚定的口吻告诉芮奇，丹莫刺尔不是机器人——就连那样说也不容易。但我的确要他告诉久瑞南，说他是个机器人。芮奇深深相信他对久瑞南撒了谎。”

“可是为什么呢，哈里？为什么？”

“我可以告诉你，这和心理史学无关。你别和大帝一样，以为我是魔法师。我只是要久瑞南相信丹莫刺尔是机器人。他本是麦曲生人，所以自小听多了机器人的民间故事。因此，他很容易相信这种事，而他深信民众也会和他一样。”

“怎么，不是吗？”

“不见得。等到初期的震撼消失，他们就会了解，或者说会认为，那只是狂人的幻想。我已经说服丹莫刺尔，他必须透过次乙太全息电视发表一场演说，广播到帝国各个重镇，以及川陀每一个区。他会谈论各种问题，唯独不提机器人这档事。如今危机重重，大家都知道，所以这种演说不会冷场。人们会凝神聆听，偏偏听不到和机器人有关的事。然后，到了最后，自会有人问起那份传单。他一个字也不必回答，他只需要哈哈大笑。”

“哈哈大笑？我从来不知道丹莫刺尔会哈哈大笑，他甚至几乎不曾微笑。”

“这一回，铎丝，他会的。这是一件谁也未曾目睹机器人做过的事。你在全息奇幻节目中看过机器人吧？他们总是被塑造成一板一眼、毫无情感、缺乏人性，那是人们预料中的必然形象，所以丹莫刺尔只需要笑几声就好。此外，你还记得日主十四吗，那位麦曲生的宗教领袖？”

“我当然记得。一板一眼、毫无情感、缺乏人性，他也从来不发笑。”

“这回他还是笑不出来。自从我在运动场和他们比划几下之后，我就对久瑞南这个人做了许多研究。我知道久瑞南的真实姓名，还知道他生在何处，他的双亲是什么人，他早年在哪里接受训练。这些相关资料，连同证明文件，都已经送到日主十四手上。我想日主是不会喜欢脱缰者的。”

“可是我记得你说过，你不希望点燃种族偏见的火种。”

“我是不希望。假使我把那些资料交给全息电视台，就的确会发生那种事。但我却是将它交给日主，这只能算物归原主而已。”

“而他将会点燃这个火种。”

“他当然不会。无论日主说什么，川陀上都不会有任何人注意。”

"那么用意何在？"

"嗯，这点我们等着瞧，铎丝。我并没有一份针对时局的心理史学分析，我甚至不知道这种分析有没有可能，我只希望我的判断是正确的。"

22

伊图·丹莫刺尔哈哈大笑，已经数不清是第几次了。

他坐在那里，与哈里·谢顿以及铎丝·凡纳比里同在一间无法窃听的房间内。每隔一会儿，只要谢顿做个手势，他便会开始发笑。有时他会仰靠在椅背上，发出刺耳的大笑声，但谢顿总是摇摇头。"那样听来绝无说服力。"

于是丹莫刺尔微微一笑，然后发出尊贵的笑声，结果换来谢顿一个鬼脸。"我认输了，"他说，"试着跟你讲滑稽故事也没用，你只能了解故事的知性层面。你必须牢记那种声音才行。"

铎丝说："用全息笑声轨带。"

"不！那绝不是丹莫刺尔，只是一伙为了赚钱而傻笑的白痴，那可不是我要的。再试一遍，丹莫刺尔。"

丹莫刺尔一试再试，最后谢顿终于说："好了，就记住这个声音，当有人问你那个问题时就复制出来。你一定得显得被逗乐了，不论笑得多么熟练，你也不能板着脸孔制造那些笑声。露出一点笑容，一点就好，把一侧嘴角向后拉。"丹莫刺尔的嘴巴慢慢咧开，形成一个笑容。“不坏嘛，你能让双眼闪烁吗？”

“你所谓‘闪烁’是什么意思？”铎丝愤愤地说，“谁也不能让自己的眼睛闪烁，那只是比喻的说法。”

“不，不是的。”谢顿说，“有时眼里会有一点泪水，不论是因为悲伤、喜悦或惊讶，当那一点液体反射光线，就会造成闪烁。”

“好吧，你当真指望丹莫刺尔能制造眼泪吗？”

丹莫刺尔一本正经地说：“我的眼睛的确会制造泪水，那是为了一般性的清洗，绝不会过量。不过，说不定，我若想象眼睛受到轻微的刺激……”

“试试看，”谢顿说，“不会有害的。”

于是，当次乙太全息电视上的演说结束，演说的内容（严肃的、实事求是的、报道性的；没有任何华丽的修饰、除了机器人无所不谈）正以光速的数千倍奔向几百万个世界之际，丹莫刺尔宣布他准备接受发问。

他不需要等多久，第一个问题就是：“首相先生，您是机器人吗？”

丹莫刺尔只是冷静地瞪着现场观众，让紧张的情绪升高。然后他微微一笑，身体轻微晃动，接着便笑出声来。那并非过分刺耳的大笑声，但声音相当嘹亮，意味着某个古怪念头把他逗乐了。而这是有传染性的，观众先是吃吃窃笑，不久便成了哄堂大笑。

丹莫刺尔一直等到笑声平息，才透着炯炯的目光说：“我必须回答这个问题吗？真有必要那么做吗？”当荧幕转趋漆黑之际，他脸上仍带着笑容。

23

“我确定有效。”谢顿说，“自然，不会立刻使情势完全逆转，那需要时间，但事态已经朝正确方向发展。当我在大学运动场打断纳马提的演讲时，我就注意到了这点。听众本来站在他那边，等到我挺身而出，展现以寡敌众的勇气后，听众马上开始转变立场。”

“你认为如今的情势可依此类推吗？”铎丝透着疑惑问道。

“当然。即使没有心理史学，我想我还能用类推法，以及与生俱来的头脑。看看我们的首相，遭到来自四面八方的围剿，而他用一个笑容和笑声就化解了，这是他能做到的最不像机器人的事，所以它本身就是那个问题的答案。同情当然会开始靠向他那边，任何力量都阻止不了。但这只是个开始，我们还得等日主十四的消息，得听听他怎么说。”

“你对那边也有信心吗？”

“绝对有。”

24

网球是谢顿最喜爱的运动之一，但他对打球的兴趣远胜于当个观众。因此，当穿着运动装的克里昂大帝漫步穿梭球场接球之际，他不耐烦地坐在观众席中。事实上，这是所谓的皇家网球，因为它是历代皇帝所钟爱的一项运动。使用的是一种电脑化球拍，只要在握把上施加适度的压力，便能稍加改变拍面的角度。谢顿曾有几次试图练成这种技巧，却发现需要大量的练习，才能纯熟地使用这种电脑化球拍。而哈里·谢顿的时间太宝贵了，不能浪费在显然无谓的目的上。

克里昂将球打到一个救不回的位置，赢了这场球赛。他快步走出球场，迎向观众席中大小官员谨慎的掌声。谢顿对他说："恭喜陛下，您这场球打得好极了。"

克里昂淡然道："你真这么想吗，谢顿？他们全都小心翼翼让我赢球，我赢得没有一点乐趣。"

谢顿说："这样的话，陛下可以命令对手更卖力些。"

"没有用的，他们无论如何会刻意输给我。而他们要是真的赢了，我又会觉得比起赢得毫无意义，输球更没乐趣。身为皇帝自有其悲哀，谢顿。久瑞南也会发现这点，假使他成功地当上皇帝。"

说完，他便消失在御用沐浴间。不久他重新出现，全身已经洗净蒸干，并穿上正式许多的服装。

“好了，谢顿，”他一面说，一面挥手逐退所有的人，“我们再也找不到比网球场更隐密的地方，而且天气这么好，所以我们别进屋去。我读了麦曲生那个日主十四的来信，那样行得通吗？”

“启禀陛下，完全行得通。正如您读到的，他们谴责久瑞南是麦曲生的脱缰者，而且以最严重的亵渎罪指控他。”

“那样能了结他吗？”

“对他的威势有致命的打击，陛下。如今，只剩少数人还接受首相是机器人的疯狂说法。非但如此，久瑞南还被揭发为一名骗徒和伪君子，更糟的是，他被逮个正着。”

“逮个正着，没错。”克里昂若有所思地说，“你的意思是，光是要阴谋只能算狡猾，或许还有人佩服；但被逮个正着则是愚蠢，绝对不会有人钦佩。”

“您真是一针见血，陛下。”

“那么久瑞南不再是威胁了。”

“启禀陛下，这点我们还不能确定。即使是现在，他也可能东山再起。他仍拥有一个组织，他的一些追随者仍会忠心耿耿。曾有人在遭逢这么大的打击，甚至更大的打击后又卷土重来，历史上这样的例子可不少。”

“这样的话，我们把他处决吧，谢顿。”

谢顿摇了摇头。“那将是不智之举，陛下。您不会想制造一名烈士，或是让您自己显得像独裁者吧。”

克里昂皱起眉头。“你现在的口气和丹莫刺尔简直一样。每当我希望采取强硬行动，他就会嘀咕‘独裁者’三个字。在我之前有些皇帝，他们采取强硬行动的结果是赢得赞誉，是被视为强势和果决的君主。”

“这点毫无疑问，陛下，但我们却是处于动荡的时代。而且没有必要处决他，您大可用别的方式达成您的目的，而使您显得开明和仁厚。”

“显得开明？”

“本来就很开明，陛下，是我说错了。处决久瑞南等于是在报复，或许会被视为卑劣。然而，身为皇帝，您对所有子民的信仰，都抱持着仁爱——甚至慈父般的态度。您对他们一视同仁，因为您是每位子民的皇帝。”

“你在说些什么？”

“我的意思是，陛下，久瑞南碰触了麦曲生人的痛处，而您对他的冒渎行为甚为震怒。久瑞南本是他们的一员，还有什么比将他交给麦曲生人处置更好的办法呢？您会由于皇恩浩荡而受世人喝彩。”

“然后，麦曲生人会处决他？”

“有此可能，陛下，他们惩罚亵渎罪的法律极其严酷。最好的情况，他们也会将他终身囚禁于苦役监狱。”

克里昂微微一笑。“好极了。我得到人道和宽容的美名，而由他们当刽子手。”

“启禀陛下，假使您真将久瑞南交给他们，他们会的。然而，那样仍会制造一名烈士。”

“这回你把我搞糊涂了。你究竟要我怎么做？”

“让久瑞南自己选择。就说基于帝国黎民的福祉，您有责任将他交给麦曲生人审判，但是，您的人道胸怀却深恐麦曲生人可能太严酷。因此，还有另一条路，他可以选择流放到尼沙亚，在那里默默地、平静地度过余生。毕竟，那个与世隔绝的小世界，正是他对外声称的故乡。不用说，您一定会将他置于监视之下。”

“那样就会解决一切吗？”

“当然，久瑞南若选择被遣返麦曲生，实际上无异于自杀。在我的感觉中，他不是那种会自杀的人，他必然会选择尼沙亚。不过，那虽然是合乎常理的做法，却不是英雄好汉的行径。在尼沙亚当个流亡者，他几乎不可能再领导什么征服帝国的运动。他的追随者必定作鸟兽散；他们能以神圣的狂热追随一名烈士，可是实在很难追随一个懦夫。”

“妙透了！你是怎么想出这一切的，谢顿？”克里昂的声音中透出明显的钦佩。

谢顿说：“嗯，这么假设似乎很合理……”

“算了。”克里昂突然说，“我不信你会告诉我实话，即使你说了，我想我也不会了解。但我要告诉你一点，丹莫刺尔即将离职。这次的危机已经证明他力有未逮，而我也同意该让他退休了。但是我不能没有一个首相，所以从此刻起，你就是他。”

“陛——下！”谢顿高声喊道，声音中交杂着惊愕与惶恐。

“哈里·谢顿首相。”克里昂平静地说，“这乃是皇帝的旨意。”

25

“不用惊慌，”丹莫刺尔说，“这是我提出的建议。我在这里已经待得太久，而且一连串的危机累积到这个程度，三大法则的考量已经使我寸步难行。你是合理的继任人选。”

“我并不是合理的继任人选。”谢顿激动地说，“我知道如何治理一个帝国吗？大帝愚蠢到相信我是用心理史学解决这场危机的，我当然不是。”

“那没有关系，哈里。只要他相信你拥有心理史学的答案，他会对你言听计从，这就会使你成为一位好首相。”

“对我言听计从，他会一路走向毁灭。”

“我觉得你的判断力，或说直觉，会让你保持正确的目标……不论有没有心理史学。”

“可是没有你，我要怎么做呢——丹尼尔？”

“谢谢你这么称呼我。我不再是丹莫刺尔，只是丹尼尔而已。至于你没有我该怎么做，何不试着实现一些久瑞南对平等和社会公义的构想？他或许不是真心的，或许只是用来当做笼络人心的手段，但是这些构想本身并不坏。想办法让芮奇在这方面助你一臂之力——他抗拒了久瑞南的主张对他的吸引，坚决对你效忠，现在他一定感到很无奈，认为自己是半个叛徒。对他证明他没有做错。此外，你还能加倍努力研究心理史学，因为大帝会支持你，全心全意支持你。”

“但你自己准备做什么呢，丹尼尔？”

“银河中另有许多事需要我照顾。别忘了还有第零法则，而在我能明确决定的范围内，我必须为人类整体的福祉努力。还有，哈里——”

“啊，丹尼尔。”

“你仍有铎丝。”

谢顿点了点头。“是的，我仍有铎丝。”他顿了一下，才伸手握住丹尼尔结实的手掌。“再见，丹尼尔。”

“再见，哈里。”丹尼尔答道。

说完，这位机器人便转身离去。他昂首阔步，背脊挺得笔直，沿着皇宫走廊渐行渐远，厚重的首相袍拖出沙沙的声响。

丹尼尔离去后，谢顿陷入沉思，在原处呆立了几分钟。然后，他突然向首相寓所的方向前进。谢顿还有一件事要告诉丹尼尔——一件再重要不过的事。

走进寓所之前，谢顿曾在光线柔和的走廊中迟疑了一下。但房间是空的，只有那件黑袍披在一张椅子上。于是，首相的房间里，回荡着谢顿对机器人说的最后一句话：“别了，我的朋友。”伊图·丹莫刺尔走了；机·丹尼尔·奥利瓦消失了。

第二篇

克里昂一世

克里昂一世：……虽然屡屡受人歌颂，赞扬在其统治之下，第一银河帝国勉强维持最后的统一与繁荣，克里昂一世在位的四分之一世纪，却是帝国持续衰落的一段时期。这不能视为他直接的责任，因为导致帝国衰微的政治与经济因素盘根错节，并非当时任何一个人所能解决的。他幸运地选择了两位良相，伊图·丹莫刺尔及后继的哈里·谢顿。对于后者所发展的心理史学，这位皇帝从未失去信心。克里昂与谢顿两人，曾是最后一次“九九派阴谋”的目标，其出人意表的结局……

——《银河百科全书》

01

曼德尔·葛鲁柏是个快乐的人，至少在哈里·谢顿眼中绝对没错。此时，谢顿暂停了晨间运动，驻足望着他。

葛鲁柏大概是坐四望五的年纪，比谢顿年轻几岁。由于长期在皇宫御苑工作，皮肤显得有点粗糙，但他有一张笑口常开、刮得干净的脸孔。他的头顶呈粉红色，稀疏的沙色头发所剩无几。这时，他一面轻吹着口哨，一面检查灌木丛的树叶，看看是否有昆虫出没的迹象。

他当然不是园丁长，皇宫御苑的园丁长是一位高级官员，在巨大的皇宫建筑群中拥有一间宫殿般的办公室，手下有一大群男女园丁。而园丁长亲自检视御苑的机会，每年大概不会超过一两次。

葛鲁柏只不过是园丁长手下的一员。谢顿知道，他的头衔是一品园丁，那是三十年的忠实服务为他赢得的荣衔。

谢顿停在极为平坦的碎石子小径上，和他打招呼。“又是美好的一天，葛鲁柏。”

葛鲁柏抬起头来，双眼透着闪烁的目光。“是啊，的确没错，首相，我为那些关在室内的人感到难过。”

“你的意思是，马上就要去室内的我。”

“至于您嘛，首相，还不至于让人太过惋惜。但是像这种天气，您如果准备钻进那些建筑里头，我们这些幸运的少数，还真能为您稍感惋惜呢。”

“我要谢谢你的同情，葛鲁柏，但你也知道，我们有四百亿川陀人生活在穹顶之下。难道你替他们每个人都难过吗？”

“我的确如此。我很庆幸自己没有川陀血统，所以有资格当一名园丁。在这个世界上，只有极少数人在露天中工作，而我就在这儿，我是极少数的幸运儿之一。”

“天气并非总是这么理想。”

“那倒是真的，我也在这外头经历过倾盆大雨和飕飕的强风。话说回来，只要你穿着合适的服装……看——”葛鲁柏将双臂展得和他的笑容一样开，仿佛要拥抱这片广大的御苑，“我有许多朋友，树木、草地，以及所有的动物都和我作伴，还有排成几何图形的植物令我开怀，即使在冬天也一样。您见过御苑的形状吗，首相？”

“我正望着它呢，不是吗？”

“我是指一览无遗的鸟瞰图，让您能真正欣赏整体的美感——它实在无与伦比。它是一百多年前，由泰柏·沙万德设计的，这些年来只有极少的改变。泰柏是一位伟大的园艺家，有史以来最伟大的，他也是来自我的行星。”

“是安纳克里昂，对不对？”

“没错，一个靠近银河边缘的遥远世界，那里仍有许多荒野，日子过得怡然自得。我来到这儿的时候，还是个乳臭未干的小伙子，现任园丁长刚刚接受老皇帝的任命。当然，现在他们已经在讨论重新设计御苑。”葛鲁柏深深叹了一口气，又摇了摇头。“那会是个错误。它现在的样子再好不过，比例恰当、构图均衡，对视觉和精神都是一大享受。不过在历史上，御苑的确经过好些次重新设计。皇帝们总是喜新厌旧，好像新的似乎总是好的。当今的皇帝陛下，愿他长命百岁，一直在和园丁长讨论要重新设计。至少，园丁间是这么流传的。”他很快补充了最后一句，仿佛为自己散布宫内流言感到难为情。

“可能不会很快实现。”

“我希望不要，首相，您若有机会从令您喘不过气的工作中抽出些时间，拜托，请研究一下御苑的设计。它有一种罕见的美感，如果我有办法，这几百平方公里内，任何一片树叶、一朵花、一只兔子我都不让移走。”

谢顿微微一笑。“你是个十分敬业的人，葛鲁柏。哪天你当上园丁长，我也不会惊讶。”

“愿命运之神保佑我不会。园丁长呼吸不到新鲜空气，见不到自然景观，还会忘掉他从大自然学到的一切。他住在那里——”葛鲁柏轻蔑地指了指远方，“而且我认为，他已经分不清灌木和小溪的差别，除非哪个下属带他出来，把他的手放在树上或浸入溪水中。”

一时之间，葛鲁柏仿佛要吐出心中的轻蔑，却找不到一处他忍心吐痰的地方。

谢顿轻轻笑了几声。“葛鲁柏，和你聊天真好。我每天被重担压得透不过气来，花几分钟听听你的人生哲学真是愉快。”

“啊，首相，我不是什么哲学家，我受的教育很粗浅。”

“不一定要受教育才能成为哲学家，需要的只是活泼的心灵，以及生活中的体验。保重，葛鲁柏，我很可能会晋升你。”

“您只要让我保持现状，首相，我就对您感激不尽了。”

谢顿带着微笑迈开步伐，不过一旦他的心思再度回到眼前的问题，他的笑容随即消失。当了十年首相——葛鲁柏若知道谢顿对这个职位厌倦到什么程度，他的同情会升高许多倍。如今，谢顿在心理史学技术上的进展，显示他即将面临一个无法承受的两难局面，葛鲁柏能了解这个事实吗？

02

谢顿在御苑中这段若有所思的漫步，是太平岁月的一个缩影。很难相信在这里，在直隶于皇帝的领地正中心，除了这块土地之外，整个世界都包在一个穹顶之内。他站在这里，在这个位置上，就好像回到了他的故乡世界赫利肯，或置身于葛鲁柏的故乡世界安纳克里昂。

当然，太平的感觉只是一种错觉。御苑有警卫戍守，而且戒备森严。

一千年前，皇宫周围的御苑——绝对比不上如今的宏伟壮丽，在一个刚开始零零星星建筑穹顶的世界上绝不突出——曾经对所有的公民开放，而皇帝自己能行走其间，对他的子民点头答礼，身边没有任何护卫。

不再是那样了。如今御苑有重重警卫，川陀上任何人都不可能闯进来。然而，这样做仍旧不能保证绝对安全，因为当危险真正来临时，是来自心怀不满的帝国官员，以及自甘堕落、遭到收买的军人。事实上，对皇帝与其幕僚而言，最危险的地方莫过于御苑内。比方说，在将近十年前那次事件中，倘若铎丝·凡纳比里不在谢顿身边，会发生什么结果呢？

那是他担任首相的第一年。事后他才想通，他这匹黑马令某些人妒火中烧，实在是很自然的一件事。有许多许多人，不论在学识上、年资上，最重要的是在他们自己眼中，都要比他有资格得多，因此会对这项任命忿忿不平。他们不晓得什么是心理史学，以及大帝赋予它多大的使命。而矫正这个情况最简单的办法，就是买通某个宣誓效忠首相的贴身侍卫。

当年，铎丝一定比谢顿自己更为警觉。也有可能，是丹莫刺尔在退场之际，加强了她保护谢顿的指令。实际的情况则是，在他担任首相的前几年，她比往日更常跟在他身边。

在一个温暖晴朗的下午，接近黄昏的光景，铎丝注意到西下的太阳——在川陀的穹顶下从来见不到的太阳——在一柄手铳的金属部位映出闪光。

“趴下，哈里！”她突然大喊，同时立刻踩过草坪，向一名侍卫疾冲而去。

“把手铳给我，侍卫。”她以严厉的口吻说。

看到一名女子出乎意料地跑过来，这名刺客惊呆了片刻，但是他迅速做出反应，举起那柄已抽出的手铳。

但她已经来到他面前，她的手像钢箍般扣住他的右腕，将他的右臂高高举起。“丢下。”她咬牙切齿地说。

那名侍卫扭曲着脸孔，试图挣脱她的掌握。

“别试了，侍卫。”铎丝说，“我的膝盖离你的鼠蹊只有三寸，只要你敢眨一眨眼，你的生殖器就会报销。所以你最好一动不动，这就对了。好，现在松开你的手。你要是不马上丢掉那柄手铳，我就抓碎你的手臂。”

一名园丁抓着一支耙子跑过来，铎丝示意他站开。这时，那名侍卫将手铳丢到了地上。

谢顿也赶到了。“我来接手，铎丝。”

“你别来。捡起手铳，赶快躲进那个树丛。可能还有其他人涉案，随时准备行动。”

铎丝始终未曾松开那名侍卫。“听好，侍卫，到底是谁怂恿你谋害首相，我要知道他的名字。此外我也要知道，还有哪些人参与这项行动。”

侍卫沉默不语。

“别傻了，”铎丝道，“说！”她扭转他的手臂，令他跪了下来，她便一脚踏在他的颈部。“假如你认为自己适于沉默，我能踩碎你的喉结，让你永远保持沉默。而且在那样做之前，我还要好好折磨你一顿，不会留下一根完好的骨头。你最好开口。”

侍卫一五一十招了。

事后谢顿曾对她说:“你是怎么做到的，铎丝？我从不相信你能够这么……暴力。”

铎丝淡淡地说:“其实我没有伤他多少，哈里，口头威胁就足够了。无论如何，你的安全是首要考量。”

“你该让我对付他。”

“为什么？抢救你的男性自尊吗？你的动作根本不够快，这是第一点。第二点，不论你有办法做得多好，你总是男人，那会在对方预料之中。而我是女人，通常人们不会认为女人和男人一样凶猛，而且一般说来，大多数女人没力气做出我刚刚那些动作。这件事经过流传，便会有人添油加醋，从此人人都会怕我。而由于对我心存畏惧，以后就没有人敢试图伤害你。”

“对你以及对处决都心存畏惧。那名侍卫和他的同谋都会送命，你该知道。”

一听到这点，铎丝平时镇定的面容立刻蒙上痛苦的阴影，仿佛她无法承受那名叛逆的侍卫将被处决的说法，即使他差点毫不犹豫地杀害了她挚爱的谢顿。

“可是，”她惊叫道，“没有必要处决这些谋反者，放逐就能达到目的。”

“不，不够。”谢顿说，“太迟了，除了处决之外，克里昂听不进别的。如果你希望听，我可以引述他的话。”

“你的意思是他已下定决心？”

“立刻就决定了。我告诉他需要做的只是放逐或下狱，可是他说不。他说：‘每次我试图用直接和强硬的行动解决一个问题，先是丹莫刺尔，然后现在是你，就会提到“独裁”和“暴虐”。但这是我的皇宫，这是我的御苑，这是我的卫士。我的平安有赖于此地的安全，以及手下那些人的忠贞。你认为任何偏离绝对忠贞的行为，能用就地正法之外的方式处置吗？不这样做你怎能安然无事？不这样做，我又怎能安然无事？’

“我说总该有个审判才行。‘当然，’他说，‘一场简短的军事审判，除了处决，我不要见到任何其他意见。我要把这个立场表达得很清楚。’”

铎丝显得不寒而栗。“你说得十分心平气和。难道你同意大帝的做法吗？”

谢顿勉强点了点头。“我同意。”

“因为有人试图取你性命。你为了报复，就放弃你自己的原则？”

“不，铎丝，我不是个有仇必报的人。然而，这并非我个人的安全受到威胁，甚至不是皇帝的安全。若说帝国的近代史对我们有任何昭示，那就是皇帝来来去去。我们必须保护的是心理史学。毫无疑问，即使我遇到什么不测，心理史学也总有发展成功的一天。但是帝国正在迅速衰落，我们没有时间再等——而目前只有我有这个功力，能及时发展出必需的技术。”

“那你就该把自己知道的教给别人。”铎丝严肃地说。

“我是在这样做。雨果·阿马瑞尔是理所当然的继任人选，而且我已经网罗了一群技术人员，总有一天他们会派上用场。可是他们不会像……”他突然打住。

“他们不会像你这么优秀——这么聪明，这么能干？真的吗？”

“我刚巧这么想，”谢顿说，“而且我刚巧是凡人。心理史学是我的，如果我有可能发展出来，我想要这份荣耀。”

“凡人啊。”铎丝叹了一口气，近乎悲痛地摇了摇头。

处决执行了。一个多世纪以来，从未见过如此的整肃。两名部长、五名较低阶的官员，以及四名军人，包括那个倒霉的侍卫，一起被押至刑场。所有无法通过最严格调查的禁卫军，全部遭到解职处分，并放逐到遥远的外围世界。

从此，再也没有不忠的风吹草动。首相受到的保护被渲染得人尽皆知，至于守着他的那个可怕的女人——许多人口中的“虎女”——就更不用说了。因此，铎丝不必再到处陪着他，她的无形威势已经是足够的屏障。克里昂大帝也安享了将近十年的平静与绝对的安全。

然而，如今，心理史学终于达到勉强能作预测的阶段。当谢顿穿过御苑，从他的（首相）办公室来到他的（心理史学家）实验室，他不安地意识到一种可能，那就是这段太平岁月或许即将结束。

03

但即使如此，哈里·谢顿走进实验室时，仍然压抑不住一股澎湃汹涌的满足感。

变化多么大。

这一切的开始，乃是二十年前，他在自己那台二级赫利肯电脑上的涂鸦之作。就是在那个时候，后来发展成“仲混沌数学”的第一道线索，首度模模糊糊在他脑中浮现。

接着是在斯璀璘大学的那些年，他与雨果·阿马瑞尔一同工作，试图“重归一”那些方程式，除去构成麻烦的无限大，寻找迂回之道绕过最糟的混沌效应。事实上，他们得到的进展非常小。

但是现在，当了十年首相之后，他拥有一整层楼最新型的电脑，以及一整组研究各方面问题的工作人员。

出于必要，除了雨果与他自己之外，研究人员都只能了解各人直接负责的问题，对其他部分则不大清楚。在心理史学这座巨大的山脉中，他们每个人仅在某个小峡谷或矿脉露头工作，唯有谢顿与雨果看得见整座山脉。甚至他们两人也看不太清楚，它的顶峰都隐藏在云端，山坡则全被浓雾遮掩。

当然，铎丝·凡纳比里说得对，他必须开始引领研究人员深入整个神秘的国度。心理史学技术发展到这个程度，已经不再是两个人所能掌握的。而且谢顿渐渐上了年纪，即使他能再活好几十年，最有成就的黄金岁月当然早已成为过去。

就连雨果，也差一个月就要满三十九岁。虽然仍算年轻，对一位数学家而言却可能并不尽然。而且他研究这个问题的历史，几乎与谢顿同样长久，他作出创见与神来之笔的能力或许也在走下坡。

雨果看到他进来，便起身向他走过去。谢顿则以怜爱的目光望着他——雨果与谢顿的养子芮奇一样，都是不折不扣的达尔人。然而，尽管拥有强壮的体格与粗短的身材，如今他似乎一点也不像达尔人。他没有了两撇八字胡，他没有了那种口音，总之，他似乎不再有任何一种达尔意识。他甚至对九九·久瑞南的诱惑也无动于衷，虽然久瑞南曾经彻底打动达尔区民。

仿佛雨果不再认同对母区之爱，对母星之爱，甚至对帝国之爱。他只属于心理史学——完完全全、百分之百。

谢顿感到一种自愧弗如的自责。对于一生最初二十年在赫利肯上的岁月，他一直保有强烈的自觉，根本无法不把自己当赫利肯人。他常常怀疑，这个自觉会不会无意间背叛自己，导致他在心理史学上误入歧途。在理想状况下，想要将心理史学运用得当，应当有超越各个世界与行政区的眼光，将人类群体视为毫无特色的抽象对象，而这正是雨果做到的一件事。

谢顿则做不到，他对自己承认，同时默默叹了一口气。

雨果说：“我猜想，哈里，我们就要有些进展了。”

“你猜想，雨果？只是猜想而已？”

“我可不想没穿太空衣就跳进外太空。”他以相当认真的态度说（谢顿知道，他没有多少幽默感）。说完两人便走进他们的私人研究室，那是一个小房间，但具有极佳的屏蔽。

雨果坐下来，翘起二郎腿。“你最新提出的那个回避混沌的方案，也许一部分行得通。当然，要付出锐度作为代价。”

“那当然。以直接方法所获得的结果，以迂回之道便得不到。这就是宇宙运作的方式，我们也只好取个巧。”

“我们已经有点取巧，就像从毛玻璃望出去一样。”

“总比过去那些年，我们试着从铅板望出去好多了。”

雨果喃喃自语了几句，然后说：“我们已经能捕捉到明暗的光影。”

“解释一下！”

“我无法解释，但是我有元光体。为了制作这玩意，我累得像个……像个……”

“试试用瘸驮作比喻。那是我们赫利肯的一种动物，一种负重的兽类，川陀上见不到。”

“如果瘸驮夜以继日埋头苦干，那我花在元光体上的心血就是这样。”

他按下书桌上的键板，一个抽屉便解除了保安设定，接着无声无息地滑开。他从里面取出一个不透明的深色方块，谢顿立刻兴致勃勃地查看一番。元光体的线路是谢顿自己设计的，但将它拼装起来的则是雨果。一个巧手的聪明人，就是雨果最佳的写照。

房间暗了下来，方程式与关系式在空气中微微发光。许多数字在他们眼底展开，刚好翱翔于书桌正上方，仿佛悬挂在隐形木偶线的末端。

谢顿说：“太棒了。总有一天，只要我们活得够长，我们会让元光体产生一条数学符号所构成的河流，用来画出过去和未来的历史。我们能在里面找到许多支流和小河，并研究出改变它们的方法，好将它们导向我们偏爱的支流和小河。”

“前提是，”雨果冷淡地说，“假如我们明明知道自己弄巧成拙，却还活得下去。”

“相信我，雨果，每天夜里上床的时候，这个想法都还在折磨我。话说回来，我们尚未达到那个阶段。我们有的就只是这个，正如你说的，顶多像是透过毛玻璃看到模糊的光影。”

“够真实了。”

“你认为自己看到些什么呢，雨果？”谢顿仔细打量雨果，眼神有些严厉。近来他越来越胖，变得有点臃肿。他俯身电脑前的时间太多（如今则是俯身元光体前），四肢的活动实在不够。而且，虽然他偶尔会与某位女子约会，这点谢顿知道，他却一直没有结婚。这是个错误！即使一个工作狂，也会不得不腾出一点时间陪陪另一半，以及满足孩子们的需要。

谢顿想到自己仍然苗条的身材，以及铎丝想尽办法要他维持身材的努力。

雨果说：“我看到些什么？帝国有了麻烦。”

“帝国一向都有麻烦。”

“没错，但是这次比较特别，我们可能在核心会有麻烦。”

“在川陀？”

“我是这么想，但也可能是在银河外缘。要就是这里会有很糟的情况，说不定是内战，不然就是偏远的外围世界会开始四分五裂。”

“根本不必心理史学来指出这两种可能。”

“有趣的是两者似乎有互斥性，有你无我，两者同时发生的可能性非常小。这里！你看！这是你自己的数学，好好观察！”

他们俯身面对元光体所显现的内容，注视了良久。

最后谢顿终于说：“我看不出两者为何会互相排斥。”

“我也一样，哈里，但心理史学倘若只能显示你我看得出的结果，那又有什么价值呢？现在它对我们显示的，是某种我们看不出的东西。而它没有显示的则是，第一，哪种情况比较好；第二，我们要怎么做，才能使较好的情况发生，并压抑另一种的可能性。”

谢顿噘起嘴唇，接着缓缓道：“我能告诉你哪个情况比较好，那就是放弃外缘，保住川陀。”

“真的？”

“毫无疑问。我们必须保持川陀的稳定，最起码的原因就是我们住在这里。”

“我们自身的安逸当然不是决定性因素。”

“没错，但心理史学是。如果川陀的情势迫使我们终止心理史学的研究，保持外缘的完整对我们又有什么好处？我不是说我们会遭到杀害，但我们可能会无法工作。心理史学的发展和我们的命运已是一体。至于帝国，如果外缘正式脱离，那只会为帝国的分裂起个头，可能需要很长的时间才会抵达核心。”

“即使你是对的，哈里，我们要怎么做，才能维持川陀的稳定呢？”

“首先，我们必须思考一番。”

两人突然沉默下来，然后谢顿说：“思考不会让我感到快乐。如果帝国完全走在歧途上，而且开国以来始终如此，那该怎么办？每次和葛鲁柏聊天，我都会想到这一点。”

“葛鲁柏是谁？”

“曼德尔·葛鲁柏，一名园丁。”

“喔，就是那次行刺事件中，带着耙子跑来救你的那个人？”

“是的。由于那件事，我对他一直心存感激。他只有一支耙子，而其他潜在的同谋则有手铳，这才叫忠心。总之，和他聊天就像呼吸一阵清新的空气，我实在没办法把所有的时间都用来和宫廷官员或心理史学家谈话。”

“谢谢你啊。”

“得了吧！你知道我的意思。葛鲁柏喜欢露天的环境，他想要接触大大小小的风雨、刺骨的寒冷，以及天然气候所能带给他的一切。有些时候，我自己也怀念这些。”

“我可不。即使我从不到外面去，我也不在乎。”

“你是在穹顶之下长大的。但假设帝国是由一些简单的、未工业化的世界所组成，居民靠放牧和农耕为生，人口稀少而空间开阔，大家的日子会不会更好？”

“我觉得那样糟透了。”

“我找出一点空闲的时间，尽我所能检查了这个假设。在我看来，它似乎是个不稳平衡的例子。我所描述的那种地广人稀的世界，要不就是变得奄奄一息、荒芜贫瘠，跌落到毫无文化而近乎禽兽的层次——要不就是逐渐工业化。它就像竖起来的一根针，一定会朝其中一方倾倒。而实际的结果，则是几乎银河中每个世界都倒向工业化这边。”

“因为那样比较好。”

“也许，但它无法永远持续。如今，我们正在见证过度倾倒的结果。帝国无法再存在太久，因为它已经……已经过热了，我想不出其他的表达方式。其后的发展我们还不知道，如果借着心理史学，我们有可能设法阻止这场衰亡，或是更可能的情况，在衰亡之后强行复兴，会不会只是召来另一个过热周期？这是人类唯一的未来吗？就像西西弗斯那样，将圆石推到山顶，却眼看它再滚到山脚下？”

“西西弗斯是谁？”

“原始神话中的一个人物。雨果，你必须多读点书。”

雨果耸了耸肩。“好让我能了解西西弗斯的故事？那不重要。

说不定，心理史学能指引我们走向一个崭新的社会，它和我们所见过的制度完全不同，是个既稳定又令人向往的社会。”

“但愿如此，”谢顿叹了一口气，“但愿如此，但至今还没有它的踪影。在可见的未来，我们只好努力设法使外缘脱离，那将标示着银河帝国衰亡的开始。”

04

“我那样说，”谢顿道，“‘那将标示着银河帝国衰亡的开始。’而事实真是那样，铎丝。”

铎丝嘴唇紧绷，专心聆听这番话。当初，她以接受每件事物的一贯态度——平静，接受了谢顿的首相任命。她唯一的任务，就是保护他与他的心理史学。而她十分明白，他的新职位令这项任务更加艰巨。最佳的安全防范是不动声色，反正，只要帝国的标志“星舰与太阳”仍映在谢顿身上，世上一切有形的屏障都无法令人满意。

他们现在的生活十分豪华——对间谍波束以及有形的干扰皆有完善的屏蔽；她还能运用几乎无限的经费，对她自己的历史研究有莫大的助益——但这些都无法令她满足。她很乐意放弃这一切，只求换回斯璀璘大学原来的那间宿舍，如果能在某个没有熟人的不知名行政区，找一间无名的寓所则更好。

“这都非常有道理，哈里吾爱，”她说，“但是还不够。”

“什么还不够？”

“你提供给我的资讯。你说我们可能失去银河外缘，如何失去？为何失去？”

谢顿浅浅一笑。“要是能知道该多好，铎丝，但心理史学尚未达到能够告诉我们答案的程度。”

“那么，依你看，是不是那些遥远的地方总督，他们有野心要宣布独立？”

“当然，那是一项因素。历史上发生过这种事——这点你比我清楚得多——但从未维持多久，也许这次会是永久性的。”

“因为帝国变弱了？”

“是的，因为贸易不像以前那么顺畅，因为沟通管道变得比过去僵硬，因为事实上，外缘的总督都比以往更接近独立状态。如果其中之一，怀着特殊的野心崛起……”

“你能判断可能是哪个吗？”

“绝对办不到。在如今这个阶段，我们能从心理史学榨出来的明确知识只有一项，那就是若有哪个怀有非凡能力和野心的总督崛起，他将发现各种条件都比过去更为有利。但也可能还有其他事件：某些巨大的天然灾害，或是两个遥远的外围世界联盟突然爆发内战。目前为止，这些事件都还无法精确预测，但我们能断言，若有任何这类事件发生，都会导致远比一个世纪前严重许多的后果。”

“但如果你无法对外缘会发生什么事知道得更精确些，又怎能确定你采取的行动会使外缘脱离，而不是使川陀崩溃？”

“我将同时密切注意两者，并试着稳定川陀，而不干涉外缘的变化。在对它的运作只有这点了解的情况下，不能指望心理史学会自动指挥各个事件，所以我们必须不断用手动控制，姑且这样比方。在未来的日子里，心理史学技术将精益求精，手动控制的需要就会逐年降低。”

“但是，”铎丝说，“那是在未来，对不对？”

“没错，甚至这点也只是个希望罢了。”

“假如我们死守外缘，究竟是什么样的不稳定在威胁川陀呢？”

“同样的可能性：经济和社会因素、天然灾害、高级官员间的野心倾轧，此外还有别的。我曾对雨果打个比方，说帝国正处于过热状态，而川陀则是其中最热的部分。它似乎即将瓦解，各种基础公共设施——供水、暖气、废物处理、燃料管线，以及一切的一切——似乎都有不寻常的问题。最近，我越来越将注意力转移到这方面。”

“皇帝驾崩又如何呢？”

谢顿摊开双手。“那是无可避免的事，但克里昂目前健康状况良好。他和我同年，虽然我希望我们都更年轻些，但他并不算太老。他的儿子完全无法继承皇位，可是排队的人会很多，多到足以引起纷争，而使他的驾崩成为危机。但就历史的角度而言，它或许不至于酿成一场大祸。”

“那么，谈谈万一他遇刺吧。”

谢顿紧张兮兮地抬起头来。“别那么说，即使我们有屏蔽，也别用那样的字眼。”

“哈里，别傻了，那是必须考量的一个可能性。曾有那么一段时间，九九派差点就取得政权，假使他们成功了，那么大帝迟早……”

“或许不会，他当个傀儡会更有用。无论如何，忘掉这件事吧。久瑞南去年死在尼沙亚，一个相当可悲的人物。”

“他还有追随者。”

“当然，每个人都有追随者。你在研究川陀王国和银河帝国早期历史的过程中，有没有读到过我的故乡赫利肯上的星球党？”

“没有，没读到过。我不想伤你的心，哈里，但我不记得读过任何和赫利肯有关的历史事件。”

“我并不伤心，铎丝。没有历史的世界是快乐的，我总是这么说。言归正传，大约两千四百年前，赫利肯上出现一群人，深信赫利肯是宇宙中唯一的住人星球；赫利肯就是整个宇宙，外面就只是固体球壳所构成的天空，点缀着许多微小的星辰。”

“他们怎能相信这种事？”铎丝说，“我推测，他们当时已是帝国的一部分。”

“是的，但是星球党人坚持，一切有关帝国的证据不是幻觉便是蓄意的欺骗，而帝国的使者和官员，则是赫利肯人基于某种原因所假扮的。他们完全不可理喻。”

“后来怎么样？”

“我想，认为你自己的世界是唯一的世界，总是一件令人愉快的事。在星球党的全盛期，他们可能说动了全球百分之十的人口加入他们的运动。虽然只有百分之十，但他们是狂热的少数，因而淹没了冷漠的多数，险些就要接掌政权。”

“但他们没做到，对不对？”

“对，他们没做到。后来的发展是星球主义导致帝国型贸易锐减，赫利肯的经济滑落谷底。当信仰开始影响民众的荷包时，便很快不再受欢迎了。当时许多人对这段大起大落十分不解，可是我确定，心理史学将会证明这是必然现象，根本没有必要为它花任何心思。”

“我懂了。可是，哈里，这个故事的意义何在？我推测它和我们刚才讨论的题目有些关联。”

“关联就是，不论他们的主义在头脑清醒的人看来多么无稽，这样的运动绝不会完全消失。直到现在，在赫利肯上，直、到、现、在，仍然有些星球党人。为数不多，但每隔一段时间，就会有七八十个这样的人聚在一起，召开他们所谓的星球议会，彼此畅谈星球主义，从中获得极大的乐趣。好，短短十年之前，九九派运动对这个世界几乎构成极大的威胁，如果今天仍有余党残存，根本就不值得惊讶。即使在一千年后，仍旧可能有些残余的势力。”

“这些余党难道不可能构成危险吗？”

“我不大相信。当初是九九的领袖魅力，使那个运动变得危险，如今他已经死了。他甚至没有死得轰轰烈烈，或有任何引人注目之处；他只是逐渐凋零，死于潦倒落魄的放逐生涯。”

铎丝站了起来，双手紧握成拳，双臂前后摆动，迅速走到房间另一端。然后她又踱回来，站在仍坐着的谢顿面前。

“哈里，”她说，“让我说出心里的话。假如心理史学指出川陀有发生严重动乱的可能，那么若是九九派仍然存在，他们就可能仍在图谋行刺大帝。”

谢顿神经质地笑了几声。“你在捕风捉影，铎丝，放轻松点。”

可是他发现，自己却不容易忘掉她这番话。

05

克里昂一世所属的恩腾皇朝，统治帝国已经超过两个世纪，而卫荷区则一向有反恩腾皇朝的传统，此一心态可远溯早年卫荷区长出任皇帝的时代。卫荷皇朝并未持续多久，也没有出色的成就，可是卫荷的人民与统治者，皆难以忘怀一度拥有的至尊地位——不论它多不完美，多么短暂。十八年前，自命的卫荷区长芮喜尔那次挑战帝国的短命行动，同时提高了卫荷的自尊心与挫折感。

基于上述事实，不难了解在一小撮主谋者的感觉中，藏身卫荷如同躲在川陀其他各地一样安全。

此时，在本区某个废弃部分的一间屋子里，他们五人围桌而坐。这间屋子陈设简陋，但拥有极佳的屏蔽。

其中一张椅子，品质比其他几张稍显精致，根据这一点，即可判断坐在上面那名男子是领导者。他面容瘦削，脸色蜡黄，有一张宽阔的嘴巴，嘴唇则苍白得几乎看不见。他的头发有点灰白，但他的双眼燃烧着浇不熄的怒火。

他瞪着坐在他正对面那个人。与前者相较之下，那人显然年纪大得多，而且和蔼得多，他的头发几乎全白了，每当他说话时，丰满的双颊总是像要颤抖。

那领导者以严厉的口吻说："怎么样？你什么也没做，这点十分明显。解释一下！"

那位年长者说："我是老九九派，纳马提。我为什么需要解释我的行动？"

一度曾是拉斯金・九九・久瑞南左右手的坎伯尔・丁恩・纳马提，随即答道："老九九派多得是。有些无能，有些软弱，有些忘了自己的身份。身为一个老九九派，不比一个老笨蛋更有意义。"

那位年长者上身靠回椅背。"你在骂我是老笨蛋？我？卡斯帕・卡斯帕洛夫？我追随九九的时候，你甚至还没入党，只是个穷兮兮的无名小辈，正在四处寻找信仰。"

"我不是骂你笨蛋，"纳马提厉声道，"我只是说有些老九九派是笨蛋。你有个现成的机会，对我证明你不是他们的一员。"

"我和九九的关系……"

"别提啦，他已经死了！"

"我可认为他的精神长存。"

"如果这种想法对我们的斗争有帮助，就让他的精神长存吧。不过那是对别人，而不是对我们自己，我们知道他犯了一些错误。"

"我否认这一点。"

"别硬要把一个犯了错的普通人塑造成英雄。他以为光靠口舌之能，光靠言语，就能摇撼帝国……"

"历史告诉我们，过去曾有言语摇撼山岳的例子。"

"显然并非久瑞南的言语，因为他犯了错误。他以极其拙劣的手法，掩藏他的麦曲生出身。更糟的是，他让自己中了圈套，竟然指控首相伊图・丹莫刺尔是机器人。我警告过他，我反对提出那种指控，但他听不进去，结果被整垮了。现在让我们重新开始，好不好？不论我们对外如何利用久瑞南的精神，我们自己可别被它钉死了。"

卡斯帕洛夫默默坐在椅子上。其他三人轮流打量着纳马提与卡斯帕洛夫，三人都心甘情愿让纳马提主导这场讨论。

“随着久瑞南被放逐到尼沙亚，九九派运动四分五裂，眼看就要烟消云散。”纳马提粗声道，“事实上，要是没有我，它早已消失无踪。我一点一滴，一砖一瓦，将它重建成一个延伸川陀各个角落的网络。这点，我相信你是知道的。”

“我知道，首领。”卡斯帕洛夫喃喃道。使用这个头衔称呼对方，明白显示卡斯帕洛夫在寻求和解。

纳马提硬邦邦地笑了笑。他不坚持这个头衔，但他总是乐意听到别人这么称呼。他说：“你是这个网络的一环，你有你的责任。”

卡斯帕洛夫动来动去，显然内心正在自我交战。最后，他终于缓缓说道：“你刚才告诉我，首领，你曾经警告久瑞南，反对他指控老首相是机器人。你说他听不进去，但你至少说了出来。我能否有同样的权利，指出我眼中的一个错误，并且让你听听我的说法，就像当初久瑞南听你说那样，即使你同样不接受我的忠告？”

“你当然可以说出你的意见，卡斯帕洛夫。你到这里来，就是为了能这样做。你要指出什么？”

“我们采用的那些新战术，首领，本身就是个错误。它们导致了瘫痪，造成了破坏。”

“当然！那正是我们的目的。”纳马提在座椅中动来动去，努力控制着满腔怒火，“久瑞南试图说之以理，结果不成功，现在我们要以行动拉垮川陀。”

“需要多久？代价是什么？”

“需要多久就多久，至于代价嘛，其实微乎其微。这里一场停电，那里一场断水，一次污水淤塞，一次空调停摆。只会造成不方便和不舒适，如此而已。”

卡斯帕洛夫摇了摇头。“这种事是会累积的。”

“当然啦，卡斯帕洛夫，但我们要大众的沮丧和愤怒同样累积。听好，卡斯帕洛夫，帝国正在衰败，这点人人都知道，凡是有能力思考的人都知道。即使我们什么都不做，科技也会到处出问题。我们只是这里推推，那里拉拉，帮它加点速而已。”

“那会很危险，首领。川陀的基础公共设施复杂得不可思议，乱推一通可能令它整个瓦解。而要是拉错了线，川陀就会像积木屋一样垮掉。”

“目前为止还没有。”

“将来可能就会。而且，如果人们发现是我们动的手脚，那该怎么办？他们会把我们撕烂。不必召来保安部门或武装部队，暴民就会消灭我们。”

“他们怎么会知道该找我们算账？民怨的箭靶自然会是政府，会是皇帝的那些幕僚，他们不会再去找其他的目标。”

“明知是我们自己干的，我们又怎能活得心安理得？”

最后这句话是悄声问出来的，这位老者显然受到强烈情绪的驱使。卡斯帕洛夫以恳求的眼神，望着桌子对面的领导者——他曾宣誓效忠的对象。当初宣誓的时候，他相信纳马提会真正继承九九·久瑞南的作风，坚守自由的原则。现在卡斯帕洛夫却不禁怀疑，九九会希望他的梦想如此实现吗？

纳马提把舌头咂得咯咯响，活脱一个正在训诫犯错子女的家长。

“卡斯帕洛夫，你不能变得这么感情用事，对不对？一旦我们掌权，我们就会收拾残局，重建一切。我们将遵照久瑞南提倡的大众参与政府的遗训，增加民意代表，号召人民加入我们的行列。等到我们的政权巩固了，我们会建立一个更有效且更有力的政府。然后我们就会有个更好的川陀，以及一个更强大的帝国。我们会设立某种论坛制度，让其他世界的代表能够畅所欲言，但统治者一定得是我们。”

卡斯帕洛夫坐在那里，心中犹豫不决。

纳马提冷笑了一下。“你不确定吗？我们不会输的。目前为止一切十分顺利，今后仍会十分顺利。大帝还不晓得正在发生什么事，他连一点概念也没有。而他的首相是个数学家，没错，他毁了久瑞南，但此后他什么也没做。”

“他有个东西叫做……叫做……”

“别提了。久瑞南对它极其重视，但那是由于他来自麦曲生，就像他对机器人的狂热一样。这个数学家什么也……”

“叫做‘历史心理分析’或类似的东西，有一次我听久瑞南说……”

“别提了！你只要做好分内的事。你负责安纳摩瑞亚区的通风系统，对不对？很好，很好。随便你让它出什么毛病：或是让它停摆而使湿度升高，或是产生一种怪味，或是其他什么手段都好。这些都不会害死任何人，所以你不必有天大的罪恶感。你这么做，只会使人们觉得不舒服，升高大众的不快和恼怒。我们能信赖你吗？”

“可是，只会让年轻和健康的人不快或恼怒的事，也许会对婴儿、老人、病人有更大的……”

“你是不是要坚持任何人都不能受到伤害？”

卡斯帕洛夫咕哝了几句。

纳马提说：“不论做任何事，都不可能保证不会有人受到伤害，你只要做好分内工作就行。尽可能让受到伤害的人越少越好——倘若你的良心坚持如此——但给我做到！”

卡斯帕洛夫说：“听好！我还有一件事要说，首领。”

“那么说吧。”纳马提厌烦地答道。

“我们可以花许多年戳弄基础公共设施，但是总有一天，你会利用累积起来的不满情绪夺取政权。到时你打算怎么做？”

“你想知道我们究竟要怎么做吗？”

“是的。我们的攻击行动越快，破坏的程度就越有限，这个手术也就越有效率。”

纳马提慢慢地说：“我尚未决定这个‘外科手术’的本质，但它总会来到。在此之前，你会做好分内的事吗？”

卡斯帕洛夫顺从地点了点头。“会的，首领。”

“好了，那就走吧。”纳马提一面说，一面做了个表示解散的明快手势。

卡斯帕洛夫站起来，转身走了出去。纳马提目送他的背影，并对坐在自己右侧的人说：“卡斯帕洛夫不能信任了，他已经成了叛徒。他之所以想知道我们未来的计划，只是为了要出卖我们。去把他解决掉。”

那人点了点头，便和其他两人一同离去，留下纳马提单独坐在屋内。纳马提关掉发出光芒的壁板，只留下天花板上的一小方光源，使他不至置身全然的黑暗中。

他想：每条铁链都有必须剔除的脆弱环节。过去我们不得不这样做，结果是我们有了一个牢不可破的组织。

他在昏暗中露出微笑，将表情扭曲成一种凶猛的喜悦。毕竟，这个网络甚至延伸到了皇宫——虽然不太巩固，不太可靠，但它的确存在，而且今后会更强化。

06

没有穹顶遮盖的露天御苑，今天依旧是个温暖晴朗的天气。

这样的天气并不常见。谢顿记得铎丝曾告诉他，当初，这个冬季寒冷且终年多雨的地区，是如何获选为皇宫所在地的。

“其实并不是被选上的，”她说，“在川陀王国早期，它本是莫洛夫家族的属地。当王国变成帝国时，有许多地方可供皇帝居住，夏日避暑胜地、冬季避寒山庄、狩猎暂憩的小屋、海滨的度假别墅。后来，这颗行星逐渐被穹顶笼罩，当时住在这里的那位皇帝，由于太喜欢此地，所以让它一直保持露天。于是，只因为是唯一没有建造穹顶的地方，它变得分外特别，是个与众不同之地。这个独一无二的特点吸引了下一任皇帝……然后又是下一任……又是下一任……如此，传统于焉诞生。”

如同以往一样，每次听到类似的话，谢顿总会想到：心理史学会如何处理这种现象？它能预测到某处不会被穹顶遮盖，却绝对无法说出准确地点吗？它能做到即使只是这种程度吗？它会不会错误地预测有几处或没有一处保持露天？那位在关键时刻刚好在位、在突发奇想之下刚好作出决定的皇帝，心理史学如何能解释他的个人好恶？这样只会是一片混沌，还有疯狂。

克里昂一世显然喜爱这个好天气。

“我老了，谢顿。”他说，“这点根本不必我告诉你。我们同龄，我是指你和我。我不再有打网球或钓鱼的兴致，即使最近刚补了一批鱼苗，我只愿在小径上悠闲地漫步，这当然是上了年纪的征兆。”

他一面说一面吃着坚果，那是一种类似谢顿的故乡赫利肯上称为南瓜子的食物，不过体积较大，味道则没有那么可口。克里昂将它们轻轻咬碎，剥开薄薄的外壳，再将果仁丢进嘴里。

谢顿不会特别喜欢那种口味，不过，大帝既然赏赐他一些，他当然接下来，并且吃了几粒。

大帝手中握着几个果壳，正在胡乱四下张望，想找个容器之类的东西当垃圾桶。虽然没找着，他却注意到不远处站着一名园丁。那名园丁正立定站好（在皇帝面前理应如此），并且恭敬地低着头。

克里昂说："园丁！"

那名园丁迅速走过来。"参见陛下！"

"帮我把这些丢掉。"他一面说，一面将果壳拍到园丁手上。

"遵命，陛下。"

谢顿说："我这儿也有一些，葛鲁柏。"

葛鲁柏伸出手，近乎羞怯地说："遵命，首相。"

他随即退下，大帝却好奇地望着他的背影。"你认识这个人吗，谢顿？"

"启禀陛下，的确认识，是个老朋友。"

"那个'园丁'是你的老朋友？他是什么人？一个家道中落的数学界同仁？"

"不是的，陛下。或许您还记得那件事，那是在——"他清了清喉咙，寻思一个最有技巧的方式来叙述那个事件，"在陛下恩赐我这个职位不久之后，有个侍卫威胁到我的性命。"

“企图行刺。”克里昂抬头望向天空，仿佛是在保持耐性，“我不知道为何大家都那么怕用这个字眼。”

“也许，”谢顿流利地说，“对于吾皇遭遇不幸事件的可能性，我们远比您自己更感忧心。”奉承话竟然出口成章，令他觉得有点瞧不起自己。

克里昂露出嘲讽般的笑容。“我想是吧。这和葛鲁柏又有什么关系？那是他的名字吗？”

“是的，陛下，曼德尔·葛鲁柏。只要您稍加回忆，我确定您就会记起来，当初有个园丁带着一支耙子冲过来救我，勇敢地面对手持武器的侍卫。”

“啊，对。刚才那个人就是那名园丁吗？”

“启禀陛下，就是他。从此以后，我一直把他当成朋友，而我几乎每次来到御苑都会碰到他。我想他是在守护我，觉得我的命是属于他的。当然，我对他也很有亲切感。”

“我不怪你。既然我们谈起这件事，你那位令人畏惧的夫人，凡纳比里博士好吗？我不常见到她。”

“陛下，她是个历史学家，沉迷于过去的岁月中。”

“她不令你害怕吗？她真吓倒了我。我听说过她如何对付那个侍卫，令人几乎忍不住替他难过。”

“她是为了我才变得粗暴，陛下，但她最近没有机会那么做。如今非常平静。”

大帝又望着那名逐渐远去的园丁。“我们是否奖赏过此人？”

“我已经做了，陛下。他有妻子和两个女儿，我已经作好安排，为两个女儿都存了一笔钱，将来作为她们的子女教育费用。”

“很好。可是，我想，还需要给他升官。他是个好园丁吗？”

“极为优秀，陛下。”

“现任园丁长，莫康博——我不太确定记不记得他的名字——已经上了年纪，而且，说不定早已无法胜任那份工作，他眼看就要八十岁了。你认为这个葛鲁柏有能力接替他吗？”

“我确信他有能力，陛下，可是他喜欢目前的工作。这让他能待在露天的环境，接触各式各样的天气。”

“这个推荐倒很特别。我确定他能习惯行政工作，而且我实在需要找个人，把御苑改头换面一番。嗯……我得好好想一想，你的朋友葛鲁柏可能正是我需要的人。对了，谢顿，你说如今非常平静是什么意思？”

“我不过是指，陛下，宫廷中没有任何不和的迹象。而无可避免的弄权倾向，似乎也降到有史以来的最低点。”

“假使你是皇帝，必须应付所有的官员以及他们的牢骚，谢顿，你就不会这么说了。现在似乎每隔一周，我就会收到川陀某处发生某种严重故障的报告，你怎能告诉我一切平静？”

“这些事是一定会发生的。”

“我可不记得这种事在过去发生得那么频繁。”

“启禀陛下，也许是因为过去并不频繁。基础公共设施随着时间逐渐老化，想要切实做好修理的工作，需要时间、人力以及大量的经费。如今这个年头，人民是不会欣然接受加税的。”

“从来没有那样的年头。在我看来，这些故障正在给百姓带来极度的不便。一定不能继续这样，谢顿，你必须负责做到。心理史学是怎么说的？”

“它所说的和常识的判断一样，每样东西都会逐渐老化。”

“好啦，这种事足以把原本愉快的一天给我破坏了。我把这个问题留给你处理，谢顿。”

“遵命，陛下。”谢顿平静地说。

皇帝大摇大摆离去后，谢顿心想，这也足以破坏他原本愉快的一天。这个发生在核心的崩溃，正是他不欲见到的情况。可是他要如何阻止，并将危机转移到银河外缘呢？

心理史学没有说明。

07

芮奇·谢顿今天感到格外满足，因为这是几个月以来，他第一次和自己视为父母亲的两个人，享受一顿全家团圆的晚餐。他心里十分明白，就任何生物学角度而言，这两人都不是他的双亲，可是这并不重要。他只是怀着满腔的敬爱，微笑着面对他们。

此地环境不如昔日在斯瑞璘那般温馨，那时他们的家很小，充满亲切感，像是镶在大学里的一颗宝石。如今，十分遗憾，首相官邸的豪华气派根本无从遮掩。

芮奇有时会瞪着镜中的自己，怀疑这一切是怎么来的。他的个子不高，只有一米六三，比他的双亲都矮很多。虽然他的身材相当粗短，但结实健壮，绝不算胖。他有一头黑发，蓄着达尔人特有的八字胡，并尽可能将两撇胡子保养得又黑又密。

在镜子里，他仍然看得见当年那个街头顽童的影子。直到天大的幸运降临，让他巧遇谢顿与铎丝，他才脱离那种环境。当时谢顿年轻多了，而芮奇现在的样子，足以说明他自己几乎和当年的谢顿一样大了。奇怪的是，铎丝简直一点也没有变。她依然那么光鲜，那么精瘦，如同芮奇带他俩去脐眼找瑞塔嬷嬷那天一样。而他自己，出身穷苦的芮奇，如今已是政府的一员，是人口部里的一个小齿轮。

谢顿问："部里的事怎么样？有任何进展吗？"

"有一些，爸。法律通过了，法院裁定了，宣导也进行了。话说回来，要说动民众实在很困难。你爱怎么鼓吹手足之爱都行，可是没有人觉得情同手足。我的体认是达尔人和其他人一样坏，他们希望受到平等待遇，他们这么说，他们也这么想，可是有机会的时候，他们却不愿平等对待别人。"

铎丝说："想要改变人们的观念和心理，几乎是不可能的事，芮奇。只要试着做，倘若能消除最不公平的情况，那也就够了。"

"困难在于，"谢顿说，"有史以来，几乎没有人试过解决这个问题。人类一向被放任在'我比你好'的美妙游戏中腐化，收拾这个烂摊子可不容易。如果我们放任事态自行发展，持续恶化一千年，然后，比方说如果得花上一百年才能改善，我们是没什么好抱怨的。"

"有时我会想，爸，"芮奇说，"你给我这个工作是要惩罚我。"

谢顿扬起眉毛。"我能有什么惩罚你的动机？"

"因为我曾受到久瑞南的政治主张吸引，例如各区平等，以及在政府中增加民意代表。"

"这件事我不怪你，那些都是很吸引人的政见。但你也知道，久瑞南和他的同党只是拿它当夺权工具，事后……"

"可是你仍派我去骗他自投罗网，尽管我被他的论点吸引。"

谢顿说："我要你去做那件事，对我而言可不容易。"

"现在，你又要我替久瑞南履行他的政治主张，只为了让我了解这件事实际上多么困难。”

谢顿转向铎丝道：“你怎么说，铎丝？这孩子给我扣上卑鄙阴险的帽子，那根本不是我的性格。”

“这还用说，”铎丝的嘴角挂着一抹飘忽的笑容，“你不该给你父亲扣上那种帽子。”

“并不尽然。在日常生活中，再也没有比你更正直的人了，爸。但如果有必要，你知道你能够不择手段。这不正是你希望用心理史学做到的吗？”

谢顿悲伤地说：“目前为止，我用心理史学只做到很少很少。”

“太糟了。我一直在想，对于人类冥顽不灵这个问题，心理史学能够提出某种解答。”

“或许有，但即使如此，我也还没找到。”

晚餐结束后，谢顿说：“你我两人，芮奇，要来浅谈一番。”

“真的？”铎丝说，“我想我并未受到邀请。”

“部里的公事，铎丝。”

“部里才没事，哈里。你是要这可怜的孩子做些我不希望他做的事。”

谢顿坚定地说：“我当然不会要他去做任何他自己不希望做的事。”

芮奇说：“没关系，妈。让我和爸谈一谈，我保证事后全部告诉你。”

铎丝双眼向上翻。“事后，你们两个会声称是‘国家机密’，我知道。”

“事实上，”谢顿又以坚定的口吻说，“我需要讨论的正是国家机密，而且是最高机密。我没有开玩笑，铎丝。”

铎丝站起来，嘴唇绷得很紧。她离开餐厅前，还不忘丢下最后一句告诫："别把这孩子往狼群里丢，哈里。"

等她走了之后，谢顿心平气和地说："只怕把你往狼群里丢，正是我不得不做的事，芮奇。"

08

他们面对面坐在谢顿的私人研究室。谢顿将此地称为他的"思考空间"，他曾在这里花了无数个钟头，试图思考如何解决帝国与川陀政府种种复杂的问题。

他说："你是否读到不少有关全球性设施最近故障频仍的消息，芮奇？"

"是的，"芮奇说，"但你也知道，爸，我们住在一颗老行星上。我们应该做的是把大家撤离，挖出所有的东西，一样一样换新，并加上最新的电脑化设备，然后再把大家带回来，或者顶多带回一半。如果只有两百亿人口，川陀的情况会好得多。"

"哪两百亿？"谢顿带着微笑说。

"但愿我晓得。"芮奇黯然道，"问题是，我们不能翻新这颗行星，所以我们只好不停修修补补。"

"只怕正是如此，芮奇，可是这里头有些奇特之处。我对这件事有些想法，我要你帮我确定一下。"

他从口袋里掏出一个小球体。

"那是什么？"芮奇问。

“川陀的地图，内建有精密的程序。帮我个忙，芮奇，把桌面清理干净。”

谢顿将球体放在差不多桌面正中央的位置，再将右手放到座椅扶手的键板上面。他用拇指按下一个开关，室内的光线便暗下来，桌面上则映着柔和的乳白色光芒，似乎有一厘米那么厚。而那个球体早已摊平，一直伸展到桌面边缘。

这片光芒有多处慢慢变暗，逐渐形成一个图案。大约三十秒之后，芮奇惊讶地说:“这真是一张川陀地图。”

“当然，我早就说了。不过，你在各区的购物中心都买不到这种东西，这是武装部队所使用的装置。它能以球面表现川陀，但我想要说明的事，平面投影会显现得更清楚。”

“你想要说明什么，爸？”

“嗯，过去一两年来，各地的设施发生了许多故障。正如你说的，这是一颗老行星，故障在所难免，可是它们出现得越来越频繁，而且好像几乎都是人为错误的结果。”

“这难道不合理吗？”

“当然合理，但总有个限度。即使是和地震有关的意外，情形也是这样。”

“地震？在川陀？”

“我承认川陀是个地震相当少的行星。这也是件好事，因为整个世界包在穹顶之下，如果这个世界每年剧烈摇晃好几次，把穹顶的一部分震得粉碎，那将是极不切实际的。你母亲常说，帝国的首都会定在川陀，而不是其他世界，原因之一就是它在地质上死气沉沉——那是她不加修饰的说法。话说回来，它或许死气沉沉，却尚未真正死去。有些时候仍会有小型地震，过去两年就发生了三次。”

“我没有察觉，爸。”

“几乎没有人察觉。穹顶并不是单一的结构，它包括好几百个部分，若有地震发生，每一部分都能升高而形成隙缝，以纾解拉张力和压缩力。地震果真发生时，只会持续十秒至一分钟，因此穹顶裂开的时间很短。这种事来得疾去得快，底下的川陀人甚至毫无感觉。比起上头的穹顶裂开又阖上，以及闯入少许外界气候——不论是冷是热，他们对于轻微的震动，以及器皿的微弱声响要敏感得多。”

“那样很好，不是吗？”

“应该是的。当然，这是由电脑控制。任何地方一有地震，便会立刻触发控制当地穹顶开合的主控器，在震动强到足以造成破坏前，当地的穹顶便已开启。”

“这还是很好。”

“可是，在过去两年的三次小型地震里，穹顶控制器却每次都失灵。穹顶一直没有打开，因此事后都得修理。这需要花些时间，需要花些金钱，而且有好长一段时间，气候控制无法达到最佳标准。想想，芮奇，这类设备三次都失灵的机会有多少？”

“不高？”

“一点也不高，低于百分之一。我们可以假设，在地震发生前，控制器已被人动了手脚。再说，大约每一个世纪，我们会碰到一次岩浆泄漏，那种意外要更难控制得多。我真不敢想象，如果发生那种事，我们却未能及早察觉，将会造成什么后果。幸好它并未发生，而且不大可能，但是想想看……在这张地图上，你会看到过去两年间，似乎能归咎于人为错误的故障所发生的地点，虽然我们一向无法判断该归咎于什么人。”

“那是因为每个人都忙着保护自己。”

“只怕你的说法没错。这是任何官僚体系的共同特征，而川陀的官僚体系又是历史上最庞大的。可是，你对这些地点有什么看法？”

地图已经亮起许多小红光点，看来像是散布在川陀地表的小脓疱。

“这个嘛，”芮奇谨慎地说，“它们似乎分散得很均匀。”

“一点也没错，这正是耐人寻味之处。在我们的想象中，川陀上较古老的区域，或加盖穹顶最久的区域，它们的基础公共设施最为老旧，比较容易发生需要迅速决断的事件，因此会是人为错误的温床。好，我来把川陀较老的区域罩上蓝色，你将会发现，蓝色部分中的故障似乎没有较为频繁。”

“所以说？”

“所以说，我认为其中的意义，芮奇，就是这些故障并非自然的意外，而是蓄意的破坏，它的分布方式是要尽可能影响最多的人，使不满的情绪尽可能广布。”

“似乎不太像。”

“不吗？那么让我们看看，这些故障在时间中的分布又如何。”

蓝色部分与红点同时消失，一时之间，这张川陀地图成了一片空白。然后红色记号开始在各处出现，一次一个，此起彼落。

“注意，”谢顿说，“它们在时间上也没有凑在一起。先出现一个，接着是另一个，接着又是另一个，依此类推，几乎像是节拍机稳定的滴答声。”

“你认为这也是故意的？”

“一定是。不论是谁干的，他要以最小的力气导致最大程度的瘫痪，所以同时干两桩并没有用，因为就新闻的价值和大众的关注而言，效果会彼此部分抵消。也就是说，每次事件必须突显于充分的愤怒中。”

地图的光芒熄灭，室内照明重新开启，缩回原来大小的球体也被谢顿放回了口袋。

芮奇说：“谁会想干这一切？”

谢顿若有所思地说：“几天前，我接到一份卫荷区的凶杀案报告。”

“那没什么不寻常。”芮奇说，“就算卫荷不属于那种无法无天的行政区，每天一定也有许多凶杀案。”

“好几百件。”谢顿一面说一面摇头，“曾经有些大凶的日子，川陀一天之内横死的人数逼近百万大关。一般说来，找到每一个罪犯、每一名凶手的机会并没有多少。死者只是登记在案，成了统计数据。然而，这一宗则非比寻常。这个人是被人用刀杀死的，但手法并不熟练。他被发现时还活着，虽然已经奄奄一息。在咽气之前，他还来得及吐出两个字，那就是‘首领’。

“办案人员起了好奇心，于是验明了他的身份。他在安纳摩瑞亚工作，我们不知道他去卫荷干什么。但有个杰出的保安官，设法挖出了他是老九九派。他的名字叫卡斯帕·卡斯帕洛夫，众所周知他曾是拉斯金·久瑞南的亲信之一。现在他死了，被人用刀杀死的。”

芮奇皱起眉头。“你怀疑这又是一次九九派阴谋，爸？现在已经没有任何九九派了。”

“就在不久之前，你母亲还问我，是不是认为九九派仍在积极活动。我告诉她，任何古怪信仰总能保有一些中坚分子，有时可长达数世纪之久。他们通常不会很重要，只是一些零星集团，起不了什么作用。话说回来，万一九九派仍然维持一个组织，万一他们保有一定的力量，万一他们有办法杀害一个被视为叛徒的人，万一他们制造这些故障，是为了替夺权作准备，那该怎么办？”

“‘万一’可真不少，爸。”

“我知道，也许我全猜错了。那宗凶杀案发生在卫荷，而无巧不巧，卫荷从未发生过基础公共设施的故障。”

“那又证明什么？”

“这或许证明阴谋的中心就在卫荷，那些主谋者不想让他们自己不舒服，只想让川陀其他的人受罪。这也可能意味着一切根本和九九派无关，而是卫荷家族的成员干的，他们仍在梦想再度统治帝国。”

“喔，天啊，爸，你这个长篇大论只有一点点根据。”

“我知道。现在，姑且假设这的确是另一个九九派阴谋。久瑞南曾有个左右手，叫做坎伯尔·丁恩·纳马提。我们找不到纳马提死亡的记录，找不到他离开川陀的记录，也找不到他过去十年下落的记录。这没什么大不了的，毕竟在四百亿人口中，弄丢一个人是很容易的。我一生中曾有一段时期，也正是试图这样做。当然，纳马提或许死了，那会是最简单的解释，但是他也可能没死。”

“我们要做些什么呢？”

谢顿叹了一口气。“最合理的做法，就是交给保安部门处理，但我做不到。我没有丹莫刺尔的风采，他能震慑众人，我却不行。他拥有强势性格，而我只是个——数学家。我根本不该当首相，我天生就不适合。若非大帝对心理史学念念不忘，远超过它应得的重视，我绝不会当上首相。”

“你有那么点苛求自己，对不对，爸？”

“是的，我想的确如此。但我能够想象到，比方说我若是前往保安部门，带着我刚才用地图对你所作的推论，”他指了指已经腾空的桌面，“对他们解释说，我们正面临一桩极其危险的阴谋，但是对它的目的和性质却一无所知。他们会一本正经地听我说完，而在我离去后，他们就会笑成一团，笑我是个‘疯狂数学家’，然后什么也不做。”

“那我们要做些什么呢？”芮奇又回到原来的话题。

“是‘你’要做些什么，芮奇。我需要更多的证据，而我要你帮我找出来。我应该派你母亲去，但她在任何情况下都不会离开我。此时此刻，我自己则无法离开皇宫御苑。除了铎丝和我自己，我最相信的就是你；事实上，我对你的信任超过了我对铎丝和我自己。你仍然相当年轻，你身强体壮，你是个比我更优秀的赫利肯角力士，而且你很聪明。

“现在注意听，我不要你冒生命危险。别充英雄，别逞匹夫之勇。你若有个三长两短，我将无颜面对你的母亲。你只要尽力打探就好。你可能会发现纳马提仍然活着，正在运作——或是死了；你可能会发现九九派是个积极活动的团体——或是已经沉寂；你可能会发现卫荷的统治家族相当活跃——或是并非如此。任何这类情报都有价值，但并不是绝对重要。我真正要你查清的是，基础公共设施的故障是不是人为的，正如我所推测的那样，而更重要更重要的是，如果真是蓄意的破坏，那些主谋者还计划做些什么。在我看来，他们一定正在筹划致命的一击，如果是这样，我必须知道那是什么行动。”

芮奇谨慎地问：“你可有让我如何着手的计划吗？”

“我的确有，芮奇。我要你前往卫荷，前往卡斯帕洛夫遭到杀害的地方。可能的话，查出他是不是个积极的九九派，并且试试能否加入九九派的基层组织。”

“那也许有可能，我总是能假扮一个老九九派。没错，九九大发议论的时候我还相当年轻，但他的理念深深打动我，这甚至可以说是真的。”

“这倒没错，但是有个很重要的问题，你可能让人认出来。毕竟，你是首相的儿子，你不时会在全息电视上出现，而且你接受过访问，谈论你对各区平等的观点。”

“当然，可是……”

“没什么可是，芮奇。你要穿上增高鞋，让你的身高增加三厘米。我们还要找个人来，教你如何修改眉毛的形状，如何使你的脸型更饱满，以及如何改变你的音色。”

芮奇耸了耸肩。“一大堆无谓的麻烦。”

“还有！”谢顿以明显发颤的声音说，“你要剃掉你的八字胡。”

芮奇双眼张得老大，一时之间，他呆坐在骇然的沉默中。最后，他嘶哑地悄声道：“剃掉我的八字胡？”

“剃得和勺子一样干净，这样就没人会认出你来。”

“可是这办不到，这就像割掉你的——就像阉割一样。”

谢顿摇了摇头。“这只不过是一种文化。雨果·阿马瑞尔和你一样是达尔人，他就剃掉了八字胡。”

“雨果是个怪人。除了他的数学，我根本不觉得他还为什么活着。”

“他是个伟大的数学家，少了八字胡并不会改变这个事实。况且，这也不是什么阉割。你的胡子两个星期就会长回来。”

“两个星期！至少两年才能长到这样的……这样的……”

他举起一只手，仿佛要遮住并保护那两撇胡子。

谢顿无动于衷地说：“芮奇，你一定要这么做，这是你必须作的牺牲。如果你带着八字胡替我做间谍，你可能会——遭到伤害，我不能冒那种险。”

“我宁可死。”芮奇慷慨激昂地说。

“别那么戏剧化。”谢顿以严厉的口吻说，“你宁可不死，这是你必须做的一件事。然而——”说到这里，他犹豫了一下，“什么也别对你母亲说，我会设法安抚她。”

芮奇满怀挫折地瞪着父亲，然后以低沉而绝望的声调说：“好吧，爸。”

谢顿道：“我会找个人来指导你化装，然后你将搭乘喷射机到卫荷去。振作点，芮奇，这不是世界末日。”

芮奇露出无力的微笑。谢顿目送他离去，脸上挂着深切的愁容。两撇胡子很容易能长回来，可是儿子则不能。谢顿心中十分清楚，他正将芮奇送往虎穴。

09

我们每个人都有些小小的幻想，而克里昂——银河之帝，川陀之王，以及其他一大串在特殊场合能高声宣诵许久的头衔——则深信自己是个具有民主精神的人。

每当丹莫刺尔（后来是谢顿）对他想要采取的行动提出劝阻，理由是这种行动会被视为“暴虐”与“独裁”，总是会令他愤愤不已。

克里昂本质上并非暴君或独夫，这点他很确定，他只是想要采取坚定而果决的行动。

他曾多次带着怀旧的赞许口吻，谈到皇帝能自由自在和子民打成一片的日子，可是如今，随着（成功的或未遂的）政变与行刺成为生活中可怕的事实，出于实际需要，皇帝当然只好与世隔绝。

克里昂一生中，唯有在最严格控制的场合才见得到外人。可想而知，假如在毫无准备的情况下遇到陌生人，很难相信他会真正感到自在，但他总是幻想自己会喜欢。因此若能有个难得的机会，在御苑中和某个下属谈笑风生，将皇家规范暂时抛掉几分钟，他会感到十分兴奋，那将使他觉得自己很民主。

比如说，谢顿提到过的那名园丁，就是很好的人选。对他的忠心与英勇做个迟来的奖赏，并由克里昂亲自执行，而不是假手某个官员，那将会十分合适，甚至是一件赏心乐事。

因此，在这个玫瑰盛开的季节，他安排自己在广阔的玫瑰园中见这个人。那样会很适当，克里昂心想，可是，当然需要先将那名园丁带去那里。让皇帝等待是不可思议的，民主是一回事，造成不便则另当别论。

那名园丁正站在玫瑰丛中等他，双眼睁得老大，嘴唇打着哆嗦。克里昂忽然想到，可能还没有人告诉园丁召见的确实理由。好吧，他将以和蔼亲切的方式安抚他。只不过，他现在才想到，他不记得这个人的名字。

他转头对身旁的一名官员说："这个园丁叫什么名字？"

"启禀陛下，他叫曼德尔·葛鲁柏，他在这里已经当了三十年的园丁。"

大帝点了点头。"啊，葛鲁柏，我多么高兴接见一个杰出而努力的园丁。"

"启禀陛下，"葛鲁柏的声音含糊不清，他的牙齿正在打战，"我不是个多才多艺的人，但我总是竭尽全力为仁厚的陛下办事。”

“当然，当然。”大帝嘴里这样说，心里则怀疑这名园丁是否以为自己在讽刺他。这些低下阶层的人，欠缺良好的教养和敏锐的心思，总是使他难以展现民主作风。

克里昂说：“我从我的首相那里，听到你当初冒死拯救他的一番忠心，以及你照顾御苑的技艺。首相还告诉我，说你和他相当友好。”

“启禀陛下，首相对我再和气不过。可是我知道自己的地位，我绝不主动和他说话，除非他先开口。”

“没错，葛鲁柏，这显示出你的好规矩。不过，首相和我一样，是个具有民主素养的人，而我信任他的识人之明。”

葛鲁柏深深鞠了一躬。

大帝又说：“你也知道，葛鲁柏，园丁长莫康博相当老了，一直渴望退休。责任变得越来越重，连他都已无法承担。”

“陛下，园丁长深受全体园丁的尊敬。愿他长命百岁，好让我们能继续领受他的智慧和见识。”

“说得好，葛鲁柏，”大帝漫不经心地说，“可是你心知肚明，那只是一句废话。他不会长命百岁，至少不会再有这个职位所必需的精力和智力。他自己请求在今年退休，而我已经批准，只等找到替代的人选。”

“喔，陛下，在这个堂皇的御苑中，有五十个男女园丁能胜任园丁长。”

“我想是吧，”大帝说，“但我的选择落在你身上。”大帝露出优雅亲善的笑容。这是他一直等待的一刻，在他的期待中，葛鲁柏现在会感激涕零而双膝落地。

他并没有那么做，大帝因而皱起眉头。

葛鲁柏说："启禀陛下，这么大的荣耀，小人担当不起，万万不可。"

"胡说八道。"自己的判断竟受到质疑，令克里昂深感不快，"该是你的美德得到褒扬的时候了。你再也不必经年累月暴露在各种天气中，而将坐镇于园丁长的办公室。那是个好地方，我会替你重新装潢，你可以把全家搬过来。你的确有个家，对不对，葛鲁柏？"

"是的，陛下。我有妻子和两个女儿，还有一个女婿。"

"很好，你会过得非常舒服，会喜欢你的新生活，葛鲁柏。你将待在室内，葛鲁柏，远离室外的天气，像个真正的川陀人。"

"陛下，念在我本是安纳克里昂人……"

"我想过，葛鲁柏。在皇帝眼中，所有的世界都是一样的。就这么决定了，这个新工作是你应得的。"

他点了点头，便大摇大摆地走了。对于刚才这场施恩的表演，克里昂感到还算满意。当然，他应该还能从此人身上多挤出一点感激和谢忱，但至少这件工作完成了。

比起解决基础公共设施故障的问题，这件事要容易得多。

克里昂曾在一时暴怒中，宣称无论任何故障，只要能归咎于人为错误，犯错的人就该立即处决。

"只要处决几个人，"他说，"你无法想象人人会变得多么小心。"

"启禀陛下，"谢顿则说，"只怕这类独裁行为不会达到您所预期的结果。它或许会逼得工人罢工，而陛下若试图强迫他们复工，就会引发一场叛乱；您若试图以军人取而代之，将发现他们根本不懂如何操作那些机器，所以故障的发生反倒会变得频繁得多。"

难怪克里昂转而处理园丁长的任命案，并且感到是一大解脱。

至于葛鲁柏，他望着逐渐走远的皇帝，在极度惊恐中不寒而栗。他将要失去呼吸新鲜空气的自由，将要被关在四面墙壁筑成的牢房中。然而，他又怎能拒绝皇帝的旨意？

10

在卫荷一家旅馆的房间中，芮奇满面愁容地照着镜子。这是一间相当残破的套房，但芮奇照理不该有太多信用点。他不喜欢镜中的影像，他的八字胡没了，他的侧腮须短了，两侧与后脑的头发也经过修剪。

他看来好像——被拔了毛。

更糟的是，由于脸型轮廓的改变，他成了一个娃娃脸。

真丑怪。

而他的任务也毫无进展。谢顿给了他一份有关卡斯帕・卡斯帕洛夫之死的报告，他已经研究过了。里面没有写些什么，只提到卡斯帕洛夫是被谋杀的，当地保安官并未查出这宗凶案有任何重大牵连。反正，保安官对它并不重视甚至毫不重视，这点似乎相当明显。

这并不令人惊讶。过去这一个世纪，大多数世界的犯罪率都有显著的上升，川陀这个极度复杂的世界更不例外，却没有任何一处的保安官有心解决这个问题。事实上，无论就数量或效率而言，各地的保安部门都在走下坡，而且越来越腐败（虽然这点难以证明）。既然待遇跟不上生活消费的涨幅，这种现象乃是必然的。想要公务员保持清廉，必须喂饱他们才行。倘若做不到，他们一定会用其他方式来补贴薪资。

谢顿鼓吹这个道理已经有好些年，却收不到任何成效。调整薪资不可能不加税，而民众对于加税绝不会乖乖就范，却宁可在行贿上损失十倍的信用点。

谢顿曾经说过，这是过去两个世纪以来，帝国社会整体恶化的一部分表现。

好了，芮奇该怎么做呢？他现在下榻的这家旅馆，就是卡斯帕洛夫遇害前所住的那一家。在这家旅馆里，或许有人与这宗谋杀案有关，或者知道谁是关系人。

在芮奇想来，他必须使自己十分显眼。换句话说，他必须对卡斯帕洛夫的死显得关切，然后才会有人对他关切，进而找上门来。这样做很危险，但他若能使自己看来没什么恶意，他们或许不会立刻发动攻击。

好吧……

芮奇看了看自己的计时带。现在酒吧中会有些人，正在享受晚餐前的开胃酒。他最好加入他们，看看会不会发生什么事。

11

就某些方面而言，卫荷可以说是个相当禁欲的地方。（每一区皆是如此，只不过某区的标准可能与另一区完全不同。）在此地，饮料中不含酒精，而是以合成配方达到提神的目的。芮奇不喜欢这种口味，发觉自己根本无法适应，但是一杯在手，他就能一面慢慢喝，一面四下张望。

有一位年轻女子坐在数张桌子之外，接触到她的目光后，他的视线便难以转开。她相当吸引人，显然卫荷并非每一方面都禁欲。

一会儿之后，这位年轻女子浅浅一笑，站了起来。她轻飘飘地走向芮奇，芮奇则满腹心事地望着她。此时此刻（他万分遗憾地想到），他简直不可能再节外生枝。

她来到芮奇身边，站了一下，然后轻巧地滑进旁边一张椅子。

“嗨，”她说，“你看来不像这儿的常客。”

芮奇微微一笑。“我不是。你认识所有的常客吗？”

“差不多。”她一点也没有不好意思，“我叫玛妮拉，你呢？”

芮奇此时更感遗憾。她个子相当高，比他自己没穿高跟鞋时更高（这一向是吸引他的一项特点），有着乳白色的肌肤，而一头稍带起伏的长发则透着显著的深红色光辉。她的衣着不太鲜艳，而假使她再努力一点模仿，应该就能像个“不必辛勤工作阶级”的体面女子。

芮奇说："我的名字不重要，我没多少信用点。"

"喔，太可惜了。"玛妮拉做个鬼脸，"你不能弄些吗？"

"我想啊。我需要一份差事，你知道有什么机会吗？"

"什么样的差事？"

芮奇耸了耸肩。"我没有任何不得了的工作经验，但我可不自大。"

玛妮拉若有所思地望着他。"告诉你一件事，无名氏先生，有些时候根本不必任何信用点。"

芮奇立时愣住了。过去他对异性相当有办法，但那是有八字胡的时候——有八字胡的时候！现在，她能在他的娃娃脸上看到什么？

他说："告诉你一件事，几个星期之前，我有个朋友住在这里，现在我却找不到他。既然你认识所有的常客，或许你也认识他。他名叫卡斯帕洛夫，"他稍微提高音量，"卡斯帕·卡斯帕洛夫。"

玛妮拉茫然地瞪着他，同时摇了摇头。"我不认识什么人叫那个名字。"

"太可惜了。他是个九九派，而我也是。"对方再度现出茫然的表情。"你知道九九派是什么吗？"芮奇问。

她又摇了摇头。"不知道。我听过这个名称，但我不知道是什么意思。那是某种工作吗？"

芮奇觉得很失望。

他说："那可说来话长。"

这话听来像是打发她走。迟疑一下之后，玛妮拉便起身飘然而去，这回没有再露出笑容。她竟然待了那么久，芮奇不禁有点惊讶。

不过，谢顿始终坚持芮奇有讨人喜欢的本事——但当然不是指这一类"职业妇女"。对她们而言，酬劳就是一切。

他的目光自然而然跟着玛妮拉，看到她停在另一张桌子旁边。该处独坐着一名男子，那人刚届中年，一头乳黄色头发平滑地向后梳。他的脸庞刮得非常干净，芮奇却觉得他可以留一把络腮胡，因为他的下巴太过突出，而且有点不对称。

显然玛妮拉也未能从那名男子身上捞到什么。他们交谈几句，她便走了开。太糟了，但她绝不可能常常失败，她无疑是那种引人遐思的女子。

芮奇相当不自觉地开始寻思，假使自己能采取行动，会有什么样的结局？然后，芮奇察觉又有人来到身边，这回是个男的；事实上，正是玛妮拉刚才攀谈的那个人。他感到十分震惊，自己竟然想得出神，让人在不知不觉间凑近，还着实冷不防吓自己一跳。他实在承担不起这种风险。

那名男子望着他，眼中射出好奇的光芒。“你刚刚和我的朋友在聊天。”

芮奇不禁露出灿烂的笑容。“她是个很友善的人。”

“是的，没错。而且她是我的‘好友’，我忍不住偷听了你对她说的话。”

“没啥不对劲吧，我想。”

“一点也没有，但你自称是九九派。”

芮奇的心脏几乎跳出来。他对玛妮拉说的那番话，终究还是正中红心。那些话对她毫无意义，但对她的“朋友”似乎不然。

这表示他找到了门路吗？或者只是找到麻烦？

12

芮奇尽全力打量这位新朋友，却不让自己满脸的纯真消失无踪。此人有一对尖锐的淡绿色眼睛，他的右手握成拳头放在桌上，看起来颇具威胁性。

芮奇一脸严肃地望着对方，默默等待。

于是，这人又说："据我了解，你自称是九九派。"

芮奇尽量显得坐立不安，这倒不难。他说："先生，问这做什么？"

"因为我认为你年纪不够。"

"我的年纪足够，我以前常在全息电视上，看九九·久瑞南的演讲。"

"你能引述几句吗？"

芮奇耸了耸肩。"不能，但我掌握了概念。"

"你真是个勇敢的年轻人，竟敢公然宣称是九九派，有些人不喜欢听到这种事。"

"我听说卫荷有许多九九派。"

"有可能。这就是你来这里的原因吗？"

"我在找一份差事，也许其他的九九派会帮我。"

"达尔也有些九九派。你是从哪里来的？"

毫无疑问，他听出了芮奇的口音，这点是无法伪装的。

芮奇说："我生在千丸区，但我青少年时期几乎都住在达尔。"

"做些什么？"

"没做什么，上上学什么的。"

"你为什么是九九派？"

芮奇故意让自己变得激动些。他既然住在饱受压迫与歧视的达尔，不可能没有成为九九派的明显理由。他说："因为我认为，帝国应该有个更能代表民意的政府，让更多的民众参与，而各区还有各世界之间应该更加平等。任何有头脑、有心肠的人不都是这么想吗？"

"你想见到帝制被废除吗？"

芮奇顿了顿。虽然发表任何颠覆性言论都能没事，但公然反帝的论点则超出这个界限了。于是他说："我可没那么讲。我信任皇帝陛下，可是整个帝国远非一个人治理得了的。"

"不是一个人，还有整个的帝国官僚体系。你对首相哈里·谢顿有什么看法？"

"对他没啥看法，对他并不清楚。"

"你只知道政府事务应当更加反映民意，对不对？"

芮奇让自己露出一副困惑状。"那是九九·久瑞南以前常说的。我不知道你管它叫什么，我听过有人管它叫'民主'，但我不知道那是什么意思。"

"民主是某些世界尝试过的一种制度，有些世界则仍在尝试，但我没听说那些世界治理得比其他世界更好。所以说，你是个民主人士？"

"这是你用的称呼吗？"芮奇故意垂下头来，仿佛陷入沉思，"我觉得称九九派自在多了。"

"当然，身为达尔人——"

“我只不过在那里住过一阵子。”

“——你完全赞成诸如人人平等这类的主张。达尔人身为被压迫的一群，自然会有那样的想法。”

“我听说卫荷人对九九思想也十分热衷，他们可没受到压迫。”

“理由不同。历任卫荷区长总是想当皇帝，你知道这件事吗？”

芮奇摇了摇头。

“十八年前，”那人继续说，“芮喜尔区长差点就发动一场成功的政变。所以与其说卫荷人是九九派，不如说他们是反克里昂的叛逆。”

芮奇说：“我对这种事啥也不晓得，我可不反对皇帝。”

“但你赞成伸张民意，对不对？你是否认为某种民选的集会能治理银河帝国，而不至于陷入政争和党同伐异？不至于瘫痪？”

芮奇说：“啥？我可不懂。”

“你是否认为在紧要关头，一大群人能很快作出决定？或是他们只会坐在那里争论不休？”

“我不知道。可是，目前只有少数人能为所有的世界作决定，这似乎不太合理。”

“你愿意为你的信仰而战吗？或者你只是喜欢口头说说？”

“没人要我作任何战斗。”芮奇答道。

“假设有人要你这么做，你认为你对民主——或是对九九哲学的信仰有多少分量？”

“我会为它而战，只要我认为这样会有好处。”

“好个勇敢的小伙子。所以说，你来卫荷是为了你的信仰而战。”

“不，”芮奇不自在地说，“我不能这么讲。先生，我是来找一份差事。这年头，找份差事可不容易。而且我没啥信用点，人总得活下去。”

“我同意。你叫什么名字？”

这个问题在毫无预警之下冒出来，但芮奇早已有所准备。“普朗什。”

“是名还是姓？”

“据我所知，就这么个名字。”

“你没有信用点，而且我猜，受的教育也极少吧。”

“只怕就是这样。”

“没有任何专业工作经验？”

“我没做过啥事，但我愿意做。”

“好的。我告诉你怎么办，普朗什。”他从口袋里掏出一个白色的小三角形，按了几下，上面便显出一行字迹。然后他用拇指抹了一抹，将那行字迹固定。“我会告诉你该到哪里去。你带着这东西，它能帮你得到一份工作。”

芮奇接过那张三角卡片，瞄了一眼。那行字迹似乎会发出萤光，但芮奇却读不懂。他机警地望向对方，问道：“万一他们以为是我偷来的呢？”

“这东西是偷不走的。它上面有我的标志，现在又有你的名字。”

“万一他们问我你是谁呢？”

“不会的，你就说你要一份工作。这是你的机会，我不能保证，但这是你的机会。”他又给了芮奇一张卡片，“这是你该去的地方。”这回芮奇看懂了上面的字。

“谢谢你。”他咕哝道。

那人做了一个打发他走的小手势。

芮奇起身离去，不知道自己将碰到什么。

13

来来回回，来来回回，来来回回。

葛列布·安多闰望着坎伯尔·丁恩·纳马提，后者踏着沉重的步伐来来回回。在狂暴的激情驱动下，纳马提显然无法安分地坐着。

安多闰心想：他并不是帝国中甚至这个运动中最聪明的人，也不是最机灵的人，更绝非最具理性思考能力的人，所以必须时时有人替他踩煞车——但他的自我驱策却是其他人都比不上的。我们会放弃，会罢手，而他不会。或推，或拉，或刺，或踢，他无所不用其极。嗯，也许我们需要一个像这样的人。不，我们一定得有个像这样的人，否则将一事无成。

纳马提停下脚步，仿佛感到安多闰的目光有如芒刺在背。他转过身来，说道："如果你要为卡斯帕洛夫的事教训我，那就省省吧。"

安多闰微微耸了耸肩。"何必教训你呢？事情已经干下了，伤害——如果真有的话——已经造成了。"

"什么伤害，安多闰？什么伤害？假使我没那样做，我们才会受到伤害。那人眼看就要成为一名叛徒，不出一个月，他就会跑去……"

"我知道。当时我在场，我听到他说些什么。"

"那么你该了解我别无选择，别无选择！你不会以为我喜欢杀害一位老同志吧？我别无选择。”

“很好，你别无选择。”

纳马提再度迈开沉重的步伐，然后又转过身来。“安多闰，你相信神吗？”

安多闰双眼圆睁。“相信什么？”

“神。”

“我从来没听过这个字眼。那是什么？”

纳马提说：“它不是银河标准语。就是超自然影响力，这样懂了吗？”

“喔，超自然影响力。你何不早说呢？不，我不相信那种事。根据定义，存在于自然律之外的事物才称为超自然，可是没有任何事物存在于自然律之外。你变成一名神秘论者了？”安多闰的问法仿佛在开玩笑，但他的眼睛眯起来，并透出突如其来的关切。

纳马提将他的目光逼回去，他那对冒火的眼睛能逼回任何人的目光。“别傻了。我一直在读这方面的资料，好几兆人都相信超自然影响力。”

“我知道，”安多闰说，“人们总是这样。”

“在有历史之前，人们就有这种信仰。‘神’这个字出处不详，显然是某种原始语言的遗物，除了这个字，那种语言本身已无迹可寻。你可知道各式各样对各种神的信仰有多少吗？”

“我敢说，大约和银河人口中各式各样的傻瓜一样多。”

纳马提并未理会这句话。“有些人认为，这个字起源于所有的人类都活在同一个世界上的时代。”

“那本身就是个神话概念，和超自然影响力的想法一样疯狂，其实从来没有什么人类的起源世界。”

“一定有的，安多闰。”纳马提有点恼怒，“人类不可能在许多不同的世界上演化，而结果却变成单一的物种。”

“即使如此，实际上也没有什么起源世界。它没法找到，它无法界定，所以不能有条有理地叙述，所以它实际上并不存在。”

“这些神，”纳马提循着自己的思路说下去，“据说会保护人类，庇佑他们平安，至少会照顾其中懂得利用神的那些人。在只有一个人类世界的时代，大可假设他们对那个人数不多的小世界特别眷顾。他们会照顾那样一个世界，仿佛他们是老大哥，或是父母。”

“他们可真好，我倒想看看他们如何应付整个帝国。”

“倘若他们做得到呢？倘若他们的能力无穷无尽呢？”

“倘若太阳冻结了呢？‘倘若’这种说法有什么用？”

“我只是在臆测，只是在想。你从没让自己的心灵自由翱翔吗？你总是把一切都拴起来吗？”

“在我的想象中，拴起来是最安全的办法。你那翱翔的心灵告诉你些什么，首领？”

纳马提的目光猛然射向对方，仿佛他怀疑那是一句讽刺，但安多闰的脸庞依旧透着和气与茫然。

纳马提说：“我的心灵告诉我的是——倘若真有神，他们一定站在我们这边。”

“太好了——果真如此的话。但证据在哪里？”

“证据？如果没有神，我想那就只是巧合，不过却是非常有用的巧合。”纳马提突然打了一个呵欠，并且坐下来，显得十分疲倦。

很好，安多闰心想。他那疾驰的心灵终于减速，现在他比较不会语无伦次了。

“基础公共设施内部故障这件事……”纳马提的音量明显地降低。

安多闰打岔道："你可知道，首领，卡斯帕洛夫对此事的看法并非全无道理。我们持续得越久，帝国军警发现真相的机会就越大。而这整个计划，迟早一定会在我们面前引爆。"

"还没有。目前为止，每件事都是在皇帝面前引爆，川陀的不安是我感觉得到的。"他举起双手，十指互相搓揉，"我感觉得到。而且我们几乎大功告成，我们即将跨出下一步。"

安多闰冷笑了一下。"我不是在问细节，首领。卡斯帕洛夫曾经那样做，看看他现在哪儿去了，我可不是卡斯帕洛夫。"

"正因为你不是卡斯帕洛夫，所以我能告诉你。另一个原因是，我现在知道了一件当时不知道的事。"

"我推测，"安多闰对自己要说的话半信半疑，"你打算对皇宫御苑发动攻击。"

纳马提抬起头来。"当然，否则还能怎么做？然而，问题是如何有效地渗透进御苑。我在那里有情报来源，但他们只是间谍，我需要战斗人员潜入该处。"

"派遣战斗人员潜入全银河防卫最森严的地区，不会是一件容易的事。"

"当然不会，长久以来，那正是让我头痛欲裂的问题。现在，神来帮助我们了。"

安多闰温和地说（他要极力克制自己，才不会显露厌恶感）："我认为我们不需要做形而上的讨论，把那些神搁在一边吧，究竟发生了什么事？"

"我获得的情报是，仁慈温厚、永受兆民爱戴的克里昂大帝一世，已经决定任命一名新的园丁长。将近四分之一世纪以来，这是第一次重新任命。"

"那又怎样？"

“你看不出其中的玄机吗？”

安多闰想了一下。“我不是你口中那些神的宠儿，我看不出任何玄机。”

“新的园丁长上任，安多闰，情形就和任何类型的新任行政官上任一样，甚至和一名新首相或新皇帝上任没有两样。新任园丁长当然想要自己的班底，他会强迫他眼中的朽木退休，会雇用几百名年轻的园丁。”

“有可能。”

“不只有可能，是一定会。现任园丁长刚上任的时候，就发生过这种事情，他的前任也一样，每一任都一样。来自外围世界的几百个陌生面孔……”

“为何来自外围世界？”

“动动你的脑筋——要是你还有的话，安多闰。川陀人一辈子住在穹顶之下，照顾的都是盆栽植物、笼中鸟兽，以及排得整整齐齐的谷类作物和果树，他们对园艺懂得些什么？他们又对野生世界懂得些什么？”

“啊啊啊，现在我懂了。”

“所以这些陌生面孔将涌进御苑。据我推测，他们将接受仔细的检查，但如果他们是川陀人，受到的审查就不会那么严格。而这就意味着，不用说，我们应该能派几个自己人，利用伪造的身份混进去。即使有些被剔出来，仍然可能有人成功——一定得有人成功。尽管在谢顿就任首相之初，”正如以往一样，他简直是啐出“谢顿”这个名字来的，“发生那场失败的政变后，皇宫建立起超级严密的安全体系，我们的人仍将混进去。我们终于等到机会了。”

现在轮到安多闰觉得头昏眼花，好像跌进一个打转的漩涡。“我这样讲似乎有点奇怪，首领，可是它和‘神’这档子事还真有些关联，因为我有件事一直等着告诉你，现在我看出来，它配合得天衣无缝。”

纳马提以狐疑的目光望向对方，同时又将房间扫视一遍，仿佛突然担心起安全问题。但是这种担忧毫无根据，这个房间深藏在一组老式的住宅建筑群中，并具有完备的屏蔽。没有人能窃听他们的谈话，而且即使获得详细的路线指示，也没有人能轻易找到此处，何况还必须穿过组织的忠贞成员所提供的层层保护。

纳马提道：“你在说些什么？”

“我已经帮你找到一个人，一个年轻人——非常天真。他是个讨人喜欢的小伙子，是你一看就觉得可以信任的那种人。他有一张正直的面孔，一双精明的大眼睛。他住在达尔，对平等有着狂热，他认为久瑞南的伟大只有达尔椰子霜才比得上。而且我确定，我们能轻易说服他为政治信仰做任何事。”

“为政治信仰？”纳马提的疑心丝毫未曾减轻，“他是我们的一分子吗？”

“实际上，他不属于任何组织。他脑袋里有点模糊的概念，知道久瑞南提倡各区平等。”

“当然，那是久瑞南的诱饵。”

“也是我们的诱饵，但这小子真心相信。他大谈平等以及大众参与政府的主张，他甚至提到了民主。”

纳马提暗笑几声。“两万年以来，民主从来没有存在过多久，而且结局总是四分五裂。”

“没错，但那和我们无关，重要的是，它是那个年轻人的原动力。我告诉你，首领，几乎在我看到他的那一刻，我就知道我们找到了工具，只是我还不知道我们该怎样用他。现在我知道了，我们可以让他扮成园丁，把他送进皇宫御苑。”

“怎么送？他对园艺有任何了解吗？”

“没有，我确定没有。除了无需技术的劳力，他没做过任何工作。目前，他负责操作一架牵引机，我想他连这个工作都得有人教。话说回来，我们若能让他以园丁助手的身份混进去，只要他懂得怎么拿大剪刀，那我们就成功了。”

“成功什么？”

“成功送进一个人，他能接近我们的任何目标，而不至于引起猜疑，并能在足够近的距离发动攻击。我告诉你，他全身散发着一种正直的憨态，一种傻乎乎的美德，会博取任何人的信任。”

“而他会遵照我们的指示行事？”

“正是这样。”

“你是怎么遇到这个人的？”

“不是我，真正发掘他的是玛妮拉。”

“谁？”

“玛妮拉，玛妮拉·杜邦夸。”

“喔，你的那个朋友。”纳马提挤出一个不以为然的夸张表情。

“她是许多人的朋友，”安多闰表现得宽宏大量，“那是她这么有用的原因之一。只要浅谈几句，她很快便能衡量一个人的分量。她会和这个人攀谈，是因为一眼就被他吸引。我向你保证，玛妮拉不是那种常被三流货色吸引的人。所以你看，此人颇不寻常。她和这个人谈了一阵子——对了，他名叫普朗什——然后告诉我：‘我帮你找到个活生生的，葛列布。’对于活生生这一点，我永远都会相信她。”

纳马提狡猾地说：“一旦你这个绝佳的工具能在御苑自由行走，你认为他会做些什么，啊，安多闰？”

安多闰深深吸了一口气。“还能做什么？如果一切顺利，他就会为我们除掉我们亲爱的克里昂大帝一世。”

纳马提的脸孔立刻显现怒意。“什么？你疯了？我们为什么要杀克里昂？他是我们掌控政府的握柄，是我们统治帝国的门面，还是我们通向正统的通行证。你的脑袋在哪里？我们需要他当傀儡，他不会干扰我们，我们却会因为他而更加强大。”

安多闰的脸庞逐渐由白转红，他的好脾气终于爆掉了。“那么，你心里到底在想什么？你到底在计划什么？我厌烦了总是这么后知后觉。”

纳马提举起一只手。“好啦，好啦，冷静下来，我没有恶意。可是你动动脑筋，好不好？是谁毁掉久瑞南？是谁十年前毁掉我们的希望？是那个数学家。如今，打着愚蠢的心理史学招牌统治帝国的还是他。克里昂不算什么，我们必须摧毁的是哈里·谢顿。我一直不断制造那些故障，正是要将哈里·谢顿打成众人的笑柄。它们造成的灾难正堆放在他的门口，一切都被解释成是他毫无效率、毫无能力。”纳马提的嘴角冒出几丝唾沫，“当他被砍倒时，帝国会响起一片欢呼，会把所有的全视报道淹没好几小时，即使人们知道是谁干的也没关系。”他举起手来，再用力砸下，仿佛将一把刀刺入某人的心脏，“我们会被视为帝国的英雄、帝国的救星。啊？啊？你认为那小子能砍倒哈里·谢顿吗？”

安多闰已经恢复平静，至少表面上如此。

“我确定他会。”他勉强以轻松的口吻说，“对克里昂，他或许有几分尊敬；皇帝周围总有一圈神秘的光环，这点你也知道。”他稍微加重了“你”这个字，纳马提立刻绷起脸来。“他对谢顿则不会有这样的感觉。”

然而在内心深处，安多闰正怒火中烧。这不是他所要的，他遭到背叛了。

14

玛妮拉掠开眼前的头发，抬头对芮奇微微一笑。“我告诉过你，不会花你任何信用点。”

芮奇眨了眨眼睛，又抓了抓自己赤裸的肩膀。“但你现在准备向我要些吗？”

她耸了耸肩，露出相当顽皮的笑容。“我为什么要？”

“为什么不要？”

“因为有时我也可以为自己找点乐子。”

“和我？”

“这儿没有别人。”

沉默了很长一段时间，玛妮拉改以抚慰的口吻说：“何况，反正你也没有那么多信用点。你的工作如何？”

芮奇说：“不怎么样，但总比啥也没有来得强，强多了。是你告诉那哥儿们帮我找份差事的？”

玛妮拉缓缓摇了摇头。“你是说葛列布·安多闰？我没有要他做任何事，我只说他也许会对你有兴趣。”

“他会不会恼羞成怒，因为你和我……”

“他为什么恼怒？这根本和他无关，而且也和你无关。”

“他是干啥的？我的意思是，他做什么样的工作？”

“我看他什么工作也不做。他很有钱，是历任区长的亲戚。”

“卫荷区长吗？”

“没错。他不喜欢帝国政府，老区长身边那些人都不喜欢。他说克里昂应该……”

她突然停下来，改口道：“我说得太多了，你可别把我说的任何话传出去。”

“我？我根本啥也没听你说，我也啥都不要听。”

“很好。”

“可是安多闰是怎样的人？他在九九派的地位是不是很高？他是不是里面一个重要的哥儿们？”

“我不会知道的。”

“他从来没提过那种事吗？”

“没对我提过。”

“喔。”芮奇尽量不让自己透出懊恼的口气。

玛妮拉机灵地望着他。“你为何那么有兴趣？”

“我想和他们接近。我觉得这样能爬得更高，会有更好的差事，更多的信用点，你知道的。”

“也许安多闰会帮你。他喜欢你，这点我还知道。”

“你能让他更喜欢我一点吗？”

“我可以试试，我看不出他有不肯的理由。而且我喜欢你，我喜欢你胜过喜欢他。”

“谢谢你，玛妮拉。我也喜欢你，非常喜欢。”他一只手从她的腋下一路向下探，衷心希望能将心思多放些在她身上，而不是在他的任务上。

15

“葛列布·安多闰。”谢顿一面揉着眼睛，一面透着倦意说。

“他又是谁？”铎丝问。自从芮奇离开后，她的心情每天都是那么阴沉。

“几天前，我还从未听过这个人。”谢顿道，“试图治理一个拥有四百亿人口的世界，就是有这种麻烦。除了少数硬要引起你注意的，你从不会听说任何人。整个世界的资讯都已经电脑化，川陀却仍是由无名氏所组成的行星。我们可以抽出某些人的识别号码和统计资料，但我们抽出的又是些什么人？再加上两千五百万个外围世界，这些仟年以来，银河帝国竟能维持运作，本身就是一个奇迹。坦白讲，我认为它唯一能够存在的原因，就是它几乎都在自我运作。如今，它的步调终于慢了下来。”

“大道理说得够多了，哈里。”铎丝道，“这个安多闰究竟是谁？”

“我得承认自己早该知道这个人。我设法哄诱保安部门，调出一些他的档案。他是卫荷区长家族的一员——事实上，是其中最突出的一员——所以安全人员一直在留意他。他们认为他虽有野心，却是十足的花花公子，因此只是空有野心而已。”

“他是不是和九九派有勾结？”

谢顿做个不确定的手势。“保安部门给我的感觉是对九九派一无所知。这也许代表九九派不复存在，或是虽然存在，却已无足轻重。不过，也可能只是代表保安部门不感兴趣，而我也没有任何办法能强迫它产生兴趣，只能感激那些官员为我提供一点情报。我可是首相啊！”

“有没有可能，你并不是一个非常好的首相？”铎丝语带讽刺地说。

“不只有可能而已。或许已有好几代的时间，没出过像我这么不适任的首相了。但这点和保安部门毫无关系，它是政府中完全独立的一支。我怀疑克里昂自己对它都不太清楚，虽然在理论上，保安官应该透过长官向他提出报告。相信我，假使我们对保安部门多点了解，我们会试着把它的行动纳入心理史学方程式，即使这么做有些勉强。”

“保安官至少站在我们这边吧？”

“我相信是这样，但我不敢发誓。”

“你为何对这个叫葛什么的感兴趣？”

“葛列布·安多闰。因为我收到芮奇辗转传来的一封电讯。”

铎丝眼睛一亮。“你为什么不告诉我？他还好吗？”

“据我所知还好，但我希望他别再试图传出任何讯息。万一在通讯时被人逮个正着，那他就好不了。总之，他和安多闰有了接触。”

“还有那些九九派？”

“我想没有。这听来不大可能，因为那种勾结并没有什么道理。九九派运动绝大多数由低下阶层组成，可以说是无产阶级运动，而安多闰则是贵族中的贵族，他和九九派在一起做什么？”

“假如他是卫荷区长家族的一员，他或许会觊觎皇位，对不对？”

“他们觊觎皇位的历史久远。我相信，你一定还记得芮喜尔，她是安多闰的姑母。”

“那么他可能在利用九九派当垫脚石，你不这样想吗？”

“假若他们存在的话。如果真是这样，又如果垫脚石正是安多闰所要的，我认为他将发觉自己是在玩一个危险的游戏。那些九九派——假若他们存在——会有他们自己的计划，像安多闰这样的人，终将发现根本是骑狻难下……”

“狻是什么？”

“已经绝种的一种猛兽，我这么想。那不过是赫利肯上的一句成语，如果你骑上一只狻，你将发现再也下不来，因为下来就会被它吃了。”

谢顿停了一下，又继续说：“还有一件事。芮奇似乎和一个认识安多闰的女人混在一起，他认为透过她，或许能得到重要的情报。我现在告诉你这件事，免得你事后指责我对你有所隐瞒。”

铎丝皱起眉头。“一个女人？”

“我猜想，是个认识很多很多男人的女人。有些时候，在亲密的情况下，他们会对她口无遮拦。”

“那种女人。”她的眉头锁得更深，“我不喜欢想到芮奇……”

“好啦，好啦。芮奇三十岁了，无疑已经很有经验。我想，你大可放心让芮奇老练地应付这个女人，或是任何女人。”他转向铎丝，露出十分疲惫、十分困倦的神情。“你认为我喜欢这种事吗？你认为我喜欢其中任何一点吗？”

铎丝无言以对。

16

即使在最得意的时候，坎伯尔·丁恩·纳马提也不曾客气或和气地对待他人。此时，十年来的经营即将面临转折点，使得他的性情更加败坏。

他有点焦躁地站了起来，说道："你这一路真是不慌不忙，安多闰。"

安多闰耸了耸肩。"我还是来了。"

"你说的那个年轻人，你极力推荐的那个非凡的工具，他在哪里？"

"他迟早会来。"

"为什么不是现在？"

安多闰颇为英俊的脸孔似乎垂下一点，仿佛他正陷入沉思或即将作出一个决定，接着他突然说："在我知道我的地位之前，我不想把他带来。"

"这话什么意思？"

"一句简单的银河标准语。你想除掉哈里·谢顿的计划已经酝酿多久了？"

"始终都是！始终都是！这点会那么难懂吗？我们理应报复他对九九所做的一切。即使他未曾那样做，冲着他是当今的首相，我们也一定要铲除这个障碍。"

“但一定要拉下来的是克里昂，克里昂！如果要拉下谢顿，也不能漏了他。”

“一个傀儡为何让你那么在乎？”

“你可不是昨天出生的婴儿。我从来不必解释我所扮演的角色，因为你也不是个无知到那种程度的笨蛋。你的计划若不包括改朝换代，我怎么可能关心呢？”

纳马提哈哈大笑。“当然。我老早就知道你把我视为你的脚凳，视为你爬上皇位的工具。”

“你指望别的什么吗？”

“绝对没有。我会负责计划，负责冒险，然后，大功告成之际，你就能坐收成果。这相当合理，不是吗？”

“是的，相当合理，因为成果也有你一份。难道你不会当上首相吗？新皇帝将满怀感激，难道你不能得到他百分之百的支持吗？难道我不会是个——新的傀儡吗？”啐出最后几个字的时候，他挤出一个讽刺的表情。

“那就是你所计划的目标？当个傀儡？”

“我计划要当皇帝。当你一文不名时，我提供信用点让你预支；当你手下无人时，我提供人马供你差遣。此外，我还提供你所需要的社会地位，让你得以在卫荷建立一个庞大的组织。现在，我仍旧能将给你的一切收回来。”

“我可不这么想。”

“你敢试试看吗？你也别以为能用对付卡斯帕洛夫的手段对付我。万一我出了什么事，你和你的手下便无法在卫荷待下去，到时你将发觉，没有别的区会提供你所需的一切。”

纳马提叹了一口气。“那么你坚持要把皇帝杀掉？”

“我没有说‘杀掉’，我是说‘赶下台’，细节部分我就留给你了。”安多闰说最后这句话的时候，以近乎轻慢的动作摆了摆手，同时手腕轻轻一挥，仿佛他已经坐在皇位上。

“然后你就成了皇帝。”

“没错。”

“不，不会的。你会死掉，却也不是死在我手里。安多闰，让我教你一些严酷的现实。如果克里昂遇害，那么继位问题立刻浮上台面，为了避免内战，禁卫军马上会杀尽卫荷区长家族的每一个成员，而你会是头号目标。另一方面，如果只是首相被杀，你却能安然无事。”

“为什么？”

“首相只不过是首相，他们来来去去毫不稀奇。有可能是克里昂自己对他感到厌烦，而安排了一场谋杀。我们当然要让这种谣言四处散播，这样禁卫军就会犹豫不决，就会带给我们组成新政府的机会。真的，他们自己很有可能会庆幸谢顿时代的结束。”

“而在新政府组成后，我又要做什么呢？继续等待？直到永远？”

“不。一旦我当上首相，便会有很多方法可以对付克里昂。我甚至也许有办法和禁卫军搭上线，甚至保安部门也不例外——把他们都当成我的工具。然后我会设法找个安全的方式除掉克里昂，让你取代他的位置。”

安多闰突然冒出一句：“你何必那样做？”

纳马提说：“我何必那样做？你是什么意思？”

“你和谢顿有私人宿怨。一旦他完了，你何必还要冒不必要的天大风险？你会跟克里昂和平共处，而我不得不退隐，回到我那破碎的属地，拥抱我那不可能的梦想。而且说不定，为了安全起见，你会把我给杀了。”

纳马提说:“不！克里昂生来就要坐上皇位。他的先人做了好几代皇帝——高傲的恩腾皇朝。他会很难应付，会是我的眼中钉。反之，你若登上皇位，则会建立一个新的皇朝，不会有任何强大的传统羁绊，因为你必须承认，过去的卫荷皇朝完全微不足道。你将坐在一个颤巍巍的皇位上，需要一个人支持你，那个人就是我。而我将需要一个依赖我，因此我能应付的人，那个人就是你。好啦，安多闰，你我的关系不是因爱结合的婚姻，那在一年之内便会褪色；它是由于互利而做的结合，在我们有生之年都能维持不坠。我们要互相信任。”

“你发誓我会当上皇帝。”

“如果你无法相信我说的话，发誓又有什么用？让我们这样说，我会认为你是个极为有用的皇帝，一旦一切安排得万无一失，我马上会要你取代克里昂。现在，为我介绍那个你心目中的完美工具吧。”

“很好，请注意他与众不同的地方。我曾经研究过他，他是个不算很聪明的理想主义者，要他怎么做他就会怎么做，不会在乎危险，不会三思而行。而且他散发着一种值得信赖的气质，让他的猎物也会信任他，即使他手中握着一柄手铳。”

“我觉得简直难以置信。”

“等你见到他再说吧。”安多闰道。

17

芮奇保持目光低垂。他已经瞥了纳马提一眼，那就足够了。十年前，芮奇被谢顿派去引诱九九·久瑞南自投罗网时，他曾经见过这个人，因此看一眼即绰绰有余。

十年的时间，纳马提并没有多少改变。谁都看得出来，愤怒与仇恨仍是他最主要的特征——或者应该说，至少芮奇看得出来，因为他了解自己多少有些偏见——而这两点似乎将他的外表定了型，永远不会再改变。他的脸孔更加瘦削一点，他的头发已经斑白，但他的薄嘴唇仍旧拉出同样冷酷的线条，他的黑眼珠依然射出如昔的危险光芒。

这就够了，于是芮奇一直没有再望向他。在芮奇的感觉中，纳马提这种人不会喜欢一个敢面对面瞪着他的人。

纳马提似乎要用双眼吞噬芮奇，但脸上总是挂着的冷笑却并未敛去。

他转向不安地站在一旁的安多闰，开口道："所以说，这个人就是了。"听他的口气，仿佛他提到的对象并不在场。

安多闰点了点头，做出几个无声的口型："是的，首领。"

纳马提突然对芮奇说："你的名字。"

"回阁下，普朗什。"

"你相信我们的理念？"

“是的，阁下。”他依照安多闰先前的指示，谨慎地对答，“我是个民主人士，我希望人民进一步参与政府的运作。”

纳马提的目光扫向安多闰的方向。“好个演说家。”

他再度望着芮奇，问道：“你愿意为政治信仰而冒险吗？”

“任何危险都愿意，阁下。”

“你会遵照指示行事吗？毫无异议？绝不退缩？”

“我会听从命令。”

“你懂得任何园艺吗？”

芮奇犹豫了一下。“不懂，阁下。”

“那么你是川陀人？生在穹顶之下？”

“我在千丸出生，阁下，但在达尔长大。”

“很好。”接着，纳马提又对安多闰说：“把他带出去，将他暂时交给等在外面的人，他们会好好照顾他。然后回来这里，安多闰，我要和你谈谈。”

等到安多闰回来后，纳马提整个人有了巨大的转变。他的双眼放出精光，嘴巴扭成一个狰狞的笑容。

“安多闰，”他说，“前些天我们谈到的神，灵验的程度超出我的想象。”

“我告诉过你，这个人很适合我们的目的。”

“远比你想象中更适合。你当然知道一个故事，哈里·谢顿，我们可敬的首相，如何派他的儿子——或者该说养子——去见久瑞南，对他设下陷阱，而久瑞南不听我的劝告，结果中了圈套。”

“是的，”安多闰不耐烦地点着头，“我知道这个故事。”他说这句话的神态，代表他对这个故事了若指掌。

“我只有那次仔细看过那孩子，但他的形象已烙印在我的脑海。你以为十年的岁月、高跟鞋，以及剃掉八字胡就能骗过我吗？

你那个普朗什就是芮奇，就是哈里·谢顿的养子。”

安多闰面无血色，他屏息了一阵子，然后说：“你确定吗，首领？”

“就和我确定你站在我面前一样确定，我确定你引了敌人登堂入室。”

“我毫无概念……”

“别紧张，”纳马提说，“我认为，在你游手好闲的贵族生活中，你从来没做过比这更好的一件事，你扮演的角色正是神为你所圈选的。假使我不知道他是谁，他的确有可能完成任务，不外是在我们里面卧底，窃取我们最机密的计划。但既然我知道他是谁，事情就不是那样了。反之，我们现在掌握了一切的一切。”纳马提兴奋得猛搓双手，却又有点不太自然，仿佛了解到对他而言这样做多么失态。他先是微微一笑，接着哈哈大笑。

18

玛妮拉若有所思地说：“我猜我再也见不到你了，普朗什。”

芮奇刚淋完浴，正在吹干身子。“为什么？”

“葛列布·安多闰不要我再见你。”

“为什么？”

玛妮拉耸了耸柔滑的肩膀。“他说你有重要的事要做，没有时间再瞎混了，也许他是指你会有个更好的工作。”

芮奇愣住了。“做什么样的事？他特别提到任何事情吗？”

“没有，但他说他要到皇区去。”

“是吗？他常常告诉你这一类事情吗？”

“你也晓得是怎么回事，普朗什。男生和你在床上的时候，总会扯上一大堆。”

“我晓得。”芮奇说，他自己则总是刻意避免，“他还说了些什么？”

“你为何要问？”她稍微皱起眉头，“他也总是问起你。我注意到男人这一点，他们彼此感到好奇。你说为什么会这样呢？”

“你和他说了我些什么？”

“不多，只说你是那种非常高尚的人。我自然不会告诉他，说我喜欢你胜过喜欢他。那样会伤他的心，也可能伤害到我。”

芮奇开始穿衣服。“所以说，这就是再见了。”

“会有一阵子吧，我想，但葛列布也许会改变心意。当然，我很想到皇区去——如果他带我同行的话。我从来没去过那里。”

芮奇差点说溜了嘴，但他及时咳嗽一下，然后说：“我也从没去过那里。”

“那里有最高大的建筑，有最优美的名胜，还有最高级的餐厅；那里是有钱人住的地方。我很想碰见些有钱人，我是指除了葛列布之外。”

芮奇说：“我想，从我这种人身上，你得不到什么东西。”

“你人很好。你不能时时刻刻想着信用点，但有些时候总得想到它。尤其是，我认为葛列布已经逐渐厌倦我。”

芮奇感到不得不说一句：“没有人会厌倦你。”然后才发觉这是由衷之言，令他不禁有些困惑。

玛妮拉说：“男人总是那样讲，但终究会令你感到意外。无论如何，我们处得很好，你和我，普朗什。好好保重，谁知道呢，我们也许会再见面。”

芮奇点了点头，发觉自己无言以对。他无法说些什么或做些什么，来表达自己的感情。

他将心思转到别的方向。他必须查出纳马提等人在计划些什么，若是他们要让他和玛妮拉分开，那么危机一定正迅速迫近。他手头唯一的线索，就是有关园艺的那个怪问题。

他也无法再将任何情报传给谢顿，自从见到纳马提后，他始终处于严密监视之下，所有的通讯管道全被切断。不用说，这是危机迫近的另一个征兆。

可是，假如他在事后才查出是怎么回事，假如他在新闻不再是新闻时，才将这个消息传出去，那他就注定失败。

19

哈里・谢顿这一天很不好过。自从收到芮奇的第一封电讯后，就再也没有他的音讯，他对发生些什么事毫无概念。

除了他对芮奇的安危自然而然的关切（若发生什么实在很糟的事，他当然会得到消息），还有潜在的阴谋令他坐立不安。

它一定十分精妙。直接攻击皇宫是绝不可能的，那里的安全防范太过严密。但若真是这样，还有什么其他计划会足够有效呢？

整件事使他彻夜未眠，白天则心神不宁。

讯号灯闪了一下。

“首相。两点钟的约会……”

“两点钟的约会是见谁？”

“曼德尔·葛鲁柏，那名园丁，他有必要的证明。”

谢顿记起来了。“好，让他进来。”

现在不是见葛鲁柏的时候，但他曾因一时心软而答应下来——当时那人似乎心乱如麻。首相不该有那种心软的时候，但谢顿早在当上首相前便已经是谢顿。

“进来，葛鲁柏。”他和颜悦色地说。

葛鲁柏站在他面前，机械性点着头，双眼到处乱瞄。谢顿相当确定，这名园丁从未来过如此富丽堂皇的房间。他有一股恶毒的冲动，想要说：你喜欢吗？请拿去吧，我根本不想要。

不过他只是说：“什么事，葛鲁柏？你为何这么难过？”

葛鲁柏并未立即回答，只是露出茫然的微笑。

谢顿说：“坐下，老兄，就坐那张椅子吧。”

“喔，不，首相。那可不合适，我会把它弄脏。”

“即使弄脏了，也不难清洗，照我的话做。好！就坐在那里一两分钟，整理一下你的思绪。然后，等你准备好的时候，再告诉我是怎么回事。”

葛鲁柏静静坐了一下子，然后急速喘着气说：“首相，我就要当园丁长了，是万岁的大帝自己告诉我的。”

“是的，我听说了，但困扰你的当然不是这件事。你的新职位是可喜可贺的，而我衷心恭喜你。我甚至可能还有功劳喔，葛鲁柏。当年我险些遇害时，你所表现的英勇我从没忘记，而你大可相信我对大帝陛下提过这件事。这次晋升是个适当的奖赏，葛鲁柏，而且你无论如何当之无愧，因为你的记录明白显示你绝对胜任。

好，既然这点说清楚了，告诉我是什么事在困扰你。”

“首相，困扰我的正是这个职位和这次晋升。这是我无能为力的一件事，因为我无法胜任。”

“我们深信你能胜任。”

葛鲁柏变得焦躁不安。“我是不是得坐在一间办公室里？我不能坐在办公室里，那样我就不能走到露天的空气中，在植物和动物的陪伴下工作。我会像是在坐牢，首相。”

谢顿的眼睛张得老大。“没这回事，葛鲁柏。你不需要成天待在办公室里，你可以随意在御苑中闲逛，监督每一件事物。你能做你想做的一切户外活动，只是免除了辛苦的工作。”

“我就是要做辛苦的工作，首相。他们会让我走出办公室的机会根本等于零，我注意过现任的园丁长，他就不能离开他的办公室，虽然他也想，想得不得了。有太多的行政工作、太多的簿记资料需要处理。当然啦，如果他想知道有些什么事，我们得去他的办公室向他报告。他在全息电视上观看外界——”他以极度轻蔑的口吻说，“仿佛你能从画面中看出有关生物生长的一切。我可不要那样，首相。”

“好了，葛鲁柏，做个男子汉。并非全都那么糟，你会习惯的，你会慢慢克服的。”

葛鲁柏摇了摇头。“马上，头一件事，我必须管好所有的新园丁，那会要我的命。”接着，他突然中气十足地说：“首相，这份工作我不想要也绝不能要。”

“此时此刻，葛鲁柏，或许你不想要这份工作，但你并不孤独。我可以告诉你，我也希望此时我并不是首相，这份工作超出我的能力范围。我甚至有一种想法，有些时候大帝自己也想脱下身上的皇袍。在这个银河中，我们都有自己的工作，而工作不会总是愉快的。”

“这点我懂，首相。可是大帝必须当皇帝，因为他生来就注定了。而您必须当首相，因为再也没有别人能做这份工作。可是我的情形不同，我们讨论的只是当个园丁长。这里至少有五十名园丁能把这份工作做得和我一样好，却不在乎待在办公室里。您说您曾经告诉大帝，说我如何试图搭救您。难道您就不能再跟他解释一下，他如果要为那件事奖赏我，大可让我保持原状？”

谢顿上身靠回椅背，以严肃的口吻说：“葛鲁柏，假使我有办法，我愿意为你那样做。但我必须对你解释一件事，而我只能希望你会了解。理论上，大帝是帝国的绝对统治者；实际上，他能够做的事非常少。此时此刻，我治理帝国的程度远超过他，但我能够做的也非常少。政府各个阶层中有百千万亿的人，大家都在作决定，都在犯错误，有些行事睿智且光明磊落，有些行事愚蠢且偷偷摸摸，根本没法管他们。你懂我的意思吗，葛鲁柏？”

“我懂，但这和我的情形又有什么关系？”

“因为只有在一个地方，大帝才是真正的绝对统治者，那就是在皇宫御苑之内。在这里，他说的话就是法律，底下的官员层级少得他足以应付。他既然已经对御苑的事务作出决定，若请求他撤回，等于侵犯他视为固若金汤的唯一堡垒。假使我对他说：‘收回您对葛鲁柏的决定吧，皇帝陛下。’他非但不会接受，更可能的结果是解除我的职务。那对我而言可能是好事，但对你却毫无帮助。”

葛鲁柏说：“这是不是代表一切已经无法改变？”

“正是这个意思。不过别担心，葛鲁柏，我会尽力帮助你。很抱歉，但我能分给你的时间实在全用完了。”

葛鲁柏站了起来，双手扭着那顶绿色的园丁帽，眼中的泪水不只一点点。“谢谢您，首相。我知道您很想帮我，您是——您是个大好人，首相。”

他转身离去，一副悲伤不已的样子。

谢顿若有所思地望着他的背影，然后摇了摇头。将葛鲁柏的悲伤乘上万兆倍，便等于帝国二千五百万个世界上所有人民的悲伤。而他，谢顿，对一个向他求助的人都爱莫能助，又怎能拯救所有的人脱离苦海？

心理史学救不了一个人，但能拯救万兆人吗？

他又摇了摇头，查了查下个约会的性质与时间，却忽然间愣住了。接着，他突然对通话线放肆地高声吼叫，与他平日严谨的言行大相径庭。“把那园丁找回来！马上把他找回来！”

20

“那些新园丁是怎么回事？”谢顿叫道，这回他没有请葛鲁柏坐下。

葛鲁柏急速眨着眼。这么突然被叫回来，他目前还惊魂未定。“新……新园……园丁？”他结结巴巴地说。

“你刚才说‘所有的新园丁’，那是你自己的话。究竟是什么新园丁？”

葛鲁柏吃了一惊。“如果有个新园丁长，当然就会有一批新园丁，这是惯例。”

“我从来没听过这种事。”

“上回我们更换园丁长的时候，您还没当上首相，很有可能甚至还没来到川陀。”

“但这究竟是怎么回事？”

“这个嘛，园丁从来不会被解雇。有些死于任上，有些年纪大了，就领一笔退休金回家养老，自有人替代他。话说回来，当新园丁长准备就任时，至少一半的园丁都老了，黄金年华早已成为过去。他们都会领到一笔丰厚的退休金，由一批新园丁取代他们。”

“因为他们年轻。”

“那是原因之一，此外还因为到了那个时候，通常都会有新的造园计划，我们必须找些新的构想和新的方案。花园和苑囿占地几乎五百平方公里，通常要好几年才能改头换面，而我必须亲自监督一切。求求您，首相，”葛鲁柏气喘吁吁，“像您自己这么聪明的人，一定找得到法子改变万岁大帝的心意。”

谢顿并未留意这番话，他的前额在深思中皱成一团。“那些新园丁从哪里来？”

“所有的世界都经常举行考试，随时有人等候递补这个差事。他们会分十多个梯次来，总共有好几百人。至少要花我一年的时间……”

“他们从哪里来？哪里来？”

“上百万个世界中的任何一个。帝国任何公民都有资格，而且我们需要各式各样的园艺知识。”

“也有从川陀来的？”

“不，没有川陀来的，花园里没有一个川陀人。”他的口气转趋轻蔑，“你在川陀找不到一个园丁。那些穹顶之下的公园不算花园，那里只有盆栽植物，而动物都关在笼子里。川陀人，这群可怜的人类，完全不知道什么是露天的空气、奔放的流水，以及自然界真正的平衡。”

“好了，葛鲁柏。我现在给你一件差事，你要负责帮我搜集未来几周预定到达的新园丁完整名单。包括他们的一切资料，姓名、世界、识别号码、教育水准、经历，以及一切的一切。我要全部资料尽快放到我的办公桌上。我会派人帮你，他们会带着必要的机器。你用什么样的电脑？”

“只是一台很简单的，用来记录种植日期、品种，以及诸如此类的资料。”

“好的。任何你做不到的事，我派去的人都能做到。我很难让你了解这件事有多重要。”

“假使我得做这……”

“葛鲁柏，现在不是讨价还价的时候。要是让我失望，你非但做不了园丁长，还会被解雇，领不到任何退休金。”

葛鲁柏离去后，谢顿对着通话线吼道：“今天下午其他的约会通通取消。”

然后他全身栽进椅子里，感觉自己不折不扣有五十岁，而且感觉头痛更加剧烈。数十年来，随着不断增加的新围墙和新设备，御苑周围的安全防范与日俱增，变得越来越厚实，越来越坚固，越来越牢不可破。

然而每隔一段时间，竟然会放一大群陌生人进入御苑。或许什么都不问，只问一句：“你懂园艺吗？”

简直愚蠢到了令人费解的程度。

总算千钧一发，让他及时发觉。然而真是这样吗？现在是否都已经太迟了？

21

葛列布·安多闰透过半闭的眼睛瞪着纳马提。他向来不喜欢这个人，但有时会比平常更不喜欢他，而现在就是这样的时候。安多闰，堂堂一位卫荷皇室成员（毕竟这样说并不为过），为何需要和这个政治暴发户、这个近乎精神病的妄想狂合作?

安多闰知道为什么，而他必须忍受，即使是在纳马提又一次讲述这十年来他如何组织这个运动，如今终于开花结果之际。他对每个人都这么一遍遍地说吗？或者他仅仅选择安多闰当发泄的对象?

纳马提脸上似乎闪耀着邪恶的喜悦，而他的声音单调得古怪，仿佛只是机械性的背诵。“年复一年，我为主义献身，甚至是在毫无希望、毫无用处的情况下奋斗；我建立起一个组织，削弱人民对政府的信心，制造并强化不满的情绪。在出现金融危机，银行暂停营业的那一周，我……”

他突然顿了一下。“我已经对你讲过许多次，你听得不耐烦了，对不对？”

安多闰的嘴唇抽动一下，扯出一个短暂而生硬的微笑。纳马提不是那种白痴，不会不明白自己多么惹人厌，他只是控制不住自己。安多闰说:“你已经对我讲过许多次。”他让后半段问题悬在半空中，并未作答。毕竟，答案显然是肯定的，但没有必要那样顶他。

纳马提蜡黄的脸孔微微涨红，他说:“但假使我手中没有适当的工具，就可能永远这样继续下去——建立组织，削弱信心，却始终抓不到重点。如今我不费吹灰之力，这个工具就自动送上门来。”

“神为你带来普朗什。”安多闰中肯地说。

“你说对了。很快就会有一批园丁进入皇宫御苑。”他顿了顿，似乎是在回味这个想法，“有男有女，足够掩护其中几位我们的人。他们中间会有你，以及普朗什。使你和普朗什与众不同的，是你们两人会带着手铳。”

“不用说，”安多闰在礼貌的言语中带着刻意的敌意，“我们在宫门就会被拦下，然后被抓起来接受盘问。非法携带手铳进入皇宫御苑……”

“你们不会被拦下，”纳马提没有注意到那份敌意，“你们不会被搜身，那已经安排好了。当然会有某个宫中官员欢迎你们，我不知道通常由谁负责这项工作，据我所知，该是‘掌理草木的第三助理总管’。可是这一次，会是谢顿亲自出马。那位伟大的数学家会赶出来迎接新园丁，欢迎他们来到御苑。”

“我想，这点你很确定。”

“当然，我很确定，全都安排好了。差不多到了最后一刻，他将发觉他的养子在新园丁的名单上，一定会忍不住走出来看看他。而当谢顿出现时，普朗什便会举起手铳，我们的人则会高喊‘叛变！’在混乱和骚动中，普朗什会杀掉谢顿，然后你会杀掉普朗什。接着你就丢下手铳，离开现场。自会有人掩护你逃脱，这也安排好了。”

“绝对有必要杀掉普朗什吗？”

纳马提皱起眉头。“为何没有？你反对一宗谋杀，却不反对另一宗吗？你希望普朗什清醒后，告诉当局他所知道有关我们的一切吗？何况，我们安排的是一场家族纷争。别忘了，普朗什其实就是芮奇·谢顿。你们两人看起来会像是同时开火，或者会像是谢顿曾经下令，他的儿子若有任何敌意行动，就要立刻将他射倒。我们一定要把父子反目的说法弄得人尽皆知，那会使人想起血腥皇帝马诺威尔统治下的坏年头。这种丑恶的行径一定会令川陀人民厌恶，将这件事加在他们亲眼目睹和亲身经历的一切效率低下和故障频仍之上，他们就会齐声召唤一个新政府。没有人能拒绝他们，尤其是那个皇帝。然后，我们就进场了。”

“这么简单？”

“不，不这么简单，我可不是活在一个梦幻世界里。很可能会有某个临时政府，但是它注定失败。我们一定要让它失败，然后我们再公开现身。川陀人始终未曾忘记久瑞南当年的主张，而我们要重新举起这个大旗。等到时机成熟——不会等太久的——我便会当上首相。”

“而我呢？”

“终究会当上皇帝。”

安多闰说：“一切都顺利的机会实在很小。这点安排好了，那点安排好了，其他事也安排好了。所有这些都要凑在一起，完美地结合起来，否则就会失败。在某个地方，某个人难免会弄砸，这是不可接受的风险。”

“不可接受？对谁而言？你吗？”

“当然。你指望我来确保普朗什杀掉他父亲，又指望我事后杀掉普朗什。为什么是我？难道没有比我更不值钱、更适合拿去冒险的工具吗？”

“没错，但选择其他人会使行动注定失败。除你之外，还有谁对这项任务那么在乎，绝不会在最后一分钟因为任何风吹草动而掉头？”

“风险太大了。”

“对你而言不值得吗？你是为了皇位而冒险。”

“而你承担什么风险呢，首领？你将舒舒服服留在这里，等待我们的好消息。”

纳马提撇了撇嘴。“你真是个傻瓜，安多闰！你还当什么皇帝！你以为因为我待在这里，我就不担风险吗？假使这个策略失败，假使这个计谋流产，假使我们有人被捕，你认为他们不会招出知道的一切吗？假使你搞不好被抓到，面对禁卫军的大刑侍候，你不会把我供出来吗？

“一旦掌握一桩未遂的行刺案，你以为他们不会翻遍川陀把我找出来吗？你以为到头来他们不会找到我吗？而当他们找到了我，你以为我落在他们手里将面对些什么？风险？光是坐在这里什么也不做，我担的风险就比你们任何人都大。总而言之一句话，安多闰，你到底是希望还是不希望当皇帝？”

安多闰以低沉的声音说：“我希望当皇帝。”

因此，他们的行动便展开了。

22

芮奇不难看出自己受到特别照顾。现在，整组准园丁都住在皇区一家旅馆内，不过，当然不是一家一流旅馆。

这群园丁是个古怪的组合，来自五十个不同的世界，但芮奇很少有机会和其中任何一人说话。安多闰一直设法将他与其他人隔离，只是做得不太明显。

芮奇十分纳闷，而这令他感到沮丧。事实上，自从离开卫荷，他就一直觉得有些沮丧。这干扰了他的思绪，他虽然力图抗拒，却并不怎么成功。

安多闰自己穿着一套粗布衣，试图显得像个工人。在他导演的这出“戏”中，他将扮演一名园丁的角色——不论那是一出什么样的“戏”。

芮奇感到相当羞愧，因为他未能事先洞察这出“戏”的本质。他们一直在紧密监视他，令他无法进行任何形式的通讯，甚至没有机会警告父亲。但他也知道，这是所谓的最高防范措施，对于这群人中的每一个川陀人，他们可能都会这样做。芮奇估计他们之中可能有十二个川陀人，当然全都是纳马提的手下，男性与女性都有。

令他不解的是，安多闰对他的态度近乎暧昧。他霸占了自己所有的时间，坚持要和自己共进每一餐。换句话说，他对待自己的方式与对待其他人相当不同。

可不可能是因为他们曾经共享玛妮拉？芮奇对卫荷区的风俗知道得不多，无法判断他们的社会是否有一妻多夫的倾向。假如两个男人共享一个女人，是否使他们产生某种兄弟之情？这会形成一种亲和力吗？

芮奇从未听过这种事，但他至少明白一点，那就是在银河各个社会，甚至川陀各个社会中，存在着无数微妙的习俗，他绝不敢说自己甚至了解其中极小的一部分。

但既然心思回到玛妮拉身上，他便思念了她一会儿。他极其想念她，而这使他突然想到，自己之所以沮丧，可能就是因为想念她的缘故。不过说老实话，此时此刻，与安多闰共进午餐之际，他的感觉几乎是绝望，而他却想不出原因来。

玛妮拉！

她曾说她想要造访皇区，想必她能以甜言蜜语说动安多闰。芮奇实在太绝望了，以致问出一个愚蠢的问题。“安多闰先生，我一直在想，不知道你有没有带杜邦夸小姐同行。我是说来到这里，来到皇区。”

安多闰看来大吃一惊，然后轻声笑了笑。“玛妮拉？你看她做过任何园艺吗？或者甚至假装会做？不，不，玛妮拉那种女人生来是给我们解闷的。除此之外，她根本没有任何功用。”接着他又说：“你为什么要问，普朗什？”

芮奇耸了耸肩。“我不知道。这里有点儿无聊，我有点儿想……”他的声音逐渐消失。

安多闰仔细望着他，最后终于道：“不用说，你不会很在意是哪个女人陪你吧？我向你保证，她可不在意是哪个男人陪她。一旦办完这件事，自然会有别的女人，很多的女人。”

“这件事何时办完？”

“快了，而你将在其中扮演一个非常重要的角色。”安多闰紧盯着芮奇。

芮奇说：“有多么重要？不是只要我当个——园丁吗？”他的声音听来空洞无力，而他发觉无法再多注入一点生气。

“你要做的不只这个，普朗什，你还要带一柄手铳进去。”

“带什么？”

“一柄手铳。”

“我从来没拿过手铳，这辈子从没碰过。”

“没什么大不了的。你举起来，你瞄准，你按下开关，然后某人就死了。”

“我不能杀人。”

“我以为你是我们的一分子，你会为了政治信仰做任何事。”

“我不是指——杀人。”芮奇似乎无法集中思绪。他为何必须杀人？他们真正想要他做的是什么？而在谋杀付诸行动之前，他如何能及时警告禁卫军？

安多闰的脸孔突然绷紧，表情瞬间从友善转变成严厉。他说：“你必须杀人。”

芮奇用尽所有的力气说：“不，我啥人也不杀，没啥好讲的。”

安多闰说：“普朗什，你会照着我们的话去做。”

“并不包括谋杀。”

“甚至包括谋杀。”

“你要怎样让我做到？”

“我只要告诉你就行。”

芮奇觉得一阵晕眩。安多闰为何如此自信？

他摇了摇头。“不。”

安多闰说：“自从你离开卫荷，普朗什，我们就一直在喂你。我坚持你和我一起进餐，以便监督你的饮食，尤其是你刚吃的那一顿。”

芮奇感到恐惧感贯穿全身，他突然明白了。“丧气散！”

“完全正确。”安多闰说，“你是个精明的小鬼，普朗什。”

“那是非法的。”

“当然，但谋杀也是。”

芮奇知道“丧气散”是什么。它的前身是一种完全无害的镇静剂，然而经过改造，它就不再产生镇静作用，只会产生绝望的感觉。由于它能用来控制心灵，因此早已列为法定禁药，不过有些历久不衰的谣言，说禁卫军在使用这种药物。

安多闰仿佛不难看穿芮奇的心思，他说：“它叫丧气散，因为丧气是代表‘绝望’的古老词汇，我想你现在就有这种感觉。”

“绝不会。”芮奇细声道。

“你非常坚决，但你无法和化学药剂对抗。而你越是感到绝望，药效就会越强。”

“休想。”

“想想看吧，普朗什。虽然你剃掉了八字胡，纳马提还是一眼就认出你来，知道你就是芮奇·谢顿。而在我的指示下，你将杀掉你的父亲。”

芮奇咕哝道：“我先杀了你。”

他从椅子上一跃而起。解决对方应该毫无问题，安多闰或许比较高，但他身材细瘦，而且显然不是运动健将。芮奇用一只手就能将他撕成两半——但他起身时摇摇晃晃，他甩了甩头，却无法清醒。

安多闰也站起来，再向后退了几步。他从左手袖口中抽出右手，手中握着一柄武器。

他得意地说：“我有备而来。我得到了情报，知道你有赫利肯角力士的功夫，我不会和你徒手搏斗。”

他低头看了看手中的武器。“这不是一柄手铳，”他说，“在你完成任务之前，我可舍不得杀掉你。这是一柄神经鞭，就某方面而言，它远比手铳可怕。我将瞄准你的左肩，相信我，那种锥心刺骨的疼痛，世上最伟大的苦行僧也无法忍受。”

原本慢慢地、凶狠地向前进逼的芮奇，此时突然停下脚步。十二岁的时候，他曾经尝过神经鞭的滋味，仅是浅尝而已。只要受过一击，不论活到多大年纪，不论人生经历多么丰富，没有人忘得了那种痛楚。

安多闰说：“非但如此，我还要使用最大强度，让你的上臂神经先受到无法忍受的痛苦，然后整个报废，从此你的左臂再也动弹不得。我会放过你的右臂，好让你能使用手铳。现在，如果你坐下来，乖乖认输，这也是你唯一的选择，你就能保住两只手臂。当然，你必须继续服药，好让你的丧气程度增加。你的情况只会越来越糟。”

芮奇觉得药物所诱发的绝望深入体内，而绝望本身又加强了药物的作用。眼前的一切一分为二，而他脑中一片空白，什么话也说不出来。

芮奇只知道，自己从此必须听从安多闰的指示。在这场游戏中，他已彻底惨败。

23

“不行！”哈里·谢顿近乎粗暴地说，“铎丝，我不要你到那里去。”

铎丝·凡纳比里顶回他的目光，脸上的表情与他同样坚决。“那我也不让你去，哈里。”

“我必须到场。”

“那不是你分内的事，必须迎接这些新人的是一品园丁。”

“话是没错。可是葛鲁柏办不到，他现在失魂落魄。”

“他一定有个助理什么的。不然就让老园丁长出马，他到年底才正式退休。”

“老园丁长身体太坏了。何况——”谢顿迟疑了一下，“那些园丁里面有冒牌货，川陀人。他们来这里一定有原因，我有他们每个人的名字。”

“那就把他们拘留起来，一个也别漏掉。事情很简单，你为什么把它弄得这么复杂？”

“因为我们不知道他们为何而来，有件事正在酝酿。我看不出十二个园丁能做什么，但……不，我收回刚才的话。我看得出有十来件事是他们能做的，但我不知道他们计划的究竟是哪件。我们的确会拘留他们，但是在此之前，我必须把一切弄得更清楚。

“我们一定要知道得够多，才能把阴谋分子从上到下全揪出来。而且我们必须对他们的所做所为知道得够多，才能让严峻的惩处站得住脚。我不要那十二名男女仅仅受到行为不检的指控，他们会辩称是因为走投无路，是需要一份工作。他们会抱怨排除川陀人是不公平的，他们会得到许多同情，而使我们看来像一群傻子。我们必须给他们一个机会，让他们犯下真正的罪行。何况——”

停了好一阵子，铎丝又气呼呼地说：“好啦，这个新的‘何况’又是什么？”

谢顿的声音变得低沉。“芮奇在那十二个人当中，他化名为普朗什。”

“什么？”

“你为何感到惊讶？我派他到卫荷去渗透九九派运动，而他成功渗透进去了。我对他充满信心，如果他在其中，他就知道自己为何身在其中，而且他必定胸有成竹，足以破坏他们的好事。但我也想要到场，我想要见到他，想要尽我所能帮助他。”

“假如你想要帮助他，就命令五十名宫中侍卫，在那些园丁两旁围成两堵人墙。”

“不行。同样的道理，那样我们将一无所获。禁卫军会部署在周围，但不会是明哨。一定要让那些假园丁认为有机可乘，足以依照他们的计划行事。在他们的企图暴露之后，但在真正能动手之前，我们将一举成擒。”

“那很危险，那对芮奇会有危险。”

“危险是我们必须面对的，这里头有超过个人性命的价值。”

“那是铁石心肠的说法。”

“你认为我铁石心肠？即使如此，我关切的仍然必须是心理……”

“别说出来。”她转过头去，仿佛十分痛苦。

“我了解，”谢顿说，“可是你一定不能在场。你的出现会太不相称，那些阴谋分子会疑心我们知道太多，因而中止他们的计划。我可不要他们的计划流产。”

他顿了顿，又轻声道：“铎丝，你说你的工作是保护我这个人。它的优先权在保护芮奇之上，你自己也明白。我不会坚持这点，但保护我等于保护心理史学及全体人类，这必须是第一优先。而心理史学告诉我的则是，我自己必须不计一切代价保护帝国的核心，那正是我现在试图做的事。你了解吗？”

铎丝说：“我了解。”然后又转过头去。

谢顿心想：我希望我是对的。

假如他弄错了，她永远不会原谅他。更糟的是，他永远不会原谅自己，不论是不是为了心理史学。

24

他们以优美的姿势排队站好，双脚打开，双手背在背后，每一位都身穿帅气的绿色制服，其特色是宽松，并有许多大口袋。两性之间的差异非常小，只能猜测某些较矮的是女性。他们的头发完全被兜帽遮住，话说回来，园丁一律要将头发剪得相当短，男女皆然，而且不准蓄留胡须。

至于为什么要这样，谁也说不上来。“传统”两字是唯一的解释，正如它能解释其他许多事，其中有些真的有用，有些则愚不可及。

面对他们的是曼德尔·葛鲁柏，他左右两侧各站了一名助理。葛鲁柏正在发抖，张大的双眼呆滞无神。

哈里·谢顿的嘴唇紧绷。只要葛鲁柏能设法说出“御用园丁向诸位请安”就够了，然后谢顿自己便会接手。

他用目光扫描这支新队伍，不久便发现芮奇。

他的心跳稍微加剧。剃掉胡子的芮奇站在最前排，比其他人站得更挺，两眼直视前方。他并未将目光转向谢顿，未曾透出丝毫相识的眼神。

很好，谢顿心想。他本来就不该那样，而他完全没有暴露底细。

葛鲁柏喃喃说了一声欢迎，谢顿便赶紧下场。

他以轻快的步伐走过去，站在葛鲁柏的正前方，说道：“谢谢你，一品园丁。诸位御用园丁们，你们将接下一份重要的工作。川陀，我们这个伟大的世界，银河帝国的首都，上面唯一露天地表的美丽和健康将由你们负责。你们一定要做到的是，即使我们没有露天世界上无尽的风光，我们这里却有一小颗宝石，它会比帝国其他的一切更为灿烂耀眼。

“你们都将是曼德尔·葛鲁柏的手下，他即将成为园丁长。必要的时候他会向我报告，而我会向大帝报告。这就意味着，你们都看得出来，你们和圣上的距离只有三级，他的关爱眼神将始终笼罩着你们。我确定即使是现在，他也正在偏殿中遥望我们——偏殿就是你们右手边那座建筑，拥有蛋白石圆顶的那一栋，它就是大帝的家——而他会对所见到的感到高兴。

“当然，在投入工作之前，你们都要接受一个训练课程，好让你们完全熟悉御苑和它的需要。你们将……”

此时，他已神不知鬼不觉地挪到芮奇的正前方。芮奇仍然一动不动，连眼睛也不眨一下。

谢顿尽量避免显露不自然的亲切，然后，他的眉头稍微皱了一下。芮奇正后方那个人看来颇为眼熟，假使谢顿未曾仔细看过他的全息像，便有可能认不出他来。那不是卫荷的葛列布·安多闰吗？事实上，他正是芮奇在卫荷的雇主。他到这里来做什么？

安多闰必定注意到谢顿突然注视自己，他微微张嘴咕哝了一声，芮奇的右手便从背后伸出来，从绿色上身的宽大口袋中拔出一柄手铳，而安多闰的动作也如出一辙。

谢顿觉得自己快要吓呆了。怎会允许有人把手铳带进御苑？由于极度困惑，他几乎没有听见“叛变！”的呐喊声，以及突如其来的狂奔与尖叫。

真正占据谢顿脑海的只有一个念头，那就是芮奇的手铳正瞄准自己，而芮奇望着他的眼神竟形同陌路。谢顿了解他的儿子就要发射，自己距离死亡只有几秒钟，内心顿时充满恐惧。

25

手铳虽然叫做手铳，其实并不是轰击式武器。它的作用是使目标气化，使其内部爆裂，充其量不过是导致一场内爆。然后，会响起一下轻叹声，发自看似受到轰击的目标。

哈里·谢顿并未期待听到那个声音，他只是期待死亡的降临。因此，听到那种独特的轻叹声令他十分惊讶。他猛眨眼睛，目瞪口呆地低头望着自己。

他还活着？（他想到的是个疑问句，而不是直述句。）

芮奇仍然站在那里，他的手铳指着前方，他的双眼茫然呆滞。他百分之百纹风不动，仿佛体内的动力中断了。

在他身后是安多闰的尸体，瘫倒在一滩血泊中。而站在他身边、手中握着手铳的，则是另一名园丁。这名园丁早已扯脱兜帽，显然是个刚剪短头发的女性。

她抽空瞥了谢顿一眼，然后说："令公子口中的玛妮拉·杜邦夸就是我。我是一名保安官，您要知道我的识别号码吗，首相？"

"不用了。"谢顿无力地说，此时禁卫军已赶到现场，"我儿子！我儿子怎么回事？"

"中了丧气吧，我想。"玛妮拉说，"那是清得掉的。"她伸出手来，取走芮奇手中的手铳，“很抱歉我没有及早出手，我得等待一个明显的行动，但当它发生时，我却几乎措手不及。”

“我遇到同样的问题。我们必须把芮奇送到宫中医院。”

偏殿突然传来一阵不明的喧嚣。谢顿突然想到，大帝想必正在观看整个经过，果真如此，他一定会勃然大怒。

“帮我照顾我儿子，杜邦夸小姐。”谢顿说，“我必须去见大帝。”

他开始狼狈地拔腿飞奔，穿过大草坪上混乱的人群，不顾礼数地一口气冲进偏殿。克里昂一定会气死了。

而在偏殿内，一群惊慌失措的人正茫然地瞪大眼睛——在半圆形楼梯上，躺着大帝陛下克里昂一世的尸体，血肉模糊得几乎无法辨认，华丽的皇袍现在成了一件寿衣。而靠着墙壁缩成一团、以痴呆的目光望着周围一张张受惊脸孔的，则是曼德尔·葛鲁柏。

谢顿觉得快要崩溃了。他捡起掉在葛鲁柏脚旁的手铳，那原本是安多闰的，他可以确定。“葛鲁柏，你做了什么？”他轻声问道。

葛鲁柏望着他，含糊不清地说：“大家都在尖叫和呐喊。我想，谁会知道呢？他们会以为是别人杀了大帝。不料，后来我就跑不动了。”

“可是，葛鲁柏，到底为了什么？”

“这样我就不必当园丁长了。”说完他便垮成一团。

谢顿望着不省人事的葛鲁柏，心中震撼不已。

一切都在间不容发的惊险状况下圆满解决。他自己还活着，芮奇还活着；安多闰死了，而九九派阴谋分子则一个也逃不掉。

帝国的核心将会保住，正如心理史学所要求的。

然后，一个小人物，为了一个分析不出来的微小理由，竟然就杀了大帝。

现在，谢顿绝望地想，我们要怎么办？接下来会发生什么事？

第三篇

铎丝·凡纳比里

铎丝·凡纳比里：哈里·谢顿的一生充满传奇且众说纷纭，想找一本完全真实的传记如同缘木求鱼。至于他一生最令人费解的一环，或许就是他的配偶铎丝·凡纳比里。铎丝·凡纳比里的早期资料付诸阙如，只知道她生于锡纳这个世界，后来到了斯璀璘大学，成为该校历史系的教授。不久她便遇到谢顿，做了他二十八年的贤内助。若说有谁的一生比谢顿更具传奇性，那就非她莫属。许多相当难以置信的传说，都提到她惊人的力道与速度。当时许多人称她为“虎女”，但也可能只是私下流传。然而，相较于她来自何处，她的去向更加令人费解，因为在某个时间之后，便再也没有她的音讯，却也找不到发生任何变故的线索。

她的历史学家角色，可以从她的研究上……

——《银河百科全书》

01

婉达快满八岁了，照例这是根据银河标准时间计算的。她已经像个小妇人，举止庄重，有着一头淡褐色的直发。她的眼珠呈蓝色，但颜色越来越深，最后很可能变成和她父亲一样的棕色眼珠。

她坐在那里，陷入沉思——六十。

就是这个数目令她想得出神。祖父快过生日了，那是他的六十大寿，而六十是个很大的数目。她感到心神不宁，因为昨天她做了一个与此有关的噩梦。

她起身去找母亲，她得问个清楚。

母亲并不难找，她正在和祖父谈话，话题当然与做寿有关。婉达犹豫不决，在祖父面前问那种事可不妥当。

母亲毫无困难便察觉到婉达内心的烦乱。她说："等一下，哈里，我们来看看是什么在困扰婉达。到底是什么事，亲爱的？"

婉达拉拉她的手。"别在这儿讲，母亲，私下谈。"

玛妮拉转向哈里·谢顿。"看看多早就开始了？私生活，私下的问题。好啊，婉达，我们要到你的房间去吗？"

"是的，母亲。"婉达显然松了一口气。

两人手牵手走到婉达的房间，然后母亲说："好了，婉达，有什么问题？"

"是祖父，母亲。"

“祖父！我无法想象他能做什么困扰你的事。”

“嗯，就是他。”婉达眼中突然涌出泪水，“他快死了吗？”

“你祖父？你的脑袋怎么会有这种想法，婉达？”

“他即将六十岁，那很老了。”

“不，那不算老。虽然不算年轻，却也不算老。有人活到八十、九十，甚至一百岁。而且你祖父身体健壮，他会很长命的。”

“你确定吗？”她一面说一面抽噎。

玛妮拉抓住女儿的肩膀，面对面直视着她的双眼。“我们总有一天都会死去，婉达，这点我以前对你解释过。话说回来，在那一天快要来到之前，我们不该担心这件事。”她温柔地擦了擦婉达的眼睛，“祖父会好好活着，直到你长大成人，生下你自己的宝宝，你等着看吧。现在跟我回去，我要你自己和祖父说。”

婉达又抽噎起来。

谢顿带着一副同情的表情，望着走回来的小女孩。他说：“怎么回事，婉达？你为什么难过？”

婉达摇了摇头。

谢顿将目光转向女孩的母亲。“好了，到底是怎么回事，玛妮拉？”

玛妮拉也摇了摇头。“她得自己和你说。”

谢顿坐下来，拍拍自己的膝盖。“来，婉达，坐在这里，把你的困扰告诉我。”

她照做了。坐下之后她扭了几下，才说：“我害怕。”

谢顿伸出一只臂膀搂住她。“在老祖父怀中，没什么好怕的。”

玛妮拉做了个鬼脸。“说错话了。”

谢顿抬头望向她。“祖父？”

“不，是老。”

这句话产生了决堤效应，婉达哇哇哭了起来。“你老了，爷爷。”

“我想是吧，我六十岁了。”他低下头来面对婉达，悄声道，“我也不喜欢这样，婉达，这就是为什么我很高兴你才七八岁。”

“你的头发是白的，爷爷。”

“不是一直这样，是最近才变白的。”

“白头发代表你快死了，爷爷。”

谢顿看来吃了一惊，他对玛妮拉说：“这究竟是怎么回事？”

“我不知道，哈里，那是她自己的念头。”

“我做了个噩梦。”婉达说。

谢顿清了清喉咙。“我们都会偶尔做做噩梦，婉达。这样有好处的，噩梦会赶走可怕的想法，然后我们就会舒服多了。”

“我梦见你快死了，爷爷。”

“我知道，我知道。做梦可能会梦见死亡，这并不代表有什么不得了。看看我，你看不出我多么有活力，多么愉快，而且笑口常开吗？我看起来像是快死了吗？告诉我。”

“不——像。”

“那就对了。现在你出去玩玩，把这一切忘掉。我只是要过个生日，大家都会玩个尽兴。去吧，亲爱的。”

婉达带着还不错的心情离去，谢顿却示意玛妮拉留下来。

02

谢顿说:“你认为婉达打哪儿弄来这种想法的?”

“这还用说吗,哈里。她养的一只沙尔凡守宫后来死了,记得吗?她有个朋友的父亲在一场意外中丧生,而且她天天在全息电视上目睹死亡。想要保护孩子的心灵,不让他们知晓死亡是不可能的。事实上,我也不想那样保护她。死亡是生命中不可避免的一环,她必须了解这点。”

“我不是泛指一般的死亡,玛妮拉,我是专指我的死亡。她的脑袋怎么会装有那种想法?”

玛妮拉迟疑了一下。她实在非常喜欢哈里·谢顿。她想,谁会不喜欢他呢?所以我怎么说得出口呢?

但是她又怎能不说出来呢?因此她说:“哈里,是你自己把这个想法装进她脑袋的。”

“我?”

“当然啦,过去几个月,你一直在说快要六十了,而且大声埋怨自己老了。大家筹办这个宴会的唯一理由,就是要来安慰你。”

“六十岁没什么好玩的。”谢顿愤愤地说,“等着吧!等着吧!你会知道的。”

“我会的,如果运气好的话,有些人还活不到六十呢。话说回来，如果你满口都是六十了和老了，结果就是吓到一个敏感的小女孩。”

谢顿叹了一口气，现出为难的表情。“我很抱歉，但这实在很难。看看我的两只手，已经出现斑斑点点，很快就会变得瘦骨嶙峋。我几乎再也不能做任何形式的角力，一个小孩或许就能令我双膝着地。”

“难道其他六十岁的人不是这样吗？至少你的头脑和以往一样灵光。那是唯一重要的事，这话你自己说过多少遍？”

“我知道，但我怀念我的身体。”

玛妮拉带着一丝刻薄说：“尤其是，铎丝似乎一点也不显老。”

谢顿不自在地说：“是啊，我想……”他别过头去，显然不愿谈论这个话题。

玛妮拉以严肃的眼神望着她的公公。问题在于他对小孩一无所知，或者说根本对人性毫无概念。很难想象他在先皇御前当了十年首相，结果却对人性了解得那么少。

当然，那个心理史学完全占据了他的心思。它所研究的是万兆之众，结果就等于根本不研究任何人——任何个人。除了芮奇之外，他从未接触过任何小孩，而芮奇进入他生命时已经十二岁，他又怎能对小孩有所了解呢？如今他有了婉达，对他而言她全然是一团谜，或许今后始终如此。

想到这一切时，玛妮拉心中充满着爱。她有一股不可思议的冲动，想要保护哈里·谢顿，为他屏蔽一个他所不了解的世界。这一点，这股保护哈里·谢顿的冲动，是她与她的婆婆铎丝·凡纳比里唯一的交集。

十年前，玛妮拉曾经救过谢顿一命。铎丝却因为奇怪的理由，认为那是侵犯了她的特权，而从未真正原谅过玛妮拉。

然后，谢顿又反过来救了玛妮拉一命。她闭上眼睛一会儿，整个情景再度浮现脑海，几乎像是正在发生的一件事。

03

那是克里昂遇刺一周之后——多么可怕的一周，整个川陀陷入一片混乱。

哈里·谢顿仍旧保有首相的职位，但显然已失去权力。他召来了玛妮拉·杜邦夸。

“我要谢谢你救了芮奇和我自己的性命，我一直还没有机会向你致谢。”他叹了一声，又说：“过去一周以来，我几乎没有机会做任何事。”

玛妮拉问道：“那个疯园丁怎样了？”

“处决！立即执行！未经审判！我试图拯救他，指出他精神失常，可是完全行不通。假使他做的是其他任何事，犯的是其他任何罪，他们都会承认他发了疯，而他就能获得赦免。他会有罪，会被关起来接受治疗，然而却能免于一死。可是杀害皇帝……”谢顿悲伤地摇了摇头。

玛妮拉又问：“今后会发生些什么呢，首相？”

“我来把我的看法告诉你。恩腾皇朝结束了，克里昂的儿子不会继位，我不认为他想当皇帝。他怕自己也遭到行刺，而我一点都不怪他。退隐到某个外围世界的家族属地，在那里过着平静的生活，对他而言会好得多。因为他是皇室的一分子，他无疑能如愿以偿，你我的运气也许就没有那么好。”

玛妮拉皱起眉头。“大人，哪一方面？”

谢顿清了清喉咙。“他们可以声称，是因为你杀了葛列布·安多闰，令他的手铳落地，曼德尔·葛鲁柏才能捡起来，用它杀掉克里昂。因此对于这桩罪行，你也背负了重大的责任。他们甚至可能会说，一切都是预先安排好的。”

“但那简直荒谬。我是保安部门的一员，是在执行我的任务，遵照我的命令行事。”

谢顿露出苦笑。“你是在以理性申辩，但这年头理性不流行了。在皇位没有合法继承人的情况下，接下来会发生的事，是必定出现一个军政府。”

后来，玛妮拉了解了心理史学的功用后，她怀疑谢顿是否曾用心理史学的技术，算出将要发生的事，因为军事统治果真出现了。然而，当时他并未提到他刚出炉的理论。

“如果真的出现军政府，”他继续说，“他们就有必要立刻建立稳固的统治，粉碎任何不忠的征兆，而且会是以有力且残酷的方式行事，甚至不顾理性和正义。假使他们指控你，杜邦夸小姐，参与行刺大帝的阴谋，你就会惨遭杀害。这并非伸张正义的行动，而是恐吓川陀人民的手段。

“除此之外，他们还可能说我也参与了这项阴谋。毕竟，是我出去迎接那些新园丁，那并非我分内之事。假使我没有那样做，就不会有人企图杀我，你也就不会还击，而大帝便能保住性命。你看得出一切多么吻合吗？”

“我无法相信他们会这样做。”

“或许他们不会。我会提出一个他们可能不愿拒绝的条件，但只是可能而已。”

“什么条件？”

“就是我自动辞去首相的职位。他们不想要我，他们容不下我。然而事实是，我在宫廷中的确有些支持者，而甚至更重要的是，外围世界觉得我是可以接受的。这就意味着，假使禁卫军的成员要逼我下台，那么即使不处决我，他们仍会有些麻烦。反之，如果我自己辞职，并声明我相信军政府正是川陀和帝国所需要的，那么我的确是帮了他们一个大忙，你懂了吗？”

他沉思了一下，又说：“此外，还有心理史学这个小小因素。”

这是玛妮拉第一次听到这个名词。

“那是什么？”

“是我在研究的一样东西。克里昂曾经对它的威力深具信心，他的信心甚至强过了当时的我。而宫廷中则普遍有一种感觉，认为心理史学是——或可能是——一个强有力的工具，可用来为政府服务，不论是什么样的政府。

“即使他们对这门科学的细节一无所知，那也没关系。我宁愿他们不懂，如此便能加强我们所谓的‘情势的迷信层面’。这样一来，他们就会让我以平民的身份，继续我的研究工作。至少，我希望如此——而这就和你有关了。”

“怎样有关？”

“我准备在条件中加入一项，那就是准许你辞去保安部门的职务，并且不得由于这桩行刺案，对你采取任何行动。我应该有办法争取得到。”

“但您是在说葬送我的前途。”

“无论如何，你的前途已经完了。即使禁卫军不发出你的处决令，你能想象他们会准许你继续担任保安官吗？”

"但我要做什么呢？我要如何为生？"

"我会负责的，杜邦夸小姐。十之八九，我会带着心理史学的庞大研究经费，回到斯瑞璘大学，我确定能帮你找个职位。"

双眼圆睁的玛妮拉说："您为什么要……"

谢顿说："我无法相信你会问这个问题。你救了芮奇和我自己的性命，能说我不欠你任何情吗？"

一切正如他所说的。谢顿潇洒地辞去保有十年的职位，回到了斯瑞璘大学。新近成立的军政府（由禁卫军与武装部队的重要成员所领导的执政团）发给他一封溢美的褒扬信，感谢他对帝国所作的贡献。而玛妮拉·杜邦夸也解除了保安官的职务，随着谢顿及其家人一同前往斯瑞璘。

04

芮奇一面走进来，一面对着双手呼气。"我完全赞成天气刻意有些变化，你不会希望穹顶之下的事物总是一成不变。不过，今天他们未免把气温调得太冷了点，此外还弄出一阵风。我认为，该是有人向气象控制局抱怨的时候了。"

"我认为并不是气象控制局的错。"谢顿说，"每件事物都越来越难控制了。"

"我知道，这就是没落。"芮奇用手背抹了抹又黑又浓的八字胡，他经常这么做，仿佛对于剃掉胡须的那几个月，他始终未能完全释怀。他的腰际多了一点赘肉，而且整体而言，他变得像个生活非常安逸的中产阶级，连他的达尔口音也早已消退几分。

他脱掉轻便的连身服，说道：“老寿星怎么样？”

“闷闷不乐。等着吧，等着吧，儿子。过不了多久，你就要庆祝你的四十岁生日，我们等着看你会认为有多好玩。”

“不会有六十大寿那么好玩。”

“别开玩笑。”玛妮拉说，她正搓着芮奇的手，试图把他的双手弄暖和。

谢顿两手一摊。“我们做错了事，芮奇。你太太认为，由于大家都在谈论我即将六十岁，害得小婉达以为我大概快死了。”

“真的吗？”芮奇说，“那就真相大白了。我刚才先去看了看她，还没机会说半个字，她就立刻告诉我，说她做了一个噩梦。她梦见你快死了吗？”

“显然如此。”谢顿说。

“嗯，她会好起来的，谁也没法不做噩梦。”

“我可没有那么容易把它抛到脑后。”玛妮拉说，“她在沉思这件事，那是不健康的，我准备追根究底弄个清楚。”

“就依你，玛妮拉。”芮奇表示同意，“你是我亲爱的妻子，和婉达有关的事，你怎么说就怎么办。”说完，他又抹了抹他的八字胡。

亲爱的妻子！当初，让她变成亲爱的妻子可不容易。芮奇还记得母亲对这件事的态度，说到噩梦，他才是周期性做着噩梦。每次在梦中，他都必须再度面对怒不可遏的铎丝·凡纳比里。

05

脱离了丧气的苦海之后，芮奇第一个清楚的记忆，是有人在帮他刮胡子。

他感到振动式刮胡刀沿着自己的面颊移动，便以虚弱的声音说："我上唇附近任何地方都别刮，理发师，我要八字胡长回来。"

理发师早已接到谢顿的指示，他举起一面镜子，好让芮奇安心。

坐在床沿的铎丝·凡纳比里说："让他工作，芮奇，你别激动。"

芮奇将目光转向她片刻，却没有开口。理发师离去后，铎丝说："你感觉如何，芮奇？"

"坏透了。"他喃喃道，"我好沮丧，我受不了。"

"那是你中了丧气后的残存效应，很快就会退去的。"

"我无法相信。已经多久了？"

"别管了。还需要些时间，你全身灌满了丧气。"

他焦躁地四下张望。"玛妮拉来看过我吗？"

"那个女人？"（从此，芮奇逐渐习惯铎丝用那种字眼与口气提到玛妮拉。）"没有，你还不适合接见访客。"

铎丝看懂了芮奇做出的表情，赶紧补充道："我是例外，因为我是你母亲，芮奇。无论如何，你为什么想要那个女人来看你？你的情况绝不适合见人。"

“正因为这样，我更要见她，”芮奇喃喃道，“我要她看看我最糟的样子。”然后，他无精打采地翻了个身。“我想要睡觉。”

铎丝·凡纳比里摇了摇头。当天稍后，她对谢顿说：“我不知道我们该拿芮奇怎么办，哈里，他相当不讲理。”

谢顿说：“他不舒服，铎丝，给这孩子一点时间。”

“他一直咕哝着那个女人，谁记得她叫什么名字。”

“玛妮拉·杜邦夸，那不是个难记的名字。”

“我认为他想和她共组一个家，和她住在一起，和她结婚！”

谢顿耸了耸肩。“芮奇三十岁了，足以自己作出决定。”

“身为他的父母，我们当然有发言权。”

谢顿叹了一口气。“我确定你已经说过了，铎丝。虽然你说过了，我确定他仍旧会照自己的意思去做。”

“这就是你的结论吗？他打算娶一个像那样的女人，你准备不闻不问吗？”

“你指望我做些什么，铎丝？玛妮拉救了芮奇一命，你指望他忘记吗？非但如此，她还救了我。”

这句话似乎把铎丝惹火了，她说：“而你也救了她，你们扯平了。”

“我不算真……”

“你当然救了她。假如你未曾介入，未曾为了救她而把你的辞呈和你的支持卖给他们，那些现在统治帝国的军头早就把她给杀了。”

“尽管我和她可能扯平了，虽然我并不这么想，可是芮奇还没有。此外，铎丝吾爱，若想用不适当的字眼形容我们的政府，我自己会三思而后行。如今的日子，不再像克里昂统治时那么容易过了，无论你说什么，都可能被人拿去告密。”

“别管这个了。我不喜欢那个女人，我想，这点至少是允许的。”

“当然是允许的，可是没用。”

谢顿低头望着地板，陷入了沉思。铎丝那双通常看起来深不可测的黑眼睛，此时无疑闪烁着怒火。

谢顿抬起头来。“我所希望知道的，铎丝，是到底为什么？你为什么这样不喜欢玛妮拉？她救了我们父子的命。若不是她迅速采取行动，芮奇和我都会丧生。”

铎丝反驳道：“没错，哈里，这点我比任何人都明白。假使当时她不在场，我也根本无法阻止那次谋杀。我想你会认为我该心存感激，但我每次看到那个女人，就会联想到我的失败。我知道这种情绪并非真正理性的，而这是我无法解释的事。所以别要求我喜欢她，哈里，我办不到。”

可是第二天，就连铎丝也不得不让步了。因为医生说：“你家公子希望见一位名叫玛妮拉的女子。”

“他的情况绝不适合接见访客。”铎丝吼道。

“刚好相反，他很适合，他恢复得很好。何况，他坚持要见她，态度无比激昂，我认为拒绝他并非明智的做法。”

于是他们带玛妮拉进了病房。芮奇热情洋溢地欢迎她，自从住进医院后，他首度露出一丝飘忽的快乐神情。

他对铎丝做了一个小动作，毫无疑问是要打发她走，她便撅着嘴离开了。

终于有一天，芮奇说：“妈，她要嫁给我。”

铎丝说：“你这个傻男人，你指望我惊讶吗？她当然要嫁给你，你是她唯一的机会。她已经名誉扫地，被赶出保安部门……”

芮奇说：“妈，如果你想失去我，这样做正好能达到目的。不要这样子说话。”

“我只是为你的幸福着想。”

“我会为我自己着想，谢了。我并不是某人提升社会地位的阶梯，拜托你别再这么想。我不算英俊，我个子不高，爸也不再是首相了，而我的谈吐属于不折不扣的低下阶层。我有什么地方值得她骄傲的？她能找到好得多的归宿，但她就是要我。而且我告诉你，我也要她。”

“但你知道她是什么人。”

“我当然知道她是什么人。她是个爱我的女人，她是个我爱的女人，她就是这么一个人。”

“在你和她坠入情网之前，她又是什么人？她在卫荷卧底的时候都做些什么，你也略有所知，你自己就是她的‘任务’之一。她还有其他多少任务？你能接受她的过去吗？能接受她以职务之名所做的一切吗？现在你能大方地做个理想主义者，但总有一天你会和她发生口角。或许就在第一次，或许是在第二次或第十九次，但你终究会爆发，会说：‘你这婊子！’”

芮奇怒吼道：“别那样说！当我们争吵时，我会骂她不讲理、没理智、唠唠叨叨、爱发牢骚、不体谅人，会有百万个形容词适合当时的状况。而她同样会骂我，但那些都是理性的字眼，争吵过后都收得回来。”

“你现在这么想，将来等着瞧吧。”

芮奇面色铁青，他说：“母亲，你和父亲在一起将近二十年了。父亲是个让人难以反对的人，但你们两人也有争论的时候，我听到过。在这二十年间，他有没有用过任何恶毒的字眼，指桑骂槐或冷嘲热讽你不是人？同样道理，我那样做过吗？你能想象我现在会那样做吗，不论我多么生气？”

铎丝内心在挣扎。她不会像芮奇或谢顿那样，让情绪在脸上表露无遗，但显然她一时之间说不出话来。

“事实上，”芮奇乘胜追击（这样做令他感到厌恶），“其实你是在吃醋，因为玛妮拉救了爸一命。除了你自己，你不要任何人做这件事。好啊，你当时没机会那样做，要是玛妮拉没射杀安多闰，要是爸死了，我也死了，你是不是会更高兴？”

铎丝以哽塞的声音说：“他坚持要单独出去接见那些园丁，他不准我一起去。”

“但那可不是玛妮拉的错。”

“这就是你要娶她的理由？出于感激？”

“不，是出于爱。”

于是一切敲定，但在婚礼过后，玛妮拉对芮奇说：“在你的坚持下，芮奇，你母亲或许不得不参加婚礼，可是她的样子看起来，活像有时飘浮在穹顶之下的人造雷雨云。”

芮奇哈哈大笑。“她的脸成不了雷雨云，那只是你的想象。”

“绝对不是。我们要怎么做，才能让她给我们一个机会？”

“我们只要有耐心，她的心结会打开的。”

可是铎丝·凡纳比里始终未曾打开心结。

结婚两年后，婉达出世了。铎丝对这孩子的态度，正是芮奇与玛妮拉梦寐以求的。但在芮奇的母亲心中，婉达的母亲仍旧是“那个女人”。

06

哈里·谢顿心情沉重地抵挡众人的攻势。铎丝、芮奇、雨果与玛妮拉轮番上阵，众口同声告诉他六十岁并不算老。

可是他们根本不了解。三十岁的时候，他第一次有了心理史学的灵感；三十二岁的时候，他在十载会议上发表那场著名的演说，接着一切似乎立刻接踵而至。在与克里昂作过简短的会晤后，他开始在川陀各处逃亡，遇到了丹莫刺尔、铎丝、雨果与芮奇，当然还有住在麦曲生、达尔与卫荷的许多人。

他四十岁时当上首相，五十岁时辞去那个职位，现在他六十岁了。

他在心理史学上已经花了三十个年头。他还需要多少年？他还能活多少年？会不会他去世时，心理史学计划仍未完成？

困扰他的并非死亡，而是心理史学计划将成为未竟之志，他这么告诉自己。

于是他去找雨果·阿马瑞尔。最近这些年，随着心理史学计划的规模稳定成长，他们不知不觉疏远了。在斯璀璘的最初几年，只有谢顿与雨果两人一起工作，再也没有别人。而现在……

雨果已年近五十，不能算年轻了，而且冲劲也大不如前。这些年来，除了心理史学，他未曾培养任何其他的兴趣：没有女人、没有玩伴、没有嗜好、没有业余活动。

雨果对谢顿频频眨眼，后者不禁注意到前者外表的变化，部分原因可能是雨果曾经被迫接受眼球重建手术。现在他的视力极佳，可是眼睛显得不太自然，而且他总喜欢慢慢地眨眼，使他看来像是困极欲眠。

“你认为怎么样，雨果？”谢顿说，“隧道另一头出现任何光亮吗？”

“光亮？有的，事实上真有。”雨果说，“我们有个新人，泰姆外尔·林恩，你当然知道他。”

“是啊，雇用他的人正是我自己。非常有活力，而且积极进取。他怎么样？”

“我不能说自己真正喜欢他，哈里，他的大笑声令我浑身不舒服。可是他很杰出，新的方程组和元光体配合得天衣无缝，似乎有可能克服混沌的难题。”

“‘似乎’吗？还是‘会’？”

“言之过早，但我抱着很大的希望。我曾经用好些实例试过，它若是没用，那些问题就会令它崩溃。结果这个新方程组通过所有的考验，我开始在心中管它叫‘非混沌方程组’了。”

“我想，”谢顿说，“对于这些方程式，我们还没有什么严密的论证吧。”

“对，还没有。不过我派了六个人着手研究，当然包括林恩在内。”雨果开启他的元光体，它在各方面都和谢顿那个同样先进。明亮的方程式开始浮现在半空中，他定睛望着那些弯曲的线条——太细太小了，未经放大根本读不出来。“加上那些新方程式，我们也许就能开始进行预测。”

“如今我每次研究元光体，”谢顿若有所思地说，“便忍不住赞叹那个电子阐析器，它把代表未来的数学压缩成多么紧密的线条。那不也是林恩的构想吗？”

“是的，再加上设计者欣妲·蒙内的帮助。”

“能有杰出的男女新血加入这个计划，真是太好了。我仿佛从他们身上见到了未来。”

“你认为像林恩这样的人，有一天可能成为本计划的领导者吗？”雨果一面问，一面仍在研究元光体。

“也许吧。在你我退休之后，或是死后。”

雨果似乎想歇一下，他关掉了那个装置。“我希望在我们退休或去世前，能够完成这项工作。”

“我也一样，雨果，我也一样。”

“过去十年间，心理史学对我们的指导相当成功。”

那的确是实话，但谢顿明白不能将它视为多大的成就。这些年来的发展都很平稳，并没有什么特别的惊喜。

心理史学曾经预测，帝国核心在克里昂死后仍会保住——那是个非常模糊且不确定的预测，而它的确应验了。川陀一向还算平静；即使历经皇帝遇刺以及一个皇朝的结束，帝国核心仍保住了。

这是在军事统治的高压下做到的。铎丝将执政团称为“那些军头”相当正确，她的指控即使更进一步或许也不为过。纵然如此，他们的确维系了帝国的完整，而今后还会维持一段时间。说不定能持续得足够久，好让心理史学在未来的发展中，扮演一个积极的角色。

最近雨果提出了建立“基地”的可能性——单独、隔离、独立于帝国之外的几粒种子，用以在将来的黑暗时期保存实力，进而发展成一个更良善的新帝国。谢顿自己已经着手研究这种安排的可能影响。

可是他没有多少时间，而且他（带着几分悲痛地）感到也没有那种青春了。无论他的心灵多么坚实，多么稳健，也不再拥有三十岁时的弹性与创造力。而随着年华的逝去，他知道自己保有的将越来越少。

或许他该将这个工作交给年轻而杰出的林恩，让他心无旁骛地研究这个问题。谢顿不得不腼腆地向自己承认，这个可能性并不会令他兴奋。他发明心理史学的目的，可不是让某个后生晚辈收割最后的成果。事实上，用最丢脸的说法，就是谢顿感到嫉妒林恩，而且他自己对这点心知肚明，刚好足以觉得羞愧。

然而，纵使有这种不理性的感受，他还是必须仰仗其他年纪较轻的人，不论心里多么不舒服。心理史学不再是他自己与雨果的私有禁地，他在首相任内的十年间，已将其转变成一个政府认可与资助的大型计划，而令他相当惊讶的是，在他辞去首相职位，回到斯璀璘大学之后，发现它的规模已大了许多。一想到那个冗长而且浮夸的官方名称“斯璀璘大学谢顿心理史学计划”，他就不禁伸舌头。不过，大多数人仅称之为“谢顿计划”。

军人执政团显然将谢顿计划视为一个潜在的政治武器，只要这点不变，经费便不成问题，信用点源源不绝。而他们需要做的回馈，则是必须准备年度报告。然而这种报告相当不透明，报上去的只是一些副产品。即使如此，其中的数学也早已超出执政团任何成员的知识水准。

离开这位老助手的研究室时，他心里明白了一件事：至少雨果对心理史学的发展方向十分满意，但是，谢顿却感到沮丧的黑幕再度将自己笼罩。

他断定困扰自己的乃是即将来临的庆生会。它的本意是作为欢乐的庆典，但对谢顿而言，它甚至不是一种安慰的表示，而只是在强调他的年纪。

此外，它搅乱了他的作息规律，而谢顿却是个习惯的动物。他的研究室，连同左右好几间，现在都已经腾空，他已经有好几天无法正常工作了。他心里明白，那些堂堂的研究室将被改装成荣耀的殿堂，而且还要好些日子，他才能回到工作岗位。只有雨果无论如何不肯让步，才得以保住他的研究室。

谢顿曾经闷闷不乐地寻思，这一切究竟是谁的主意。当然不是铎丝，她简直太了解他了。也不是雨果或芮奇，他们连自己的生日也从来不记得。他曾经怀疑到玛妮拉头上，甚至当面质问过她。

她承认自己对这件事十分赞成，并曾下令展开筹备工作。可是她说，生日宴会的主意是泰姆外尔·林恩向她建议的。

那个杰出的家伙，谢顿心想，每一方面都同样杰出。

他叹了一口气，只希望这个生日早些过完。

07

铎丝站在门口，探着头问："准我进来吗？"

"不，当然不行。你为何认为我会批准？"

"这儿不是你通常待的地方。"

"我知道。"谢顿叹了一声，"因为那个愚蠢的生日宴会，我被赶出通常待的地方。我多么希望它已经结束。"

"你说对了。一旦那个女人脑袋里有个主意，它就一发不可收拾，像大爆炸那样膨胀。"

谢顿立刻站到玛妮拉那边去。"好啦，她是好意，铎丝。"

“别跟我提什么好意。”铎丝说，“不管这些了，我来这里是要讨论另一件事，一件或许很重要的事。”

“说吧，什么事？”

“我曾和婉达讨论她的梦……”她吞吞吐吐。

谢顿从喉咙深处发出一下漱口的声音，然后说：“我不相信有这种事，你就别追究了。”

“不，你有没有不厌其烦地问过她那场梦的细节？”

“我为什么要让小女孩受那种罪？”

“芮奇也没有，玛妮拉也没有，事情就落到我头上。”

“可是你为什么要拿那种问题折磨她？”

“因为我感到应该那样做。”铎丝绷着脸说，“首先我要强调，她做那场梦的时候，不是在家里她的床上。”

“那么，她在哪里？”

“在你的研究室。”

“她在我的研究室做什么？”

“她想看看举办宴会的地方，于是走进你的研究室。当然，那里没有什么好看的，为了布置场地，东西都搬光了。但你的椅子还在，那把大椅子——高椅背，高扶手，破破烂烂，你不让我换掉的那一把。”

谢顿叹了一口气，仿佛忆起一场长期的争执。“它不算破烂，我不要换新的。继续说。”

“她蜷曲在你的椅子里，开始担心你也许不能真正参加这个宴会，这使她觉得很难过。然后，她告诉我，她一定是睡着了，因为她心中没有一件事是清楚的，除了梦里有两个男的在交谈——不是女的，这点她确定。”

“他们在谈些什么？”

“她不怎么明白。你也知道，在那种情况下，要记得细节有多么困难。但她说那是有关死亡，而她认为谈论的就是你，因为你那么老了。有几个字她记得很清楚，那就是‘柠檬水之死’。”

“什么？”

“柠檬水之死。”

“那是什么意思？”

“我不知道。无论如何，后来谈话终止，那两个人走了，只剩下她坐在椅子上，感到胆战心寒。从那时候开始，她就一直心烦意乱。”

谢顿思量了一下铎丝的叙述，然后说：“我问你，亲爱的，从一个小孩子的梦境，我们能导出什么重要结论？”

“我们可以先问问自己，哈里，那究竟是不是一场梦。”

“你是什么意思？”

“婉达并没有一口咬定那是梦境。她说她‘一定是睡着了’，那是她自己的话。她不是说她睡着了，而是说她一定是睡着了。”

“你从这点推论出什么来？”

“她也许是陷入半睡半醒的假寐，而在那种状态中，她听到两个人在交谈——两个真人，不是梦中的人。”

“两个真人？在谈论用柠檬水把我杀掉？”

“是的，差不多就是这样。”

“铎丝，”谢顿激昂地说，“我知道你永远能为我预见危险，但这次却太过分了。为什么会有人想要杀我？”

“以前就有人试过两次。”

“的确没错，但是想想客观的情况。第一次，是克里昂刚任命我当首相。那自然打破了宫廷中井然有序的阶级，一定有很多人把我恨透了，而其中几位认为只要除掉我，就有可能解决这个问题。

至于第二次，则是九九派试图攫取政权，他们认为我碍了他们的事，再加上纳马提被复仇的怒火迷了心窍。

“幸好两次行刺都没成功，可是现在为何会有第三次呢？我不再是首相，十年前就不是了。我是个上年纪的数学家，处于退休状态，当然不会有任何人怕我什么。九九派已被连根拔除，彻底摧毁，而纳马提也早已遭到处决。任何人都绝对没有想杀我的动机。

“所以拜托，铎丝，放轻松点。当你为我紧张的时候，你会变得心神不定，而这又会使你更加紧张，我不希望发生这种事。”

铎丝站起来，上半身倚在谢顿的书桌上。“没有杀你的动机，你说得倒简单，但根本不需要任何动机。我们现在的政府，是个完全不负责任的政府，假如他们希望……”

“住口！”谢顿高声斥道，然后又用很低的音量说，“一个字也别说，铎丝，反政府的言论一个字也别说，否则我们真会碰上你预见的那个麻烦。”

“我只是在跟你说，哈里。”

“现在你只是跟我说，但如果你养成说傻话的习惯，那么不知道什么时候，在外人面前，在很乐意告发你的人面前，同样的傻话会脱口而出。只要记住一件事，绝对不要随便批评政治。”

“我会试试，哈里。”铎丝嘴里这样说，声音中却无法抑制愤愤之情，说完她便转身离去。

谢顿目送着她。铎丝老得很优雅，以致有时她似乎一点也不显老。虽然她只比谢顿小两岁，但在他们共处的这二十八年间，两人外表的变化程度几乎成反比，而这是自然的事。

她的头发点缀着银丝，但银丝下仍然透出青春的光泽。她的肤色变得较为苍白，她的声音变得有点沙哑，而且，她当然已改穿适合中年人的服装。然而，她的动作仍如往昔般矫捷迅速，仿佛无论任何因素，都不能干扰她在紧急状况下保护谢顿的能力。

谢顿又叹了一口气。被人保护这档子事（总是多多少少有违他的意愿）有时真是个沉重的负担。

08

几乎在铎丝刚离去后，玛妮拉便来见谢顿。

“对不起，哈里，铎丝刚才说了些什么？”

谢顿再度抬起头来——除了打扰还是打扰。

“没什么重要的事，是关于婉达的梦。”

玛妮拉撅起嘴。“我就知道，婉达说铎丝问了些这方面的问题。她为什么不放这女孩一马？好像做一场噩梦是什么重罪似的。”

“事实上，”谢顿以安抚的口吻说，“是婉达记得的一些梦境耐人寻味。我不知道婉达有没有告诉你，但显然在梦中，她听到了什么‘柠檬水之死’。”

“嗯——嗯！”玛妮拉沉默了一会儿，然后又说，“那其实没什么大不了的。婉达最爱喝柠檬水，她盼望在宴会上喝个够。我向她保证，她能喝到些加了麦曲生甘露的，于是她天天都在期待。”

“所以说，如果她听到什么听来像柠檬水的东西，心中就会误解为柠檬水。”

“是啊，有何不可？”

“只不过，这样的话，你认为他们真正说的又是什么呢？她一定得听到什么，才能误以为是柠檬水。”

“我不认为必定是这样。但我们为何要对一个小女孩的梦大惊小怪？拜托，我不要任何人再跟她谈这件事，这太扰人了。”

“我同意，我一定会让铎丝别再追究，至少别再向婉达追究。”

“好吧。我不管她是不是婉达的祖母，哈里，毕竟我是她的母亲，我的意愿有优先权。”

“绝对如此。”谢顿又以安抚的口吻说。当玛妮拉离去时，谢顿望着她的背影。这是另一个负担——两个女人之间无止无休的竞争。

09

泰姆外尔·林恩今年三十六岁，四年前加入谢顿的心理史学计划，担任一名资深数学家。他是个高个子，有眨眼的习惯，而且总是带着不少自信。

他的头发是棕褐色，呈轻微波浪状，由于留得相当长，因此波浪更加明显。他常常突如其来发出笑声，但他的数学能力却无懈可击。

林恩是从西曼达诺夫大学挖来的，每当想起雨果·阿马瑞尔最初对他多么疑心，谢顿总是不禁微微一笑。话说回来，雨果对任何人都多有猜疑。在他的内心深处（谢顿可以肯定），雨果觉得心理史学应该永远是他与谢顿的私人属地。

但就连雨果现在也愿意承认，林恩的加入大大改善了他自己的处境。雨果曾说："他避开混沌的那些技巧绝无仅有且出神入化，谢顿计划中再也没有人做得出他的结果。我当然从未想到这样的方法，而你也没想到过，哈里。"

"好吧，"谢顿别扭地说，"我老了。"

"只不过，"雨果说，"他别笑得那么大声就好了。"

"谁也无法控制自己发笑的方式。"

然而事实上，谢顿发觉自己有点无法接受林恩。这个大家已通称为"非混沌方程组"的数学式，他自己完全没有贡献，这是相当羞耻的一件事。谢顿也从未想到电子阐析器背后的原理，但他对此处之泰然，那并非真正是他的领域。然而，非混沌方程组却是他实在应该想到的，至少也该摸到一点边。

他试图和自己讲理。谢顿发展出心理史学的整个基础，而非混沌方程组是这个基础上的自然产物。三十年前，林恩能得出谢顿当时的成果吗？谢顿深信林恩办不到。一旦基础建立起来，林恩想出了非混沌法的原理，真有那么了不起吗？

这些论点都非常合理且非常实在，但谢顿面对林恩时仍会感到不安，至少是有点焦躁。这可是疲惫的老人面对如日中天的青年。

但是林恩在各方面的表现，都不该让他感受到两人年岁的差异。他始终对谢顿表现得毕恭毕敬，也从未以任何方式暗示这位长者盛年不再。

当然，林恩对即将来临的庆祝活动很感兴趣，而且谢顿还打探到，他甚至是第一个建议为谢顿庆生的人。这是恶意强调谢顿上了年纪吗？谢顿抛掉这个念头。假使他相信这种事，那就代表他染上了铎丝的疑心病。

此时林恩大步向他走来，说道："大师……"如同往常一样，谢顿心头一凛。他实在宁可资深成员都叫他哈里，但这似乎不是值得小题大作的一件事。

“大师，”林恩道，“有传言说田纳尔将军召您前去开会。”

“是的，他是军人执政团的新首脑。我猜他想要见我，是为了问我心理史学究竟是怎么回事。打从克里昂和丹莫刺尔的时代，他们就一直问我这个问题。”新首脑！执政团就像个万花筒，成员周期性此起彼落，总是有人黯然下台，却又有人无端崛起。

“可是据我了解，他现在就要见您，就在庆生会进行到一半的时候。”

“那没什么关系，没有我，你们照样能庆祝。”

“不，大师，我们不能。我希望您别介意，但我们几个人在会商后，和皇宫通过一次电话，把那个约会延后了一周。”

“什么？”谢顿有些恼火，“你们这样做实在是放肆，而且也很危险。”

“结果很圆满。他们已经答应延期，而您需要那些时间。”

“我为什么需要一周的时间？”

林恩迟疑了一下。“我能直说吗，大师？”

“你当然可以。我何曾要求过任何人用另外的方式对我说话？”

林恩有点脸红，雪白的皮肤变作粉红色，但他的声音仍坚定如常。“这话并不容易开口，大师。您是一位数学天才，本计划的成员对此毫不怀疑。在整个帝国中，只要是认识您并了解数学的人，对这点也绝无任何疑问。然而，任何人都难以是全能的天才。”

“这点我和你同样明白，林恩。”

“我知道您明白。不过，您特别不善于应付普通人，或者干脆说是笨人。您欠缺一些迂回的能力，一些旁敲侧击的本领。如果您打交道的对象，是在政府中掌权却又有几分愚蠢的人，那就会因为您太过直率，而很容易危及本计划，以及您自己的性命。”

“这是什么意思？我突然变成小孩了吗？我和政治人物打交道有很长的历史，我当了十年的首相，说不定你还记得。”

“请原谅我这么说，大师，但您并非一位特别突出的首相。当初您打交道的对象是丹莫刺尔首相，大家都说他是个非常聪明的人，此外克里昂大帝则非常友善。现在您却会碰到一批军人，他们既不聪明又不友善，全然是另一种典型。”

“我甚至和军人也打过交道，并且全身而退。”

“您没碰到过杜戈·田纳尔将军。他完全是另一种东西，我认识他。”

“你认识他？你见过他吗？”

“我不认识他本人，但他来自曼达诺夫区，您也知道，那就是我的故乡。在他加入执政团并步步高升之前，他是那里的一股势力。”

“你对他的认识又如何？”

“无知、迷信、暴戾。他这种人对付起来可不容易，而且不安全。您可以用这一个星期，研究出和他打交道的方法。”

谢顿咬住下唇。林恩说的实在有些道理，谢顿体认到一个事实：虽然他有自己的计划，但试图应付一个愚蠢、妄自尊大、脾气暴躁，而手中却握着强大武力的人，仍将是一件困难的事。

他不安地说：“我总会设法的。无论如何，军人执政团这整件事，在今日的川陀是个不稳定的情况。它已经持续得太久，超过了它可能的寿命。”

“我们测试过这一点吗？我不晓得我们在对执政团作稳定性判断。”

“只是阿马瑞尔所做的几个计算，利用你的非混沌方程组做的。”他顿了一顿，“顺便提一句，我发现有人在引用时，将它们称为林恩方程组。”

“我可没有，大师。”

“我希望你别介意，但我不想见到这种事。心理史学各项内容应该根据功能来命名，而不是用人名。一旦染上个人色彩，立刻就会引起反感。”

“我了解并十分同意，大师。”

“事实上，”谢顿带着点内疚说，“我总是觉得，我们不该说什么‘心理史学的谢顿基本方程式’。问题是这个名称用了那么多年，试图更改是不切实际的。”

“请您宽恕我这么说，大师，但您是个例外。我想，您发明心理史学这门科学的荣耀乃是实至名归，没有任何人会提出异议。但是，如果可以的话，我希望能回到您会晤田纳尔将军这个话题。”

“好吧，还有什么要说的？”

“我忍不住在想，如果您不去见他，不和他说话，不和他打交道，这样会不会更好？”

“如果他召我前去开会，我要如何避免那些事？”

“或许您可以托病，派个人代替您去。”

“谁？”

林恩沉默了一会儿，但他的沉默胜过千言万语。

谢顿说：“我想，你是指你自己。”

“难道这不是个好办法吗？我是将军的同乡，这点也许有些作用。您是个大忙人，而且年事已高，别人很容易相信您身体不太好。若是由我去见他，而不是您亲自前往——请您恕罪，大师——我能比您更容易虚与委蛇，以智取胜。”

“你的意思是，说谎。”

“如有必要的话。”

“你将冒着很大的风险。”

“并不太大，我不信他会下令将我处决。如果他对我恼羞成怒，这是有可能的，那我可以托辞是年幼无知和经验不足，或者您可以帮我这么说情。无论如何，如果我碰到麻烦，会比您碰到麻烦要安全许多。我是在为谢顿计划着想，它失去您可不行，失去我却很容易克服。”

谢顿皱着眉头说：“我不准备躲在你后面，林恩。如果那人想见我，他就会见到我。我可不要浑身打战，要求你替我冒险。你以为我是什么人？”

“一位直率且诚实的人——如今却需要一个迂回的人。”

“若是必须迂回，我会设法那样做。请别低估我，林恩。”

林恩绝望地耸了耸肩。“很好，我只能和您争论到某个程度。”

“事实上，林恩，我希望你并没有延后这场会晤。我宁愿错过我的生日去见将军，也不愿为了过生日而改期。这个庆生会根本不是我的主意。”发完牢骚，他就没有再说下去。

林恩说：“我很抱歉。”

“好啦，”谢顿无可奈何地说，“我们总会知道结果的。”说完便转身离去。

有些时候，他极希望自己能领导一支“军纪严明”的队伍，确定一切都照着他的意思进行，尽量或完全不让他的属下有自我行动的自由。然而，要做到这一点，需要大量的时间以及大量的精力，将使他没有机会亲自研究心理史学。更何况，他天生就不是那种人。

他叹了一口气，他得去找雨果谈谈。

10

谢顿跨进雨果的研究室，做了一次不速之客。

“雨果，”他突然冒出一句，“跟田纳尔将军的会议延后了。”说完，他闷闷不乐地坐下来。

如同往常一样，雨果花了些时间，才收回放在工作上的心思。最后他终于抬起头来，说道：“他的理由是什么？”

“不是他。是我们的几位数学家，安排将会期延后一周，以避免打断庆生会。我觉得这一切都极其烦人。”

“你为何让他们那样做？”

“我没有。是他们自作主张，径自安排了这些事。”谢顿耸了耸肩，“就某方面而言，这也是我的错。这些日子以来，我一直在为将届六十大发牢骚，以致大家都认为得靠庆祝活动逗我开心。”

雨果说：“我们当然可以利用这一周。”

谢顿立刻紧张起来，向前坐了一点。“有什么问题吗？”

“没有，至少我看不出来，但进一步检查总没有害处。听好，哈里，将近三十年来，这是心理史学首次达到真正能进行预测的程度。这个预测没什么大不了的，只是整个人类社会的沧海一粟，但目前为止它是我们最好的结果。好的，我们想要好好利用它，看看它表现如何，对我们自己证明心理史学正如我们所认定的：是一门预测性科学。所以，确定我们未曾忽略任何事情，总是没有什么害处。即使是这个微乎其微的预测也相当复杂，我很高兴又有一周的时间来研究它。”

“那么好极了。在我去见将军之前，我会向你请教一番，看看最后关头是否得再做些修正。这期间，雨果，千万别让任何与此有关的讯息泄露出去，对任何人都不得泄露。如果它失败了，我可不要本计划的成员因而气馁。你我两人将单独承担这个失败，然后再接再厉。”

雨果脸上难得掠过一个向往的笑容。“你我两人，你还记得真正只有我们两人的时候吗？”

“我记得非常清楚，别以为我不怀念那些日子。当时我们没有什么工具……”

“甚至没有元光体，更别提电子阐析器。”

“但那是一段快乐的日子。”

“快乐的日子。”雨果一面点头一面说。

11

斯璀璘大学改头换面了，哈里·谢顿忍不住感到高兴。

谢顿计划建筑群的几间核心研究室，突然之间冒出五光十色，在半空映出众多此起彼落的三维全息像，通通都是不同时期与不同地点的谢顿。里面包括：正在微笑的铎丝·凡纳比里——显得比现在年轻些；十几岁时的芮奇——依然野气未脱；谢顿与雨果正埋首操作电脑——看起来年轻得难以置信。甚至还能看到一个稍纵即逝的伊图·丹莫刺尔，它使谢顿心中充满对老友的思慕，并怀念起丹莫刺尔离去之前所提供的安全感。

但在这个“全息像集”各处都找不到克里昂大帝。并非由于没有他的全息像，而是因为在执政团的统治下，提醒人们昔日的皇权是不智之举。

这些影像全部向外盈溢和倾泻，注满一间又一间房间，一栋又一栋建筑。在不知不觉间，整个大学变成一个展览会场，谢顿从未见过类似的情景，甚至未曾幻想过。就连穹顶照明也暗了下来，准备制造三天的人工黑夜，好让这所大学能在其中大放异彩。

“三天！”谢顿半是感动半是惶恐。

“三天。”铎丝·凡纳比里点了点头，“少于三天大学绝不考虑。”

“这些花费！这些人工！”谢顿皱着眉头说。

“和你对这所大学的贡献比起来，”铎丝说，“花费少之又少。而人工都是志愿的，学生全体出动，负责每一项工作。”

此时出现一个全景式的校园鸟瞰影像，谢顿望着它，脸上不禁露出微笑。

铎丝说:“你很高兴。过去这几个月，你除了埋怨还是埋怨，说你多么不想为迈入老年举行任何庆祝——现在看看你。”

“唉，我受宠若惊，我根本没想到他们会这样做。”

“有何不可？你是个偶像，哈里。整个世界——整个帝国——都知道你。”

“他们不知道。”谢顿猛摇着头，“平均十亿人里对我略有所知的还不到一个，对心理史学则绝对无人知情。心理史学究竟如何运作，计划之外谁也没有半分概念，参与计划的也不是人人明了。”

“那不重要，哈里，重要的是你。即使万兆民众对你的生平或你的工作一无所知，也都知道哈里·谢顿是帝国最伟大的数学家。”

“好吧，”谢顿一面说，一面环顾四周，“现在他们的确使我有这种感觉。可是三天三夜！这个地方会被夷为平地。”

“不，不会的。所有的记录都搬到别处存放，电脑和其他设备也都锁好了。学生组织了一支临时警力，他们不会让任何东西遭到破坏。”

“这一切都是你安排的，对吗，铎丝？”谢顿对她投以柔情的笑容。

“我们有好几个人负责，绝不能说都是我。你的同事，泰姆外尔·林恩，他的工作热忱简直不可思议。”

谢顿眉头深锁。

“林恩有什么不对劲？”铎丝问。

谢顿说：“他一直称呼我‘大师’。”

铎丝摇了摇头。“嗯，那可是罪大恶极。”

谢顿没有理会这句话，又说：“而且他年轻。”

“那就是罪上加罪。好啦，哈里，你得学着怎样老得优雅。第一步，你必须表现得自得其乐。那样便会感染别人，让他们更加快乐，而你当然希望这么做。来吧，走动一下，别和我躲在这里。去欢迎每一个人，露出笑容，和他们嘘寒问暖。还有别忘了，晚宴后你得做一场演讲。”

“我不喜欢晚宴，我更加不喜欢演讲。”

“反正你非讲不可。走吧！”

谢顿夸张地叹了一口气，开始执行铎丝的吩咐。他站在连接主厅的拱廊中，成为一个相当显眼的身形。他早已不穿昔日那件宽大的首相袍，而年轻时所喜爱的赫利肯风格服装也尘封多时。谢顿现在的穿着正显现出他崇高的身份：笔直的长裤带着波浪状皱褶，上身是一件改良式短袖衣。左胸处用银线绣着一个徽章，上面写着：斯璀璘大学谢顿心理史学计划。在他一身高贵的钛灰色服装背景中，这个徽章像灯塔般闪闪发亮。谢顿眨着眼睛，双眼四周是随着年岁而渐增的皱纹，这些皱纹与他的白发一样，将六十岁的年纪表露无遗。

他走进一间专门招待儿童的房间。室内的陈设全部搬光，只剩下几个摆放食物的架台。孩子们一看到他便一拥而上，他们都知道这场飨宴是他带来的。谢顿连忙试图躲避他们乱抓的小手。

“等等，等等，孩子们。”他说，“往后面站。”

他从口袋里掏出一个电脑化小型机器人，将它摆在地板上。在一个没有机器人的国度里，他相信这种东西能让孩子大开眼界。它的外型是个毛茸茸的小动物，但它能在毫无预警之下变换外型（每次都引得孩子们吱吱笑），而当它变身的时候，它的声音与动作也跟着一起改变。

“仔细看，”谢顿说，“跟它玩玩，小心别弄坏了。等会儿，送你们一人一个。”

他溜了出来，来到连接主厅的另一条走廊。这时，他发觉婉达跟在他后面。

“爷爷。”她唤道。

嗯，婉达当然不同。他猛然弯下腰，将她高高举起，转了一圈，再将她放下来。

“你玩得开心吗，婉达？”他问。

“开心，”她说，“但别进那个房间。”

“为什么，婉达？那是我的房间，是我的研究室，我就是在那里工作。”

“那里是我做噩梦的地方。”

“我知道，婉达，可是一切都过去了，对不对？”他犹豫了一下，然后领着婉达走向走廊旁的一列椅子。他挑了一张椅子坐下，将她放到自己的膝盖上。

“婉达，”他说，“你确定那是一场梦吗？”

“我认为那是一场梦。”

“你当时真睡着了吗？”

“我想我睡着了。”

谈到这件事似乎令她不太自在。谢顿决定不再追究，继续逼问她根本没有用。

他说：“好吧，不论是不是梦，总之有两个男的，他们谈到柠檬水之死，对不对？”

婉达勉强点了点头。

谢顿说：“你确定他们说的是柠檬水吗？”

婉达又点了点头。

“他们会不会是在说别的，你却以为他们说的是柠檬水？”

“他们说的就是柠檬水。”

谢顿不得不接受这个答案。“好吧，到别处去玩个痛快，婉达，忘掉那场梦。”

“好的，爷爷。”一旦把梦境抛到脑后，她立刻快活起来，再度投入庆祝活动。

谢顿开始寻找玛妮拉。他花了好长时间才找到她，因为每走一步，就会有人拦住他、问候他并与他交谈。

最后，他终于在远处看到她。他一面走，一面喃喃道：“对不起……对不起……有个人我必须……对不起……”他克服万难朝她的方向走去。

“玛妮拉。”他把她拉到一旁，并向四面八方挤出机械式的笑容。

“怎样，哈里，”她说，“有什么问题吗？”

“婉达的梦。”

“别告诉我她还念念不忘。”

“嗯，那场梦仍困扰着她。听我说，我们在宴会上备有柠檬水，对不对？”

“当然，孩子们爱死了。我在许多不同形状的超小型玻璃杯中，加入几十种不同的麦曲生味蕾，孩子们一杯接一杯品尝，看看哪一种味道最好。大人们也在喝，我就喝了。你何不也尝尝看呢，哈里？味道棒极了。”

“我在想，如果那不是一场梦，如果那孩子真听见两个人谈到柠檬水之死……”他打住了，仿佛不好意思再说下去。

玛妮拉说：“你是在想会有人在柠檬水里下毒？那实在可笑，真要是这样，现在这里每个孩子都已经病倒或死掉了。”

“我知道，”谢顿喃喃地说，“我知道。”

他走了开，在经过铎丝时几乎没看到她。

她抓住他的手肘。“怎么这种脸色？”她说，“你看来心事重重。”

“我一直在想婉达的柠檬水之死。”

“我也是，但我至今想不出所以然来。”

“我忍不住想到下毒的可能性。”

“别那样想。我向你保证，送到宴会上的食物全部经过分子检查。我知道你会认为那是我典型的妄想症，但我的工作就是保护你，所以那正是我必须做的事情。”

“每一样东西都……”

“没有毒，我向你保证。”

谢顿微微一笑。“好吧，很好。我松了一口气，我并非真认为……”

“但愿不是。”铎丝淡淡地说，“比这个毒药狂想更令我关切许多倍的，是我听到几天后你要去见田纳尔那个怪物。”

“别管他叫怪物，铎丝。小心点，我们周围人多嘴杂。”

铎丝立刻压低声音。“我想你说得对。看看四周，净是微笑的脸孔。可是谁知道，哪个‘朋友’今晚过后就会向首脑或他的手下报告？啊，人类！即使过了数千个世纪，这种卑劣的背叛竟然依旧存在。在我看来，它似乎实在没有必要。但我明白它能造成什么伤害，这就是我必须跟你去的理由，哈里。”

“不可能的，铎丝，那样只会使情况更复杂。我要自己去，我不会有麻烦的。”

“你对如何应付那个将军毫无概念。”

谢顿显得很严肃。“你有概念吗？你的口气听来和林恩一模一样。他，也深信我是个没用的老糊涂。他，也想跟我一起去——更正确地说，是想代我去。我不知道川陀上有多少人愿意代替我，”他带着明显的讽刺补充道，“几十个？几百万个？”

12

过去十年间，银河帝国一直没有一位皇帝，但从皇宫御苑的运作却完全看不出这个事实。数千年来所累积的惯例，使皇帝的存在与否变得毫无意义。

当然，这代表不再有个身穿皇袍的身形主持各种典礼；不再有皇帝的声音下达命令；不再有皇帝的旨意传达出去；不再有皇帝的喜怒哀乐感染众人；不再有皇帝的欢乐照亮任何宫殿；不再有皇帝的病体为宫殿蒙上阴影。位于偏殿的御用寝宫空无一人，因为根本没有皇室的存在。

然而大队园丁仍将御苑照顾得完美无瑕，大队仆佣仍将宫殿建筑保持在最佳状态。御床虽然从来没人睡，每天仍会更换被单；宫中每个房间照常打扫，每件工作也都如常进行。而御前幕僚的整个团队，从上到下，都在做着他们过去一贯的工作。就像皇帝仍旧在世一样，最高官员继续下达指令，而且知道那些指令必定符合皇帝的心意。在许多机关中，尤其是高层机关，人事结构仍与克里昂生命中最后一天完全一样。至于新进人员，则被仔细塑造与训练成百分之百遵循传统。

仿佛帝国早已习惯由皇帝统治，因此坚持以这种“幽灵统治”来维系整个帝国。

执政团知道这一点，即使不知道，他们也有模糊的感觉。在这十年间，所有统率过帝国的军人，没有一个敢搬进偏殿中的御用寝宫。这些军人不论什么来头，他们总不是皇帝，因此都知道无权染指该处。对人民而言，失去自由还能忍受，却无法忍受对皇帝的大不敬——不论对象是活着或死去的皇帝。

那座已有十来个不同皇朝的皇帝居住过的优雅宫殿，就连田纳尔将军也没有搬进去。他在御苑边缘的建筑群中挑了一栋，作为他的官邸与办公室。那群建筑在御苑内极为碍眼，却造得有如碉堡般坚固，足以抵挡军队的围攻，而最外缘的建筑还住着数量庞大的卫士。

田纳尔身形矮胖，留着两撇八字胡。他的胡子不像达尔八字胡那样生气蓬勃、四下蔓延，而是经过仔细修剪，紧贴着上唇，但在胡子与唇线间留有一道空隙。这两撇胡子稍带红色，而田纳尔的眼珠则是深蓝色。他年轻时或许相当英俊，但现在的他脸庞过于丰满，两只眼睛则眯成两条缝，其中最常透出的情绪就是愤怒。

现在他便忿忿不平地（一个人感到自己是千万世界的绝对主宰，却又不敢自称皇帝，就一定会如此愤怒）对韩德·厄拉尔说：“我能建立一个自己的朝代，”他眉头深锁地环顾四周，“对帝国的主宰而言，这个地方并不合适。”

厄拉尔轻声道：“重要的是身为主宰。当个斗室中的主宰，也比宫殿中的傀儡来得强。”

“但最好是能在宫殿中当个主宰。这又有何不可？”

厄拉尔拥有上校的头衔，但他从未参与任何军事行动，这点几乎毫无疑问。他的功用是把田纳尔想听的话告诉他，并一字不易地把他的命令传下去。偶尔有些时候，若是安全似乎无虞，他也会试着将田纳尔导向较为慎重的路线。

众所周知厄拉尔是“田纳尔的奴才”，这点他自己心知肚明。对此他毫不在乎，身为奴才的他安全无比，而他看过许多过分骄傲、不甘心当奴才的人最后的下场。

当然，可能有一天，田纳尔自己也会埋葬在执政团这个变幻不已的舞台中。可是厄拉尔觉得（带着些世故的达观），他会及时察觉这一点，自保应不成问题。他自然也可能做不到，但凡事总是有代价的。

“您没有理由不能开创一个朝代，将军。”厄拉尔说，“在帝国悠久的历史中，有许多人这样做过。话说回来，这需要时间。人民接受新局的速度迟缓，通常要到新朝代的第二乃至第三代，人民才会全心全意接受这个皇帝。”

“我不相信。我只需要宣称自己是新皇帝，谁敢站出来反对？我的钳制可紧得很。”

“的确没错，将军。在川陀上，以及大多数的内围世界，您的力量毋庸置疑。但是可能在遥远的外围世界，有许多人还不会——目前还不会接受一个新皇朝。”

“内围世界也好，外围世界也罢，军事力量统治一切。这是帝国的一句古老格言。”

“一句很好的格言。”厄拉尔说，“可是如今，许多星省都拥有自己的武装部队，他们或许不会为您效命。这是个人心不古的年头。”

“那么，你是建议我要谨慎。”

“我总是建议您谨慎，将军。”

“总有一天，你会建议得过了头。”

厄拉尔低下头来。“我只能建议在我看来对您有好处和有用处的事，将军。”

“所以你不停地对我唠叨那个哈里·谢顿。”

“他是您最大的威胁，将军。”

“你一直这么说，但是我却看不出来。他只是个大学教授。”

厄拉尔说：“没错，但他曾经当过首相。”

“我知道，但那是在克里昂的时代。后来他做过任何事吗？既然现在人心不古，各星省的总督都不好惹，为何一个教授会是我最大的威胁？”

“认为一个温和而谦逊的人是无害的，”厄拉尔小心翼翼地说（谁给将军上课都得小心翼翼），“有时是个错误。对谢顿所反对的人而言，他从来都不是无害的。二十年前，九九派运动几乎毁掉克里昂的铁腕首相伊图·丹莫刺尔。”

田纳尔点了点头，但微蹙的眉头泄露了他正在搜寻记忆的努力。

“是谢顿摧毁了久瑞南，并继丹莫刺尔之后担任首相。然而，九九派运动并未根绝，后来当它死灰复燃时，谢顿再次设计将它扑灭，可是，却来不及阻止行刺克里昂的行动。”

“但谢顿却没事，对不对？”

“您说得完全正确，谢顿没事。”

“那就怪了。害得皇帝遇刺，就代表首相非死不可。”

“应该是那样。纵然如此，执政团却让他活下去，这样做似乎比较明智。”

“为什么？”

厄拉尔在心中叹了一口气。“为了一个叫做心理史学的东西，将军。”

“我对它一无所知。”田纳尔断然道。

事实上，他依稀记得，厄拉尔三番两次试图对他说明这几个怪字眼的意义。他从来不想听，厄拉尔则很明白不能操之过急。田纳尔现在同样不想听，但厄拉尔话中似乎带着隐性的急迫。或许，田纳尔心想，自己这回最好听一听。

“几乎没有人对它有任何认识，”厄拉尔说，“但是有些——喔——知识分子，觉得它很有意思。”

“它究竟是什么？”

“是个复杂的数学体系。”

田纳尔摇了摇头。“别和我提那种事，拜托。我数得清我的军队有多少师，那是我唯一需要的数学。”

“据说，”厄拉尔道，“心理史学有可能做到预测未来。”

将军立刻双眼鼓胀。“你的意思是，这个谢顿是个算命的？”

“不是通常的算命，它是一种科学。”

“我不相信。”

“的确很难相信，但在川陀上，谢顿已经成为一个受人崇拜的人物，而在外围世界某些地方也是如此。至于这个心理史学，如果它能用来预测未来，甚至只是人民相信它能这样做，即可成为巩固政权的一个强力工具。这点我确定您已经看出来，将军。它只需要预测我们的政权会持续下去，会为帝国带来和平与繁荣。民众一旦相信了，就会帮助它成为自我实现的预言。反之，如果谢顿希望出现反面的结果，他大可预测会出现内战和毁灭。民众也会相信的，那就会使我们的政权不稳。”

“这样的话，上校，我们只要确定心理史学的预测是我们想要的就行了。”

“应该说是谢顿必须做到这一点，而他并不是当今政权的朋友。将军，我们必须将哈里·谢顿和在斯璀璘大学进行的心理史学发展计划区别开来，这件事很重要。心理史学能对我们有极大的用处，但唯有在某人取代谢顿之后才会如此。”

“有其他人能取代吗？”

“喔，有的，需要做的只是除掉谢顿。”

“这种事有什么困难？一纸处决令，事情就解决了。”

“如果看不出政府直接涉入这样一件事，将军，那总是比较好。”

“解释一下！”

“我已经安排他来见您，好让您能用您的本事打探他的心理史学。然后，您就能判断我心中的一些建议是否值得接受。”

“这个会晤将在何时举行？”

“本来很快就会举行，但谢顿计划的几个代表要求宽限几天，因为他们正在庆祝他的生日——显然是六十大寿。我认为答应他们的请求、允许延迟一周是明智之举。”

“为什么？”田纳尔追问。“我不喜欢任何示弱的表现。”

“相当正确，将军，相当正确。正如每次一样，您的直觉完全正确。然而，在我看来，基于情势的需要，我们或许应该知道这个庆生会的内容和性质——此时此刻它正在举行。”

“为什么？”

“所有的情报都是有用的。您愿意看看庆祝活动的片段吗？”

田纳尔将军的脸色阴沉依旧。“有这个必要吗？”

“我想您将发现它很有意思，将军。”

声光俱全的再生影像效果极佳，接下来好长一段时间，庆生会的欢乐气氛充满了这间相当僵硬的将军办公室。

厄拉尔以低沉的声音做着旁白：“大多数的活动，将军，都是在谢顿计划建筑群中举行，但校园其他各处也共襄盛举。待会儿我们会有个鸟瞰影像，您将看到庆祝活动涵盖了广大的面积。事实上，这颗行星上有许多角落，主要是各大学和各区重镇，也在举行各种可称之为‘共鸣庆祝’的活动，只是我手头暂时没有确实证据。目前这些庆祝仍在进行，至少还会再持续一天。”

“你是在告诉我，这是个涵盖整个川陀的庆典？”

“以一种很特殊的方式进行。它主要只影响到知识分子阶级，但是影响的范围惊人广泛。甚至有可能除了川陀，其他世界上也有人在欢呼。”

“你是从哪里弄到这个再生影像的？”

厄拉尔微微一笑。“我们在谢顿计划中的布置相当好。我们有可靠的情报来源，所以鲜有我们不会立刻知道的事。”

“好吧，厄拉尔，你对这件事的结论究竟是什么？”

“在我看来，将军，哈里·谢顿是某种个人崇拜的焦点，我确定您也有这种看法。他让自己和心理史学如此合而为一，假使我们用太过公开的方式除掉他，会完全毁掉这门科学的公信力，它对我们就毫无用处了。

“反之，将军，谢顿年纪越来越大，不难想象他会被另一个人取代——某个我们能选择的人，他会友善看待我们对帝国所抱持的伟大目标及希望。若能以这种看似自然的方式除去谢顿，那就正是我们所需要的。”

将军说：“而你认为我应该见他？”

“是的，以便衡量他的斤两，好决定我们该怎么做。可是我们必须谨慎，因为他是一个名人。”

“我以前也和名人打过交道。”田纳尔以阴郁的口吻说。

13

“是啊，”哈里·谢顿困倦地说，“办得成功极了，我玩得好开心。我巴不得赶快活到七十岁，好让自己再开心一次。可是事实上，我累坏了。”

“那么今晚好好睡一觉，爸。”芮奇微笑着说，“那是最简单的疗养。”

“过几天就得去见我们伟大的领导者，我不知道自己能多么放松。”

“不是单独去，否则不准你去见他。”铎丝·凡纳比里绷着脸说。

谢顿皱起眉头。“别再那样说，铎丝，重点就在于我得单独去见他。”

“你单独去不安全。你还记不记得，十年前你拒绝让我跟你一起去迎接那些园丁，结果发生什么事？”

“你每星期提醒我两次，不用担心我会忘记，铎丝。不过这一回，我打算自己去。如果我以一个老头的形象出现，完全不具威胁性，只是去弄清楚他要些什么，他又能怎样对付我？”

“你猜他会要些什么？”芮奇咬着自己的指节说。

“我料想他所要的，就是当初克里昂一直想要的。结果将会证明，他已经发现心理史学多少也能预测未来，而他想要利用它为自己服务。将近三十年前，我告诉克里昂这门科学做不到这一点，而在我担任首相那些年间，我也一直在重复这句话。现在，我得用同样的话答复田纳尔将军。”

“你怎么知道他会相信你？”芮奇问。

“我会想办法让他信服。”

铎丝说：“我不希望你单独前往。”

“你的希望，铎丝，起不了任何作用。”

这个时候，泰姆外尔·林恩突然打岔。他说：“我是这里唯一的外人，不晓得我的意见受不受欢迎？”

“说吧，”谢顿道，“我一视同仁。”

“我想建议一个折中方案。何不我们许多人跟大师一起去，一大群人同行。我们可以充当追随他的游行队伍，把它当成庆生会的最后一个节目。慢着，我不是指我们通通挤进将军的办公室，我甚至不是指进入皇宫御苑。我们可以仅仅待在御苑边缘的某家皇区旅馆，例如穹缘旅馆就很合适。然后，我们要好好尽兴一天。”

“尽兴一天，”谢顿哼了一声，“那正是我所需要的。”

“不行，大师。”林恩立刻说，“您将要会晤田纳尔将军。不过，我们其他人，会让皇区居民对您的声望留下深刻印象，或许也会让将军注意到。而如果他知道我们都在等您归来，或许就不敢对您不客气。”

之后是好一阵子的沉默，最后芮奇说：“在我看来这太招摇，不符合爸在这个世界上的形象。”

铎丝却说：“我不在乎哈里的形象，我只在乎哈里的安全。我想通了，假如我们不能侵入将军办公室或是御苑，那就让我们——这么说吧——聚集在将军附近，而且越近越好，这样或许对我们有好处。谢谢你，林恩博士，谢谢你提出一个非常好的建议。”

“我不要这样做。”谢顿说。

“可是我要。”铎丝说，“假如这是我最有可能对你提供的个人保护，那么我可要坚持。”

玛妮拉原本一直用心聆听，没有发表任何意见，现在她说：“造访穹缘旅馆会很好玩。”

“我想到的不是好玩，”铎丝说，“但我接受你的赞成票。”

于是一切敲定。第二天，大约二十位心理史学计划的高层人员冲进穹缘旅馆，一律挑选俯瞰御苑露天空间的房间下榻。

当天傍晚，将军的武装卫士接走哈里·谢顿，带他前去会晤将军。

几乎与此同时，铎丝·凡纳比里失踪了，但众人过了好久才注意到。而在发现她不见了之后，没有人猜得到她发生了什么事，快乐的喜庆心情随即转成忧虑。

14

铎丝·凡纳比里曾在皇宫御苑住了十年。身为首相夫人，她拥有御苑的通行权，能够自由进出穹顶与露天的交界，而通行密码就是她的指纹。

在克里昂遇刺后的那段混乱时期，她的通行密码一直未被取消。而自从那个可怕的日子之后，今天是她第一次想从穹顶之下进入御苑的露天空间，而基于上述原因，她做得到这件事。

她一直很明白，这种方便只能有一次。因为一旦被发现，通行密码便会立刻取消，但这次正是它派上用场的时候。

当她进入露天之际，天空突然暗了下来，此外她还感到气温显著降低。在夜间周期，穹顶下的世界总是比自然黑夜更明亮些，反之，在日间周期则较暗一点。而且，当然，穹顶内的气温总是比室外要温和些许。

大多数川陀人对此浑然不觉，因为他们终身住在穹顶之下。这些变化都在铎丝意料之中，但是并没有大碍。

她走在中央大道上，这条路自穹缘旅馆一路延伸至露天空间。当然，一路上灯火通明，因此天空的黑暗根本不算什么。

铎丝知道，在这条路上，她走不到一百公尺便会被拦下。而在如今鬼影幢幢的日子里，说不定连五十公尺都走不到，她这个外人立刻会被侦测出来。

她并没有失望。一辆小型地面车飞驰而来，车内的卫士透过窗口喊道："你在这儿做什么？你要去哪里？"

铎丝不理会他，继续向前走。

那名卫士吼道："站住！"他猛然踩下刹车，走出车外，这正是铎丝希望他做的事。

卫士随随便便抓着一柄手铳——并未威胁要动用，只是展示自己的武装。他说："你的识别号码。"

铎丝说："我要你的车子。"

"什么！"卫士粗暴地叫道，"你的识别号码，快点！"现在手铳举了起来。

铎丝心平气和地说："你不需要我的识别号码。"她朝卫士走去。

卫士退了一步。"如果你不站住，并说出你的识别号码，我就轰掉你。”

“不！丢下你的手铳。”

卫士嘴唇绷紧，手指开始移向手铳开关，但在摸到开关之前，他已经输了。

事后，他始终无法正确描述究竟发生了什么事。他只能一再地说：“我怎么知道她就是虎女？”（那时，他已经对这个遭遇感到骄傲。）“她的动作那么快，我没看清楚她究竟做了什么或发生了什么。我正准备把她射倒——当时我确信她只是个疯婆子——接下来我就发现，我完全被制住了。”

铎丝紧紧抓住那名卫士，令他握着手铳的手高高举起。她说：“立刻丢掉手铳，否则我扯断你的手臂。”

卫士觉得胸部被致命的力量箍住，几乎令他无法呼吸。他了解自己毫无选择，便抛下了手铳。

铎丝·凡纳比里放开他，但卫士还未能重新站稳，便发现自己的手铳到了铎丝手中。

铎丝说：“我希望你的侦测器还没有动用。别忙着报告发生了什么，你最好等一等，先想想打算怎样告诉你的上级。一名手无寸铁的女子夺去你的手铳和车子，很可能使执政团再也不会重用你。”

铎丝启动了那辆车，开始沿着中央大道向前疾驶。由于在御苑住过十年，她很清楚自己要往哪里去。她驾驶的这辆车——官方的地面车——并非闯入御苑的不明物体，不会有人一眼就看出不对劲。然而，她必须冒险高速行驶，因为她要尽快抵达目的地。于是，她将这辆车开到时速二百公里。

无论如何，这个速度终于引起注意。她听到无线电传来的吼叫，质问她为什么开快车，但她毫不理会。不久，车内侦测器告诉她另一辆地面车紧追不舍。

她知道会有警告送到前面，会有其他的地面车等着拦住她，但谁也不会有什么良策，除非是试图将她轰成一缕轻烟——在作进一步调查之前，显然没有人愿意尝试这个办法。

当她抵达她要去的那栋建筑时，两辆地面车正在等着她。她不急不徐地从车中爬出来，向那栋建筑的入口走去。

有两个人立刻拦住她的去路。这辆超速车辆的驾驶竟然并非卫士，而是穿着平民服装的女子，显然令他们十分惊讶。

“你在这里做什么？赶什么赶？”

铎丝以平静的口吻说：“为韩德·厄拉尔上校送来重要消息。”

“是这样的吗？”那名卫士粗声道，现在共有四人站在她与入口之间，“请问识别号码。”

铎丝说：“别耽搁我。”

“我说，识别号码。”

“你在浪费我的时间。”

其中一名卫士突然说：“你知道她看来像谁吗？像前首相的夫人，凡纳比里博士，那位虎女。”

四个人莫名其妙地同时退了一步，但其中一人还是说：“你被捕了。”

“是吗？”铎丝说，“假如我就是虎女，那么你们一定知道，我比你们任何人都强壮得多，而且我的反射动作也快得多。让我提个建议，你们四人一起乖乖陪我进去，我们看看厄拉尔上校怎么说。”

“你被捕了。”那人又重复一次，此时四柄手铳瞄准了铎丝。

“好吧，”铎丝说，“假如你坚持如此。”

她的动作快如闪电，两名卫士突然间便倒地呻吟，而铎丝则稳稳站着，双手各持一柄手铳。

她说："我尽量不伤害他们，但我很可能弄断了他们的手腕。这样一来就只剩下你们两人，而我能比你们更快发射。假如你们哪个有一点点动作，只要一点点，我就不得不打破一生的惯例，杀掉你们两人。那样做会令我作呕，我求求你们，别逼我出手。"

仍然站着的两名卫士保持绝对的沉默，而且一动不动。

"我建议，"铎丝说，"你们两个先护送我去见上校，再帮你们的同袍找医护人员。"

其实她并没有必要这样建议，厄拉尔上校已经从办公室走了出来。"这里怎么回事？这是……"

铎丝转向他。"啊！让我自我介绍一下。我是铎丝·凡纳比里博士，是哈里·谢顿教授的妻子，我来见你是有重要的公事。这四个人试图阻挡我，结果有两个受了重伤。叫他们各忙各的去，让我单独和你谈谈，我对你绝无恶意。"

厄拉尔望了望那四名卫士，然后瞪着铎丝。他冷静地说："你对我绝无恶意？虽然四名卫士没有成功拦住你，但我随时能召来四千名。"

"那就召他们来，"铎丝说，"要是我决心杀你，无论他们来得多快，也来不及救你一命。叫你的卫士解散，我们来文明地谈谈。"

厄拉尔遣走了那些卫士，然后说："好啦，进来吧，我们谈谈。不过我要警告你，凡纳比里博士，我的记性可好得很。"

"我也是。"铎丝说完，两人便一同走进厄拉尔的寓所。

15

厄拉尔极有礼貌地说：“告诉我，你来这里究竟是为什么，凡纳比里博士。”

铎丝面带微笑，这个笑容不具威胁性，却也并非真正和蔼可亲。“首先，”她说，“我来这里，是向你证明我能来这里。”

“啊？”

“是的。我的丈夫被带上官方地面车，由武装卫士陪同前来会见将军。我自己差不多在同一时间离开旅馆，徒步而来，手无寸铁。而此时我到了这里，我相信我要比他更早抵达。为了见到你，我得闯过五名卫士，包括我向他借用车辆那一位。即使有五十名卫士，我也闯得过去。”

厄拉尔泰然自若地点了点头。“我了解有些人称你为虎女。”

“是有人这么叫我。现在，既然见到你了，我的任务就是要确保我的丈夫不受任何伤害。我若能用戏剧一点的说法，那就是他正在将军的巢穴探险。我要他出来时毫发无损，而且未受威胁。”

“据我所知，你的丈夫绝不会因为这次会面而受到伤害。但如果你真担心，为什么要来找我？为什么不直接去找将军？”

“因为，你们两人之中，有头脑的是你。”

顿了一顿之后，厄拉尔说：“这可是最危险的一句评语，被人偷听到就糟了。”

“最好确定没人偷听到，否则你会比我更危险。听好，假如你以为随便安慰我一番，就能把我打发走，而我的丈夫若遭监禁或被判处决，我根本就束手无策，那你最好趁早醒悟。”

她指了指放在面前桌上的两柄手铳。“我进入御苑时两手空空，我欺近你身边时则带着两柄手铳。假如我没有手铳，我或许带了刀子，我可是用刀的行家。即使我既没带手铳也没带刀，我仍会是个可怕的人物。我们面前这张桌子显然是金属制品，而且很坚固。”

“没错。”

铎丝举起双手，十指打开，仿佛表示她手中没有武器。然后她将双手放到桌上，手掌向下，轻抚着桌面。

接着，铎丝忽然举起拳头，猛力砸向桌面，激起的巨响几乎像是金属互击的声音。然后她微微一笑，抬起手来。

“没有瘀伤，”铎丝说，“也不觉得疼痛。但你将会发现，桌面受击处出现轻微凹痕。假使同样的一击以同样的力道打在人的头部，那人的头颅就会爆掉。我从未做过这种事；事实上，我从来没有杀过人，不过我的确伤过几个。纵使如此，假如谢顿教授有个三长两短……”

“你仍是在威胁……”

“我是在作出承诺。假如谢顿教授安然无事，那我什么也不会做。否则的话，厄拉尔上校，我将被迫让你残废或把你杀掉。而且，我再向你承诺，我会以同样的方式对付田纳尔将军。”

厄拉尔说：“不论你是个多像老虎的女人，你也无法抵抗整支军队。怎么样？”

“传言不胫而走，”铎丝说，“而且会添油加醋。我没真正做过多少像老虎的举动，但有关我的故事大多不是真的。你的卫士认出我之后就退却了，而我如何闯到你面前这个故事，他们也会自动自发帮我宣传，效力宏大。就算是一支军队，也可能对我心存顾忌，厄拉尔上校。但即使他们敢攻击我，即使他们将我消灭，你还要小心人民的愤怒。执政团虽然维持着秩序，但仅能勉强做到，你不会希望有任何事来搅局。所以说，想想看，另一种选择有多么容易，只要别伤害哈里·谢顿教授就行了。”

“我们并没有打算伤害他。”

“那么，为什么要见他？”

“这有什么费解的？将军对心理史学感到好奇。政府记录对我们完全公开——先皇克里昂对它有兴趣，丹莫刺尔当首相时对它也有兴趣。现在我们为何不该有兴趣呢？事实上，我们的兴趣更大。”

“为什么更大？”

“因为时间过那么久了。根据我的了解，心理史学最初是谢顿教授心中的一个想法。将近三十年来，他一直在研究这个题目，越来越起劲，成员越来越多。他的研究几乎全由政府资助，所以，就某方面而言，他的发现和技术是属于政府的。我们打算问问他心理史学的进展，现在这个时候，它的成就必定远超过丹莫刺尔和克里昂的时代，而我们指望他把我们想知道的告诉我们。我们想要更实际的东西，而不只是蜿蜒在半空中的方程式。你了解我的话吗？”

“了解。”铎丝皱着眉头说。

“还有一件事。别以为他的危险仅仅来自政府，他若受到任何伤害你就得马上攻击我们。我倒认为，谢顿教授或许还有纯属私人恩怨的仇家。我对这种事一无所悉，但当然是有可能的。”

“这点我会牢记在心。现在，我要你即刻安排，让我加入我的丈夫和将军的会谈。我要毫无疑问地知道他安然无事。”

“那将很难安排，会需要些时间。打断他们的谈话是不可能的，但如果你能等到会谈结束……”

“那就花时间去安排，别指望要了我还能活着。”

16

田纳尔将军瞪着老大的眼睛望着哈里·谢顿，他的手指则轻敲着面前的办公桌。

“三十年，”他说，“三十年了，你竟然告诉我说你们仍旧一事无成？”

“事实上，将军，是二十八年。”

田纳尔并未理会这一点。“而且都是用政府的经费。你知道已有多少亿信用点投到你的计划里吗，教授？”

“我没算过，将军，但我们都有记录，我能在几秒钟之内，把这个问题的答案告诉你。”

“我们同样也有记录。政府啊，教授，可不是个无底的金库。如今不像过去那些年头，我们也不像克里昂那样，对财政抱着不拘小节的旧有态度。加税是很困难的，我们却有许多地方需要信用点。我把你召来这里，是希望你能用心理史学多少对我们作些贡献。如果你做不到，那么，我必须相当坦白地告诉你，我们就得切断你的财源。如果没有政府的补助，你还能继续你的研究工作，那就请便，因为除非你能让我看看这些花费多么值得，否则你就只有这条路了。”

“将军，您提出了一个我无法实现的要求，可是，如果因为这样，您就终止政府的资助，那么您便是抛弃了未来。给我时间，总有一天……”

“过去数十年来，好些政府都听过你的‘总有一天’。你说你的心理史学预测执政团是不稳定的，而我的统治也是不稳定的，不久之后就会垮台，教授，有没有这回事？”

谢顿皱起眉头。“我们的技术尚未那么扎实，我还不能说这是不是心理史学所做的预测。”

“那么我告诉你，心理史学的确做过这个预测，在你领导的计划中，这项预测已是人尽皆知。”

“没有，”谢顿热切地说，“没有这种事。或许我们当中有些人，曾将某些关系式诠释为执政团可能是不稳定的政府形式。但是还有其他的关系式，不难诠释为代表执政团是稳定的，而这正是我们必须继续研究的原因。此时此刻，实在太容易利用不完整的资料和不完善的推论，达到我们所想要的任何结论。”

“但如果你们决定提出一个结论，说政府是不稳定的，并说这点有心理史学背书，即使它并未真正预测此事，难道不会增加不稳定性吗？”

“极有可能，将军。而如果我们宣称政府是稳定的，也很可能增加它的稳定性。我曾经和克里昂大帝作过一模一样的讨论，前后有好几次。我们确有可能把心理史学当成工具，用来操纵人民的情绪，并取得短期的成果。然而，长久而言，很可能证明那些预测并不完整或彻底错误，那时心理史学会失去所有的公信力，仿佛它从未存在过一样。”

“够了！直截了当告诉我！你认为心理史学对我的政府有什么

看法？”

“我们认为，它看出你的政府里面有些不稳定的因素。但是我们并不确定，而且无法确定，究竟用什么办法才能使情况变得更好或更糟。”

“换句话说，心理史学告诉你们的，只是你们没有心理史学也会知道的事，而就在这上面，政府投资了数不尽的信用点。”

“心理史学终将告诉我们好些没有它就无法知晓的事，到了那个时候，这项投资就会回收许多许多倍的报酬。”

“那个时候还要多久才会来到？”

“我希望不会太久。过去几年间，我们有了令人相当满意的进展。”

田纳尔再度用指甲敲打着桌面。“这还不够，现在就告诉我些有帮助和有用的结论。”

谢顿考虑了一下，然后说：“我可以为您准备一份详细的报告，但是需要时间。”

“当然需要时间，几天、几个月、几年，结果是永远写不出来。你把我当傻瓜吗？”

“不，当然没有，将军。然而，我也不想被当成傻瓜。今天，我能告诉您一点我本人愿意负全责的事，它是我在心理史学研究中看出来的，但我可能对它作了错误诠释。不过，既然您坚持……”

“我坚持。”

“您刚才提到了税务问题，您说加税有困难。不用说，这种事一向困难。任何政府想要运作，都必须以某种方式聚集财富。政府获得这些信用点的方法只有两种，第一，借着劫掠邻邦；第二，劝导自己的公民心甘情愿而和平地缴出这些信用点。

“既然我们已经建立起一个银河帝国，而它已经以适当的方式运作了好几千年，我们就没有可能劫掠邻邦，只有镇压偶发的叛乱是例外。这种事不常发生，不足以支持一个政府；即使足以支持，这种政府也会太不稳定，无论如何不会持续太久。”

谢顿深深吸了一口气，又继续说：“因此，筹集信用点的方法，必须是请求公民将其财富的一部分交给政府使用。由于政府因而得以有效运作，公民想必宁愿以这种方式花费信用点，也不愿人人私藏那些财产，却活在一个危险且混乱的无政府状态。

“然而，尽管这个要求是合理的——公民靠缴税维持一个稳定且有效的政府，日子就会过得更好——他们却不会情愿这样做。为了消除这种心态，政府必须做得好像没有拿走太多的信用点，而且考虑到了每位公民的权利和利益。换句话说，他们必须减少低收入者的缴付百分比，必须在估税之前减去各种扣除额，此外不一而足。

“时间一长，随着各个世界、每一个世界的各个行政区，以及各个经济体系全部要求和争取特别待遇，税务必然变得越来越复杂。结果便是政府的稽征部门规模越来越大，组织越来越庞杂，而逐渐变得难以控制。普通公民无法了解为何要缴税，要缴多少税，哪些可以减免，又有哪些不行。就连政府和税务机关本身常常也是一头雾水。

“此外，税收中必定有越来越多的一部分，被用来运作过度精细的税务机关，诸如保存记录、追查漏税。所以说，可用于建设性用途的信用点越来越少，而我们却束手无策。

“到了最后，税率会变得一发不可收拾，并会激起不满和叛乱。历史书喜欢将这些事情归咎于贪婪的商人、腐化的政客、凶残的战士、野心的总督。但他们都只是个人，他们只是利用税率膨胀趁火打劫。”

将军粗声道：“你是在告诉我，我们的税制过于复杂？”

谢顿说：“假使不是，那么据我所知，它就是历史上唯一的例外。倘若心理史学只告诉我一件必然的事，那就是税率的膨胀。”

“那我们要怎么办呢？”

“这点我无法告诉您。我说希望准备一份报告，就是打算讨论这个问题。但正如您所说，需要一段时间才能准备好。”

“别管什么报告了。税制过于复杂，对不对？你是不是这样说的？”

“有可能是这样。”谢顿谨慎地答道。

“想要纠正，就必须让税制变得简单些。事实上，是要尽可能简单。”

“我还得研究……”

“废话。极度复杂的反面就是极度简单，我不需要什么报告来告诉我。”

“您说得有理，将军。”谢顿道。

这个时候，将军突然抬起头来，仿佛有人在叫他——其实真的有人在叫他。他紧紧握起双拳，与此同时，厄拉尔上校与铎丝·凡纳比里的全息影像突然出现在房间中。

谢顿吓呆了，惊叫道：“铎丝！你在这里干什么？”

将军什么也没说，但他的两道眉皱成了一条。

17

将军当天晚上很不好过，而由于忧心忡忡，上校同样不好过。这时他们面面相觑，两人都若有所失。

将军说："再说一遍这个女人干了什么。"

厄拉尔似乎双肩承受着千斤重担。"她就是虎女，他们就是这样叫她的。可以说，她似乎不像个人。她是某种受过非人训练的运动员，充满了自信，而且，将军，她相当吓人。"

"她把你吓着了？一个女人？"

"让我告诉您她究竟做了什么，再让我告诉您有关她的几件事。我不晓得那些故事都有多真实，但昨天傍晚发生的事是千真万确的。"

他又把经过讲述了一遍。将军一面听，一面鼓起腮帮子。

"很糟，"他说，"我们要怎么办？"

"我认为我们眼前的路很清楚，我们要得到心理史学……"

"是的，要得到。"将军说，"谢顿告诉我些有关税制的事……但别管了，那和现在的问题毫不相干，说下去。"

厄拉尔由于心事重重，竟让脸上显出一点不耐烦的表情。他继续道："正如我所说，我们要的是没有谢顿的心理史学。无论如何，他已经是个不中用的人。我越是研究他，就越觉得他是个活在过去的老迈学者。他有将近三十年的时间来完成心理史学，结果他失败了。如果他下台，换个新人掌舵，心理史学的进展也许会更迅速。”

“没错，我同意。那个女人又怎么样？”

“好，您问对了。我们尚未将她列入考虑，因为她一直小心地躲在幕后。但我现在有个强烈的感觉，只要那个女人还活着，想要悄悄除掉谢顿，不将政府牵连在内，将会是一件困难的，甚至不可能的事。”

“如果她认为我们伤害了她的男人，你真相信她会把你我剁成肉酱吗？”将军的嘴巴扯出一个不屑的表情。

“我真认为她会，而且她还会发起一场叛乱，会像她承诺的一模一样。”

“你成了懦夫。”

“将军，拜托，我在试图讲理。我并没有退缩，我们必须解决这个虎女。”他若有所思地顿了顿，“事实上，我的情报来源告诉过我这一点，我承认对这方面太大意了。”

“你认为怎样才能除掉她？”

“我不知道。”然后，厄拉尔以更缓慢的速度说，“但也许有人晓得。”

18

谢顿当天晚上同样很不好过，新的一天也没有带来什么新气象。谢顿不常对铎丝生气，可是这一次，他非常非常生气。

他说："这是多么愚蠢的一件事！我们通通住进穹缘旅馆还不够吗？光是那样做，就足以让一个妄想成性的统治者疑心是某种阴谋。"

"怎么会？我们手无寸铁，哈里。那是个节庆活动，是你的庆生会最后一个节目，我们没有摆出任何威胁的架式。"

"没错，但你又进行了私闯御苑的计划，那是不可原谅的事。我早就特别嘱咐，而且三番两次声明，我不要你到那里去，你却还是火速跑到皇宫，阻挠我和将军的会谈。我有我自己的计划，你该知道。"

铎丝说："跟你的安全比起来，你的愿望和你的命令和你的计划都排在第二位，我首要的关切是你的安全。"

"我没有危险。"

"我不能随随便便做这种假设。过去两度有人试图取你性命，你为何认为不会有第三次？"

"那两次行刺发生在我当首相的时候，那时我也许值得杀害。现在，谁会想要杀害一个年迈的数学家？"

铎丝说："那正是我要查出来的，也正是我要阻止的。首先，我必须去找谢顿计划的成员问些问题。”

“不行。你只会让我的手下个个人心惶惶，别去打扰他们。”

“那正是我无法做到的。哈里，我的工作是保护你，过去二十八年来，我一直在那样做，现在你不能阻止我。”

从她激昂的目光中，透出一项明白的讯息：无论谢顿的愿望或命令是什么，铎丝都打算照自己的意思去做。

谢顿的安全是第一优先。

19

“我能打扰你一下吗，雨果？”

“当然可以，铎丝。”雨果·阿马瑞尔堆满笑容说，“你永远不会打扰我，我能为你做些什么吗？”

“我试图查清几件事，雨果，不知道你愿不愿意帮我。”

“只要我做得到。”

“你们这个计划中，有个叫元光体的玩意。我不时会听到这个名字，哈里常提到它。所以我想，我该知道它启动时像什么样子，但我从未真正看过它的操作，我希望能看看。”

雨果显得有些为难。“实际上，元光体可说是计划中管制最严的一环，而你不在有权使用的成员名单上。”

“这点我知道，但我们相识已有二十八年……”

“而且你是哈里的妻子，我想我们可以破例一次。我们只有两个完整的元光体，一个在哈里的研究室，另一个在此地。事实上，它就在那里。”

铎丝望向中央书桌上那个矮胖的黑色立方体，它看起来毫不起眼。“就是那个吗？”

“就是那个，它储存着那些描述未来的方程式。”

“你怎样取出那些方程式？”

雨果触动某个开关，室内立刻暗下来，随即充斥着千变万化的光彩。铎丝的四周全是各式各样的标志、箭头、线条与数学符号。它们似乎在移动，在打转，但是当她定睛注视任何一部分时，它们又好像全部固定不动。

她道：“所以说，这就是未来吗？”

“也许是。”雨果一面说，一面关上那个仪器，“我将它扩展到最大幅度，好让你能看到那些符号。如果不扩展，除了明暗的图案，根本什么都看不见。”

“而研究这些方程式，你们就能判断等在我们前面的未来？”

“理论上是这样。”此时室内恢复了普通的外观，“可是有两个困难。”

“哦？什么困难？”

“首先，人类心智无法直接创造这些方程式。我们花了数十年时间，只是在设计更强力的电脑和程序，由它们来发明和储存这些方程式。不过，当然，我们不知道它们是否正确、是否有意义。这完全取决于最初的程序设计多么正确，以及多么有意义。”

“那么，它们可能全是错的？”

“有这个可能。”雨果揉了揉眼睛，铎丝忍不住想到，过去几年之间，他似乎变得那么苍老，那么疲倦。他比谢顿年轻十一二岁，但他似乎要老得多。

“当然啦，”雨果以颇为疲惫的声音说下去，“我们希望并不是这样，但这就牵扯出第二个困难。虽然哈里和我花了几十年时间，测试并修改这些方程式，我们却一直无法确定它们的意义。电脑把它们建构出来，所以想必它们一定代表某些现象。但那是什么呢？其中有些部分，我们认为我们已经研究出来。事实上，此时此刻，我正在研究我们所谓的A 23节，一组特别纠缠不清的关系式，我们还无法将它对应到真实宇宙中的任何事物。话说回来，我们每年都有些进展，我充满信心地期待心理史学成为一个正统的科技，足以帮助我们研究未来。”

“有多少人可以使用这两个元光体？”

“计划中的每位数学家都有权使用，但不是随心所欲。他们需要申请，并预先排定时间，而元光体中的方程式必须调到那位数学家希望使用的部分。如果在同一时间，每个人都想用元光体，情况便会有点复杂。现在则是淡季，或许因为我们刚为哈里办完庆生会，大家还陶醉在喜庆的气氛中。”

“有没有任何制造更多元光体的计划？”

雨果努起嘴来。“很难说。如果我们有了第三个，那会非常有帮助，但必须有人负责掌管，不能仅仅把它当成公用设备。我曾经向哈里建议，让泰姆外尔·林恩——我想你认识他——”

“是的，我认识。”

“让林恩掌管第三个元光体。他所导出的非混沌方程组，以及他发明的电子阐析器，显然使他成为计划中仅次于哈里和我的第三把交椅。然而，哈里却迟疑不决。”

“为什么？你知道吗？”

“如果林恩也有一个，等于我们公开承认他是第三把交椅，凌驾于计划中其他更老或更资深的数学家之上。那可能会引起一些政治问题，姑且这样说。我认为我们不能为了担心内部政治而浪费时间，可是哈里……唉，你也了解哈里。”

“是的，我了解哈里。假如我告诉你，厄拉尔曾经见过元光体，你会怎么说？”

“厄拉尔？”

“执政团中的韩德·厄拉尔上校，田纳尔的奴才。”

“我不相信有这种事，铎丝。”

“他曾经提到蜿蜒的方程式，而我刚刚看见它们从元光体中冒出来。我忍不住想到他来过这里，看过它的操作。”

雨果摇了摇头。“我无法想象谁会带执政团成员到哈里的研究室，或是我的研究室来。”

“告诉我，在谢顿计划中，你认为谁能以这种方式和执政团合作？”

“谁也不能，”雨果带着无比的信心断然答道，“那是不可想象的事。也许厄拉尔从未见过元光体，只是听人说过。”

“谁会把这种事告诉他？”

雨果想了一会儿，然后说：“谁也不会。”

“好吧，你刚才提到林恩若是掌管第三个元光体，就会出现内部政治问题。我想在一个像这么大、拥有数百名成员的计划中，时时刻刻都会有些小小的争执，例如摩擦、口角。”

“喔，是啊，可怜的哈里三天两头对我提到这种事。他得想尽办法处理这些问题，我能想象他有多么头痛。”

“这些争执严重到了干扰计划的运作吗？”

“没那么严重。”

“有没有哪个人比别人都喜欢吵架，或是哪个人特别惹人憎恶？总而言之，有没有哪些人是被你开除之后，也许就能除掉百分之九十的摩擦，却只损失百分之五六的人力？”

雨果扬起双眉。“听起来像个好主意，但我不知道该开除谁，我并未真正参与琐碎的内部政治。根本没办法阻止这种事，所以我的做法只是尽量避免。”

“那就奇怪了。”铎丝说，“你是在用这个方式，否定心理史学具有任何公信力吗？”

“什么方式？”

“连谢顿计划中的人事摩擦这种自家问题，你们都还无法分析和纠正，又怎能假装已经达到能够预测和指导未来的程度？”

雨果咯咯轻笑几声。这颇不寻常，因为他并不是个诙谐且爱笑的人。“很抱歉，铎丝，但就某个角度而言，你刚好挑了一个我们已经解决的问题。几年前，哈里自己检定出一组代表人事摩擦问题的方程式，而在去年，我自己作了最后一点补充。

“我发现能用好些方法改变这组方程式，以便减轻它所代表的摩擦。然而，在每个例子里，某处摩擦减轻总意味着别处摩擦的增加。在一个封闭群体中，也就是说，一个没有旧成员离开也没有新成员加入的群体中，任何时候总摩擦都不会减少，同样道理，总摩擦也不会增加。而我借用林恩的非混沌方程组所证明的，则是无论任何人采取任何可能的行动，这个结论仍然为真。哈里将它称为‘人事问题守恒律’。

“这使我们有了一个想法，那就是社会动力学和物理学一样，也有本身的守恒律。事实上，想要解决心理史学中真正棘手的问题，目前最佳的工具便是这些守恒律。”

铎丝说：“相当精彩。但是万一你最后发现，根本无法改变任何事物，每样不好的事物都是守恒的，若想拯救帝国免于毁灭，只是加速另一种毁灭的过程，那该怎么办？”

“其实，曾经有人提出这种论点，可是我不相信。”

“很好。回到现实来，在谢顿计划中，有没有任何摩擦问题威胁到哈里？我的意思是，实质的伤害。”

“伤害哈里？当然没有。你怎么会想到这种事？”

“难道不会有人怨恨哈里，因为他太自大、太强硬、太自我中心、太喜欢霸占成果？或者，假如这些都不成立，他们会不会仅仅因为他主持计划过久，而心生怨恨？”

“我从未听到任何人这样说过哈里。”

铎丝似乎并不满意。“当然，我不信有谁会在你身边说这种事。但还是要感谢你，雨果，谢谢你这么帮忙，给了我这么多时间。”

当她离去时，雨果望着她的背影，模模糊糊地感到有点不安。但他随即重拾自己的工作，让其他问题逐渐淡出脑海。

20

哈里·谢顿从工作中暂时抽身的方法之一（总共也没有多少种）是去造访芮奇的寓所，它就坐落在校园外。每次这样做，总使他心中盈满对这个养子的爱。理由不可胜数，芮奇一直相当优秀、能干，而且忠心。但除此之外，更因为芮奇拥有一种奇异的特质，能博取他人的信任与喜爱。

芮奇还是个十二岁的野孩子时，谢顿便观察到这一点。说不上来为什么，芮奇就是牵动了他自己与铎丝的心弦。他记得很清楚，芮奇还影响了当时的卫荷区长芮喜尔。谢顿也还记得久瑞南如何信任芮奇，以致走向自我毁灭之途。此外，芮奇甚至有办法赢得美人玛妮拉的芳心。对于芮奇所拥有的这项特质，谢顿并不完全了解，但无论和这个养子做任何接触，对他而言都是一大享受。

他走进这间寓所，照常说了一句："大家都好吗？"

芮奇将正在研读的全息资料放在一旁，起身欢迎谢顿。"都好，爸。"

"我没听到婉达的声音。"

"原因很简单，她和她母亲购物去了。"

谢顿自己坐下来，以愉悦的目光看了看乱成一团的参考资料。"你的书进行得如何？"

"书很顺利，我却可能吃不消了。"他叹了一口气，"但这是第一次，我们一针见血地剖析达尔。从没啥人针对这区写过一本书，你信吗？"

谢顿总是注意到，每当芮奇提到自己的母区，他的达尔口音就会更重一些。

芮奇说："你好吗，爸？庆祝活动结束了，你高兴吗？"

"太高兴了，我每一分钟都受不了。"

"没人察觉得到。"

"听好，我总得戴上所谓的面具，我不想扫大家的兴。"

"妈跟在你后面进入皇宫御苑时，你一定火大了。我认识的人都在谈论这件事。"

"我当然真的火大了。芮奇，你母亲是世界上最好的人，但她非常难应付。她有可能把我的计划破坏了。"

"什么样的计划，爸？"

谢顿换了一个更舒服的坐姿。和一个自己完全信任、又对心理史学一无所知的人聊聊，总是一件令人愉快的事。他曾不只一次利用芮奇反弹回某些想法，再将它们组织成更有条理的形式，这要比同样的想法在自己脑海中打转好得多。他说："这里有屏蔽吗？"

"始终都有。"

"很好。我所做的，是把田纳尔将军导向几条奇妙的思路。"

"什么思路？"

"这个嘛，我谈了点税制，并且指出，为了使税制普遍受到民众的支持，它会变得越来越庞杂、越来越浪费。这些话明显意味着税制必须简化。"

"那似乎很合理。"

"在某个程度内。但是有可能，由于我们那次的简短讨论，田纳尔会将它过度简化。你懂吗，税制在两个极端都会适得其反。过度复杂化，民众便无法了解，又得供养过分膨胀和昂贵的税务机关。而过度简化，则会使民众认为不公平，因而心生怨恨。最简单的税制是人头税，也就是每个人缴付相同的税金，但这种贫富不分的不公平太过明显，没有人会看不出来。"

"而你没有对将军解释这一点？"

"不巧，我没有这个机会。"

"你认为将军会试行人头税吗？"

"我认为他会这么计划。如果他这样做，必定会走漏消息，光是这样就足以引发暴动，并有可能颠覆这个政府。"

"而你故意这样做，爸？"

"当然。"

芮奇摇了摇头。"我不了解你，爸。在日常生活中，你和任何人一样体贴，一样和气。但你能故意创造一种情况，让它带来暴动、镇压、死亡。那将造成很大的破坏，爸，你想到过吗？”

谢顿上身靠向椅背，以悲伤的口吻说：“我心中没想过别的事，芮奇。当我刚开始研究心理史学的时候，在我看来，它似乎是一个纯学术的研究。十之八九，会是个根本研究不出结果的题目，如果真是这样，它就不会成为能有实际应用的研究。但几十年过去了，我们知道得越来越多，就有了让它派上用场的强烈冲动。”

“好让许多人死去？”

“不，好让较少人死去。假如我们的心理史学分析是正确的，那么执政团顶多还能维持几年，而它垮台的方式可以有好几种，每一种都会相当血腥和惨烈。这个方法，这个税制的花招，应该会比其他方法更平稳、更温和。前提则是，我再重复一遍，我们的分析正确无误。”

“万一分析不正确，那该怎么办？”

“那样的话，我们就不知道会发生什么事。话说回来，心理史学非得达到能应用的程度不可。我们花了好多年寻找一个事件，它的结果得是我们已经算出来，并有几分把握的，而且和其他选择比较起来，这些结果得是我们较能忍受的。就某方面而言，这个税制花招是第一个大型的心理史学实验。”

“我必须承认，它听起来像个简单的实验。”

“不是的。你对心理史学的复杂度毫无概念，没有任何一环是简单的。古往今来的历史上，不时会有政府试行人头税。它从来没有普遍过，而且必定引起某种形式的阻力，但它几乎从未导致暴力推翻政府的结果。毕竟，政府的压制力量也许太强，或是还有其他方法，能让民众以和平方式表达反对意见，进而获得改善。如果人头税必然会——甚至只是偶尔会导致毁灭，就不会有任何政府敢于尝试。正由于它不具毁灭性，才会被一试再试。然而，川陀的情势并非完全正常。根据心理史学的分析，有些不稳定性似乎很明显，因此怨恨似乎会特别强烈，而压抑的力量则特别薄弱。”

芮奇以半信半疑的口气说：“我希望它成功，爸，但你难道没有想到，将军会说他是根据心理史学的建议行事，而把你拖下水？”

“我想，他把我们的小小会谈从头到尾都录下了。但他若是公布这个记录，它将清楚地显示我力劝他再等一等，等我能对情势作出适切的分析，并准备一份报告再说——可是他拒绝等待。”

“妈对这一切又怎么想？”

谢顿说：“我还没有和她讨论，她的心思完全转到另一个方向上。”

“真的吗？”

“是的。她正试图嗅出深藏于谢顿计划中的阴谋，针对我的阴谋！我能想象，她认为计划成员中有许多人希望除掉我。”谢顿叹了一口气，“我想，我自己也是其中之一。我希望除掉自己计划主持人的职位，把心理史学越来越重的责任留给别人。”

芮奇说：“让妈疑神疑鬼的是婉达的梦。你也知道妈对于保护你抱着怎样的态度。我敢打赌，即使是一场有关你死去的梦，也足以使她联想到谋害你的阴谋。”

“我当然希望没有这种阴谋。”

说到这里，两人哈哈大笑。

21

基于某种原因，小小的“电子阐析实验室”将温度保持得比正常气温稍低。铎丝·凡纳比里痴痴地纳闷，不知道这样做是为什么。她正默默坐在那里，等待实验室的主人结束她手头的工作。

铎丝仔细打量这名女子。她身材纤细，有一张长脸；薄唇与后缩的下颚不怎么吸引人，但一双深褐色眼睛透出智慧的光彩。她的书桌上有个闪闪发光的名牌，上面印着：欣妲·蒙内。

她终于转向铎丝，开口道：“十分抱歉，凡纳比里博士，但即使是计划主持人的夫人到场，有些实验步骤还是无法中断。”

“假使你因为我而疏忽实验，我会对你失望的。我听说了一些你的杰出表现。”

“这总是好消息。是谁在赞美我？”

“不少人。”铎丝说，“我猜你是谢顿计划中最突出的非数学家之一。”

蒙内心头一凛。“这里有些把数学贵族和我们其他人区分开来的倾向。我自己的感觉是，如果我的确突出，那我就是谢顿计划中突出的一员，和我是不是数学家毫无关系。”

“在我听来这当然有道理。你加入谢顿计划多久了？”

“两年半。在此之前，我是斯瑞璘大学辐射物理系的研究生，那段时间，我在谢顿计划中当了几年的实习生。”

“据我了解，你表现得十分优异。”

“我晋升了两次，凡纳比里博士。”

“你在这里遇到过任何困难吗，蒙内博士？你说的任何话我都会保密。”

“当然，工作是困难的。但如果您的意思是，我有没有碰到任何人际上的困难，答案则是否定的。即使有，我想也顶多是任何庞大复杂的计划中都会存在的问题。”

“你所谓的问题是指？”

“偶尔发生的口角和争执，毕竟我们都是人。”

“但没有什么严重的问题？”

蒙内摇了摇头。“没有什么严重的问题。”

“根据我的了解，蒙内博士，”铎丝说，“你负责发展一种辅助元光体的重要装置，由于它的问世，才能将更多得多的资料塞进元光体。”

蒙内突然露出灿烂的笑容。“您知道这件事吗？是的，那就是电子阐析器。在它发展出来之后，谢顿教授成立了这间小型实验室，要我负责这方面的后续研究。”

“这么重要的进展，竟然没有把你带到计划的更高层，令我很惊讶。”

“这个嘛，”蒙内显得有点困窘，“我不想独占所有的功劳。实际上，我做的只是技术员的工作——一个非常能干且有创意的技术员，我喜欢这么想，但也只是这样了。”

“谁和你合作？”

“您不知道吗？就是泰姆外尔·林恩。他先研究出这项装置的工作理论，再由我实际设计并制造这个仪器。”

“这意味着功劳给他占了吗，蒙内博士？”

“不不，您绝不能那么想。林恩博士不是那种人，他把我应得的功劳全给了我。事实上，当初他打算用我们的名字——我们两人的名字——为这项装置命名，可是他办不到。”

“为什么？”

“嗯，那是谢顿教授的规定，您知道的。所有的装置和方程式都要以功能命名，不得冠以人名，以免引起反感，所以这项装置只能叫电子阐析器。然而，当我们一起工作时，他就用我们的名字称呼这项装置。我跟您讲，凡纳比里博士，听起来可真棒。说不定有一天，计划中所有的成员都会使用这个昵称，我希望如此。”

“我也希望如此。”铎丝客气地说，“听你这么讲，林恩像是一个非常高尚的人。”

“他是的，他是的。”蒙内一本正经地说，“在他手下工作十分愉快。现在，我正在为这项装置发展一个新版，它的功能更强，而我自己也不太了解。我的意思是，不了解它要用来做什么。然而，他一直在指导我。”

“你有些进展吗？”

“的确有。事实上，我已经交给林恩博士一个原型，他已准备开始测试。如果它成功了，我们就能继续发展下去。”

“听来很不错。”铎丝表示同意，“假如谢顿教授辞去计划主持人一职，假如他退休了，你认为会有什么结果？”

蒙内显得有些讶异。“教授打算退休吗？”

“据我所知没有，我只是提出一个假设性问题。假定他退休了，你认为谁是当然的接班人？从你刚才的谈话中，我想你会支持林恩教授接任主持人。”

“是的，我会的。”蒙内稍加迟疑之后答道，“他是新一代中最最出色的一位，我认为他能以最佳的方式领导这个计划。话说回来，他相当年轻。这里有为数众多的老古董——嗯，您知道我的意思——给一个少年得志的人骑在头上，他们会怀恨在心的。”

“你有没有特别想到哪个老古董？记住，一切都会保密。”

“还真不少，但尤其是阿马瑞尔博士，他是当然的继承人。”

“对，我懂你的意思了。”铎丝站了起来，“好啦，非常感谢你的协助，现在我要让你回到工作岗位了。”

她一面离去，一面想着电子阐析器与雨果。

22

雨果·阿马瑞尔说：“你又来了，铎丝。”

“抱歉，雨果，这星期我两度打扰你。实际上，你不太常见任何人，对不对？”

雨果说：“是的，我不鼓励外人拜访我。他们容易干扰我，打断我的思路。你不算，铎丝。你完全不同，你和哈里都是例外，我没有一天忘记你们两人对我的恩情。”

铎丝挥了挥手。“忘了吧，雨果。你一直努力为哈里工作，即使我们对你有任何微薄的恩惠，你也早已加倍奉还了。计划进行得如何？哈里从没提过，反正从没对我提过。”

雨果立刻容光焕发，整个身子似乎注满生气。“非常好，非常好。谈论这个而不提数学会有些困难，但这两年间，我们的进展相当惊人，超越过去任何时期。就好像我们敲呀敲、锤呀锤了这么多年，这座山终于开始松动了。”

“我一直听人说，林恩博士发展的新方程式很有帮助。”

“非混沌方程组？是的，帮助极大。”

“而电子阐析器同样有帮助，我和它的设计者谈过。”

“欣妲·蒙内？”

“是的，就是她。”

“非常聪明的女子，她是我们的运气。”

“告诉我，雨果，你几乎无时无刻不在使用元光体，对不对？”

“没错，我差不多是不间断地在研究。”

“而你是利用电子阐析器在进行研究。”

“当然。”

“你有没有想过休个假，雨果？”

雨果面容严肃地望着她，同时缓缓眨着眼睛。“休假？”

“是的。你当然听过这两个字，知道休假是什么意思。”

“我为什么要休假？”

“因为在我看来，你似乎疲倦得可怕。”

“偶尔有一点，可是我不想离开工作。”

“你感到比以前更疲倦吗？”

“有一点。我渐渐老了，铎丝。”

“你只有四十九岁。”

“还是比我以前更老。”

“好吧，算了。告诉我，雨果，只是为了换个话题，哈里的工作做得怎么样？你和他在一起那么久，谁也不可能比你更了解他。甚至我也比不上，至少，就他的工作而言。”

“他做得非常好，铎丝。我看不出他有任何改变，他仍拥有我们这里最快速、最灵光的头脑。年龄对他毫无影响，至少目前还没有。”

“这是好消息。只怕他对自己的看法不像你那么乐观，他不太能接受上年纪这件事，我们花了好大力气才说动他庆祝最近那个生日。对了，你参加了那个庆祝活动吗？我没有看到你。”

“我参加了一下子。但是，你也知道，那样的宴会并不是令我感到自在的事。”

“你认为哈里正逐渐衰竭吗？我不是指他的聪明才智，我是指他的体能和体力。在你看来，他是不是越来越疲倦，疲倦到了无法承担那些责任的地步？”

雨果看来相当惊讶。“我从没想过这种事，我无法想象他会越来越疲倦。”

“无论如何，他还是有可能。我想他不时会有一种冲动，想要放弃他的职位，把工作交给某个较年轻的人。”

雨果上身靠向椅背，放下打从铎丝进来就在把玩的那支制图尖笔。“什么！那简直荒唐！不可能！”

“你确定吗？”

“绝对确定。他绝不会没和我讨论就考虑这种事，而他的确没和我讨论过。”

“理智点，雨果。哈里累坏了，他尽力不表现出来，但事实如此。万一他的确决定退休了呢？谢顿计划会变成什么样子？心理史学又会变成什么样子？”

雨果眯起眼睛。“你在开玩笑吗，铎丝？”

“不，我只是在试图窥探未来。”

“不用说，如果哈里退休，我就接任那个职位。在任何人加入我们之前，他和我便在这个计划上投注了多年的心力。就他和我，没有别人。除了他，没有人比我更了解谢顿计划。我很惊讶你不把我视为理所当然的接班人，铎丝。”

铎丝说：“不论在我或在任何人心中，你都毫无疑问是当然的接班人。可是你要接吗？你或许对心理史学了若指掌，但你想要一头栽进一个大型计划的政治和复杂事务中，为此放弃你大部分的研究吗？实际上，就是为了保持一切运作顺利，才累得哈里精疲力竭。你能承担那份工作吗？”

“是的，我能承担，但这不是我打算讨论的事。听好，铎丝，你来这里是要向我透露哈里打算请我走吗？”

铎丝说：“当然不是！你怎能对哈里有那种想法！你曾经见过他遗弃哪个朋友吗？”

“那就好，我们结束这个话题吧。真的，铎丝，如果你不介意，我还必须做些事。”他突然转过身去，再度埋首研究工作。

“当然，我无意占用你这么多的时间。”

铎丝皱着眉头离去。

23

芮奇说：“进来吧，妈。清过场了，我已经把玛妮拉和婉达送到别处去了。”

铎丝走了进来，纯习惯性地东张西望了一番，才坐在最近的一张椅子上。

“谢谢。”有那么一会儿，铎丝只是坐在那里，看来好像整个帝国压在她肩上。

芮奇等了一下，然后说："那趟皇宫御苑的疯狂之旅如何，我一直找不到机会问问你。不是每个哥儿们的妈都做得到这种事。"

"今天我们别谈那件事，芮奇。"

"好吧，那么告诉我——你不是那种会让表情泄露任何秘密的人，但你看起来有那么点消沉，为什么呢？"

"因为我感到，正如你所说，有那么点消沉。事实上，我的心情很坏，因为我心头有些极重要的事，但和你父亲谈根本没用。他是世界上最好的人，但他非常难应付，他对戏剧性的事绝不会关心。我担心他的安危，他却不理不睬，将一切视为我的非理性恐惧。对于我保护他的尝试，他也嗤之以鼻。"

"算了吧，妈，和爸有关的事，你的确似乎有非理性的恐惧。你心中若有什么戏剧性的想法，说不定全是错的。"

"谢谢你。你的口气听来和他一模一样，你让我有挫折感，百分之百的挫折感。"

"好吧，那就一吐为快，妈，把你的心事告诉我，从头说起。"

"一切都从婉达的梦开始。"

"婉达的梦！妈！也许你最好现在就停止。如果你用这个开头，我知道爸绝不会想听。我的意思是，算了吧，一个小孩做了一场梦，你就拿来小题大做，那实在是滑稽。"

"我认为那不是一场梦，芮奇。我认为她心目中的那场梦，真的是两个人在谈论一件事，而她认为那件事和她祖父的死有关。"

"那是你自己的疯狂猜测，有任何可能会是真的吗？"

"姑且假设它是真的。她还记得的几个字是'柠檬水之死'，她为什么要梦到这个呢？加倍可能的情况，是她听到些什么，而她把听到的扭曲成那几个字。这样的话，原来那几个字是什么呢？”

“我没法告诉你。”芮奇以怀疑的口吻说。

铎丝听出了他的言外之意。“你认为那只是我的病态妄想。话说回来，假如我刚好是对的，我就有可能正要揭发一件自己人对付哈里的阴谋。”

“谢顿计划中有什么阴谋吗？在我听来，这和寻找一场梦的意义同样不可能。”

“每个大型计划都充满着各种的愤怒、摩擦、嫉妒。”

“当然，当然。我们说的是恶言相向、怒目相视、做鬼脸，以及背后说坏话。这些根本不算什么阴谋，根本和杀掉爸扯不上关系。”

“那只是程度上的差异，或许只是很小的差异而已。”

“你永远无法让爸相信这一点。同理，你也永远无法让我相信。”芮奇急步在房中来回走了一趟，“而你一直试图挖出这个所谓的阴谋，对不对？”

铎丝点了点头。

“结果你失败了。”

铎丝又点了点头。

“难道你没有想到，你会失败正是因为根本没有什么阴谋，妈？”

铎丝摇了摇头。“目前为止我是失败了，但这并未动摇我的信心。阴谋还是存在的，我有那种感觉。”

芮奇哈哈大笑。“你的口气非常平淡，妈，我以为你要说的不只是‘我有那种感觉’而已。”

“我想到有一句话，能被扭曲成‘柠檬水之死’，那就是‘零墨水致死’。”

“零墨水之死？那是什么？”

“是致死，不是之死。零墨水代表没学问，是谢顿计划中的数学家对非数学家的戏称。”

“那又怎样？”

“假设，”铎丝以坚定的口吻说，“有人提到‘零墨水致死’，意思是说能找到某种杀死哈里的方法，其中会有一个或几个非数学家扮演重要角色。婉达和你一样从未听过‘零墨水’这个称呼，而她又非常喜爱柠檬水，那么在她听来，难道不像是‘柠檬水之死’吗？”

“你是试图告诉我，当时竟然有人藏在爸的个人研究室。对了，共有多少人？”

“婉达说她梦见两个人。我自己的感觉是，其中之一不是别人，正是执政团的韩德·厄拉尔上校，当时他正在观看元光体的示范，而他们必定讨论到要消灭哈里。”

“你变得越来越疯狂了，妈。厄拉尔上校和另一个人在爸的研究室讨论谋杀，却不知道有个小女孩躲在椅子里，正在偷听他们的谈话？是不是这样？”

“差不多。”

“这样的话，如果他们提到零墨水，那么其中一人，不是厄拉尔的那个人，一定是个数学家。”

“似乎正是如此。”

“似乎完全不可能。但即使是真的，你认为会是哪个数学家呢？谢顿计划中至少有五十名数学家。”

“我还没有全部问过话。我问了几个，此外还包括一些非数学家，但我未曾发现任何线索。当然啦，我的问话不能做得太公开。”

“总而言之，你面谈过的那些人，谁也没给你有关任何阴谋的任何线索。”

“没错。”

“我并不惊讶。他们没有线索，是因为……”

“我知道你的‘因为’是什么，芮奇。你以为在温和的盘问下，人们就那么容易崩溃，就会把阴谋泄露出来？我没有资格对任何人逼供，假如我惊扰了某位宝贝数学家，你能想象你父亲会说什么吗？”

接着，她突然以截然不同的声调问道：“芮奇，你最近有没有和雨果·阿马瑞尔聊过？”

“没有，近来没有。你知道的，他不是那种社交动物。如果你把心理史学从他身上抽走，他便会垮成一小堆干尸。”

想到这种意象，铎丝不禁做个鬼脸。“最近我和他谈过两次，在我的感觉中，他似乎有点茫茫然。我不是指疲倦，而是他仿佛对这个世界浑然不觉。”

“没错，那就是雨果。”

“他最近情况越来越糟吗？”

芮奇想了一会儿。“有可能，他年纪渐渐大了，你也知道。我们都一样，只有你例外，妈。”

“你说雨果会不会超越了这个界线，变得有点不稳定，芮奇？”

“谁？雨果？他没什么好不稳定，或是值得不稳定的。只要让他继续研究心理史学，他就会低声喃喃自语一辈子。”

“我可不这么想。有一件事他有兴趣，而且兴趣非常强烈，那就是接班。”

“接什么班？”

“有一天我提到，你父亲也许想要退休，结果雨果坚信——绝对坚信他会是接班人。”

“我并不惊讶。我想每个人都会同意雨果是当然的接班人，我确定爸也这么想。”

“但在我看来，他似乎表现得不太正常。他以为我去找他，是要向他透露哈里已经将他推到一边，而中意另外的人选。你能想象有谁会这么怀疑哈里吗？”

“这倒很奇怪……”芮奇打断自己的话，向母亲投以一个深长的目光，然后又说：“妈，你是不是准备告诉我，雨果可能就是你口中那个阴谋的核心人物？他想除掉爸取而代之？”

“完全没有可能吗？”

“没错，妈，完全没有。如果雨果有什么不对劲，那就是工作过度，没什么别的。整个白天再加半个晚上，不停地瞪着那些方程式，或者不管那是什么东西，任何人终究都会发疯的。”

铎丝一跃而起。“你说得对。”

芮奇吓了一跳。“怎么回事？”

“你刚刚说的，给了我一个崭新的想法。我想，还是个关键性的想法。”她没有再说什么，便转身离去。

24

铎丝·凡纳比里以非难的口气对哈里·谢顿说:“你竟然在帝国图书馆待了四天,音讯全无。而且又是设法摆脱了我单独前往。”

夫妻两人在全息屏幕上望着对方的影像。谢顿为了研究工作,去了一趟皇区的帝国图书馆,今天才刚回来。他正从研究室用全息电话与铎丝联络,让她知道他已经回到斯璀璘。即使在盛怒中,谢顿心想,铎丝仍是那么美丽。他好希望能伸出手,去抚摸她的脸颊。

“铎丝,”他开了口,声音中带着安抚的语气,“我不是单独去的,有好几个人陪着我。即使如今是个动荡的时代,对学者而言,帝国图书馆仍旧是最安全的地方。我想从今以后,我得越来越常造访那座图书馆。”

“你要继续背着我这样做吗?”

“铎丝,在你眼中到处都是死亡陷阱,我不能根据你这种观点过活。我也不要你跟在我后面,惊扰那些图书馆员。他们不是执政团,我需要他们的协助,我不希望惹他们生气。但我的确认为我——我们应该在附近找一栋住宅。”

铎丝看来一脸不高兴,她摇了摇头,随即改变话题。“你可知道最近我和雨果聊了两回?”

“很好。我很高兴你这样做,他需要和外界接触。”

“没错,他需要,因为他有些不对劲。他不再是我们认识多年的雨果，他变得暧昧，变得疏远，而且奇怪得很，根据我的观察，他只热衷一件事，就是决心在你退休之后接替你的职位。”

“那是自然的事，只要他活得比我久。”

“你不指望他活得比你久吗？”

“这个嘛，他比我年轻十一岁，可是沧海桑田，世事难料……”

“你真正的意思是，你察觉到雨果的情况不妙。虽然他比你年轻那么多岁，他的外表和行动却显得比你老，而这似乎是最近才发生的变化。他是不是病了？”

“生理上？我不这么想，他定期接受身体检查。不过，我承认他似乎精疲力尽。我曾试图劝他休几个月的假，只要他愿意，甚至可以休一年的长假。我还建议他索性离开川陀，好让他能有一阵子尽可能远离计划。我们绝对可以资助他待在葛托润，那是没几光年远的一个怡人的度假世界。”

铎丝不耐烦地摇了摇头。“不用说，他当然不肯。我建议他休个假，他表现得像是根本不知道那个字的意义，他完全拒绝。”

“所以说，我们能怎么办呢？”谢顿道。

铎丝说：“我们可以想一想。雨果为这个计划工作了四分之一世纪，似乎一直保持他的体力，一点也没有问题。现在突然之间，他却变得虚弱了。这不可能是上了年纪，他还不满五十岁。”

“你在建议别的可能性吗？”

“是的。你和雨果在元光体上加装那个电子阐析器有多久了？”

“大约两年，也许更久一点。”

“我推测不论是谁使用元光体，都会用到电子阐析器。”

“正是这样。”

“这意味着主要是雨果和你在用？”

“是的。”

“而雨果又用得比你多？”

“是的，雨果将全副心神集中于元光体和它的方程式。我可没有那么幸运，我必须把大部分时间花在行政事务上。”

“电子阐析器对人体有什么作用？”

谢顿显得有些讶异。“据我所知，没有任何重大影响。”

“这样的话，为我解释一件事，哈里。电子阐析器运作了两年多，这期间，你变得远比过去疲倦和心神不宁，而且有点——魂不守舍。这是为什么？”

“我年纪渐渐大了，铎丝。”

“胡说。谁告诉你六十岁就老得不像话了？你是在利用你的年纪做借口，做挡箭牌，我要你停止这样做。雨果虽然比你年轻，但比你更常暴露在电子阐析器前，结果是他变得比你更疲倦，更心神不宁，而且在我看来，比你更加不切实际得多。他还相当孩子气地热衷于接班，你难道看不出有问题吗？”

“上了年纪和工作过度，那就是问题所在。”

“不，是那个电子阐析器，它在你们两人身上产生了慢性效应。”

顿了一顿之后，谢顿说：“我无法反证这件事，铎丝，但我看不出这怎么可能。电子阐析器这项装置能产生特殊的电磁场，但人类原本就恒常处于这类电磁场中，所以它不会造成任何特殊的伤害。无论如何，我们不能弃之不用。要是没有它，谢顿计划就无法继续进展。”

“听好，哈里，我必须要求你一件事，而你必须和我合作。待在计划建筑群中，别再背着我到别处去，也别再背着我做任何不寻常的事。了解吗？”

“铎丝，我怎能同意这样做？你在试图给我穿上疯人束身衣。”

“只是暂时性的。只有几天，顶多一周。”

“几天或一周内会发生什么事？”

铎丝说：“相信我，我会把一切弄清楚。”

25

哈里·谢顿轻轻敲出老式的密码，雨果·阿马瑞尔抬起头来。“哈里，难得你还想到来看我。”

“我应该常常来的。以前那些日子，我们成天都在一起。现在则有好几百人需要操心——这里是人，那里是人，到处都是人，通通挡在我们之间。你听到消息了吗？”

“什么消息？”

“执政团准备开征人头税，好大一笔，明天便要在川陀全视上宣布。目前只会在川陀上实施，外围世界还得等一等，这有点令人失望。我原本希望一下子就是全国性的，但我显然低估了将军的谨慎程度。”

雨果说：“川陀就够了，外围世界会知道不久便将轮到他们。”

“现在我们得等着看结果了。”

“结果就是宣布之后，人民立刻高声呐喊，甚至在新税制实施之前，暴动便会爆发。”

“你确定吗？”

雨果立即启动他的元光体，并将相关段落放大。“你自己看吧，哈里。那便是在目前这个特殊状况下所做的预测，我看不出怎么会产生误解。如果它不会发生，就代表我们在心理史学上的成果全部错误，我拒绝相信这种事。”

“我会试着勇敢一点。”谢顿微微一笑，又说，“你近来感觉如何，雨果？”

“还算好，够好了。对了，你好吗？我听到传闻，说你考虑要辞职，连铎丝也提过这件事。”

“别理会铎丝，这些天来她什么事都提过。她在疑神疑鬼，认为谢顿计划中充斥着某种危险。”

“什么样的危险？”

“最好别问。她只是脱轨了，朝她自己的方向一意孤行。如同往常一样，那使她变得无法驾驭。”

“看到我做单身汉的好处了？”雨果又压低声音说，“如果你真要辞职，哈里，你对未来有什么计划？”

谢顿说：“当然由你接班。我怎么可能还有别的计划？”

雨果露出了笑容。

26

在主楼的小会议室内，泰姆外尔·林恩听着铎丝·凡纳比里的叙述，脸上逐渐浮现困惑与愤怒的表情。最后，他终于冒出一句：“不可能！”

他搓了搓下巴，然后谨慎地说下去：“我无意冒犯你，凡纳比里博士，但你的说法是荒……不可能是对的。在这个心理史学计划中，谁也想不出来有什么深仇大恨能支持你的怀疑。假使有的话，我当然会知道，但我向你保证根本没有，你不要这么想。”

“我的确这么想，”铎丝倔强地说，“我还能找到证据。”

林恩说：“我不知道怎么说才不至于冒犯你，凡纳比里博士，但一个人若是足够聪明，又足够热衷于证明某件事，便能找到他想要找的一切证据，或者，至少，找到些他自认为是证据的东西。”

“你认为我有妄想症吗？”

“我认为你对大师的关切——这点我始终和你站在一条线上——或许我们可以说，你是热过了头。”

铎丝顿了一顿，思量着林恩这番话。“至少你说对一件事，一个足够聪明的人在任何地方都能找到证据。比如说，我就能指控你一个案子。”

林恩张大眼睛，万分惊愕地望着她。“指控我？我倒想听听你可能指控我什么案子。”

“很好，你会听到的。生日宴会是你的主意，对不对？”

林恩说：“没错，我是想到这个主意，但我确定别人也想到了。大师最近经常感叹上了年纪，那似乎是个逗他开心的好办法。”

“我确信即使别人也想到了，却是你在实际鼓吹这件事，让我的儿媳一头栽进去，接下一切的筹备细节。而且你使她相信，有可能联合举办一个真正大型的庆生会。是不是这样？”

“我不知道我对她有没有任何影响，但即使真有，又有什么不对劲？”

“本身并没有，但是举办一场规模这么大、分布这么广、时间这么长的庆生会，难道不是向那些性情反复无常而且疑神疑鬼的执政团成员，公开宣扬哈里太受欢迎，可能会对他们构成威胁？”

“谁也不可能相信我心里有这种想法。”

铎丝说：“我只是指出这个可能性。在筹划庆生会的过程中，你坚持要把几间核心研究室搬空——”

“暂时性的，理由很明显。”

“——并坚持这阵子完全不使用那些研究室。那段时期，除了雨果·阿马瑞尔，没有人在那里工作。”

“我认为大师事前若能休息一下，绝不会有什么害处，你当然不能为这件事怪我。”

“但这代表你能在被搬空的研究室和其他人商量事情，而且绝对隐密，那些研究室当然有良好的屏蔽。”

“我的确曾在那里商量事情，和你的儿媳，和宴会承包商，和食品供应商，以及其他的生意人。那有绝对的必要，你不这么想吗？”

“若说和你商量的人里面，有一个是执政团的成员呢？”

林恩像是挨了铎丝一拳。“我不喜欢这种事，凡纳比里博士，你把我当成什么了？”

铎丝并未直接回答，她又说：“接着，你又去找谢顿博士，讨论他即将和将军举行的会谈，并且相当恳切地力劝他，让你替他走这一趟，由你来承担可能发生的危险。当然，结果是谢顿博士相当激烈地坚持自己去见将军。而我们可以辩称，那正是你希望他去做的事。”

林恩发出一下神经质的笑声。“请恕我直言，但这听来的确像是妄想，博士。”

铎丝继续进逼。“然后，在宴会结束后，是你首先提议我们一群人前往穹缘旅馆，对不对？”

“是的，我记得你还说那是个好主意。”

“难道这种建议没有可能是为了使执政团感到不安吗？因为这是哈里多么有声望的另一个例证。难道这就没有可能是诱我侵入御苑的一种安排吗？”

“我能阻止你吗？”林恩的疑心已被愤怒所取代，“你早已下定决心那样做。”

铎丝不理会他说些什么。“而且，当然啦，你希望我闯进御苑后会惹出足够的麻烦，好让执政团对哈里更加敌视。”

“可是为什么呢，凡纳比里博士？我为什么要这样做？”

“也许可以说是为了除掉谢顿博士，以便继他之后出任计划主持人。”

“你怎么可能认为我有这种企图？我无法相信你不是在开玩笑。你只是在做你一开始就说过的事，只是在向我证明，一个聪明的、热衷于找出所谓证据的头脑能做到些什么。”

“让我们来讨论另一件事。我说过，你当时有办法用那些空房间进行私下交谈，而你也许和一名执政团成员这样做过。”

“这种指控甚至是不值得否认的。”

“但有人偷听到你们的谈话。一个小女孩晃荡到那个房间，蜷曲在一张椅子里，你们看不到她，她却听到了你们的谈话。”

林恩皱起眉头。“她听到些什么？”

“她说有两个男的在谈论死亡。她只是个孩子，无法转述任何细节，但有几个字令她印象深刻，那就是‘柠檬水之死’。”

“现在你似乎又从奇想转变成——请你恕罪——转变成疯狂。‘柠檬水之死’能有什么意思？它和我又会有什么关系？”

“我的第一个想法是照字面解释。那个小女孩非常喜爱柠檬水，而宴会准备了大量这种饮料，不过并没有人在里面下毒。”

“感谢你至少没把我当成疯子。”

“后来我才醒悟，那女孩听到的是别的字眼，由于她对语言还一知半解，又对那种饮料情有独钟，才把那几个字曲解成‘柠檬水’。”

“你想出了她曲解的是什么吗？”林恩嗤之以鼻。

“曾有一阵子，我的确以为她可能听到的是‘零墨水致死’。”

“那又是什么意思？”

“由零墨水，也就是非数学家进行的一次暗杀行动。”

铎丝住了口，她皱起眉头，一只手紧抓前胸。

林恩突然以关切的口吻说：“有什么不对劲吗，凡纳比里博士？”

“没有。”铎丝似乎晃晃悠悠。

有好一会儿，她没有再说什么，林恩则清了清喉咙。当他开口时，脸上不再有一丝愉悦的神情。“你说的这些，凡纳比里博士，一步步越来越荒谬了。而且——好吧，我不在乎是否会冒犯你，但我对这些话已经感到厌烦。我们是不是该结束了？”

“我们就快结束了，林恩博士。正如你所说，零墨水也许的确荒谬，我自己也已经这么判定。不过，电子阐析器的发展，你负责其中一部分，对不对？”

林恩似乎站得较挺，并带着点骄傲说：“全部由我负责。”

“当然不是全部。据我了解，它是欣姐·蒙内设计的。”

“她只是个设计者，一切遵循我的指导。”

“她就是零墨水！电子阐析器是零墨水设计的装置。”

林恩以经过压抑的粗暴口气说：“我可不想再听到这几个字。再说一遍，我们是不是该结束了？”

铎丝继续说下去，仿佛未曾听到他的请求。“虽然你现在说她毫无功劳，你在欣姐面前却不是这样说。我想，那是为了让她继续热心工作。她说你承认她有功劳，而她因此非常感激。她还说，你甚至用你们两人的名字称呼这项装置，只不过那并非正式名称。”

“当然不是，它叫做电子阐析器。”

“而且她说，她正在设计一个改良型，一种增强器之类的东西。而你已经拿到这个先进型号的一个原型，准备进行测试了。”

“这一切又和什么事有关呢？”

“自从谢顿博士和阿马瑞尔博士利用电子阐析器工作，两人在某些方面都大不如前。雨果用得比较多，受的伤害也比较大。”

“电子阐析器绝不会造成那种伤害。”

铎丝举手按住额头，怔了片刻，又说：“现在你有了一个更强力的电子阐析器，或许可以造成更大的伤害，或许可以立刻置人于死地，而不必是慢性谋杀。”

“完全是胡说八道。”

“现在我们来考虑一下这项装置的名称。根据它的设计者告诉我，它有个名字只有你一个人用，我推测你称它为‘林恩—蒙内阐析器’。”

“我根本不记得用过这个名称。”林恩不安地说。

“你当然用过。而这个强化的新型林恩—蒙内阐析器，则能杀人于无形，没有任何人需要负责，只是一个新型、未经试验的装置所造成的意外悲剧。那将会是‘林恩—蒙内致死’，而那个小女孩把它听成了‘柠檬水之死’。”

铎丝伸手摸向自己的身侧。

林恩轻声道：“你身体不太舒服，凡纳比里博士。”

“我好得很。我说得不对吗？”

“听好，你能把什么字眼扭曲成柠檬水并不重要。谁知道那小女孩究竟听到些什么？总而言之，一切都能归咎于电子阐析器的致命威力。那就把我带上法庭，或是交给一个科学调查委员会，然后你爱找多少专家都行，让他们来检查电子阐析器对人体的效应，甚至包括那个新的增强型。他们将会发现，根本没有测得出来的效应。”

“我可不相信。”铎丝喃喃道，现在她双手摆在前额，双眼闭了起来，身子还在轻微摇摆。

林恩说：“你显然很不舒服，凡纳比里博士。或许这就代表该轮到我说话了，可以吗？”

铎丝睁开双眼，只是定睛瞪着前方。

“我把你的沉默当成同意，博士。我若想当上主持人，试图除掉谢顿博士和阿马瑞尔博士又有什么用？你会阻止我的任何暗杀企图，正如此时你自以为在做的事。即使我万分侥幸接下这个计划，并且除掉了那两位伟大人物，你也会在事后将我撕成碎片。你是个很不寻常的女人，强壮迅速得令人难以置信，只要你活着，大师就能安然无事。”

“没错。”铎丝以凶狠的目光瞪着对方。

“我把这点告诉了执政团的人——他们难道不该向我咨询谢顿计划的进展吗？他们对心理史学非常有兴趣，这是当然的事。在你侵入皇宫御苑之前，他们原本难以相信我对你的描述。你的行动说服了他们，这点你不必怀疑，于是他们决定采用我的计划。”

“啊哈，现在我们说到正题了。”铎丝以虚弱的声音说。

“我告诉过你电子阐析器无法伤害人类，这是事实。阿马瑞尔和你珍爱的哈里只不过是老了，虽然你拒绝承认。所以说呢？他们没事，这是人类的正常反应，那个电磁场对有机物质不会有任何重大影响。当然，对于敏感的电磁机械，它就可能产生有害的作用。我们若能想象一个由金属和电子零件制成的人类，那个电磁场对它或许就有作用。传说告诉我们，这种人造人曾经存在。麦曲生人的信仰便建立在它们身上，他们将这些人造人称为‘机仆’。假使真有机仆这种东西，那么我们不难想象，它会远比任何普通人更强壮，更迅速；事实上，它会具有类似你的一些特色，凡纳比里博士。而这样的一个机仆，强化型电子阐析器的确能阻止它，伤害它，甚至摧毁它。我这里就有个这样的装置，自从我们开始交谈，它就一直以低功率运作，这就是你感到不舒服的原因，凡纳比里博士。我敢说，自出厂以来，你第一次有这种感觉。”

铎丝没有说什么，只是瞪着面前这个人，然后缓缓倒在一张椅子里。

林恩微微一笑，继续说：“当然，把你解决之后，大师和阿马瑞尔便不成问题。事实上，大师失去了你，可能立刻万念俱灰，在悲痛中辞职下台，而在他心目中，阿马瑞尔只是个孩子。十之八九，这两个人都不必杀。这么多年之后，你的真面目终于被揭穿，凡纳比里博士，感觉如何啊？我必须向你承认，你将真面目隐藏得非常好。在此之前，从来没有任何人发现真相，似乎也没什么好奇怪的。而我，我是个杰出的数学家，善于观察，善于思考，善于推理。可是，若非你对大师的狂热奉献，以及当他有危险时，你便爆发出仿佛随心所欲的超人能力，那就连我也想象不出真相。

“说再见吧，凡纳比里博士。我现在只要将这项装置转到全额功率，你便会成为历史。”

铎丝似乎打起了精神，从椅子上慢慢起身，喃喃道：“我的屏蔽也许比你想象中更好。”然后，她发出一下轻哼，向林恩扑了过去。

林恩睁大眼睛，尖叫一声，踉跄向后猛退。

铎丝随即来到他面前，右手闪电般击出，掌缘砍在林恩的颈部，震碎了脊椎，打烂了神经索，令他当场倒地身亡。

铎丝勉力站直身子，朝门口蹒跚走去。她必须找到谢顿，必须让他知道发生了什么事。

27

哈里·谢顿在万分惊怖中站起来。他从未见过铎丝这个样子，她的脸孔扭曲，身子倾斜，像是喝醉了一样摇摇晃晃。

“铎丝！怎么回事！有什么不对劲！”

他跑到她身边，刚搂住她的腰，她的身子便垮成一团，瘫倒在他的臂弯中。他抱起她来（她比一般相同身材的女子都要重，但谢顿此时并未察觉这一点），将她放到长沙发上。

“怎么回事？”他问。

她一五一十告诉了他，一面说一面喘气，声音时断时续。而他一直搂着她的头，试图强迫自己接受这个事实。

“林恩死了。”她说，“我终于杀了一个人……第一次……这使得情况更糟。”

“你损伤得多严重，铎丝？”

“很严重。当我冲向他时……林恩开启了他的装置……全额功率。”

“可以重新调整你。”

“怎么做？在川陀……没有任何人……知道怎么做，我需要丹尼尔。”

丹尼尔，丹莫刺尔。在内心深处，谢顿其实一直都知道。他的朋友（一个机器人）为他找来一位保护者（另一个机器人），以确保心理史学与基地的种子有生根的机会。唯一的问题是，谢顿爱上了他的保护者，一个机器人。如今一切真相大白，所有扰人的疑问都有了答案。可是，现在这些一点也不重要，重要的只有铎丝的安危。

“我们不能放弃。”

“必须放弃。”铎丝的眼睑来回拍动，双眼凝望着谢顿，“必须放弃。我试图救你，但失败了……最重要的一点……现在谁来保护你？”

谢顿已经看不清楚她，他的视线一片模糊。“别担心我，铎丝。该担心的是你……是你……”

“不，是你，哈里。告诉玛妮拉……玛妮拉……我原谅她了，她做得比我好。对婉达解释……你和芮奇……互相照顾。”

“不不不，”谢顿一面说，一面来回摇晃她，“你不能这样做。撑住，铎丝。拜托，拜托，吾爱。”

铎丝孱弱地摇了摇头，又更加孱弱地微微一笑。“别了，哈里，吾爱。我永远记得……你为我做的一切。”

“我没有为你做过什么。”

“你爱我，你的爱使我成了……人类。”

铎丝的眼睛仍然张着，但她已经停止运作。

此时，雨果·阿马瑞尔如暴风般卷进谢顿的研究室。“哈里，暴动开始了，比预期的更快更猛……”

然后他瞪着谢顿与铎丝，悄声问道：“怎么回事？”

谢顿在无比哀恸中抬起头来。“暴动！我现在还在乎什么暴动？我现在还在乎任何事吗？”

第四篇

婉达·谢顿

婉达·谢顿：在哈里·谢顿的暮年，他变得最为怜爱（也有人说是依赖）他的孙女婉达。十几岁痛失双亲后，婉达·谢顿便献身于其祖父的心理史学计划，填补了雨果·阿马瑞尔留下的空白……

婉达·谢顿的研究内容至今大多仍然是谜，因为它几乎都在完全隔绝的环境中进行。得以与婉达·谢顿研究工作接触的人，只有谢顿自己以及一位名叫史铁亭·帕佛的青年（四百年后，他的后裔普芮姆对川陀的重生做出重大贡献，当时这颗行星正从大浩劫的灰烬中站起来〔基地纪元300年〕）……

虽不清楚婉达·谢顿对基地的贡献到了什么程度，但毋庸置疑，其重要性无与伦比……

——《银河百科全书》

01

哈里·谢顿走进帝国图书馆（脚步有点跛，最近这个毛病越来越常犯），朝一排贴地滑车的方向走去。在图书馆建筑群无边无际的回廊中，这种小型交通工具能够通行无阻。

然而，坐在某间银河地理凹室的三个人吸引了他的注意。那里的三维银河舆图表现出银河系的完整风貌，此外，当然，每个世界都缓缓绕着星系核心旋转，同时还进行着转轴与前者垂直的自转。

从谢顿所站的位置，他能看见边境星省安纳克里昂以鲜艳的红光标示出来。它位于银河的边缘，占有广大的范围，但其中的恒星相当稀疏。安纳克里昂的不凡之处既不在财富也不在文化，而在于它与川陀的距离：足有一万秒差距之远。

谢顿一时兴起，在三人附近的一个电脑操作台前坐下，随便打了一个搜寻指令，心里明白得花上无数时间才能找到答案。某种直觉告诉他，他们一定是出于政治因素，才会对安纳克里昂有这么强烈的兴趣——它在银河中的位置，使它成为当今帝国政权最不保险的领域之一。谢顿的眼睛盯着自己的屏幕，但耳朵则听着身旁的讨论。图书馆里通常很少会听到有人谈论政治，事实上，根本就不该做这种讨论。

谢顿不认识这三个人，这没有什么好奇怪的。帝国图书馆的确有些常客，而且还真不少，大多数谢顿都认得出来，甚至还跟其中一些讲过话。但这座图书馆对所有的公民开放，并没有资格限制，任何人都能进来使用其中的设备。当然是在限定的时间内。只有精挑细选的少数人，例如谢顿自己，才会获准“长驻”馆内。谢顿在此拥有一间上锁的个人研究室，而且得以动用该馆的一切资源。

其中一人（谢顿将他想成“鹰勾鼻”，理由很明显）正激昂地低声发表意见。

“让它去吧，”他说：“让它去吧。试图维系它，将花费我们巨大的人力物力，而且即使那样做，也唯有他们待在那里才有效。他们不能永远待在那里，一旦他们离开，情势便会立刻回到原点。”

谢顿知道他们在谈论什么。三天前，川陀全视才报道了这则新闻，说帝国政府已决定展示一次武力，好让桀骜不驯的安纳克里昂总督乖乖合作。谢顿自己的心理史学分析早就告诉他，这样做注定徒劳无功，但政府一旦闹起情绪，通常是不会接受任何劝告的。谢顿听着鹰勾鼻说着自己说过的话，不禁露出淡淡的、严肃的微笑。这年轻人没有心理史学知识的指引，竟然就能说出这番话来。

鹰勾鼻继续说：“如果不理会安纳克里昂，我们又失去了什么？它仍会在那里，仍在原来的地方，仍在帝国的边缘。它不会长了脚跑到仙女座星系去，对不对？所以说，它还是得和我们贸易，日子会继续过下去。他们是否向皇帝敬礼又有什么差别？你永远无法看出其中的差别。”

谢顿心中将第二个人命名为“秃子”，理由甚至更明显。这时秃子说：“只不过整件事并非孤立于真空中。如果安纳克里昂走了，其他的边境星省也会跟着走，帝国就会四分五裂。”

“那又怎样？”鹰勾鼻激愤地悄声道，“反正，帝国再也无法有效地自我管理，它太大了。让边境脱离，自求多福——但愿它做得到。这样一来，内围世界反倒会更强大，而且情况会更好。边境不必是我们的政治领域，但仍然会是我们的经济领域。”

此时，第三个人（“红面颊”）说：“我希望你说得对，可是这样行不通。如果边境星省都争取到独立，每个星省会做的第一件事，便是掠夺邻邦以扩充自己的实力。战争和冲突将接连不断，最后每位总督都会梦想当皇帝。那将会像川陀王国崛起前的那段日子，会出现延续好几千年的黑暗时期。”

秃子说：“情况当然不会那么坏。帝国有可能分裂，但人民一旦发现分裂只意味着战争和贫困，帝国便会迅速自我愈合。人们会怀念一统帝国曾经拥有的黄金岁月，一切都会否极泰来。你也知道，我们不是蛮人，我们会找到一条出路。”

“正是如此。”鹰勾鼻说，“我们一定要记得，在过去的历史上，帝国曾经面对一个接一个的危机，而且一次又一次冲破了难关。”

但红面颊一面摇头一面说：“这不只是另一次危机，这是糟得多的一件事。帝国已经衰落了好几代，执政团的十年统治又摧毁了经济。自从执政团垮台、新皇帝即位以来，帝国一直十分疲弱。银河外缘的总督们什么也不必做，帝国即将被自己的重量压垮。”

“对皇帝的忠诚……”鹰勾鼻说了半句便被打断。

“什么忠诚？”红面颊说，“克里昂遇刺后，我们有好多年没一个皇帝，但人人似乎都不怎么在意。而这个新皇帝只是个摆饰，没有什么事是他能做的，没有什么事是任何人能做的。这不是另一次危机，而是帝国的终结。”

另外两人瞪着红面颊，双双皱起眉头。秃子说：“你真相信吗！你以为帝国政府只会坐在那里，让这一切发生吗？”

“是的！像你们两个一样，他们不会相信一切正在发生。我是说，等到相信已经太迟了。”

“假使他们相信，你又会要他们怎么做？”秃子问。

红面颊凝视着银河舆图，仿佛可能从那里找到答案。“我不知道。听着，总有一天我会死去，那时情况还不会太糟。然后，当事态越来越糟之际，自会有其他人操心。不只我自己，过去的美好岁月也会消失，或许从此一去不返。对了，不只我一个人这么想，听过一个叫哈里·谢顿的人吗？”

“当然，”鹰勾鼻立刻说，“他不就是克里昂的首相吗？”

“没错，”红面颊说，“他是某种科学家。几个月前，我听过他的一场演讲。能知道不只我一个人相信帝国正在分裂，这种感觉真好。他说……”

“他说一切都会没落，永久的黑暗时期即将来临？”秃子突然插嘴。

“喔不是，”红面颊说，“他属于那种真正谨慎的类型，他说这有可能发生。可是他错了，这必将发生。”

谢顿听得够多了。他跛着脚，朝三人围坐的桌子走去，碰了碰红面颊的肩膀。

“先生，”他说，“我能和你谈一会儿吗？”

红面颊吓了一跳，他抬起头来，然后说：“嘿，您不就是谢顿教授吗？”

“我一直都是。”谢顿说完，递给那人一块印着他本人相片的识别瓷卡，“后天下午四点钟，我希望在这座图书馆中我的研究室里和你见面。你能赴约吗？”

“我得工作。”

“有必要就请个病假，这事很重要。”

“这个嘛，教授，我不敢确定。”

“就这么做。”谢顿说，“如果你因此惹上任何麻烦，我都会帮你摆平。现在，诸位先生，介不介意我研究一下这个银河拟像？我好久没看过这种东西了。”

他们默默点了点头，面对一位前首相，他们显然有点不知所措。三人一一向后退去，让谢顿来到银河舆图控制台前。

谢顿以食指伸向控制台，标示着安纳克里昂星省的红色随即消失。现在这个银河不再有任何标示，只是一团漩涡状的光雾，越接近中心光球处越为明亮，正中心则是所谓的银河黑洞。

当然，除非将影像放大，否则无法分辨个别的恒星，但那样却只能让银河的某一部分呈现在屏幕上，而谢顿想要看的则是全貌——看看正在消失中的帝国。

他按下一个开关，银河影像中便出现一系列的黄色光点。它们代表可住人行星，共有二千五百万颗。在代表银河边缘的薄雾中，分得清它们是一个个光点，但越向中心走去，它们的分布便越来越密。在中心光球周围，有个近乎连续的黄色带状区域（但在放大后，仍会分成个别的黄色光点）。当然，中心光球本身仍是白色，其中没有任何标志。在银河核心的汹涌能浪正中央，不会有任何可住人行星存在。

谢顿知道，尽管黄色的密度这么大，但在一万颗恒星中，拥有可住人行星的还不到一颗。虽然人类拥有行星塑造与大地改造的能力，上述事实依然成立。即使集中全银河的力量，大多数世界也无法被塑造成能让人类无需太空衣便能舒适地行走其上。

谢顿按下另一个开关。黄色光点不见了，但有一个微小区域亮起蓝光，那是川陀以及直属于它的各个世界。在不受致命威胁的前提下，川陀已尽可能接近中央核心。因此，它通常被视为位于“银河中心”，但这并不算完全正确。照例，人人都会对川陀世界的微小留下深刻印象。在广大浩瀚的银河中，它是那么小的一块，但其上所挤满的财富、文化与政府权威，其密度却又是人类前所未见的。

即使是这样，它仍注定毁灭。

那三个人几乎像是能透视他的心灵，或者，也许是他们看懂了他脸上的悲哀神情。

秃子轻声问道："帝国真的即将毁灭吗？"

谢顿以更轻的声音回答："有可能，有可能，任何事都有可能发生。"

他站了起来，对三人笑了笑，便径自离去。但在他心中，他却声嘶力竭地高喊：一定会！一定会！

02

贴地滑车一辆接一辆排在一间大型凹室，谢顿一面爬进其中一辆，一面叹了一口气。曾有一段时间，就在几年前，他还意气风发地踏着轻快步伐走过图书馆无边无际的回廊，并且对自己说，虽然他已年过六十，却依然身强体健。

可是现在，他七十岁了，他的双腿迫不及待地老朽，使他不得不乘坐贴地滑车。虽然年纪较轻的人也总是利用这种交通工具，因为贴地滑车既省时又省力，但谢顿则是不得不这样做，其中的感觉就大不相同。

谢顿键入目的地，再按下一个开关，滑车便在地板上浮起少许。它以不急不徐的步调前进，非常平稳，非常安静。谢顿靠在座椅上，望着两旁的回廊墙壁、其他的贴地滑车，以及偶尔出现的步行者。

他超过了好些图书馆员，即使过了这么多年，他看到他们时还是会莞尔一笑。他们属于帝国最古老的公会，拥有最虔敬的传统，而他们所墨守的行事方式，则较适合数世纪前，甚或数千年前的时代。

他们穿着白灰色的丝质服装，其松垮程度接近长袍。这种服装仅仅在颈部束紧，颈部以下则自由奔放。

就男性容貌而言，川陀与所有的世界一样，是在剃留胡须的两极之间摆荡。如今，川陀本地的男性（至少大多数区的男性）脸上都刮得干干净净，而且据他所知向来如此。只有一些例外的情形，像达尔男性便一律留八字胡，他自己的养子芮奇便是现成的例子。

然而，这些图书馆员却留着古代的络腮胡。每位馆员的两耳之间，都布满相当短且修剪得整整齐齐的胡须，但上唇却一律裸露。光是这一点，就足以标示出他们的身份，并使得面部光洁的谢顿置身其间有点不自在。

其实，他们最具特色的一点是人人戴着的帽子（说不定连睡觉都不脱，谢顿这么想）。这种方帽以类似天鹅绒的质料制成，四面聚合于顶端，由一个扣子固定。它们的颜色五花八门，变化无穷，显然各有各的意义。假如你熟悉图书馆员的圈内文化，你就能根据帽子的颜色，判断某位图书馆员的年资、专长领域、成就的高低等等。它们有助于建立一个阶级秩序，每位馆员只要瞥一眼对方的帽子，便能判断是否应该恭敬以对（以及要做到什么程度），或是对方得对自己恭敬（以及到什么程度）。

帝国图书馆是川陀上最大的一座单一建筑（或许整个银河也无出其右），甚至远比皇宫巨大。它曾一度金碧辉煌，仿佛夸耀着它的堂皇与壮伟。然而，正如帝国本身一样，它已经开始凋零枯萎。

就像一名年老的贵妇，虽然依旧戴着年轻时的珠宝，全身却已布满皱纹与赘肉。

贴地滑车在图书馆长办公室的华丽门口停下，谢顿随即走出来。

拉斯·齐诺面带笑容地迎接谢顿。“欢迎，我的朋友。”他以尖锐的声音说。谢顿好奇他年轻时是否唱过男高音，却从来不敢问。图书馆长始终是个威严的综合体，这个问题可能会显得无礼。

“你好。”谢顿说。齐诺有一把灰色的络腮胡，已经白了七八分，他头上则戴着一顶白色的帽子。谢顿了解其中的玄机，根本无需任何解释。这是一种反其道而行的炫耀，完全没有颜色反倒代表位居顶峰。

齐诺搓了搓手，似乎内心充满欢喜。“我把你请来，哈里，是因为我有个好消息告诉你。我们找到了！”

“所谓的‘找到’，拉斯，你是指……”

“一个合适的世界。你要一个遥远的世界，我想我们已经找到一个最理想的。”他的笑容变得更灿烂，“你只要把问题交给本馆，哈里，我们就能找出答案来。”

“我毫不怀疑，拉斯，跟我说说这个世界吧。”

“好，我先让你看看它的位置。”墙壁的一部分滑向一侧，室内的光线暗了下来，银河则以三维影像呈现他们眼前，并且缓缓地旋转。红色线条再度标示出安纳克里昂星省，因此谢顿几乎可以发誓，刚才那段插曲正是现在的预演。

然后，该星省的远端出现一个明亮的蓝色光点。“它就在那里。”齐诺说，“它是个理想的世界，大小适中，水量充沛，富氧的大气层，植物当然少不了。此外，上面还有好些海洋生物。它就在那里等人进驻，无需做任何行星塑造或大地改造。或者可以这么说，没什么是不能在实际住人后再进行的。”

谢顿问：“它是个未住人的世界吗，拉斯？”

“绝对未住人，没有一个人在上面。”

“可是为什么呢，如果它这么合适？既然你拥有它的详细资料，据我推想，一定有人做过探勘。为什么没有人殖民呢？”

“是做过探勘，但只有无人探测器做过。的确没有被殖民，想必是因为它距离一切都太远了。这颗行星和中心黑洞的距离，要比任何住人行星更遥远，而且远得多。我猜，对于任何准备殖民的人而言，它都嫌太远了。但我想对你却不算太远，你曾经说‘越远越好’。”

“没错，”谢顿一面说一面点头，“现在我还是这么说。它有名字吗？或是只有字母和数字的编号？”

“信不信由你，它真有名字。发射探测器的那些人将它命名为‘端点’，那是个古老的词汇，意思是‘一条线的尽头’，而它似乎正是如此。”

谢顿说：“这个世界位于安纳克里昂星省境内吗？”

“并不尽然。”齐诺说，“如果仔细研究红线和红色阴影，你会看出来端点星的蓝点位于界外些许。事实上，是在五十光年外。端点星不属于任何人；认真说起来，它甚至不是帝国的一部分。”

“那么你说对了，拉斯，它的确像是我正在寻找的那个理想世界。”

“当然啦，”齐诺若有所思地说，“一旦你登上端点星，我想安纳克里昂总督就会声称它在他的管辖范围内。”

“那是可能的，”谢顿说，“但等问题浮上台面，我们才需要设法解决。”

齐诺又搓了搓手。“多么壮阔的构想啊。在一个崭新的、遥远的、全然隔绝的世界上，创设一个庞大的计划，如此一年又一年，十载复十载，一套汇集人类全体知识的百科全书便能逐渐成形，它将是本馆整个内容的一个缩影。要是我再年轻些，我会很希望加入这场远征。”

谢顿悲伤地说：“你几乎比我年轻二十岁。”几乎人人都远比我年轻，他更悲伤地想道。

齐诺说：“啊是啊，我听说你刚过完七十岁生日。我希望你过得很快乐，好好庆祝了一番。”

谢顿突然动容。“我不庆祝生日。”

“喔，不对啊，我还记得你庆祝六十大寿的盛事。”

谢顿感到锥心的刺痛，仿佛那个世上最沉痛的失落就发生在昨天。“请不要谈这件事。”他说。

齐诺有点尴尬。“我很抱歉，我们谈点别的吧。如果说，端点星确是你要找的那个世界，那么在我看来，你为百科全书计划所做的准备工作得加倍努力。你也知道，本馆在各方面都乐意帮助你。”

“我了解这一点，拉斯，我不胜感激。的确，我们一定会继续努力。”

他站了起来。由于刚才对方提到十年前的庆生会，他感到心如刀割，此时仍挤不出笑容。他说：“我必须告辞了，我得继续努力工作。”

当他离去时，照常因为这个欺骗行为而觉得良心受到严厉谴责。对于谢顿的真正意图，拉斯·齐诺根本没有半点概念。

03

哈里·谢顿打量着帝国图书馆这间舒适的套房，过去几年来，这里就是他的个人研究室。就像该馆其他各处一样，它弥漫着一种模糊的衰颓气氛，一种倦怠感，好似某样东西停在一处太久未曾移动。但是谢顿知道，未来数个世纪，甚至数千年间，只要适当的修葺不断，它都可能留在这里，留在同样的地方。

他当初怎么会来到这里?

一而再，再而三，他感到往事涌现心头，他的精神卷须沿着个人生命史往前回溯。毫无疑问，这是年事渐长的征兆之一。过去的内容累积了那么多，未来的内容剩下那么少，心灵因而不再窥探前方浮现的阴影，转而默想那些安全的过去。

不过，对他而言，有个重大改变值得一再回味。曾有三十多年的时间，心理史学的发展几乎可以视为一条直线——进展虽然有如爬行般缓慢，但总是朝正前方前进。六年前，却出现了一个九十度转弯，一项完全意料之外的发展。

谢顿十分清楚它是如何发生的，也很清楚许多连锁事件是如何扣在一起，终于使它成为事实。

当然，主角正是婉达，谢顿的孙女。他闭上眼睛，上身倒向椅背，开始重温六年前的那些往事。

十二岁的婉达若有所失。她的母亲玛妮拉有了另一个孩子，另一个小女孩，贝莉丝。一时之间，这个小宝宝成了百分之百的焦点。

她的父亲芮奇早已完成那本探讨母区达尔的著作。那本书小有成就，他也因此小有名气。他常应邀就书中主题发表演说，而他总是一口答应，因为他对这个题目极其投入。他曾咧嘴一笑，对谢顿说：“当我谈论达尔时，不必隐藏我的达尔腔。事实上，听众指望我有那种腔调。”

不过，结果却演变成他常常不在家，而当他难得回家时，他想要看的是那个小宝宝。

至于铎丝——铎丝已经走了。对哈里·谢顿而言，那道伤痕永远淌血，永远疼痛难忍。而他的反应则很不妥当，他总认为是由于婉达的梦，才引发那一连串的事件，最后导致他失去了铎丝。

婉达与那个悲剧根本毫无关联，这点谢顿心知肚明。然而，他发觉自己开始躲着她。因此，在小妹妹降生所带来的危机中，他同样使婉达失望。

郁郁的婉达只好去找那个似乎总是欢迎她的人，那个她总是可以依赖的人，而他就是雨果·阿马瑞尔。他对心理史学发展的贡献仅次于哈里·谢顿，而他无止无休的绝对投入则无人能及。谢顿曾拥有铎丝与芮奇，雨果却没有妻子儿女，心理史学就是他的生命。然而，婉达无论何时来到他面前，他内心深处总会模糊地感到（虽然一闪即逝）一种失落感，似乎唯有对这孩子表现亲爱才能缓和这种感觉。事实上，他倾向于把她当成一个小大人，但婉达似乎就喜欢这样。

那是六年前的事，她晃荡到雨果的研究室，雨果抬起头，用一双重建过的眼睛严肃地望着她，如同往常一样，他花了点时间才认出她来。

然后他说：“哈，是我亲爱的朋友婉达，但你为何看来那么伤心？像你这样一位年轻迷人的女子，当然绝不该感到伤心。”

婉达的下唇不停打战，她说：“没有人爱我。”

“喔，好啦，那不会是真的。”

“他们只爱那个小宝宝，他们不再关心我。”

“我爱你，婉达。”

“好吧，那么你就是唯一的一个，雨果叔叔。”虽然不能再像以前那样爬上他的膝头，她还是将脑袋枕在他肩上，默默哭了起来。

雨果完全不知所措，只能抱着这个女孩，对她说：“别哭，别哭。”出于全然的同情，又因为他自己这一生没有什么好哭的，他发觉自己的双颊也开始垂下泪滴。

然后，他突然中气十足地说：“婉达，你想不想看一样美丽的东西？”

“什么东西？”婉达抽噎着说。

在他的生命中与整个宇宙里，雨果只知道一样东西是美丽的。他说：“你听说过元光体吗？”

“没有，那是什么？”

“是你祖父和我工作上使用的东西。看到没？它就在这里。”

他指了指书桌上那个黑色立方体，婉达悲伤地望了一眼。“那可不美丽。”她说。

“现在并不美丽。”雨果表示同意，“但注意看，我要把它启动了。”

他开启元光体后，室内随即暗下来，并充斥着光点与各种色彩的闪光。“看到了吗？现在我们可以把它放大，好让所有的光点都变成数学符号。”

果然没错。似乎有一大团有形之物冲向他们，而在半空中，出现了婉达前所未见的种种符号，包括字母、数字、箭头与图案。

“美丽吗？”雨果问。

"嗯，美丽。"婉达一面说，一面仔细瞪着那些（她自己并不知道）代表未来各种可能的方程式，"不过，我不喜欢那个部分，我想它错了。"她指向她左方一个色彩缤纷的方程式。

"错了？你为什么说它错了？"雨果皱着眉头问。

"因为它不……美丽，换成我就不会这么做。"

雨果清了清喉咙。"好吧，我会试着把它改好。"他凑近那个方程式，以他特有的严肃方式瞪着它。

婉达说："非常感谢你，雨果叔叔，谢谢你给我看那些美丽的光线。也许有一天，我会了解它们的意义。"

"没什么，"雨果说，"我希望你感觉好一点。"

"好些了，谢谢。"她闪现一个短得不能再短的笑容，便离开了那间研究室。

雨果站在那里，感到有一点点伤心。他不喜欢有人批评元光体的产物，甚至一个什么都不懂的十二岁小女孩也不例外。

他站在那里的时候，完全没有想到心理史学的革命已经开始。

04

当天下午，雨果来到哈里·谢顿位于斯璀璘大学的研究室。这件事本身就不寻常，因为雨果几乎从不离开自己的研究室，甚至不会去找同一层楼的同事讲几句话。

"哈里，"雨果皱着眉头，看来十分困惑，"发生了一件非常古怪、非常奇特的事。”

谢顿望着雨果，心中感到无比难过。他只有五十三岁，但他看起来老得多，弯腰驼背，而且衰弱得几乎毫无血色。他们曾押他去做身体检查，医生一致建议他暂停工作一段时间（甚至永远），以便好好休息。医生都说，唯有这样才有可能改善他的健康。否则的话……谢顿却摇摇头，答道：“逼他离开工作岗位，他反倒死得更快，而且更痛苦。我们毫无选择。”

然后谢顿发觉，刚刚陷入沉思之际，他没有听到雨果在说些什么。

他说：“很抱歉，雨果。我有点心不在焉，请再说一遍。”

雨果说：“我是在告诉你，发生了一件非常古怪、非常奇特的事。”

“什么事，雨果？”

“是婉达。今天她来看我，显得非常伤心，非常彷徨。”

“为什么？”

“显然是因为那个小宝宝。”

“喔，对。”谢顿的声音中透出好几分歉疚。

“她那么告诉我，又靠在我的肩头哭起来——其实我也哭了一点，哈里。后来我想到，可以用元光体逗她开心。”说到这里雨果迟疑了一下，仿佛在仔细选取下面的用字。

“说下去，雨果。发生了什么事？”

“好吧，她瞪着四周所有的光线，而这时我放大了一部分，实际上是42R254节。你对那部分熟悉吗？”

谢顿微微一笑。“不熟悉，雨果。我不像你那样，把所有的方程式都牢记在心。”

“啊，你应该那样做。”雨果以严厉的口吻说，“否则怎能做好工作……但别管这个了。我想要说的是，婉达指着其中一部分，并且说它不好，不美丽！”

“有何不可？我们大家都有个人的好恶。”

“没错，当然。但我思量了一番，又花了些时间仔细检查一遍，结果，哈里，那里真有些不对劲。程序设计得不确切，而那个区域，正是婉达指的那个区域，的确是不好。而且，真的，它不美丽。”

谢顿有点僵硬地坐直身子，并且皱起眉头。“让我把事情弄清楚，雨果。她随便指向某处，说它不好，结果她说对了？”

“是的。但她并不是随便乱指的，她非常仔细。”

“但那是不可能的。”

“但它的确发生了，我在现场。”

“我不是说它没有发生，我是说这只是天大的巧合。”

“是吗？以你对心理史学的认识，你认为自己能对一组新的方程式瞥上一眼，就告诉我某一部分不好吗？”

谢顿说：“好吧，雨果，你又怎么会特别扩展那部分的方程式呢？是什么使你选择那一块放大的？”

雨果耸了耸肩。“那倒是巧合，你可以这么说，我只是随手转了转控制钮。”

“那不可能是巧合。”谢顿喃喃道。他随即陷入沉思，好一阵子之后，他问出一句话，推动了这场由婉达所引发的心理史学革命。

他说：“雨果，你原先对那些方程式有没有任何疑虑？你有没有任何理由相信它们有什么不对劲？”

雨果把弄着身上那套连身服的腰带，似乎显得有些尴尬。“没错，我认为真有。你可知道……”

“你‘认为’？”

“我知道真有。我似乎还记得，当我建立这组方程式的时候——那是新的一节，你该知道——我的手指似乎按错一个程序键。当时它看来没问题，但我猜我内心一直在担忧。我记得曾想到它看来不对劲，但我正好有其他的事要做，所以把它搁到一边去了。可是，当婉达刚好指向那个我念念不忘的区域时，我便决定好好检查一遍。否则的话，我会把它当成小孩的胡言乱语，根本不会追究。”

“而你偏偏开启那一部分方程式给婉达看，就好像它正在你的潜意识里作祟。”

雨果耸了耸肩。“谁知道？”

“而在此之前，你们两人非常接近，抱在一起，两人都哭了？”

雨果又耸了耸肩，显得更加尴尬。

谢顿说：“我想我知道发生了什么事，雨果，婉达透视了你的心灵。”

雨果跳起来，仿佛被什么咬了一口。“那是不可能的！”

谢顿则缓缓说道：“我曾经认识一个人，他就拥有那种不寻常的精神力量。”他悲痛地想到伊图·丹莫刺尔，或者该说丹尼尔，后者是只有谢顿才知道的秘密。“只不过他可以算是某种超人。可是他透视心灵、感知他人思想、说服他人采取某方面行动的能力，的确是一种精神力量。我想，说不定婉达也具有这种能力。”

“我无法相信这种事。”雨果倔强地说。

“我能，”谢顿说，“但我不知道该拿它怎么办。”他模糊地感到心理史学研究的革命已然迫近，但只是模模糊糊。

05

“爸，”芮奇以关切的口气说，“你看起来很疲倦。”

“我想是吧。”谢顿道，“我感到疲倦。但你可好吗？”

芮奇今年四十四岁，他的头发开始有些斑白，但他的八字胡仍旧乌黑浓密，看起来达尔味十足。谢顿怀疑他是否用过染剂，但这种问题是不能问的。

谢顿说：“你的演讲告一段落了吗？”

“暂时告一段落，但歇不了多久。我很高兴回到家里，看看宝宝、玛妮拉、婉达，还有你，爸。”

“谢谢你。但我有个消息告诉你，芮奇。别再作演讲了，我这里需要你。”

芮奇皱起眉头。“做什么？”过去，在两次不同的情况下，谢顿两度派他去执行棘手的任务，但都是在九九派作乱的时代。据他所知，如今一切很平静，更何况执政团已被推翻，一位弱势皇帝已经复辟。

“是婉达的事。”谢顿说。

“婉达？婉达有什么问题？”

“她没什么问题，但我们得验出她的完整基因组，也要为你和玛妮拉做，小宝宝也迟早要做。”

“贝莉丝也要？怎么回事？”

谢顿犹豫了一下。“芮奇，你也知道，你母亲和我总是认为你有讨人喜欢的特质，能博取他人的好感和信任。”

“我知道你这么想。每当你试图要我做什么困难的事，你就一再这么说。但我要坦白对你说，我从没感觉到这种特质。”

“不，你征服了我和……和铎丝。”即使她的毁灭已是四年前的事，要他说出这个名字仍有极大的困难。“你征服了卫荷的芮喜尔，你征服了九九·久瑞南，你征服了玛妮拉。这一切你要怎么解释？”

“智慧和魅力。”芮奇咧嘴一笑。

“你有没有想到，你也许接触过他们的——我们的心灵？”

“不，我从没想到这种事。既然你提起了，我想说这实在无稽。请务必恕我直言，爸。”

“如果我告诉你，婉达似乎在一次难关中透视了雨果的心灵，你会怎么说？”

“巧合或想象，我会这么说。”

“芮奇，我曾经认识一个人，他能操控人们的心灵，就像你我操控语言一样容易。”

“那是谁？”

“我不能说出来。不过，相信我就对了。”

“这个嘛——”芮奇深表怀疑。

“我曾经到帝国图书馆，去查阅这方面的资料。有一个很稀奇的故事，时间大约在两万年前，换句话说，是在迷雾般的超空间旅行肇始期。故事的主角是个年轻女子，年龄不比婉达大多少，她能和整个行星沟通，那颗行星所环绕的太阳叫做‘复仇女神’。”

“不用说，当然是神话。”

“当然，而且残缺不全，但和婉达有惊人的相似之处。”

芮奇说："爸，你在打算些什么？"

"我还不确定，芮奇。我需要知道那些基因组，我还得再找些像婉达的人。我有个想法，某些小孩生来就有这种精神力量，虽然不常见，但偶尔总有。可是一般说来，只会为他们带来麻烦，于是他们学着掩饰。等到他们渐渐长大，他们的能力，他们的天赋，便埋藏在心灵深处，这是一种自保性的潜意识行动。在帝国境内，甚至仅在川陀四百亿人口之间，一定有不少像婉达这样的人。如果我知道了我所要的基因组，就能检验那些我认为可能的人选。"

"如果找到他们，你会怎么做呢，爸？"

"我的想法是，进一步发展心理史学正需要他们。"

芮奇说："而婉达是你发现的第一个，你打算让她成为一个心理史学家？"

"说不定。"

"就像雨果。爸，不行！"

"为什么？"

"因为我要她像正常的女孩那样成长，然后变成一个正常的女人。我不会让你把她摆在元光体前，使她成为心理史学数学的一个活石碑。"

谢顿说："也许不至于，芮奇，但我们必须取得她的基因组。你也知道，数千年来一直有人建议，应该为每一个人的基因组建档。只是由于手续昂贵，才没有成为例行公事，但是绝没有人怀疑它的用处。你当然看得出这样做的优点，即使不为别的，我们也能知道婉达有没有任何生理异常的倾向。假使我们早就有雨果的基因组，我确定他现在不会奄奄一息。不用说，至少我们可以这样做。"

"好吧，也许，爸，但顶多只能这样做。我愿意打赌，对于这件事，玛妮拉会比我坚决得多。"

谢顿说：“很好。但你要记住，别再做任何演讲旅行，我需要你待在家里。”

“看看吧。”说完芮奇便走了。

谢顿束手无策地坐在那里。伊图·丹莫刺尔，那位他确知能操控心灵的人，一定知道应该怎么做。而拥有超人知识的铎丝，也可能知道该怎么做。

至于他自己，他对新的心理史学有个模糊的憧憬，但也仅止于此。

06

取得婉达的完整基因组不是一件容易的工作。首先，有能力分析基因组的生物物理学家少之又少，那些够资格的则总是很忙。

谢顿也不可能为了引起生物物理学家的兴趣，而公开讨论他的需要。他觉得，自己对婉达的精神能力那么关心的真正原因，是绝对有必要对全银河保密的。

假如还要列举其他的困难，那就是分析手续费贵得吓人。

谢顿一面摇头，一面冲着他正在咨询的生物物理学家蜜安·恩德勒斯基说：“为什么那么贵，恩德勒斯基医师？我不是这方面的专家，但我清清楚楚地了解，分析手续完全电脑化，而且，一旦你取得皮肤细胞刮片，基因组在几天内便能完全建立，并且分析完毕。”

“那是事实。可是将一个去氧核糖核酸分子拉成几十亿个核苷酸，让每个嘌呤和嘧啶各就各位，却根本不是那么回事；绝对不是那么回事，谢顿教授。接下来，还要研究每一个基因，再和一些标准基因进行比对。

“现在，我们来想一想。首先，虽然我们有些完整基因组的记录，但和世上所有的基因组相比，却连九牛一毛还不到，因此我们并非真正知道它们有多标准。”

谢顿问道：“为何那么少？”

“有好些原因。费用是其中之一，很少有人愿意把信用点花在这上面，除非他们有强烈的理由，认为他们的基因组有什么问题。倘若没有强烈的理由，人们不会情愿接受分析，生怕因此发现什么问题。所以说，您确定要您的孙女接受基因组分析吗？”

“是的，我确定，这实在太重要了。”

“为什么？她有任何代谢异常的症候吗？”

“不，她没有。应该说刚好相反，可惜我不知道‘异常’有什么反义词。我认为她是最不寻常的人，而我要知道究竟是什么使她不寻常。”

“哪方面不寻常？”

“精神方面，但我没办法详加叙述，因为我尚未全然了解。等她做完基因组分析，也许我就能说出所以然来。”

“她今年几岁？”

“十二，就快满十三了。”

“这样的话，我需要双亲的同意。”

谢顿清了清喉咙。“这点可能有困难。我是她的祖父，我的同意难道不够吗？”

“对我而言，当然够了。可是您该知道，我们现在谈的是法律，我可不希望被吊销营业执照。”

于是，谢顿需要再和芮奇打一次交道。这回同样很困难，因为芮奇再度抗议，说他与妻子玛妮拉，都希望婉达过着正常女孩的正常生活。万一她的基因组的确不正常，那该怎么办？她会不会被抓去接受各种检验，身上插满探针，活像个实验室的样本？谢顿会不会由于对心理史学计划过度狂热，而逼迫婉达过着只有工作没有娱乐的生活，禁止她与同龄的年轻人见面？

可是谢顿十分坚持。“相信我，芮奇，我绝不会做任何伤害婉达的事。但这点是一定要做到的，我需要知道婉达的基因组。倘若正如我猜测的那样，我们可能即将改变心理史学的发展方向，甚至改变整个银河未来的走向！”

因此芮奇被说服了，并设法取得了玛妮拉的同意。于是，三个大人一起带着婉达，来到恩德勒斯基医师的化验室。

蜜安·恩德勒斯基在门口迎接他们。她有一头亮晶晶的白发，但她的脸庞毫无岁月的痕迹。

她望着那个女孩，后者带着好奇的表情走进来，但脸上并未显现任何忧虑或恐惧。然后，她转而望向陪同婉达前来的三位大人。

恩德勒斯基医师带着微笑说：“母亲、父亲和祖父，我说对了吗？”

谢顿答道：“完全正确。”

芮奇显得卑躬屈膝；玛妮拉则显得相当疲倦，她的脸有点肿，双眼还有点红。

“婉达。”女医师开口道，“那是你的名字，对吗？”

“是的，夫人。”婉达以清晰的口齿说。

“我要一五一十告诉你会对你做些什么。我猜，你惯用右手吧。”

“是的，夫人。”

“很好，那么，我会在你的左前臂一小块面积上喷些麻醉剂，感觉只会像一阵凉风，如此而已。然后我会从你的手臂上刮下一点皮肤，只是一点点。不会痛，不会流血，事后不会有疤痕。等我做完之后，我会再帮你喷些消毒药水，整个过程只会花几分钟的时间。这样听来还可以吗？”

“当然。”婉达一面说，一面伸出手臂。

采样完成后，恩德勒斯基医师说：“我会把刮片放在显微镜底下，选取一个优良的细胞，然后让我的电脑化基因分析仪开始工作。它会标示出每一个核苷酸，可是它们总共有好几十亿，所以或许要花上将近一天的时间。当然，它是全自动的，所以我不会坐在这里看着，而你们也没有必要那样做。

“一旦基因组准备好，分析手续则需要更长的时间。假如您想要完整的报告，那也许得花上几个星期。这个手续如此昂贵的原因就在这里，它是个既困难又冗长的工作。等我得到结果后，我会以电话通知您。”说完她便转身，埋首于桌上那台闪闪发光的仪器，仿佛她已经把这家人送走了。

谢顿说：“如果发现任何不寻常的结果，你会不会立刻和我联络？我的意思是，如果你在头一个小时就发现了什么，可别等分析完毕再通知我，别让我做无谓的等待。”

“头一个小时有任何发现的机会微乎其微，但我向您保证，谢顿教授，如果看起来有必要，我会马上和您联络。”

玛妮拉抓起婉达的手臂，打了胜仗般牵着她走出去。芮奇跟在后面，脚步有点拖泥带水。谢顿又逗留了一会儿，嘱咐道：“这件事的重要性超出你的想象，恩德勒斯基医师。”

恩德勒斯基医师一面点头，一面说：“不论是什么原因，教授，我都会尽我的全力。”

谢顿离去时紧抿着嘴唇。他为何会认为基因组在五分钟内便能准备好，再花五分钟看一眼便能得到答案？他自己也不明白。现在，他不得不等上几个星期，才能知道将会发现什么结果。

他激动得咬牙切齿。他最新的智慧结晶“第二基地”是否能够建立起来？或者只是一个永远可望不可及的幻影？

07

哈里·谢顿走进了恩德勒斯基医师的化验室，脸上挂着紧张兮兮的笑容。

他说：“你告诉我要几个星期，医师，现在已经过了一个月。”

恩德勒斯基医师点了点头。“很抱歉，谢顿教授，但您希望每件事都一丝不苟，我正是试图那样做。”

“怎么样？”谢顿脸上的焦虑并未消失，“你发现了什么？”

“一百个左右的缺陷基因。”

“什么！缺陷基因？你在开玩笑吗，医师？”

“我相当认真。有何不可呢？每个基因组至少都有一百个缺陷基因，通常还要多得多。您该知道，其实并不像听起来那么糟。”

“不，我不知道，医师。专家是你，不是我。”

恩德勒斯基医师叹了一声，又在座椅中欠了欠身。“您对遗传学一无所知，对不对，教授？”

“没错，我不懂，一个人不可能什么都懂。”

“您说得完全正确。我就对您的那个——您管它叫什么？——那个心理史学一窍不通。”

恩德勒斯基医师耸了耸肩，又继续说：“假如您想对我解释它的任何原理，您将被迫从头讲起，而就算这样做，我可能也无法了解。好了，至于遗传学……”

“怎么样？”

“一个有缺陷的基因通常不代表什么。没错，某些具有缺陷的基因，的确由于缺陷太过严重，因而导致一些可怕的疾病。不过，这种情形非常罕见。大多数有缺陷的基因，只是无法绝对精确地工作，就像有点不平衡的轮子。车辆照常能够行驶，虽然有点颠簸，可是仍然能行驶。”

“婉达属于这种情形吗？”

“是的，差不多就是这样。毕竟，假如所有的基因都完美无缺，我们看来便会全部一模一样，我们的言行举止也会全部一模一样。人和人的差异，就是基因的差异造成的。”

“但是当我们年纪渐渐大了，难道不会越来越糟吗？”

“没错。我们年纪越大，情况就会越糟。我注意到您一跛一跛地走进来，为什么会这样？”

“有点坐骨神经痛。”谢顿喃喃道。

“您这辈子都是这样吗？”

“当然不是。”

“看吧，您有些基因随着年龄而逐渐变差，害得您不良于行。”

“婉达将来又会发生什么问题呢？”

“我不知道。我无法预测未来，教授，我相信那是您的领域。

然而，假如我大胆猜一猜，我会说除了逐渐老化之外，婉达不会发生任何不寻常的变化，至少就遗传学而言。”

谢顿说：“你确定吗？”

“您得相信我的话。想要分析婉达的基因组，您便冒着一个危险，那就是发现一些也许最好别知道的事。但是我可以告诉您，根据我的看法，我看不出她会发生什么可怕的事。”

“那些有缺陷的基因，我们该不该把它们修好？我们修得好吗？”

“不该。原因之一，那样做太过昂贵。原因之二，它们再度突变的机会很大。最后一个原因，则是一般人反对这样做。”

“可是为什么呢？”

“因为他们反对一切的科学。您对这点的了解应该不输任何人，教授。如今的情势只怕是神秘主义日渐壮大，而在克里昂死后尤其变本加厉。人们不再相信修复基因的科学方法，他们宁愿利用加持或各式各样的咒语来治病。坦白讲，我现在想要继续研究工作都极为困难，经费来源太少太少了。”

谢顿点了点头。“其实，我对这种情形了解得再透彻不过。心理史学对它有所解释，但我实在没想到情况这么快就变得这么糟。我对自己的工作太过投入，以致未曾注意周围这些困境。”他叹了一声，“过去三十多年来，我眼看着银河帝国逐渐四分五裂，现在它则以快得多的速度开始崩溃，我看不出我们怎能及时阻止。”

“您在试图这样做吗？”恩德勒斯基医师似乎颇有兴趣。

“是的，我在设法。”

“祝您吉星高照。至于您的坐骨神经痛，您可知道，五十年前是可以治好的。不过，现在不行了。”

“为什么？”

“这个嘛，治疗仪器没了；懂得操作那些仪器的人，通通做别的事去了。医疗水准同样在走下坡。”

“和其他的一切一起衰落。”谢顿沉思了一会儿，“不过，我们还是回到婉达身上吧。我觉得她是个最不寻常的少女，拥有一个和大多数人不同的大脑。你从她的基因中，看出她的大脑有什么特殊吗？”

恩德勒斯基医师上身靠向椅背。“谢顿教授，您可知道和大脑运作有关的基因究竟有多少？”

“不知道。”

“让我提醒您一件事，在人体各个层面中，大脑的运作是最错综复杂的一环。事实上，根据目前的了解，宇宙中再也没有比人脑更复杂的结构。所以假如我告诉您，在大脑运作中扮演某种角色的基因有好几千个，您应该不会惊讶才对。”

“几千个？”

“正是如此。想要一一检查这些基因，看看有没有任何特殊的不寻常，简直就是不可能的事。有关婉达的情形，我会相信您的话：她是个不寻常的女孩，拥有一个不寻常的大脑。可是我在她的基因中，看不出有关那个大脑的任何讯息——当然，除了看出它完全正常。”

“你能不能根据婉达的精神运作基因，找到其他具有类似基因的人，那些具有相同大脑型样的人？”

“我认为没有什么可能。即使另一个大脑和她的十分相似，两者的基因还是会有巨大差异，寻找相似性根本没有用。告诉我，教授，婉达究竟有何特殊之处，会让您认为她的大脑如此与众不同？”

谢顿摇了摇头。“很抱歉，我不能讨论这件事。”

“这样的话，我绝对肯定我无法帮您找到什么。您如何发现她的大脑有不寻常之处，如何发现这件不能讨论的事？”

“巧合，”谢顿喃喃道，“纯粹是巧合。”

“这样的话，您若想找到其他类似的大脑，也必须借着巧合才行，没有别的办法了。”

沉默在两人之间徘徊许久，最后谢顿说：“你还能告诉我其他任何事吗？”

“只怕没有了，除了我会把账单寄给您。”

谢顿吃力地站起来，坐骨神经痛令他难以忍受。“好吧，那就谢谢你了，医师。把账单寄给我，我会尽快付清。”

哈里·谢顿离开了这位医师的化验室，简直不知道下一步该做什么。

08

就像任何一位知识分子一样，哈里·谢顿曾经自由地使用帝国图书馆。大多数的时候，他是借助于电脑联线，但他偶尔也会亲自造访，主要的目的是为了纾解一下心理史学计划的压力。几年前，自从他定下寻找类似婉达者的计划后，他便在那里申请了一间个人研究室，以便随时查询馆内收藏丰富的资料。他甚至还在邻区租了一间小公寓，这样一来，当此地越来越繁重的研究工作使他无法返回斯璀璘时，他便能步行来到这座图书馆。

然而，如今，他的计划进入一个全新的层次，使他想要和拉斯·齐诺见上一面。这将是谢顿首次与他做面对面的接触。

想要和帝国图书馆的馆长安排一次私人会晤，绝对不是一件容易的事。馆长对这个职位的本质与身价自视甚高，因此常常有人说，就连皇帝希望咨询馆长时，也得亲自前往该馆，等候馆长的接见。

然而，谢顿并没有遇到这种麻烦。齐诺虽然与哈里·谢顿从未谋面，却对他十分熟悉。“万分荣幸，首相。”这是他的欢迎词。

谢顿微微一笑。“我相信您一定知道，我不在那个职位已有十六年之久。”

“这个头衔的荣耀仍是您的。此外，首相，我们得以摆脱执政团的残酷统治，您也功不可没。那个执政团，当年有好几次，都破坏了本馆中立的神圣原则。”

啊，谢顿心想，这便解释了他为何那么爽快就答应见我。

“只是谣言罢了。”他高声道。

“现在，请告诉我，”齐诺一面说，一面忍不住瞥了一眼手腕上的计时带，“我能为您做些什么？”

“馆长，”谢顿开始说，“我这次前来，对您提出的要求绝不简单。我想要的是在馆内拥有更大的空间，此外我要您批准我带一批同僚进来，还要您批准我从事一项长期而繁复的计划，但这项计划的重要性无与伦比。”

拉斯·齐诺脸上现出苦恼的表情。“您要求得可真不少。您能解释这一切有什么重要性吗？”

“可以，帝国正处于土崩瓦解中。”

顿了好长一段时间，然后齐诺说：“我听说过您在研究心理史学。有人告诉我，说您的新科学有希望能预测未来。您现在说的，就是心理史学的预测吗？”

“不是。我在心理史学上的研究尚未达到那个境界，还无法信心十足地谈论未来。但您并不需要心理史学，也能知道帝国正在瓦解，您自己就能看到许多证据。”

齐诺叹了一口气。“我在这儿的工作占了我全部的时间，谢顿教授。一提到政治和社会问题，我就成了一个孩子。”

“只要您愿意，您大可查询收藏在这座图书馆的各种资料。环顾一下这间办公室吧，它塞满了来自银河帝国各处、各式各样应有尽有的资料。”

“只怕，我是最跟不上时代的人。”齐诺露出悲伤的笑容，“您该知道一句古老的谚语：鞋匠的孩子没鞋穿。不过在我看来，帝国似乎已经复兴，我们现在又有了一位皇帝。”

“只是名义上如此，馆长。在大多数的偏远星省，皇帝的名字偶尔会仪式性地提上一提，可是他无法左右他们的所作所为。外围世界控制着自己的政治，而更重要的是，他们控制着当地的武装部队，这些部队完全不在皇帝掌握中。假使皇帝试图在内围世界之外任何角落行使权力，他都注定要失败。我怀疑顶多再过二十年，某些外围世界就会宣布独立。”

齐诺又叹了一口气。“如果您说得对，我们便处于帝国有史以来最糟的时期。可是这一点，和您渴望在本馆获得更多空间、召来更多人员又有什么关系？”

“如果帝国四分五裂，帝国图书馆或许也难逃这场劫数。”

“喔，一定可以的。”齐诺一本正经地说，“过去也曾有过很糟的年头，可是人们一向了解，川陀上的帝国图书馆乃是人类全体知识的宝库，一定不可受到侵犯，而将来也会如此。”

“也许不会，您自己说的，执政团曾破坏它的中立。”

“并不严重。”

“下次可能就会更严重，我们不能允许这个人类全体知识的宝库被毁。”

“您在此地增加工作人员，怎么就能防止那种悲剧？”

“的确不能，但我所感兴趣的那个计划却可以。我想要制作一套伟大的百科全书，其中包含各种丰富的知识，万一最坏的情况果真发生，那些知识足以帮助人类重建文明——您可以称之为《银河百科全书》。我们并不需要本馆所有的一切，许多资料都过于浅显。散布在银河各处的地方图书馆也可能被毁，纵使它们得以幸免，除了最为区域性的资料，其他一切仍是借着电脑联线取自帝国图书馆。所以说，我打算做的是个全然独立的东西，并且要以尽可能简明扼要的形式，收录人类所需要的各种根本知识。”

“万一它同样被毁呢？”

“我希望不会。我的打算是在遥远的银河边缘找一个世界，让我能把手下的百科全书编者迁到那里去，让他们在那里平静地工作。然而，在找到那样一个地方之前，我想让核心成员在此工作，利用本馆的设备，来决定这个计划需要些什么。”

齐诺现出痛苦的表情。“我懂了您的意思，谢顿教授，但我不确定是否办得到。”

“为何不能，馆长？”

“因为，身为馆长并不代表我就是独裁君主。我有个相当大的评议会，一种立法机构，请别以为我能轻易通过您的百科全书计划。”

“我很惊讶。”

“不必惊讶，我不是个很受欢迎的馆长。这些年来，评议会在力争对本馆的使用设限，而我一直拒绝。我提供小小一间研究室给您，就令他们火冒三丈了。”

“设限？”

“正是如此。他们的想法是这样的，无论任何人需要一项资料，都必须和某位图书馆员联络，由那位馆员替他找来那项资料。评议会不希望人们自由进入本馆，亲自动手操作电脑。他们说，保养电脑和其他图馆设备的费用越来越贵得离谱。”

“但那是不可能的，开放式的帝国图书馆已是上千年的传统。”

“的确没错，但是最近这些年，本馆的预算被削减好几次，我们再也没有像过去那么多的经费。想使我们的设备保持一定水准，成了一件非常困难的事。”

谢顿揉了揉下巴。“但如果你们的预算逐渐减少，我想您就得降低薪资，裁减人员——或者，至少不再雇用新人。”

“您说得完全正确。”

“这样的话，在人力逐年缩减的情况下，您怎么有办法揽下新的工作，由您的手下来寻找公众索求的一切资料？”

“他们的想法是，我们不再搜集公众将会索求的一切资料，而仅仅搜集我们认为重要的资料。”

“所以说，你们不只废止了开放式图书馆，同时也废止了完备式图书馆？”

“只怕就是如此。”

“我无法相信会有图书馆员想这样做。”

“您不认识吉纳洛·麻莫瑞，谢顿教授。”面对谢顿一脸的茫然，齐诺继续说，“‘他是谁？’您一定在纳闷。他是评议会中希望封闭本馆那一派的领袖，评议会有越来越多的成员倒向他那边。假使我让您和您的同事进驻本馆，成为馆中一支独立的队伍，那么，有些评议委员原本或许不在麻莫瑞那边，但由于坚决反对外人控制本馆任何角落，也许便会决定投他一票。这样一来，我将被迫辞去馆长一职。”

“您看吧，”谢顿突然中气十足地说，“所有的变故，包括可能关闭本馆、对它设限、拒绝搜集所有的资料，都可以归咎于预算逐年减少，而这一切的一切，本身就是帝国瓦解的一项征兆。您不同意吗？”

“如果您要这么讲，或许也没错。”

“那么让我去和评议会说说，让我来解释未来可能如何，以及我希望怎么做。说不定我能说服他们，正如我希望已经说服了您。”

齐诺考虑了一会儿。“我愿意让您试一试，但您事先必须知道，您的计划可能不会成功。”

“我一定得碰碰运气。请务必做到需要做的一切，并尽快让我知道我在何时何处能跟评议会碰面。”

谢顿向齐诺告别，怀着不安的心情离去。他告诉这位馆长的一切都是真的，而且平淡无奇。至于他需要使用这座图书馆的真正理由，他则守口如瓶。

部分原因是，他自己也尚未看清楚。

09

哈里·谢顿耐心地、悲伤地坐在雨果·阿马瑞尔的床沿。雨果完全油尽灯枯——他拒绝接受任何医疗，但即使愿意接受，他也早已回天乏术。

他只有五十五岁。谢顿自己则已经六十六，但他健康状况良好，只有坐骨神经的刺痛（或者不管是什么痛）偶尔使他不良于行。

雨果张开眼睛。“你还在这儿，哈里？”

谢顿点了点头。“我不会离开你。”

“直到我死去？”

“是的。”谢顿突然悲从中来，又说，“你为什么要这样做，雨果？假使你过着正常生活，你还能有二三十年的寿命。”

雨果淡淡一笑。“正常生活？你的意思是休假？旅游？享受些微不足道的乐趣？”

“是的，是的。”

“那样的话，我要不是渴望赶紧回来工作，就是学会虚度光阴，而在你所谓多出来的二三十年间，我将一事无成。看看你自己。”

“我怎么样？”

“你在克里昂御前当了十年首相，那时你做了多少科学研究？”

“我把大约四分之一的时间花在心理史学上。”谢顿柔声道。

“你夸大了。要是没有我辛勤工作，心理史学的进展会戛然而止。”

谢顿点了点头。“你说得对，雨果，这点我很感激。”

“而在此之前和之后，当你至少把一半时间花在行政事务上的时候，是谁在做实际的工作？啊？”

“是你，雨果。”

“一点都没错。”他再度阖上眼睛。

谢顿说：“但你总是希望在我之后接掌那些事务。”

“不！我想要领导谢顿计划，是要让它保持在正轨上前进，但我会把所有的行政工作分派出去。”

雨果的呼吸逐渐变得像是鼾声，但他随即惊醒，重新张开眼睛，直勾勾地瞪着谢顿。他说：“在我走了之后，心理史学会怎么样？你想过吗？”

“是的，我想过。我现在就要和你谈谈这件事，它可能会让你高兴。雨果，我相信心理史学正在酝酿一场革命。”

雨果微微皱起眉头。“什么方式？我不喜欢你这种口气。”

“听好，那可是你的主意。几年前，你告诉我应该建立两个基地。彼此独立，安全地隔离起来，安排它们成为第二银河帝国的种子。你还记得吗？那是你的主意。”

“心理史学方程式……”

“我知道，是那些方程式建议的。现在我正忙着进行，雨果。我在帝国图书馆设法弄到了一间研究室……”

“帝国图书馆，”雨果眉头锁得深了些，“我不喜欢他们，一伙自鸣得意的白痴。”

“那位馆长，拉斯·齐诺，可没有那么坏，雨果。”

“你见过一个叫吉纳洛·麻莫瑞的图书馆员吗？”

“没有，但我听说过他。”

“一个卑贱的人。我们有过一次争论，他硬说我把什么东西弄丢了。我根本是冤枉的，所以我非常恼怒，哈里。突然间我像是回到了达尔——达尔文化的一项特色，哈里，就是充满恶毒的脏话。我用了些在他身上，我说他在妨碍心理史学研究，历史会把他写成一个坏蛋，我也不只是说‘坏蛋’而已。”雨果孱弱地呵呵笑了几声，“我把他骂得哑口无言。”

谢顿突然恍然大悟，明白了麻莫瑞对外人（尤其是对心理史学）的憎恨从何而来——至少明白了一部分，但他什么也没有说。

“重点在于，雨果，你想要建立两个基地，以便如果一个失败了，另一个还能继续下去。但我们已经超越了这个设计。”

“哪一方面？”

“你记不记得两年前，婉达透视你的心灵，看出元光体中某个部分的方程式不对劲？”

“当然记得。”

“好，我们要找一些类似婉达的人。我们将建立一个主要由物理科学家组成的基地，他们会保存人类的知识，会成为第二帝国的种子。此外还会有个仅由心理史学家组成的第二基地——他们是精神学家，是能触动心灵的心理史学家——他们能以集体心灵的方式研究心理史学，进展将远比任何个别心灵更为迅速。在未来的岁月里，他们这组人将负责导入微调，你懂了吧。他们将始终隐身幕后，静观其变；他们将是第二帝国的守护者。”

“太好了！”雨果虚弱地说，“太好了！你看我选的死期多么恰当？已经没有什么需要我做的了。”

“别这样说，雨果。”

“别大惊小怪，哈里。我太累了，什么也不能做了。谢谢你……谢谢你……告诉我……”他的声音越来越微弱，“这场革命。这使我很……高兴……高兴……高……”

这便是雨果·阿马瑞尔最后的几句话。

谢顿伏在床上，泪水烫伤了他的眼睛，然后顺着双颊滚滚而下。

又一个老朋友走了。丹莫刺尔，克里昂，铎丝，现在则轮到雨果……令他的晚年越来越空虚，越来越孤独。

而让雨果含笑以终的这场革命，却有可能永远无法实现。他能否设法获得帝国图书馆的使用权？他能否找到更多像婉达的人？最重要的是，得花多久时间？

谢顿此时六十六岁。假使他在三十二岁、刚刚抵达川陀之际，便能展开这场革命，那该有多好……

现在或许太迟了。

10

吉纳洛·麻莫瑞让他等了很久。这是蓄意的失礼，甚至是傲慢，但哈里·谢顿仍保持冷静。

毕竟，谢顿万分需要麻莫瑞的帮助。他若对这位图书馆员发怒，只会伤害到他自己。事实上，麻莫瑞会乐于见到一位生气的谢顿。

因此谢顿按捺住脾气，耐心地等待，最后麻莫瑞终于走进来。谢顿以前曾见过他，但只是远远的一瞥，这是他们两人首次的单独会晤。

麻莫瑞身材矮胖，有一张圆脸，以及少许深色的络腮胡。他脸上挂着笑容，但谢顿觉得那只是无意义的装饰。这个笑容使他露出一口黄板牙，而他头上那顶不可或缺的帽子也具有类似的黄色色调，并且盘绕着一道褐色的线条。

谢顿感到有点恶心。他觉得自己会很讨厌麻莫瑞，即使他毫无理由那样做。

麻莫瑞并未做任何开场白，直截了当地说："好啦，教授，我能为你做些什么？"他望了望墙上的计时片，却没有为迟到而道歉。

谢顿说："我想要请求你，馆员阁下，别再反对我留在这座图书馆。"

麻莫瑞两手一摊。"你在这里已经待了两年，你说的是哪门子反对？"

"目前为止，在评议会中，你代表的那一派以及和你志同道合的人，还不能胜过支持馆长的票数。但下个月将有另一次会议，而拉斯·齐诺告诉我，他无法确定会有什么结果。"

麻莫瑞耸了耸肩。"我也无法确定。你的租赁——姑且这么称呼——很有可能续约。"

"可是我的需要不只如此而已，麻莫瑞馆员，我还希望带些同事进来。我正在进行的计划，不是我一个人做得到的，我最终的目的，是准备编纂一套非常特别的百科全书。"

"你的同事爱在哪儿工作，当然就能在哪儿工作，川陀是个很大的世界。"

"我们必须在这座图书馆工作。我是个老人，馆员阁下，我没有多少时间。"

"谁又能制止时间的流逝呢？我认为评议会不会准许你把同事

带进来。牵一发而动全身，是吗，教授？”

是啊，的确没错，谢顿心想，但他什么也没说。

麻莫瑞又说：“我一直无法把你拦在外面，教授，至少目前还不行。但是我想，我能继续把你的同事拦在外面。”

谢顿了解到自己将一无所获，便将坦白的程度再升一级。他说：“麻莫瑞馆员，你对我的憎恨当然不是私怨，你当然了解我在从事的工作多么重要。”

“你的意思是，你的心理史学。得了吧，你在那上面花的时间超过三十年，可是又有什么成果？”

“那正是重点，现在可能要有成果了。”

“那就让这个成果诞生在斯璀璘大学，为何一定要在帝国图书馆？”

“麻莫瑞馆员，听我说。你想要做的是对公众关闭这座图书馆，你希望粉碎一项悠久的传统。你狠得下心这样做吗？”

“我们需要的不是狠心，而是经费。馆长当然曾靠在你的肩头哭泣，把我们的悲哀告诉了你。预算逐年删减，薪资降低，必需的保养维护全没了。我们要怎么办？我们不得不减少服务项目，而且当然供不起你和你的同事所需的研究室和设备。”

“这种情况有没有禀奏陛下？”

“得了吧，教授，你在做梦。你的心理史学不是告诉你，帝国正在逐渐衰落吗？我听说有人称你为乌鸦嘴谢顿，我相信那是指寓言中一种不吉利的鸟儿。”

“我们的确正在进入一个很糟的时代。”

“而你相信本馆偏偏能幸免吗？教授，这座图书馆如同我的生命，我要它延续下去，但除非我们找到些法子，让我们逐年缩减的经费能凑合着用，否则它一定无法延续。而你却来到这里，指望有个开放式图书馆，让你自己成为受益者。办不到，教授，根本办不到。”

谢顿抱着一线希望说：“要是我能帮你们找到信用点呢？”

“是吗，怎么找？”

“要是我有办法和陛下说说呢？我担任过首相，他会接见我，他会听我陈情。”

“然后你就会从他那里得到经费？”麻莫瑞哈哈大笑。

“如果我能做到，如果我能增加你们的预算，我可否带我的同事进来？”

“先把信用点带来，”麻莫瑞道，“那时我们再说。但我可不认为你会成功。”

他似乎非常自信。谢顿不禁怀疑，帝国图书馆究竟向皇帝请愿多么频繁，效果又是多么微弱。

而他也怀疑自己的请愿是否会有任何成效。

11

艾吉思大帝十四世其实名不符实。他在即位时选用这个名号，是刻意和二千年前统治帝国的几位艾吉思大帝攀关系。那些皇帝大多相当能干，尤其是在位长达四十二年之久的艾吉思六世——他曾以强硬却不暴虐的手段，将繁荣的帝国治理得井然有序。

假如全息记录有些可信度，艾吉思十四世看起来就不像之前任何一位艾吉思大帝。但是，话说回来，根据可靠的消息，艾吉思十四世本人长得不太像公开流传的官方全息像。

事实上，哈里·谢顿带着怀旧的惆怅想到，纵使克里昂大帝有百般缺点与弱点，他的帝王风范却毋庸置疑。

艾吉思十四世则不然。谢顿从未真正见过这位皇帝，而他看过的几张全息像又极度失真。皇家全息摄影师知道该怎么做，而且做得很好，谢顿挖苦地想。

艾吉思十四世身材矮小，拥有一副其貌不扬的面容，稍微鼓胀的双眼似乎欠缺智慧的光芒。他会有资格坐在皇位上，仅仅因为他是克里昂的旁系亲属。

然而，他也有值得称道的一面，那就是他并未试图扮演一位强势皇帝。大家都了解，他喜欢被称为“平民皇帝”。只因为皇家规范与禁卫军的大声疾呼，他才无法走入穹顶，在川陀的人行道上闲逛。传言又说，他显然希望能和平民握握手，亲耳听听他们的怨言。

值得给他一分，谢顿心想，即使这点永远无法实现。

喃喃请安一句，再一鞠躬之后，谢顿开口道：“感谢陛下同意接见我。”

艾吉思十四世的声音清晰且相当动听，与他的外表十分不相称。他说：“一位前首相当然应该有些特权，不过，我必须赞誉自己勇气可嘉，因为我有惊人的勇气同意见你。”

他的话语透着幽默，谢顿突然领悟到一件事：一个看起来或许不聪明的人，实际上仍有可能是聪明人。

“勇气，陛下？”

“啊，当然啦。他们不是叫你乌鸦嘴谢顿吗？”

“启禀陛下，几天前，我才头一次听到这种说法。”

“显然那是针对你的心理史学，它似乎预言了帝国的衰亡。”

“它只是指出这个可能性，陛下……”

“于是，就有人把你和神话中一种不吉利的鸟儿联想在一起。只是在我看来，你正是一只不吉利的鸟儿。”

“启禀陛下，我希望不是。”

“得了，得了，过去的记录清楚得很。伊图·丹莫刺尔，克里昂原来的首相，他看好你的研究工作，结果有什么下场？他被迫离职，自我放逐。克里昂大帝本人看好你的研究工作，结果有什么下场？他遇刺身亡。军人执政团看好你的研究工作，结果有什么下场？他们烟消云散。据说，连那些九九派也看好你的研究工作，结果，你看，他们同样被摧毁了。而现在，喔，乌鸦嘴谢顿，你来见我了。我又能指望什么呢？”

“啊，不会有任何凶险的，陛下。”

“我也这么想，因为我和刚才提到的那些人都不同，我并不看好你的研究工作。现在告诉我，你来此究竟有什么目的。”

于是谢顿开始解释，说筹备那套百科全书的计划有多么重要，假如最坏的情况果真发生，它能够替人类保存所有的知识。艾吉思十四世一直仔细聆听，从头到尾没有插嘴。

“是啊，是啊，”艾吉思十四世终于开口，“所以说，你的确深信帝国将要衰亡。”

“启禀陛下，这是个强烈的可能性，拒绝考虑这个可能性将是不智之举。只要我有办法，我希望在某种程度上阻止这个结果；即使没有办法，我也要减轻它的效应。”

“乌鸦嘴谢顿，如果你继续在这方面钻牛角尖，我就会相信帝国真要衰亡，而且根本无法阻止。”

“不是这样的，陛下，我只要求准许我继续工作。”

“喔，这没问题，但我还不了解你希望我怎样帮你。你为什么告诉我关于这套百科全书的种种？”

“因为我希望在帝国图书馆内工作，陛下，或者更精确地说，我希望其他人能和我一起在那里工作。”

“我向你保证，我不会从中作梗。”

“那还不够，陛下，我还要您帮助我。”

“哪一方面呢，前首相？”

“提供经费。必须拨款给那座图书馆，否则它会对公众关门，并将我赶出去。”

“信用点！”皇帝的声音中透着惊愕，“你来找我要信用点？”

“是的，陛下。”

艾吉思十四世心慌意乱地站起来，谢顿立刻跟着起身，但艾吉思挥手示意他坐下。

“坐下，别把我当皇帝看待。我并不是皇帝，我原本不想要这份工作，但是他们硬要我接受。我是和皇室最近的亲戚，他们就在我耳边吱吱喳喳，说帝国需要一位皇帝。所以他们拥我出来，这样对他们有很大的好处。

“信用点！你指望我有信用点！你说帝国正在瓦解，请问你认为它会怎样瓦解？你心里想的是叛变？是内战？还是各处的骚乱？

“不，还是想想信用点吧。你可了解，我无法从帝国半数的星省收到任何税金？它们仍是帝国的一部分，‘皇权万岁！’，‘所有荣耀归于吾皇！’可是它们什么税也不缴，而我又没有足够的力量征收。如果我不能从它们那里得到信用点，它们其实就不算帝国的一部分，对不对？

“信用点！帝国出现长期财政赤字，数额大得吓人，我什么费用都付不出来。你以为我有足够的经费维修皇宫御苑吗？勉强而已。我不得不省吃俭用，不得不让宫殿腐朽，不得不靠着自然折损来减少侍从的人数。

“谢顿教授，如果你要信用点，我半点也没有。我要去哪里为那座图书馆找经费？我每年还能设法挤出一点给他们，他们就该感激涕零了。”说完之后，皇帝伸出双手，手掌向上，仿佛表示帝国国库空空如也。

哈里·谢顿大吃一惊。“然而，陛下，纵使您欠缺信用点，您仍然拥有皇帝的威望。难道您不能命令该馆保留我的研究室，并让我的同事进驻，帮助我进行极重要的研究工作吗？”

此时艾吉思十四世重新坐了下来，仿佛一旦话题离开信用点，他就不再处于心慌意乱的状态。

他说：“你该了解，根据悠久的传统，就自治权而言，帝国图书馆独立于皇权之外。自从那位和我同名号的艾吉思六世试图控制该馆的新闻功能，”他微微一笑，“它便开始订定自己的法规。既然伟大的艾吉思六世都失败了，你认为我能成功吗？”

“我不是要求陛下用强，您只要表达一个客气的意愿就好。不用说，只要不牵涉到该馆的重要功能，他们会乐意礼遇皇帝，迁就皇帝的旨意。”

“谢顿教授，你对那座图书馆知道得太少。我只要表达一个意愿，不论多么温和，多么心虚，都能确定他们一定会怒气冲冲地反其道而行。对于皇权控制的任何迹象，他们可是非常敏感。”

谢顿说：“那我该怎么办？”

“啊，我告诉你该怎么办，我刚想到一个法子。我也是公众的一员，只要我喜欢，我也可以造访帝国图书馆。它坐落于御苑内，因此我的造访并不会违反规范。所以说，你和我一起去，我们将表现得十分热络。我不会对他们做任何要求，但他们若注意到我们手牵手走在一起，那么说不定他们那个了不起的评议会，有些成员便会觉得对你好点总是好的——但那是我唯一能做的了。”

而深深失望的谢顿，则怀疑那样做有没有足够的作用。

12

拉斯·齐诺声音中带着几分敬畏说：“我不知道您和皇帝陛下这么熟络，谢顿教授。”

“有何不可？就一位皇帝而言，他是非常民主的。而且，他对我在克里昂时代担任首相的经验很感兴趣。”

“这令我们大家都留下深刻印象，已经好多年没有皇帝驾临我们的大厅。一般说来，当皇帝陛下需要图书馆中什么资料……”

“我可以想象。他下个传召，便会有人送去给他，这代表对他的礼遇。”

“过去曾有人建议，”齐诺滔滔不绝地说，“为皇帝在皇宫中装设一套完整的电脑化设备，直接联到图书馆系统，这样他就无需等待。那时还是信用点丰足的年头，但是，您可知道，结果却被否决了。”

“是吗？”

“喔，是的。评议会几乎一致认为，那将使皇帝对本馆涉入太深，会威胁到我们独立于政府的地位。”

“而这个评议会，这个甚至不愿过分礼遇皇帝的评议会，同意让我留在馆里吗？”

“目前这个时候，答案是肯定的。大家普遍有一种感觉，而我也尽全力助长这种感觉，那就是我们若不善待皇帝的私交，增加预算的机会将完全消失，所以……”

“所以信用点，甚至是信用点的模糊影子，比什么都有分量。”

“只怕就是如此。”

“那我能不能带我的同事进来？”

齐诺显得有些尴尬。“只怕不行。我们只看到皇帝陛下和您走在一起，没有看到您的同事。我很抱歉，教授。”

谢顿耸了耸肩，一股深沉的忧郁袭上心头。反正，他也没有什么同事能带进来。过去曾有一段时间，他希望找到其他类似婉达的人，结果他失败了。他同样需要经费，才能展开足够彻底的搜寻，而他同样没有任何经费。

13

哈里·谢顿走出从母星赫利肯飞来的超空间飞船，首度踏上川陀的土地，已经是三十八年前的事。这些年来，川陀这个银河帝国的首都世界，发生了许多可观的变化。谢顿不禁纳闷，是不是一个老人记忆中璀璨的迷雾，让昔日的川陀在他印象中显得特别辉煌。或者，也许是由于年少的热情——一个年轻人来自像赫利肯那样偏僻的外围世界，怎能不折服于那些闪闪发亮的尖塔、光芒耀眼的穹顶，以及五彩缤纷、几乎日夜川流不息的人潮。

如今，谢顿悲伤地想到，即使在大白天，人行道也几乎空无一人。流浪街头的凶徒组成许多帮派，控制着城市各个地区，并不时为争夺地盘而火并。保安部门已经萎缩，留下来的人都在中央办公室全力处理各种控诉。当然，在收到紧急讯号时，保安官仍会被派出来，但他们一律在案发之后才抵达现场，甚至不再装模作样地保护川陀居民。外出的人得自己承担风险，而且是极大的风险。但是哈里·谢顿仍在冒这种险，他每天总会步行一段路程，仿佛在向那些邪恶的力量挑战。那些力量虽然即将摧毁他所热爱的帝国，他却不容许它们摧毁自己。

因此，这时哈里·谢顿正在漫步，步子有点跛，脑子则陷入沉思。

毫无进展，各方面都毫无进展。他一直无法分离出使婉达与众不同的遗传配型，而做不到这一点，他就无法找到与她类似的人。

自从婉达指出雨果·阿马瑞尔的元光体中出现瑕疵，这六年来，她透视心灵的能力敏锐了许多倍。此外，婉达在另外一些方面也颇不寻常。仿佛一旦察觉到她的精神能力使她与众不同，她便决心要了解它的奥秘，要驾驭它的力量，要指挥它的功能。这几年间，十几岁的她逐渐成熟，过去令谢顿钟爱异常的那种孩子气的吃吃笑声，如今早已听不到了。然而，由于她决心利用“天赋”帮助他进行研究，他因而更加珍视她。哈里·谢顿已将第二基地的计划告诉婉达，而她则已立志献身这项计划，要和他共同实现这个目标。

不过，谢顿今天情绪十分阴郁。他逐渐得到一项结论，那就是婉达的精神能力无法对他提供任何帮助。他没有信用点继续研究工作——没有信用点付给斯璀璘大学心理史学计划的工作人员，没有信用点在帝国图书馆中创设那个重要无比的百科全书计划，也没有信用点来寻找类似婉达的人。

现在该怎么办?

他继续朝帝国图书馆走去。其实搭乘重力计程车会比较好，但他就是要步行，不论是否跛脚，他需要利用这段时间来思考。

他听到有人喊道:“他在那里！”可是并未留意。

接着又传来一声:“他在那里！心理史学！”

“心理史学”这几个字令他不禁抬起头。

一群年轻人正向他围过来。

谢顿自然而然背靠墙壁，并举起手杖。“你们想要什么?”

他们哈哈大笑。“要信用点，老头，你有信用点吗?”

“也许有，但你们为什么要我的信用点?你们刚才在喊‘心理史学！’你们知道我是谁吗?”

“当然，你就是乌鸦嘴谢顿。”领头那个年轻人说，他似乎又得意又高兴。

“你是个讨厌鬼。”另一人叫道。

“如果我不给你们任何信用点，你们会怎么做?”

“我们会揍你一顿，”领头那人说，“然后自己动手拿。”

“如果我把信用点通通给你们呢?”

“我们横竖都会揍你一顿！”众人一起哈哈大笑。

哈里·谢顿将手杖举高一点。“别过来，你们都别过来。”

现在他总算把他们数了一遍，总共有八个人。

他觉得有点透不过气来。很久以前，曾有十个人围攻他与铎丝，他俩却应付自如。当时他只有三十二岁，而铎丝——铎丝就是铎丝。

现在情况完全不同，他开始挥动手杖。

那群小流氓的头头说："嘿，这老头要攻击我们，我们要怎么办？"

谢顿迅速环顾四周。附近没有保安官，这是社会衰败的另一项征兆。偶尔有一两个人经过，可是呼救根本没用。他们都加快步伐，而且绕了很大的弯，没有人要冒险卷入一场纷争。

谢顿说："你们谁先凑近，谁的脑袋先开花。"

"是吗？"那头头快步向前走去，抓住那根手杖。经过短暂的激烈挣扎，谢顿紧握的手杖被抢走了，那头头随手将它丢到一边。

"现在怎么样，老头？"

谢顿开始退缩，他只能等着挨打了。他们围在他身边，每个人都急着落下一两拳。谢顿则举起双臂，试图挡开他们。他还勉强能施展些角力，假使他面对的只有一两个人，他或许能闪躲腾挪，避开他们的拳头，并且伺机反击。但对付八个人则不行，他当然对付不了八个人。

无论如何，为了躲避攻击，他还是试着迅速挪向一侧。但由于坐骨神经痛作祟，右腿直不起来。他跌倒在地，明白自己完全一筹莫展了。

然后，他听见一个洪亮的声音喊道："这里发生什么事？退下，你们这些凶徒！否则我把你们通通杀掉！"

那头头说："好啊，又来个老头。"

"没那么老。"那人说完，便用手背击向那头头的脸部，把他的脸打得又红又肿。

谢顿惊叫道："芮奇，是你。"

芮奇向后挥了挥手。"你别管了，爸。赶快站起来，离开这里。"

那头头一面揉着脸颊，一面说："我们会要你付出代价。"

“不，你们不会。”芮奇抽出一把达尔制的刀子，刀身又长又亮。接着他又抽出一把，然后用双手握着双刀。

谢顿虚弱地说：“还带着刀啊，芮奇？”

“永远带着。”芮奇说，“没有任何因素能阻止我。”

“我会阻止你。”那头头一面说，一面掏出一柄手铳。

说时迟那时快，芮奇手中的一把刀凌空飞出，转瞬间便插入那头头的喉部。那人发出一下响亮的喘息，然后是一阵咯咯声，接着他便仆倒在地，另外七个人看得目瞪口呆。

芮奇欺近他，说道：“我要收回我的刀。”他从那小流氓的喉部抽出刀来，还在他的衬衣前胸处擦了擦。与此同时，他踩住那人的右手，弯下腰，拾起了他的手铳。

芮奇将手铳塞进他的一个宽大口袋中。“你们这伙废物听着，我不喜欢用手铳，因为有时会失手。然而，我用刀从没失过手，从来没有！那个人已经死了，现在你们站着的还有七个。你们是打算继续站着，还是赶紧离去？”

“抓住他！”其中一个小流氓说，于是七个人一齐向前冲。

芮奇退了一步。两把刀一前一后如闪电般刺出，其中两个小流氓便煞住脚步，每人腹部插了一把刀。

“把我的刀还给我。”芮奇说完，便连拔带切，将双刀收回来，顺手擦了擦刀身。

“这两个还活着，但活不了多久。现在没躺下的还剩你们五个，你们是要再度发动攻击，还是要离开这里？”

他们刚一转身，芮奇便喊道：“把这些死了的和快死的抬走，我可不要留着。”

他们匆匆忙忙把死伤的同伴担在肩上，然后夹着尾巴逃之夭夭。

芮奇弯下腰来，捡起谢顿的手杖。“你还能走吗，爸？”

“不太行，”谢顿说，“我扭伤了一条腿。”

“好吧，那么上我的车。怎么搞的，你干吗要走路？”

“有何不可？我以前从没遇到任何事。”

“所以你一直等着遇到点什么。上我的车吧，我送你回斯璀璘。”

他默默设定好地面车的路径，然后说：“真可惜铎丝不在场，妈可以赤手空拳对付他们，五分钟内让八个都变成死人。”

谢顿觉得泪水刺痛了眼睑。“我知道，芮奇，我知道。你以为我没有时时刻刻怀念她吗？”

“真抱歉。”芮奇低声说。

谢顿问道：“你怎么晓得我有麻烦？”

“婉达告诉我的。她说会有邪恶的人在路上等着你，还告诉我在哪里，于是我立刻动身。”

“你肯定她清楚自己在说些什么吗？”

“一点也不。现在我们对她已有足够的了解，知道她和你的心灵以及你周遭的事物有某种接触。”

“她可曾告诉你有多少人攻击我？”

“没有，她只是说‘可不少’。”

“而你就自己一个人来，是吗，芮奇？”

“我没时间组织一队人马，爸。何况，我一个就够了。”

“是的，没错。谢谢你，芮奇。”

14

现在他们回到了斯璀璘，谢顿将右腿伸在一个跪垫上。

芮奇以忧郁的眼神望着他。“爸，”他开口道，“从现在起，不准你单独一人在川陀闲逛。”

谢顿皱起眉头。“为什么，就因为一次意外？”

“一次意外就够了。你再也不能自己照顾自己，你已经七十岁了，而且在紧急状况下，你的右腿不听使唤。何况你还有许多敌人……”

“许多敌人！”

“一点都没错，你自己心里明白。那些街头鼠辈并不是任意找个对象，并不是随便找个落单的人打劫。他们大叫‘心理史学！’以确定你的身份，而且他们叫你讨厌鬼。你猜那是为什么？”

“我不知道为什么。”

“那是因为你活在一个完全属于自己的世界，爸，你不知道川陀发生了什么变化。你难道以为川陀人不晓得他们的世界正在迅速走下坡吗？你难道以为他们不晓得你的心理史学多年来都在预测这一点吗？你难道没想到，他们有可能因为预言而责怪预言者吗？如果一切越来越糟——事实也正是如此——会有许多人认为你该为此负责。”

“我无法相信这种事。”

“帝国图书馆有一派人想要把你赶出去，你以为是为什么？他们不想在你被暴民围攻时，遭到池鱼之殃。所以说，你必须懂得自己照顾自己。你不能再单独外出，我一定得跟着你，或者你一定得有些保镖。以后必须这样做才行，爸。”

谢顿显得极不高兴。

芮奇随即软化，又说：“但不会太久的，爸，我找到了一个新工作。”

谢顿抬起头来。“新工作，什么样的工作？”

“教书，在一所大学教书。”

“哪一所大学？”

“圣塔尼。”

谢顿双唇打战。“圣塔尼！它是位于银河另一侧的一个偏僻世界，距离川陀有九千秒差距之远。”

“完全正确，那正是我要到那里去的原因。我这辈子都待在川陀，爸，我已经厌倦了。如今在整个帝国中，没有任何世界像川陀这样迅速衰落。它已经变成罪犯的巢穴，没有人能保护我们。而且这里经济疲软、科技衰退。另一方面，圣塔尼则是个不错的世界，仍然欣欣向荣。我要去那里建立新生活，带着玛妮拉、婉达和贝莉丝一块走，我们两个月后就要动身。”

“你们全都走？”

“还有你，爸，还有你。我们不会把你留在川陀，你要和我们一块到圣塔尼去。”

谢顿摇了摇头。“不可能，芮奇，你知道的。”

“为什么不可能？”

“你知道为什么。为了谢顿计划，为了我的心理史学。你是要我放弃毕生的工作吗？”

“有何不可？它已经放弃你。”

“你疯了。”

“不，我没有。你死守着它能怎么样？你没有信用点，你找不到任何财源，川陀上已经没有人愿意支持你。”

“将近四十年的岁月……”

“没错，这点我承认。但经营了这么多年，你终究是失败了，爸。失败没什么罪过，你曾经这么努力，你已经获得这么多成果，但你遇到的是个逐渐恶化的经济，是个逐渐衰亡的帝国。最后阻止你继续前进的，正是你多年来所预测的事。所以说……”

“不，我不会停止。不管用什么方法，我总要继续下去。”

“我告诉你怎么办，爸。如果你真要那么固执，那就带着心理史学一起走，到圣塔尼另起炉灶。那里也许有足够的信用点，以及足够的热忱支持这项计划。”

“那些忠心耿耿追随我的男男女女又怎么办？”

“喔，算了吧，爸。他们一个接一个走了，因为你无法支付他们薪水。要是把余生耗在这里，你将会孤苦伶仃。喔，走吧，爸。你以为我喜欢这样和你说话吗？那是因为没人愿意这样做，因为没人有这个胆告诉你，说你已经陷入困境。现在让我们彼此开诚布公——当你走在川陀街头，竟然会只因为你是哈里·谢顿而遭到攻击，难道你不认为应该稍微面对现实了吗？”

“别管现实不现实，我可不打算离开川陀。”

芮奇摇了摇头。“我料到你会很固执，爸。你有两个月的时间改变心意，好好想一想，好吗？”

15

哈里·谢顿已有好长一段时间未曾露出笑容。他仍旧一切如常地主持谢顿计划：继续推动心理史学的发展，为基地拟定方案，此外就是研究元光体。

但是他不再露出笑容。他所做的只是强迫自己投入工作，却没有任何成功在望的感觉。反之，他倒是感觉一切皆已濒临失败。

现在，他坐在斯璀璘大学自己的研究室中，婉达突然走了进来。他抬头望向她，觉得精神为之一振。婉达一向十分特殊——虽然谢顿无法明确指出他（以及其他人）何时开始以异常认真的态度接受她的见解；在他的印象中，似乎向来就是如此。她还是小女孩的时候，便以奇妙的方式获悉“柠檬水之死”，因而救了他一命。此外在她的童年时期，她始终有办法知道许多事情。

虽然恩德勒斯基医师断定婉达的基因组在各方面完全正常，谢顿仍确信这个孙女拥有远远超乎常人的精神力量。此外他同样确定，在银河系中，甚至在川陀上，还有其他类似婉达的人存在。假使他能找到他们，找到这些精神异人，他们将对“基地”作出莫大的贡献。如此的伟业能否成真，全系于这位美丽的孙女身上。谢顿凝望着站在研究室门口的她，感到自己仿佛柔肠寸断。再过几天，她就要走了。

他怎能承受这种打击？她是如此美丽的一个女孩——十八岁，

一头长长的金发，稍嫌宽阔的脸庞时时带着笑容。即使现在她仍然笑容满面，谢顿转念一想：有何不可？她即将前往圣塔尼，投入一个崭新的生活。

他说：“好啊，婉达，只剩几天了。”

“不，我可不这么想，爷爷。”

他定睛望着她。“为什么？”

婉达向他凑近，伸出双臂环抱他。“我不准备去圣塔尼。”

“你父母亲改变了心意？”

“不，他们还是要去。”

“而你不去？为什么？那你要去哪里？”

“我要留在这里，爷爷，陪着你。”她紧紧抱住他，“可怜的爷爷！”

“可是我不懂。为什么呢？他们准你这样做吗？”

“你是说爸妈，并不尽然。我们为这件事争论了好几个星期，但我已经赢了。有何不可呢，爷爷？他们要去圣塔尼，他们将拥有彼此，而且他们还有小贝莉丝。但我要是也跟他们去，把你留在这里，你就什么人也没有了。我想我狠不下这个心。”

“但你是怎么让他们同意的？”

“这个嘛，你该知道——我推他们。”

“那是什么意思？”

“用我的心灵。我看得到你心里想些什么，还有他们想些什么。这些年来，我看得越来越清楚。而且，我能推动他们去做我所希望的事。”

“你怎么做到的？”

“我也不知道。但一段时间后，他们被推烦了，便愿意让我照自己的意思去做，所以我会留在这里陪你。”

谢顿抬头望着她，心中忍不住充满爱怜。“那太好了，婉达。可是贝莉丝……”

“别担心贝莉丝，她没有像我这样的心灵。”

“你确定吗？”谢顿咬住下唇。

“相当确定。何况，爸妈也得有个伴。”

谢顿想要高声欢呼，但他不能公然这样做，他必须顾到芮奇与玛妮拉。他们会怎么想呢？

他说：“婉达，你的双亲怎么办？你能对他们这么冷酷无情吗？”

“我不是冷酷无情，他们了解的。他们明白我必须和你在一起。”

“你是如何设法做到的？”

“我推他们，”婉达轻描淡写地说，“最后他们终于能用我的观点看待这件事。”

“你做得到这点？”

“那并不容易。”

“而你这样做是因为……”谢顿打住了。

婉达说：“当然，是因为我爱你。还有就是……”

“什么？”

“我必须学习心理史学，我对它已有不少认识。”

“从哪儿学来的？”

“从你的心灵，从谢顿计划其他成员的心灵，尤其是从当年的雨果叔叔那里。但目前为止，都只是零零星星。我要学真正的东西，爷爷，我要一个自己的元光体。”她满面红光，话说得又快又热情，“我要详详细细研究心理史学。爷爷，你年纪相当大了，而且相当疲倦。我还年轻，而且有冲劲。我要尽可能学习一切，以便将来能继续……”

谢顿说：“好啊，如果你能这么做，那实在太好了。但我们再也没有任何经费，我会尽可能教你，可是，我们什么也不能做。”

“我们等着瞧，爷爷，我们等着瞧。”

16

芮奇、玛妮拉与小贝莉丝在太空航站等待启程。

超空间飞船正在作升空准备，他们三人的行李已经托运好了。

芮奇说：“爸，跟我们走。”

谢顿摇了摇头。“我做不到。”

“如果你改变心意，我们家永远欢迎你。”

“我知道，芮奇。我们相处了将近四十年，这是一段美好的时光，遇到你是铎丝和我的运气。”

“幸运的是我。”他的双眼充满泪水，“别以为我没天天想到母亲。”

“是啊。”谢顿悲痛地别过头去。当登船召唤响起时，婉达还在和贝莉丝玩耍。

婉达的父母含泪与她做最后的拥抱，便随众人走向飞船。芮奇还回过头来向谢顿挥手，脸上硬挤出一个扭曲的笑容。

谢顿抬头挥着手，另一只手则摸索着婉达的肩头。

她是唯一留下来的了。在他漫长的一生中，他的朋友与他所爱的人一个个离他而去。丹莫刺尔离开了，再也没有回来；克里昂大帝走了；他挚爱的铎丝走了；他忠实的朋友雨果·阿马瑞尔走了。现在，他的独子芮奇也走了。

他身边只剩下了婉达。

17

哈里·谢顿说："外面真是美丽，好一个难得的黄昏。既然我们住在穹顶之下，每个黄昏都应该是像这么美好的天气。"

婉达淡然地说："如果总是那么美丽，爷爷，那我们一定会生厌。每晚有些小小的变化，对我们是好的。"

"对你是好的，因为你还年轻，婉达，你还有很多很多个黄昏。我可不同，我希望多些美好的日子。"

"好啦，爷爷，你还不老。你的右腿情况不错，你的心灵敏锐如昔，我都知道。"

"的确。继续说，让我感觉舒服点。"然后，他带着不自在的神态说："我想出去走走，我想离开这间窄小的公寓，散步到帝国图书馆，享受一下这个美好的黄昏。"

"你要到那座图书馆做什么？"

"此时此刻，什么也不做。我只是想走走，可是……"

"嗯，可是？"

"我对芮奇承诺过，要是没有保镖，我不会在川陀闲逛。"

“芮奇不在这里。”

“我知道，”谢顿喃喃地说，“但承诺总是承诺。”

“他并没说该由谁担任保镖，对不对？我们去散散步吧，我来当你的保镖。”

“你？”谢顿咧嘴笑了笑。

“是的，我，我自愿提供这项服务。你准备一下，我们这就去走走。”

谢顿被逗乐了。他有些不想带手杖出去，因为他的右腿近来几乎不痛了。但是，另一方面，他换了一根新手杖，杖头灌了铅，比原来那根更沉重、更坚固。倘若他只能有婉达这位保镖，他认为最好还是带着那根新手杖。

这趟漫步相当愉快，谢顿万分高兴自己未能抗拒这个诱惑。直到他们走到某个地方——

谢顿突然在愤怒与灰心交杂的情绪中举起手杖，说道：“看看那里！”

婉达扬起目光。正如每个黄昏一样，穹顶正放出光芒，以制造薄暮的气氛。当然，随着夜色渐深，它就会逐渐变暗。

然而谢顿所指的，则是穹顶上的一条暗带。换句话说，有一段灯光消失了。

谢顿说：“我刚到川陀的时候，这种事是不可思议的。当年随时有人维护那些灯泡，整个城市都在运作。可是现在，它在这些小节上开始四分五裂，而最令我烦恼的是根本没人在乎。为什么见不到向皇宫请愿的活动？为什么没有义愤填膺的集会？就好像川陀人民指望着这座城市逐渐瓦解，然后又迁怒到我身上，因为我指出这正是如今在发生的事。”

婉达轻声道：“爷爷，我们后面有两个人。”

这个时候，他们已经走进故障的穹顶灯光所形成的阴影。谢顿问道：“他们只是路过吗？”

“不，”婉达并未望向他们，她不必那么做，“他们在跟踪你。”

“你能阻止他们吗？推走他们？”

“我在尝试，但对方有两个人，而且他们很坚决。这就像——就像在推一堵墙。”

“他们在我后面多远？”

“大约三公尺。”

“逐渐接近？”

“是的，爷爷。”

“等他们来到我身后一公尺，就赶紧告诉我。”他的手沿着手杖往下滑，最后握住手杖的尖端，让灌铅的那头自由摇摆。

“来了，爷爷！”婉达悄声道。

谢顿立即转身，并挥动他的手杖。杖头重重落在其中一人的肩膀上，那人发出一声尖叫，倒在人行道上拼命翻滚。

谢顿说：“另外那家伙呢？”

“他跑掉了。”

谢顿低头望着地上那个人，并用脚踩住他的胸部。“搜他全身的口袋，婉达。一定有人付他一笔信用点，我要找出他的信用档案，说不定我能认出他们是哪一路的。”他又若有所思地说，“我本来想打他的头。”

“那会要他的命，爷爷。”

谢顿点了点头。“说来惭愧，那正是我想要做的。所幸我没打中。”

一个刺耳的声音突然响起：“这是怎么回事？”接着，一个穿着制服的人满头大汗地跑过来。“你，把那根手杖给我！”

“保安官。”谢顿和气地唤道。

“你有话可以待会儿再对我说，我们得先帮这个可怜人召救护车。”

“可怜人！”谢顿气呼呼地说，“他正准备攻击我，我的行动是自卫。”

“我看到整个经过，”那名保安官说，“这人并未伸出一根指头碰你。你突然转过身来，毫无来由就给他一棍。那不是自卫，那是蓄意伤害。”

“保安官，我告诉你……”

“什么也别告诉我，有话可以在法庭讲。”

婉达以甜美轻柔的声音说：“保安官，只要你能听我们说几句……”

那保安官说：“你快回家去，小姐。”

婉达站了起来。“我绝不会那么做，保安官。我祖父去哪里，我就跟去哪里。”在她闪烁的目光下，保安官喃喃道：“好吧，那就一块走。”

18

谢顿暴跳如雷。“我这一辈子，还从来没有被拘留过。几个月前，有八个人袭击我，在我儿子的帮助下，我才有办法打退他们，可是那个时候，附近看得见一个保安官吗？有人前来助我一臂之力吗？没有。这次，我有备而来，我把一个准备袭击我的人打倒在地。附近看得见一个保安官吗？不但看得见，她还将我逮捕。一旁还有路人围观，他们乐得看到一个老头因蓄意伤害罪被带走。我们活在一个什么样的世界？”

谢顿的律师西夫·诺夫可叹了一口气，再以平静的口吻说：“一个败坏的世界。但是不用担心，你不会有事的，我会把你保释出来。然后，你终将回到这里，在你的同侪所组成的陪审团前接受审判。而最重的刑罚——最重不过的——也只是法官申斥你几句而已。你的年纪和你的名望……”

“别提我的什么名望。”谢顿仍在气头上，“我是个心理史学家，而如今这个年头，心理史学可是肮脏的字眼，他们会乐于见到我坐牢。”

“不，他们不会。”诺夫可说，“也许有些偏激人士对你怀恨在心，但我绝不会让这种人进入陪审团。”

婉达说：“我们真的得让我祖父经历这一切吗？他已不再年轻。我们能不能光是去见治安官，而省去一场陪审团审判？”

律师转向她。“可以做得到，假如你疯了，或许可以这样做。治安官都是大权在握而毫无耐心的人，他们宁可随便判个一年徒刑，也不愿意听被告的陈述。没有人会想去见治安官。”

“我想我们应该去。”婉达道。

谢顿说：“好啦，婉达，我想我们该听西夫……”但他刚说到这里，便觉得腹部一阵强烈的激荡，那是婉达在“推”他。于是谢顿改口道：“好吧，如果你坚持。”

“她不能坚持，”律师说，“我不会允许这种事。”

婉达说：“我祖父是你的委托人，如果他要某件事照他的意思做，你就得那样做。”

“我可以拒绝他的委托。”

“好啊，那么请便。”婉达以尖锐的口气说，“我们会单独面对治安官。”

诺夫可想了一想。“那么，好吧，既然你这么固执己见。我担任哈里的法律代表好多年了，我想我不能在这个时候遗弃他。但是我要警告你，他被判入狱的机会十之八九，到时候我得费九牛二虎之力寻求赦免——假使我办得到的话。”

“我可不怕。”婉达说。

谢顿咬着嘴唇，此时律师又转向他。“你怎么说？你愿意让你的孙女做主吗？”

谢顿想了一下，然后大大出乎老律师的意料之外，他答道：“愿意，我愿意。”

19

当谢顿进行陈述时，治安官没好气地望着他。

治安官说："你怎么会认为你打倒的那个人有攻击你的意图？他打你了吗？他威胁你了吗？他有没有以任何方式令你感到身处险境？"

"我孙女察觉到他向我迫近，而且相当确定他打算攻击我。"

"不用说，老先生，这点绝对不够。在我宣判之前，你还有任何事能告诉我吗？"

"好吧，慢着，"谢顿忿忿不平地说，"别那么快就宣判。几个星期前，我遭到八个人袭击，结果我儿子帮我打退他们。所以说，您看，我有理由认为可能再度受到袭击。"

治安官随手翻了翻文件。"遭到八个人袭击，你报案了吗？"

"当时附近没有保安官，一个也没有。"

"答非所问，你报案了吗？"

"没有，大人。"

"为什么？"

"原因之一，我怕卷入冗长的法律程序。既然我们把八个人赶走了，自身又安然无事，再找其他麻烦似乎毫无意义。"

"就你和你儿子，你们怎么有办法抵挡八个人？"

谢顿迟疑了一下。"我儿子如今在圣塔尼，不在川陀管辖范围。所以我能告诉您，他带着两把达尔长刀，而且他是用刀的行家。那天他杀了其中一人，并且重伤另外两个，其他人便带着死伤的同伴跑了。”

“但你并没有为这次的死伤报案备查？”

“没有，大人，理由和刚才说的一样，而且我们是自卫伤人。然而，如果您能查出那三名死伤者，您就有了我们遭到攻击的证据。”

治安官说：“追查一死两伤、三个无名无姓的川陀人？你晓不晓得光是刀伤身亡的，川陀上每天便能发现超过两千具尸首？这种事除非立即接到报案，否则我们一筹莫展。你曾经遭到袭击的这项陈述，完全不足以采信。现在我们必须做的，是审理今天这个事件。有人替它报了案，还有一名保安官作证。

“所以说，让我们单单考虑目前这个状况。你为何认定那个人准备攻击你？只因为你刚好路过？因为你似乎年老而无力抵抗？因为你像是可能携带大笔信用点？你究竟是怎么想的？”

“我想，治安官，是因为我的身份。”

治安官看了看面前的文件。“你是哈里·谢顿，是个教授和学者。这点为何会让你特别成为袭击的对象？”

“因为我的观点。”

“你的观点。嗯……”治安官草率地翻了翻几份文件。突然间他停止了动作，抬起头来凝视着谢顿。“慢着——哈里·谢顿。”他脸上浮现出熟识的神情，“你就是那个研究心理史学的，对不对？”

“是的，治安官。”

“很抱歉，我对它毫无认识。我只知道它叫这个名字，以及你到处发表预言，说些帝国末日即将来临之类的话。”

“并不尽然，治安官。但我的观点已经变得不受欢迎，因为事实逐渐证明它们都是真的。我相信正是由于这个缘故，因此有人想要袭击我，更有可能是受雇袭击我。”

治安官瞪了谢顿一会儿，然后叫来逮捕谢顿的那名保安官。“你有没有查过受伤那人的身份？他有没有前科？”

女保安官清了清喉咙。“有的，大人。他被逮捕过好几次，罪名是袭击和箍颈。”

“喔，那么他是累犯了？这位教授有没有前科呢？”

“没有，大人。”

“所以这件案子，是一位无辜的老人击退一个有前科的箍颈党。而你却逮捕了这位无辜的老人，是不是这样？”

保安官哑口无言。

治安官说：“你可以走了，教授。”

“谢谢您，大人。我能拿回我的手杖吗？”

治安官对保安官弹了一下手指，后者便将手杖交给了谢顿。

“可是要记住一件事，教授。”治安官说，“倘若你再要用那根手杖，最好绝对确定你能证明那是自卫行为。否则……”

“是的，大人。”哈里·谢顿离开了治安官的审判厅，他的身体笨拙地倚在手杖上，但他的头抬得很高。

20

婉达哭得极凄苦，她的脸蛋沾满泪水，双眼通红，双颊也肿了起来。

哈里·谢顿高高站在她身旁，轻拍着她的背，不知如何安慰她才好。

“爷爷，我是个悲惨的输家。我以为我能推动他人——只要他们不介意被推动太多，像爸妈那样，我就推得动，可是即使那样，也得花好长一段时间。我甚至设计出一种评量系统，分成十个等级，可以说是个‘心灵推力计’。只不过我太高估自己了，我假定自己是十级，或者至少是九级。可是现在我才明白，我顶多只有七级。”

婉达已经停止哭泣，谢顿轻抚着她的手，她偶尔还是会抽噎一下。“通常……通常……我都没问题。如果我全神贯注，就能听见人们的思想，还能任意推动他们。可是那些箍颈党！我确实听得见他们，但我怎么也没办法把他们推走。”

“我认为你做得非常好，婉达。”

“我没有。我曾有个幻……幻想，我以为当别人来到你身后，只要我用力一推，便能让他们飞走。这样我就可以当你的保镖，而那正是我自告奋勇当你的保……保镖的原因。不料我办不到，那两个家伙走过来，我却一点办法也没有。”

“可是你真有办法啊。你令第一个人迟疑不决，让我有机会转身击倒他。”

“不，不。那和我一点关系也没有，我能做的只是警告你，其他都是你自己做的。”

“第二个人则跑了。”

“因为你击倒了头一个，那和我一点关系也没有。”她突然流下挫折的泪水，“还有那个治安官。我坚持要见治安官，因为我以为自己能推动他，让他立刻放你走。”

“他的确放我走了，而且几乎是立刻释放。”

“不。他毫不通融地对你公事公办，直到发觉你是谁，他才恍然大悟，那和我一点关系也没有。我处处碰壁，差点给你惹了大麻烦。”

“不，我拒绝相信这点，婉达。若说你的推力不如你所希望的那么有效，那只是因为你身处紧急状况，令你身不由己。可是，婉达，听着——我想到一个主意。”

婉达听出他声音中的兴奋之情，马上抬起头来。“什么样的主意，爷爷？”

“这个嘛，事情是这样的，婉达，你或许了解我必须筹得信用点。若是没有经费，心理史学简直无法继续下去。经过这么多年的辛苦，倘若一切成为泡影，我可经不起这种打击。”

“我也经不起。可是我们怎样才能筹得信用点呢？”

“这个嘛，我准备再次求见皇帝陛下。我已经见过他一次，他是个好人，我很喜欢他，可是他并非富可敌国。然而，如果我带你跟我一起去，如果你推他一下，轻轻推一下，说不定他就会从哪里找到财源，好让我再撑一阵子，直到我能想到别的办法。”

“你真认为这样行得通吗，爷爷？”

“没有你绝不行，可是有了你，也许就可以。来吧，难道不值得试试吗？”

婉达微微一笑。“你知道的，爷爷，你要我做什么我都肯。何况，那是我们唯一的希望。”

21

求见皇帝陛下并不困难。当艾吉思迎接哈里·谢顿时，他的双眼闪烁着光芒。“嗨，老友，”他说，“你是要给我带来坏运吗？”

“我希望不是。”谢顿说。

艾吉思解开穿在身上的精致披风，疲倦地哼了一声，将它丢到房间的一角，并说：“你，给我躺在那里。”

他望向谢顿，摇了摇头。“我恨那玩意，它像原罪一样沉重，像地狱之火一样烫人。当我像雕像般笔直地站着，接受胡言乱语的疲劳轰炸时，我总是得穿着它。简直可恶透顶！克里昂生来如此，而且他有帝王气派，我却不是，也没气派。我只是不幸生为他的第三个表弟，所以有资格当皇帝。我很乐意以非常低的价钱把它卖掉，你想不想当皇帝啊，哈里？”

“不，不，不，我不会做那个梦，所以您别抱太大希望。”谢顿哈哈大笑。

“可是你得告诉我，今天跟你来的这位美丽非凡的少女是谁？”

婉达面红耳赤，皇帝则和蔼地说：“你绝不能被我说得脸红，亲爱的。皇帝所拥有的少数特权之一，就是口无遮拦的权利。没有人能反对或提出异议，他们只能连呼‘陛下’。然而，我不要从你口中听到任何‘陛下’，我痛恨这两个字。叫我艾吉思，虽然那也不是我真正的名字。它是我的帝号，而我不得不习惯它。所以……告诉我近况如何，哈里。我们上次见面后，你又经历了些什么事？”

谢顿简单地说：“我两度受到攻击。”

皇帝似乎不确定这是不是一句笑话。他说：“两度？真的吗？”

当谢顿叙述遭到袭击的经过时，皇帝的脸沉了下来。“我想，那八个人胁迫你的时候，附近没有任何保安官吧。”

“一个也没有。”

皇帝从座椅中站起来，并对两人做个手势，示意他们继续坐着。他开始来回踱步，仿佛试图驱除若干怒气。然后，他又转身面对谢顿。

“几千年来，”他开口道，“不论何时发生这类事件，人们都会说，‘我们何不去向皇帝诉愿？’或是‘皇帝为何不做点什么？’最后，皇帝的确能做点什么，也的确做了点什么，即使并非总是明智之举。可是我……哈里，我没有权力，完全没有权力。

“喔，是啊，是有个所谓的公共安全委员会，但他们较关心的似乎只是我的安全，而不是公共安全。今天我们能见面都算是奇迹，因为你绝不受委员会的欢迎。

“我对任何事都束手无策。你可知道，自从执政团垮台，复辟——哈！复辟了皇权后，皇帝的地位发生了什么变化？”

“我想我知道。”

“我敢打赌你不知道——不全知道。现在我们有民主了，你晓得民主是什么吗？”

“当然。”

艾吉思皱起眉头。“我敢打赌你认为它是件好事。”

“我认为它可以是件好事。”

“看，你果然这么说。不是那么回事，它把帝国完全颠覆了。

“假设我要命令更多保安官站到川陀街头去，在过去的年头，我只要抽出一张御用秘书为我准备的公文纸，在上面龙飞凤舞地签个名，便会出现更多的保安官。

“现在我却不能做这种事，我得把它送交立法院。当我提出一项建议后，七千五百位男女委员随即变成咯咯叫的一大群鹅。首要的问题是，经费从哪里来？你多找比如说一万名保安官，就不能不多付一万份薪水。此外，即使你同意这种事，又要由谁挑选新的保安官？由谁控制他们？

“立法委员彼此叫嚣，争论，闹得不可开交，最后——一事无成。哈里，你提到穹顶灯光故障，我甚至连修理灯泡这点小事都做不到。那要花费多少？由谁负责？喔，灯泡总是会修好的，但很容易拖上几个月。这，就是民主。”

哈里·谢顿说：“我还记得，克里昂大帝始终在抱怨不能做自己希望做的事。”

“克里昂大帝，”艾吉思不耐烦地说，“曾拥有两位一流的首相，丹莫刺尔和你自己，你们两人努力不使克里昂做任何傻事。而我则有七千五百位首相，他们通通从头傻到尾。不过，哈里，你来找我，当然不是向我抱怨受到攻击这桩事。”

“没错，不是的。我是为了更糟许多倍的事而来，陛下——艾吉思——我需要信用点。”

皇帝瞪着他。“我和你讲了那么多，你还提出这种要求，哈里？我没有信用点——喔，没错，我当然有信用点维持这个局面，但是为了得到这笔钱，我得面对我的七千五百位立法委员。假如你认为我能去找他们，对他们说：‘我要些信用点给我的朋友哈里·谢顿。’假如你认为我能在两年内，得到我所要的四分之一，那你就是疯了。绝不会有这种事。”

他耸了耸肩，再以较温和的口吻说：“别误会我，哈里。假使我有办法，我很愿意帮助你。尤其是看在你孙女的份上，我特别愿意帮助你。看着她就令我有一种感觉，仿佛你要多少信用点我都该给你，可是根本办不到。”

谢顿说：“艾吉思，倘若我得不到经费，心理史学将永无翻身之日——在努力了将近四十年之后。”

“努力了将近四十年，什么成果也没有，所以又何必操心呢？”

“艾吉思，”谢顿说，“如今我再也不能做什么了。我之所以受到袭击，正因为我是心理史学家，人们将我视为毁灭的预言者。”

皇帝点了点头。“你就是噩运，乌鸦嘴谢顿，我早就告诉过你。”

谢顿凄惶地站起来。“那么，我告退了。”

婉达也已起身，站在谢顿旁边，定睛望着这位皇帝，她的头刚好与祖父的肩膀同高。

正当谢顿转身离去时，皇帝又说：“慢着，慢着。我曾经背诵过一首小诗：

‘大地如猎物，

连连灾祸似狼虎，

财富累积之地，

唯见人心衰腐。’”

“那是什么意思？”垂头丧气的谢顿问道。

“它的意思是说，帝国虽然一步步走向衰落和分裂，但某些人仍然可能越来越有钱。何不去找那些富有的企业家试试呢？他们没有立法委员，只要他们愿意，随手就能签一张信用点券给你。”

谢顿望着皇帝说：“我会试试看。”

22

“宾缀斯先生，”哈里·谢顿一面说，一面伸出手与对方握了握，“我真高兴能见到您。您同意见我，令我感激不尽。”

“何必见外呢？”泰瑞普·宾缀斯高兴地说，“我对您很熟悉，或者应该说，我久仰大名。”

“十分荣幸。那么，我猜您听说过心理史学。”

“喔，是啊，哪个聪明人没听说过呢？不过，我对它的内容当然一窍不通。跟您来的这位小姐是什么人？”

“是我的孙女，婉达。”

“一位非常漂亮的少女。”他露出微笑，“不知道怎么回事，我觉得我会任她捏弄。”

婉达说：“我想您太夸张了，阁下。”

“不，真的。好啦，快请坐，告诉我有什么是我能效劳的。”他坐回办公桌后面，并做了一个大方的手势，示意他们坐在两把又软又厚且覆着精美锦缎的椅子上。就像那张华丽的办公桌、那组堂皇的雕门（收到访客光临的讯号后，它们便无声地滑开），以及偌大办公室中亮晶晶的黑曜石地板，办公桌正前方的那两把椅子也是最精致的上品。不过，虽然四周都是华丽堂皇的陈设，宾缀斯本身却不然。乍看之下，谁也不会以为这个瘦小而热诚的人，就是川陀数一数二的金融权力掮客。

“我们到这儿来，阁下，是遵照皇帝陛下的建议。”

“皇帝？”

“是的，他无法帮助我们，但他想到像您这样的人或许有办法。问题当然是信用点。”

宾缀斯立刻拉下脸。“信用点？”他说，“我不懂。”

“这个嘛，”谢顿说，“将近四十年来，心理史学一向由政府资助。然而，时代不同了，帝国已不再是昔日的帝国。”

“是的，这我知道。”

“皇帝陛下欠缺资助我们的信用点，而纵使有足够的信用点，他也无法让立法院通过这笔预算。因此，他推荐我来见几位实业家，一来他们还有信用点，二来他们随手就能签一张信用点券。”

经过略长的停顿后，宾缀斯终于说：“只怕皇帝对商场的情况一无所知。你要多少信用点？”

“宾缀斯先生，我们是在讨论一项庞大的计划，我需要好几百万。”

“好几百万！”

“是的，阁下。”

宾缀斯皱起眉头。“我们是在讨论一项贷款吗？你指望何时能够偿还？”

“这个嘛，宾缀斯先生，老实说，我从未指望能够偿还，我是希望获得一笔馈赠。”

“即使我想给你这笔信用点，我也爱莫能助。告诉你一件事，由于某种奇怪的理由，我还非常想这么做。皇帝有他的立法院，我则需要面对我的董事会成员。没有董事会的批准，我就不能做那样的馈赠，而他们是绝不会答应的。”

“为何不会？贵公司极为富有，几百万对你们来说不算什么。”

“这话很受用，”宾缀斯说，“可是只怕此时此刻，本公司正处于走下坡的阶段。虽不至于为我们带来严重困扰，却也足以使我们不快乐。如果说帝国处于衰败状态，那么其中各个部分同样都在衰败。我们现在没有能力捐出几百万，我实在很抱歉。”

谢顿默默坐在那里。宾缀斯似乎闷闷不乐，最后他摇了摇头，说道：“听着，谢顿教授，我真的很想帮助你，尤其是看在你身边这位小姐份上，问题是我根本无能为力。然而，我们并不是川陀上唯一的公司。试试别家看，教授，你在别处也许会有较好的运气。”

“好吧，”谢顿一面说，一面吃力地站起来，“我们会试试看。”

23

婉达眼中充满泪水，但那些泪水代表的并非悲伤，而是激愤。

“爷爷，”她说，“我不懂，我就是不懂。我们拜访了四家公司，一家比一家更无礼，更凶恶，最后一家干脆把我们踢出来。从此以后，就再也没有人让我们进门了。”

“这并不奇怪，婉达。”谢顿柔声道，“我们见宾缀斯的时候，他还不知道我们是为了什么。他原本十分友善，等到我要求几百万信用点的馈赠，他随即变得不友善得多。我猜我们的目的已经四下流传，才让我们受到的待遇越来越不友善，到了现在，他们根本不接见我们了。他们何必那么做呢？他们不准备给我们所需的信用点，又何必和我们浪费时间呢？”

婉达的愤怒转向自己。“而我做了什么？我只是坐在那里，什么也没做。”

“我可不会那么说，”谢顿道，“宾缀斯的确受到了你的影响。我觉得他真想要给我那些信用点，而这主要是你的缘故。当时你一直在推他，达到了某种效果。”

“根本不够。而且，他在乎的只是我长得漂亮。”

“不是漂亮。”谢顿喃喃道，“是美丽，非常美丽。”

“现在我们怎么办呢，爷爷？”婉达问道，“花了这么多年的心血，心理史学却要垮了。”

“在我想来，”谢顿说，“就某方面而言，这是无可避免的事。近四十年来，我一直在预测帝国的崩溃，现在既然预言成真，心理史学自然跟着一块崩溃。”

“但是心理史学会拯救帝国，至少会拯救一部分。”

“我知道它会，但我无法强求。”

“你准备就这么让它垮掉？”

谢顿摇了摇头。“我会试图避免，但我必须承认，我不知道该怎么做。”

婉达说：“我要好好锻炼。一定有什么方法，能使我的推力增强，让我更容易驱使他人做出我要他们做的事情。”

“我希望你能设法做到。”

“你又准备做什么呢，爷爷？”

“我嘛，没什么。两天前，我在去见图书馆长的半途中，在馆里遇见三个年轻人，他们正在争论心理史学的问题。基于某种原因，其中一人令我印象非常深刻。我力劝他来找我，而他同意了。我们约在今天下午，在我的研究室见面。”

“你准备要他为你工作？”

“我当然希望——如果我有足够的信用点支付他。但和他谈谈总没有害处，毕竟，我有什么好输的呢？”

24

川陀标准时间下午四点整，那年轻人走了进来。谢顿微微一笑，他喜爱准时的人。他将双手按在书桌上，准备起身迎接，但那年轻人说：“请别客气，教授，我知道您有一条腿不方便，您不必站起来。”

谢顿说：“谢谢你，年轻人。然而，这并不表示你不能坐下，请坐吧。”

年轻人脱下外套，坐了下来。

谢顿说：“你一定得原谅我……当我们不期而遇，订下这个约会的时候，我竟然忘了问你的名字，你叫……？”

“史铁亭·帕佛。”年轻人答道。

“啊，帕佛！帕佛！这个姓氏听来挺熟。”

“应该的，教授，我祖父常常自夸说认识您。”

“你祖父当然就是久瑞米斯·帕佛。我还记得，他比我年轻两岁。我试图让他加入我的心理史学计划，但是他拒绝了。他说，他不可能学会足够的数学来实现这件事。太可惜了！对了，久瑞米斯好吗？”

史铁亭·帕佛神情严肃地说：“只怕久瑞米斯去了老年人总要去的地方，他过世了。”

谢顿心头一凛。比他自己还年轻两岁，却过世了。多年的老友竟然失联到这种程度，以致对方去世时，他根本一无所知。

谢顿呆坐了一会儿，最后终于喃喃道：“十分遗憾。”

年轻人耸了耸肩。“他一生过得很好。”

“而你呢，年轻人，你在哪里受的教育？”

“朗冈诺大学。”

谢顿皱起眉头。“朗冈诺？我若说错了立刻纠正我，但它不在川陀上，对不对？”

“是的，我当初是想尝试另一个世界。川陀上每一所大学，您无疑非常清楚，全都过分拥挤，我想找个能让我安静读书的地方。”

“你读的是什么？”

“没什么不得了的。我主修历史，不是那种找得到好工作的学问。”

又是一凛，这次甚至更严重——铎丝·凡纳比里就是历史学家。

谢顿说：“但你又回到了川陀，为什么呢？”

“为了工作，为了信用点。”

“当个历史学家？”

帕佛哈哈大笑。“门都没有。我负责操作一个拖拉和牵引的装置，不算正式的职业。”

谢顿带着嫉妒的眼神望着帕佛。帕佛穿着一件单薄的衬衫，凸显出双臂与胸膛的轮廓。他的肌肉结实，谢顿自己从来没有那么结实的肌肉。

谢顿说：“我推测你在大学的时候，曾是拳击队的一员。”

“谁，我？从来没有，我是个角力士。”

“角力士！”谢顿精神一振，“你是从赫利肯来的？”

帕佛带着些不屑说：“优秀的角力士不一定都来自赫利肯。”

没错，谢顿心想，可是一流高手都是出自那里。

然而，他什么也没说。

不过，他倒是说了些别的。“好，当初你祖父不愿加入我，那你自己呢？”

“心理史学？”

“我头一次遇见你的时候，听到你和两个人聊天，在我听来，你似乎对心理史学说得头头是道。所以说，你愿意加入我吗？”

“我说过了，教授，我已经有一份工作。”

“拖拉和牵引，得了吧，得了吧。”

“待遇很好。”

“信用点并不是一切。”

“但相当有用。另一方面，您无法付我多高的薪水，我相当确定您短缺信用点。”

“你为何这样说？”

“我想，可以说是我猜的。但我说错了吗？”

谢顿紧紧抿起嘴唇，然后又说：“不，你没说错，我无法付你多高的薪水。很抱歉，我想这代表我们简短的会晤到此为止。”

“慢着，慢着，慢着。”帕佛举起双手，“没这么快，拜托，我们还在谈论心理史学。假如我为您工作，就能学习心理史学，对吗？”

“当然。”

“这样的话，信用点毕竟不是一切。我和您打个商量，您尽可能把心理史学都教给我，然后量力付我一份薪水，我总有办法活得下去。怎么样？”

“好极了。”谢顿欢喜地说，“听起来太好了。此外，还有另一件事。”

“哦？”

“是的。最近几个星期，我遭到两次攻击。第一次有我儿子赶来保护我，但他现在到圣塔尼去了。第二次我动用我的铅头手杖，它的确管用，但我却被拖到一位治安官面前，被控以蓄意伤害……”

“为什么有人攻击您？”帕佛插嘴问道。

“我不受欢迎。多年以来，我劝导世人留心帝国的衰亡，如今预言即将成真，我因此成了众矢之的。”

“我懂了。那么，这些又和您刚才提到的另一件事有什么关系？”

“我要你当我的保镖。你既年轻又强壮，而最重要的是，你是个角力士。你正是我需要的人。”

“我想这点好商量。”帕佛带着微笑说。

25

“看那里，史铁亭。”谢顿说。现在是黄昏时分，两人正在斯璀璘附近的川陀住宅区闲逛。这位长辈指着人行道旁堆满的废弃物——五花八门，都是地面车以及没公德心的行人丢弃的。“过去那些年头，”谢顿继续说，“你绝对看不到像这样的垃圾。保安官随时警戒，都市养护人员为一切公共场所提供全天候服务。不过，最重要的是，根本没有人会想到用这种方式倾倒垃圾。川陀是我们的家园，我们以它为傲。如今，”谢顿悲伤地、无奈地摇了摇头，又叹了一口气，“它成了……”他突然打住。

“喂，你这年轻人！”谢顿对一个脏兮兮的少年吼道。那少年刚刚和他们擦身而过，走到了他们的后面，他大口嚼着一团刚丢进嘴里的美食，却看也没看就将包装纸扔到地上。“把它捡起来，丢到该丢的地方。”少年绷着脸望过来时，谢顿如此训诫他。

“你自己捡起来。”男孩咆哮道，然后转身离去。

“这是社会崩溃的另一个征兆，正如你的心理史学所预测的，谢顿教授。”帕佛说。

“是啊，史铁亭。环顾我们四周，帝国到处都在一点一滴瓦解。事实上，它早已粉碎，如今已经没有回头的机会。冷漠、腐化和贪婪，都作出一己的贡献来摧毁这个盛极一时的帝国。取而代之的会是什么呢？为什么……”

说到这里谢顿忽然住口，只顾瞪着帕佛的脸。这位晚辈似乎正在凝神倾听，却不是在听谢顿的声音。他的头偏向一侧，脸上露出飘忽的表情。仿佛帕佛正在尽最大的努力，试图聆听只有他一个人听得到的声音。

他突然间回过神来，惶急地四下张望一番，便一把抓住谢顿的手臂。“哈里，快，我们必须离开，他们就要来了……”这时，迅速接近的尖锐脚步声打破了黄昏的宁静。谢顿与帕佛绕来绕去，但是太迟了，一帮匪徒已经来到他们面前。然而，这回哈里·谢顿已有准备，他立刻挥动手杖，在帕佛与自己周围划出一大条弧线。看到这种情形，那三名匪徒（两个男孩与一个女孩，都是十几岁的小无赖）不禁哈哈大笑。

“所以说，你不准备让我们轻易得手，对不对，老头？”那个看起来像是头目的男孩嗤之以鼻，“哈，我和我的哥儿们，只要两秒钟就能把你摆平。我们要……”转瞬之间，那名头目倒地不起，腹部正中了一记角力踢腿。两个还站着的小无赖立刻身形一矮，摆出准备攻击的姿势。但帕佛的动作比他们更快，于是，两人几乎还不知道怎么回事，便也双双趴到地上。

然后一切就结束了，几乎像出现时一样快。谢顿避到一旁，笨拙地倚在手杖上，想到刚才的千钧一发便忍不住发抖。帕佛则一面微微喘息，一面四下眺望。在夜色渐深的穹顶之下，那三名匪徒昏倒在无人的人行道上。

“走吧，我们赶紧离开这里！”帕佛再度催促，只不过这一次，他们要躲的并不是什么匪徒。

“史铁亭，我们不能离开。”谢顿抗议道，同时指了指三名不省人事的箍颈党，“他们其实只不过是孩子，他们也许奄奄一息，我们怎能这样一走了之？这样做没人性，不折不扣没人性，而我多年来努力保护的对象正是人类。”谢顿用手杖猛击地面来加强语气，双眼还射出坚定的目光。

“胡说。”帕佛反驳道，“真正不人道的，是箍颈党劫掠你这种无辜市民的方式。你以为他们会顾虑你吗？他们只会在你的肚子上插一刀，以便偷掉你的最后一个信用点，跑开时还不忘再踢你一脚！他们很快就会苏醒，然后逃到别处去舔他们的伤口。或者有人会发现他们，而向中央办公室报案。

“可是，哈里，你必须为自己着想。发生上次那件事情后，你若是再扯上另一件斗殴，就有失去一切的危险。拜托，哈里，我们非跑不可！”说到这里，帕佛抓住谢顿的手臂，谢顿则在回望了最后一眼之后，便任由帕佛拉着自己离去。

当谢顿与帕佛迅疾的脚步声渐行渐远之际，一个躲在几棵树后面的身形冒了出来。这个双眼冒火的少年一面对自己呵呵笑，一面喃喃道：“你真教会了我什么是对错和是非，教授。”说完，他随即拔腿飞奔，前去召唤保安官。

26

“秩序！我需要秩序！”帖贞·帕普坚·李赫法官怒吼道。今天这场为乌鸦嘴谢顿教授，以及他的年轻助理史铁亭·帕佛所举办的公开听证会，在川陀民众间引起极大的轰动。这个人曾经预言帝国的衰亡与文明的没落；他也曾劝勉他人，应当回顾由谦恭与秩序所构成的黄金时代。如今，根据某位目击者的说法，在没有明显挑衅的情况下，他却下令痛殴三个年轻的川陀人。啊，这必定是一场精彩的听证会，而且毫无疑问，将导致一场甚至更精彩的审判。

女法官按下席位上某个凹板内的开关，响亮的锣声随即响彻拥挤的法庭。“我需要秩序，”她对安静下来的群众重复了一遍，“假如有必要，法庭会清场。这是唯一的警告，不会重复第二遍。”

身穿深红色长袍的法官显得仪表堂堂。李赫法官来自外围世界利斯坦纳，她的肌肤带点青蓝的色调，当她烦恼时肤色便会加深，当她真正发怒时，则会变得接近紫色。据说，担任法官多年的她，虽然拥有最佳司法头脑的名声，尽管身为最受尊崇的帝国法律诠释者之一，然而对于自己多彩的外表——艳丽红袍衬托出稍带青绿色的皮肤——李赫总有那么一点自负。

纵然如此，对于违反帝国法律的人，李赫的严厉则是出了名的。坚定不移地拥护民法的法官已所剩无几，而李赫便是其中之一。

“我久仰大名，谢顿教授，亦曾耳闻你提出的毁灭即将来临的学说。关于你最近的另一件案子，就是你被控用铅头手杖击打他人的那件，我也和审理该案的治安官谈过。在那个案件中，你同样自称是被害人。我相信，你的推论源自先前一桩未曾报案的事件，据称那次你和你儿子遭到八个小流氓袭击。你有办法让那位我所敬重的同仁相信你是自卫，谢顿教授，虽然有一位目击者作出相反的证词。而这一次，教授，你的辩解必须加倍有说服力才行。”

对谢顿与帕佛提出控诉的三个小流氓，这时正坐在原告席上窃笑。与当天傍晚比较起来，今天他们的装扮很不一样。两个少年穿着清洁而宽松的连身服，那名少女则身着带有波浪皱褶的上衣。总而言之，倘若不仔细（用眼睛或耳朵）观察他们，谁都会以为他们代表了充满希望的川陀新生代。

这时，谢顿的律师西夫·诺夫可（他同时也代表帕佛）走向发言台。“庭上，我的当事人乃是川陀社会正直诚实的一员，他是拥有星际声誉的前首相，和皇帝陛下艾吉思十四世也有私交。若说谢顿教授攻击几位无辜的年轻人，他可能得到什么利益呢？他一向最积极提倡刺激川陀青年的创造力，他的心理史学计划雇用了众多学生志愿者，他还是斯璀璘大学中受人敬爱的一位教授。

“此外——”诺夫可在此顿了一顿，目光扫过这间挤满人的法庭，仿佛在说：你们等着吧，听到这句话，你们便会羞愧得无地自容，因为你们竟然怀疑我的当事人的陈述不实。“谢顿教授和举世闻名的帝国图书馆有正式合作关系，拥有这项殊荣的个人少之又少。他获准无限制地使用该馆的设备，以便筹备他所谓的《银河百科全书》，那是名符其实的帝国文明赞歌。

“我请问诸位，这样一个人，我们怎能对他进行这种质问？”

诺夫可夸张地挥手向谢顿指去，后者与史铁亭·帕佛坐在被告席上，看起来十分不自在。听到这些很不习惯的赞美，谢顿涨红了双颊（毕竟最近几年，他的名字总是冷嘲热讽的对象，从未与词藻华丽的颂赞连在一起），他的右手按在那根忠实手杖的雕花手把处，此时还在微微颤抖。

李赫法官无动于衷地低头凝视谢顿。“的确，究竟有何利益，律师。我一直拿同样的问题问我自己，过去几天我彻夜难眠，绞尽脑汁在想一个说得通的理由。像谢顿教授这样拥有卓著声誉，自己又是不遗余力批评‘社会秩序崩溃’的人之一，他为什么无缘无故犯下蓄意伤害罪？

“后来我渐渐想通了。说不定是这样的，由于没有人相信他的话，谢顿教授在饱受挫折之余，觉得他必须对所有的世界证明，他所预测的劫数与噩运确实即将来临。毕竟，此人毕生的志业就是预言帝国的衰亡，而他真正能指出的，却只有穹顶上几个烧坏的灯泡、公共运输偶尔的故障、某些部门的预算删减——都没有什么大不了的。可是一次攻击，甚或两三次，啊，那就另当别论了。”

李赫靠回椅背，双手合在身前，脸上露出一副满足的表情。谢顿借着桌子的支撑，慢慢站了起来。他极其吃力地走向发言台，挥手要他的律师走开，然后循着法官无情的目光一路走去。

“庭上，请允许我说几句话为自己辩护。”

“当然可以，谢顿教授。这毕竟不是审判，只是一场听证会，目的就是要公开和本案有关的一切申述、事实以及说法，然后方能决定是否要进一步举行审判。我只不过提出了一种推测，我最想听的就是你自己怎么说。”

谢顿清了清喉咙，开口道：“我将一生奉献给帝国，我忠实侍奉每一位皇帝。我的心理史学这门科学，其实并非预报毁灭的信使，而是意图作为一种复兴机制。有了它，不论文明的走向如何，我们皆能有所准备。倘若正如我所相信的，帝国将继续崩溃，心理史学便会帮助我们保存未来文明的基石，让我们能在优良的固有基础上，重建一个更新更好的文明。我爱我们所有的世界、我们的同胞、我们的帝国，我怎么会参与那些日渐削弱国势的不法行为？

“我不能再说什么了，你必须相信我。我，一个献身智识、方程式和科学的人，我所说的都是我的肺腑之言。”谢顿转过身去，缓缓走回帕佛旁边的座位。在就坐之前，他的目光寻找到婉达，她坐在旁听席上，露出无力的笑容，并对他眨了眨眼睛。

“不论是不是肺腑之言，谢顿教授，我都需要长久的思考才能作出决定。我们已经听过原告的陈述，我们也听过了你和帕佛先生的陈述，现在我还需要另一方的证词。我希望听听莱耳·纳瓦斯怎么说，在这个事件中，他的身份是目击者。”

纳瓦斯走向发言台之际，谢顿与帕佛警觉地互望了一眼。他正是那场打斗发生前，谢顿所训诫的那个男孩。

李赫开始问这个少年。“能否请你描述一下，纳瓦斯先生，当天晚上你所目击的确切经过？”

“这个嘛，”纳瓦斯以愠怒的目光凝视着谢顿，“我正在路上走着，想着我自个儿的心事，忽然看到这两个家伙——”他转过身去，指向谢顿与帕佛。“在人行道另一边，向我这个方向走来。然后，我又看到那三个孩子。”他又伸手指了指，这回是指向坐在原告席的三位。“这两个家伙走在三个孩子后头，不过他们没看到我，原因是我在人行道另一边，而且，他们的注意力都放在被害人身上。然后，轰！就像这样，那老家伙用他的拐杖向他们挥去，然后不太老的那个跳到他们面前，用脚踢他们。在你还没弄清怎么回事的时候，他们已经全部倒在地上。然后老家伙和他的同伴，他们就这么走了，我简直不敢相信。”

“你说谎！”谢顿爆发出来，“年轻人，你是在拿我们的性命开玩笑！”纳瓦斯却只是漠然回瞪着谢顿。

“法官，”谢顿恳求道，“您看不出他是在说谎吗？我记得这个人，在我们遭到攻击前没多久，我曾责骂他乱丢垃圾。我还对史铁亭指出这是另一个例证，证明我们的社会崩溃，公德心沦丧，以及……”

“够了，谢顿教授。”法官命令道，“你再像这样发作一次，我就把你逐出这间法庭。好，纳瓦斯先生，”她转头面向证人，“在你刚才叙述的一连串事件发生之际，你自己在做什么？”

“我，啊，我躲了起来，躲在几棵树后头。我怕要是给他们看到，他们会追我，所以我躲了起来。等到他们走了，嗯，我就跑去找保安官。”

纳瓦斯已经开始出汗，并将一根手指塞进束紧的单件服领子里。惴惴不安的他站在隆起的发言台上，不停地将重心在两脚之间挪移。他察觉到众人的目光都集中在自己身上，令他感到很不自在；他试着避免望向旁听的群众，但他每次这么做，便发觉自己被坐在第一排一位美丽金发少女沉稳的目光所吸引。仿佛她正在问他一个问题，并动念驱使他开口，逼他说出答案。

“纳瓦斯先生，对于谢顿教授的陈述，他和帕佛先生在那场打斗前曾见过你，而且教授和你交谈过，你有什么话要说？”

“这个，啊，不对，你知道的，就像我所说的……我正在路上走着，而……”此时纳瓦斯望向谢顿的位置，谢顿则悲伤地望着这个少年，仿佛了解到自己已一败涂地。可是谢顿的同伴——史铁亭·帕佛——却以严厉的目光瞪着纳瓦斯。纳瓦斯突然听到一句：讲实话！令他吓了一跳，吃了一惊。那句话好像是帕佛说的，但帕佛一直未曾张嘴。然后，在一阵错愕中，纳瓦斯猛然将头转向金发少女的方向，觉得自己也听到她在说：讲实话！但她的嘴唇同样一动不动。

“纳瓦斯先生，纳瓦斯先生。”法官的声音闯入少年紊乱的思绪，“纳瓦斯先生，假如谢顿教授和帕佛先生从你对面走来，走在三名原告后面，你怎么会先注意到谢顿和帕佛？你在陈述中是这么说的，对不对？”

纳瓦斯狂乱地环视法庭。他似乎无法逃避那些目光，每双眼睛都在对他喊道：讲实话！于是，莱耳·纳瓦斯望着哈里·谢顿，只说了一句：“很抱歉。”然后，出乎法庭内每个人意料之外，这个十四岁的男孩开始哭泣。

27

这是可爱的一天，既不太热也不太冷，既不太亮也不太阴。纵使维护街道的预算几年前便已告罄，帝国图书馆门前台阶旁几棵稀疏的多年生植物，仍为这个早晨增添几许愉悦的气氛。这座图书馆是一栋风格古典的建筑，门前雄伟的阶梯在整个帝国境内数一数二，仅次于皇宫。然而，大多数前往该馆的人，却喜欢经由滑轨进入。对于这一天，谢顿抱着很高的期望。

自从他与史铁亭·帕佛所卷入的那件蓄意伤害案撤销后，哈里·

谢顿觉得一切像是重新来过。虽然这段经历十分痛苦，它的轰动却为谢顿的主张做了最佳宣传。帖贞・帕普坚・李赫即使不是川陀最具影响力的法官，也是公认的其中之一。在莱耳・纳瓦斯作出情绪化证词的次日，她曾以相当夸张的方式发表自己的意见。

“我们来到了‘文明社会’这样的一个十字路口，”这位法官在席位上慷慨激昂地说，“像哈里・谢顿教授这种地位的人，仅仅因为他的身份，以及他所代表的主张，就得忍受自己同胞的羞辱、谩骂和谎言，这真是帝国历史上黑暗的一天。我承认，起初我自己也受到影响。‘为了企图证明他的预测，’我在心中推想，‘谢顿教授大可采用这样的奸计啊？’可是，当我恍然大悟时，我发觉自己错得不可饶恕。”说到这里，法官皱起眉头，她的颈部与双颊开始泛起暗青色。“因为我误将谢顿教授的动机归因于这个新社会，其中，诚实、高尚与善意很可能惹来杀身之祸；一个人仅仅为了生存，似乎就必须诉诸欺诈与奸计。

“我们和我们安身立命的原则已经迷失了多远？这次我们很幸运，川陀的同胞们。我们都应该深深感激哈里・谢顿教授，他让我们看到了我们真正的自我。让我们把他的事例谨记在心，并且痛下决心，时时警戒人性中那些卑劣的力量。”

那场听证会结束后，皇帝送给谢顿一个表达祝贺的全息光碟。其中，他表达了衷心的希望：谢顿现在也许能为他的计划找到经费了。

当谢顿沿着入口滑轨缓缓滑升时，他思量着心理史学计划目前的状况。他的好友——前任图书馆长拉斯・齐诺——已经退休。而在他任内，齐诺一向极为支持谢顿与他的工作。然而有大半的时候，齐诺都被图书馆评议会牢牢控制住。可是，他曾经对谢顿保证，那位和蔼可亲的新任馆长垂玛・阿卡尼欧，是个和他自己一样思想进步的人，而且受到评议会中许多派别的欢迎。

“哈里，我的好友，”齐诺在离开川陀、回到他的故乡世界温柯瑞之前曾说，“阿卡尼欧是个好人，具有非凡的才智和开放的心胸。我确定，他会尽他所能来帮助你和你的计划。我将有关你和百科全书的整个资料档案都留给了他；关于对人类可能作出的贡献，我知道他会和我一样兴奋。保重，我的好友，我会时时念着你。”

因此，今天哈里·谢顿将与新任馆长作首度的正式会晤。拉斯·齐诺留给他的保证令他精神振奋，他期待着与对方分享他对谢顿计划以及百科全书的未来规划。

谢顿刚走进馆长的办公室，垂玛·阿卡尼欧便站了起来。他已经表现出是这里的主人——齐诺原本在房间各个角落塞满全息光碟，以及来自川陀各区的三维期刊，而代表帝国各个世界、在半空中不停旋转的幻影星球，则排成令人眼花撩乱的阵列。现在，阿卡尼欧已将齐诺堆积如山的资料与影像全清干净。一个大型全息屏幕如今占了一面墙的大半面积，根据谢顿的推测，阿卡尼欧可藉此随意观览任何出版品或广播视讯。

阿卡尼欧身材矮小而结实，带着些许心不在焉的神情，那是幼时角膜矫正手术失败的结果。而这掩藏了他那令人生畏的智慧，以及随时留意周遭一切的警觉。

“稀客，稀客，谢顿教授。请进，请坐。”阿卡尼欧指了指办公桌对面的一张直背座椅，“您要求这次会面，令我感到相当意外。您可知道，我原本打算一旦安顿好，就要立刻和您联络。”

谢顿点了点头，感到很高兴。可见这位新馆长足够重视他，在刚刚上任、忙昏了头的日子里，他就打算要找自己了。

“可是，首先，教授，请让我知道您为何要见我。然后，我们再来讨论我那个极可能较无趣的问题。”

谢顿清了清喉咙，将上身向前倾。“馆长，想必拉斯·齐诺已将我在这里的工作，以及我筹划一套《银河百科全书》的构想告诉您了。拉斯相当热心，而且十分帮忙，他提供我一间个人研究室，以及无限制使用本馆庞大资源的权利。事实上，正是他为百科全书计划找到了最终的归宿，那就是称为端点星的一个遥远外围世界。

“然而，有一件事却是拉斯无法提供的。为了使这个计划如期执行，我的一批同事也必须在本馆拥有研究室，以及无限制使用设备的权利。在我们展开百科全书的实际编纂工作之前，光是搜集有待复制并转送至端点星的各种资料，本身就是一项庞大的工程。

“拉斯在图书馆评议会的人缘不好，这点您必定很清楚。然而，您却人缘极佳。所以我想请问您，馆长，您能否设法让我的同事获得员工的特权，好让我们展开重要无比的工作？”

谢顿就此打住，差点喘不过气来。他确信，这番昨晚在心中温习了一遍又一遍的说词，一定能够达到预期效果。现在，他充满信心地等待阿卡尼欧的回应。

“谢顿教授。”阿卡尼欧一开口，谢顿满怀期望的笑容便消失了。这位馆长的声音中，透着谢顿未曾料到的冷峻。“我所敬重的前任馆长曾对我说明——巨细无遗地说明——你在本馆所进行的工作。他对你的研究相当热衷，念念不忘要让你的同事加入你的行列。至于我自己，谢顿教授，”听到阿卡尼欧顿了顿，谢顿猛然抬起头来。“最初，我准备找评议委员开一次特别会议，以便提议为你以及你的百科全书编者提供一些大间的办公室。不过，谢顿教授，现在一切都改变了。”

“改变了！可是为什么呢？”

“谢顿教授，在刚刚落幕的一件轰动无比的蓄意伤害案中，你是主要的被告。”

“但是我无罪开释。”谢顿插嘴道，“这件案子甚至没有正式起诉。”

“纵然如此，教授，你最近频频出现在大众面前，使你有了一个不容否认的——我该怎么说呢？——一个不太好的名声。喔，是啊，你受到的指控全被撤销。可是为了无罪开释，你的大名、你的过去、你的信仰，以及你的工作，通通摊在世人眼前，让人一览无遗。即使一位思想进步而公正的法官宣称你人格无瑕，可是上百万，甚至上百亿普通公民所看到的，却不是一位为了保存文明的光荣而奋斗的心理史学先锋，而是一个高喊伟大强盛的帝国即将面临劫数和噩运的疯子。

“你，由于你所从事的这项工作，你正在威胁帝国的根本。我不是指无名无姓、面目模糊、庞大的、整块的帝国。不，我指的是帝国的心脏和灵魂——它的人民。当你告诉他们帝国正在没落，你等于是说他们正在没落。而这一点，我亲爱的教授，一般公民是无法面对的。

“谢顿，不论你喜不喜欢，你都已经成为嘲笑的对象，成为冷嘲热讽的主题，成为众人的笑柄。”

“对不起，馆长，但是多年来，在某些圈子里，我一直都是个笑柄。”

“没错，但只是在某些圈子里。可是最近这个事件，以及它在公众间所造成的轰动，令你不只在川陀人尽皆知，而且在各个世界都恶名昭彰。所以，教授，假如，让你拥有一间研究室，我们，帝国图书馆，等于默认你的研究工作，那么，同理，我们，这座图书馆，也会成为众多世界的笑柄。因此，不论我个人多么相信你的理论和你的百科全书，身为帝国图书馆的馆长，我必须先为这座图书馆着想。

“所以说，谢顿教授，我必须拒绝你带进其他同事的要求。”

哈里·谢顿仿佛被打了一拳，在座椅上猛然向后一仰。

“此外，”阿卡尼欧继续说，“我必须通知你，你在本馆的一切特权将被暂时吊销两周，立即生效。评议会已准备召开特别会议，谢顿教授。至于是否决定终止和你的合作关系，我们会在两周后告知你。”

说到这里，阿卡尼欧总算住口。他将双掌按在光洁无瑕的办公桌上，借力站了起来。“目前为止，就是这样了，谢顿教授。”

哈里·谢顿同样站了起来，不过起身的动作并不像垂玛·阿卡尼欧那么利落，那么迅速。

“我可否获准向评议会陈情？”谢顿问道，“如果我能对他们解释心理史学和百科全书无比的重要性，说不定……”

“只怕不行，教授。”阿卡尼欧柔声道，这时谢顿才隐约瞥见拉斯·齐诺所说的那个好人。可是来得急去得快，阿卡尼把谢顿送到门口时，又变回了那位冰冷的官僚。

当正门滑开时，阿卡尼欧说：“两周后，谢顿教授，到时再见。”谢顿钻进了等在外面的贴地滑车，那组门便重新关上。

现在我要怎么办？谢顿绝望地自问。我的工作就此结束了吗？

28

“亲爱的婉达，是什么让你如此全神贯注？”谢顿一面问，一面走进他的孙女位于斯璀璘大学的研究室。这间研究室原本属于杰出的数学家雨果·阿马瑞尔所有，他的去世曾对心理史学计划造成重大打击。幸好近几年来，婉达逐渐接替雨果的角色，开始对元光体作进一步的改良与调整。

“啊，我在研究33A2D17节的一条方程式。看，我把这一节重新校准了。”她指了指悬浮在她面前那一片炫目的紫色区域，“把‘标准商’考虑在内……有了！不出我所料，我这么想。”她退后几步，揉了揉眼睛。

“这是什么，婉达？”谢顿凑近以便研究那条方程式，“啊，看来像是端点星方程式，不过……婉达，这是端点星方程式的逆转，对不对？”

“是的，爷爷。知道吗，端点星方程式中的参数本来不太对劲。看——”婉达碰了碰某个凹陷壁板上的开关，室内另一侧便出现鲜红的一片。谢顿与婉达走过去，开始检视这片区域。“你看现在一切多么契合，爷爷？我花了好几星期才做到的。”

“你怎么做到的？”谢顿问道，心中则在赞叹这条方程式的思路、逻辑与优美。

“最初，我只集中研究这一部分，把其他部分都遮起来。为了使端点星运作，就该对端点星下工夫——很有道理，对不对？但是后来我才了解，我不能只在元光体系统中引进这条方程式，就指望它能顺利融入其中，仿佛什么都没有发生过。安置一样东西，便意味着重置别处的另一样东西；一个重量需要另一个重量来平衡。”

“我想，你提到的这个概念，就是古人所谓的‘阴阳’。”

“是的，差不多。嗯，阴阳。所以，你看，我发觉若想让端点星上的‘阴’十全十美，就必须找出相对的‘阳’。而我做到了，它就在那里。”她又回到那片紫色区域，它藏在元光球面的另一个角落，“只要我调整这里的参数，端点星方程式也会就位。一片圆融！”婉达看来得意洋洋，仿佛她解决了帝国所有的问题。

“太妙了，婉达，待会儿你一定要告诉我，你认为它对谢顿计划的一切意义。可是现在，你必须跟我到全息屏幕那边。几分钟前，我收到一道来自圣塔尼的紧急电讯，你父亲要我们立刻和他联络。”

婉达的笑容随即敛去。最近圣塔尼出现战事的消息令她十分震惊——帝国的预算削减案付诸实施后，外围世界的居民受害最深。从此，他们与较为富庶、较多人口的内围世界交流受到限制，越来越难用他们世界上的产品换取亟需的进口货物。出入圣塔尼的帝国超空间飞船少之又少，使得这个遥远的世界感到孤立于帝国之外。因此在这颗行星各处，爆发了众多零星的叛乱。

“爷爷，我希望一切平安无事。”婉达说，声音透露了她的恐惧。

“别担心，亲爱的。无论如何，既然芮奇有办法和我们通讯，他们就一定安全。”

来到谢顿的研究室之后，他与婉达站在已启动的全息屏幕前。谢顿在屏幕一侧的键板上敲下一组数码，接下来几秒钟，他们耐心等待着接通跨银河的联系。然后，那幅屏幕似乎开始缓缓向墙内退缩，仿佛成为一个隧道的入口。而从这个隧道里面，逐渐出现一个结实健壮的熟悉人形。这个影像起初模糊不清，但随着信号变得敏锐，那人的外貌也越来越清晰。等到谢顿与婉达能看清芮奇浓密的八字胡之际，这个人形忽然活了起来。

“爸！婉达！”芮奇的三维全息像开了口，它是从圣塔尼一路投影到川陀的，“听好，我没有太多时间。”他畏缩了一下，仿佛被巨大的噪音吓一大跳，“这里的情况变得很糟。政府已经垮台，由一个临时政党接管。一切都乱成一团，你们应该想象得到。我刚把玛妮拉和贝莉丝送上一艘飞往安纳克里昂的超空间飞船，我告诉她们，到了那里再和你们联络，那艘飞船的名字是桃源七号。

“你该看看玛妮拉，爸。由于不得不走，她疯得像什么似的。我唯一能说服她离开的理由，是指出那样做是为了贝莉丝。

“爸，婉达，我知道你们在想什么。如果我走得了，我当然会跟她们一块走，可是舱位不够。你们应该看看光是把她们送上飞船，我就得花多大力气。”芮奇突然露出一个歪嘴的笑容，那是谢顿与婉达最喜欢见到的。然后他继续说：“此外，既然我在这里，我就必须保卫这所大学。我们或许是帝国大学体系的一环，但我们这里是个学习和建设的地方，不是供人破坏的。我告诉你们，要是哪个昏了头的圣塔尼叛军接近我们……”

“芮奇，”谢顿插嘴道，“情况有多糟？你们接近战区吗？”

“爸，你有危险吗？”婉达问。

他们等了几秒钟，好让讯号在银河中跨越九千秒差距，再送到芮奇面前。

“我……我……我听不太清楚你们说什么。”那全息像答道，“有些战斗正在进行，说实在的，还真有几分刺激。”芮奇一面说，一面又歪嘴笑了笑，“所以我现在要结束通话了。记住，查出飞往安纳克里昂的桃源七号下落如何。一旦我有办法，我会立刻再联络你们。记住，我……”传输就此中断，那个全息像迅速消失。全息屏幕隧道随即崩溃，谢顿与婉达只好瞪着一面空洞的墙壁。

“爷爷，”婉达说，“你想他正要说什么？”

“我没有概念，亲爱的。但有件事我能确定，那就是你父亲能照顾他自己。我真同情那些接近你爸的叛军，他们将正中一记角力踢腿！来吧，我们继续讨论那条方程式，几小时后，我们再来查询桃源七号。”

“司令，你对那艘飞船的下落毫无概念吗？”哈里·谢顿又在进行跨银河的通话，但这回对象是驻守安纳克里昂的皇家舰队司令。在这次通讯中，谢顿使用的是显像屏幕，它的逼真度比全息屏幕差得多，但操作也简单得多。

“我告诉您，教授，我们并没有那艘飞船请求进入安纳克里昂大气层的记录。当然，我们和圣塔尼的通讯已经中断好几小时，而一周以来，通讯始终时好时坏。有可能那艘飞船试图以圣塔尼频道和我们联络，结果无法接通，但我不太相信这种事。

“更可能的情况，是桃源七号改变了目的地。说不定是伏锐格，或是萨瑞普。您试过那两个世界吗，教授？”

“没有，”谢顿疲倦地说，“但如果飞船的目的地是安纳克里昂，我看不出它有飞到别处的理由。司令，我非得找到那艘飞船不可。”

“当然啦，”司令大胆假设道，“桃源七号也许没能过关。我的意思是，没能安全逃离。现在有许多战斗正在进行，那些叛军可不在乎炸掉的是谁。他们只是瞄准他们的激光，假装他们轰掉的就是艾吉思大帝。我告诉您，在外缘这里，游戏规则可是完全不同，教授。”

“我的儿媳和孙女在那艘飞船上，司令。”谢顿以僵硬的声音说。

“喔，我很遗憾，教授。”司令有点不好意思，“一旦我听到任何消息，我会立刻和您联络。”

谢顿垂头丧气地关掉显像屏幕的开关。我多么疲倦啊，他想。不过，他又对自己说，我并不惊讶——将近四十年来，我一直知道这种事迟早会发生。

谢顿独自呵呵苦笑几声。说不定那位司令以为吓着了谢顿，令他对“外缘”的生动详情有了深刻认识。其实，谢顿对外缘了若指掌。既然外缘已经开始分裂，那么就像脱了线的织品一样，终将从外缘一路瓦解到核心：川陀。

这时谢顿察觉到一阵轻柔的嗡嗡声，那是叫门的讯号。“谁？”

“爷爷，”婉达一面说，一面走进研究室，“我害怕。”

“为什么，亲爱的？”谢顿关切地问道。他还不想告诉她，自己从安纳克里昂司令那里听到些什么，或说没听到些什么。

“通常，虽然他们在那么远的地方，我还是感觉得到爸妈和贝莉丝。感觉他们在这里——”她指了指自己的头部，“还有这里——”她又将手摆在心口，“可是现在，今天，我却感觉不到他们。感觉变弱许多，仿佛他们逐渐消失，就像穹顶的那些灯泡。我要阻止这件事，我要把他们拉回来，可是我办不到。”

“婉达，我认为这是由于那场叛乱，使你担心你的亲人，才会产生这种结果，我真这么想。你也知道，帝国随时随地会发生暴动，就像小规模的火山爆发，好让蒸汽排出来。好啦，你该知道，芮奇、玛妮拉或贝莉丝发生意外的机会微乎其微。你爸明天就可能传来电讯，告诉我们一切平安；你妈和贝莉丝随时可能降落安纳克里昂，享受一个短暂的假期。我们两个才值得同情，我们困在这里，被工作给埋葬！所以说，甜心，去睡觉吧，想些美好的事。我向你保证，到了明天，在晴朗的穹顶之下，一切看来都会好得多。”

“好吧，爷爷。”听婉达的口气，她并未完全被说服，“可是明天，如果明天我们还得不到消息，我们就得……就得……”

“婉达，除了等待，我们还能做什么呢？”谢顿柔声问道。

婉达转身离去，她心头的重担呈现在她耷拉着的肩头。谢顿目送她走远后，终于让自己的忧虑浮现出来。

自从芮奇传回全息像，至今已经三天了。在那之后，就没有任何消息。而今天，安纳克里昂的舰队司令，竟然否认听过有这么一艘番号为“桃源七号”的飞船。

早先，谢顿曾试图与位于圣塔尼的芮奇通话，可是所有的通讯波束都断了。仿佛圣塔尼——以及桃源七号——已经双双脱离帝国，就像从花朵脱落的两片花瓣。

谢顿知道现在必须怎么做。帝国或许在走下坡，可是尚未跌落谷底。它的力量若是使用得当，仍然具有骇人的威力。于是，谢顿向艾吉思大帝十四世送出一道紧急电讯。

29

“天大的惊喜，我的好友哈里！”艾吉思的面容透过全息屏幕冲着谢顿微笑，“我很高兴你和我联络，虽然你通常都要求更正式的觐见。说吧，你勾起了我的好奇心。为何如此紧急？”

“陛下，”谢顿开口道，“我儿子芮奇，还有他的妻子和女儿都住在圣塔尼。”

“啊，圣塔尼。”皇帝的笑容随即敛去，“一伙误入歧途的无耻之徒，要是我……”

“陛下，拜托。”谢顿打断皇帝的话，这种大逆不道的行径，令皇帝与他自己都大吃一惊，“我儿子想尽办法，把玛妮拉和贝莉丝送上一艘飞往安纳克里昂的超空间飞船桃源七号。然而，他自己不得不留下来。那是三天前的事，结果那艘飞船没有在安纳克里昂着陆，而我儿子似乎也失踪了。我送到圣塔尼的电讯得不到回音，现在通讯波束也断了。

“拜托，陛下，您能帮助我吗？”

“哈里，你也知道，圣塔尼和川陀间的正式联系通通切断了。然而，我在圣塔尼某些地区仍有些影响力。也就是说，仍有些忠于我的人还没给搜出来。虽然我无法和那个世界上任何情报员直接接触，我至少能将收到的报告都和你分享。当然，那些都是高度机密，但是念在你的情况以及我们的交情，我将准许你接触那些你或许感兴趣的资料。

“我正在等另一份急件，一小时内会到。你若是有兴趣，等它送来后我会再和你联络。与此同时，我会叫一名助理细查过去这三天来自圣塔尼的通讯，搜寻任何与芮奇·谢顿、玛妮拉·谢顿或贝莉丝·谢顿有关的记录。”

“谢谢您，陛下，我诚心诚意感谢您。”当皇帝的影像从全息屏幕淡出时，哈里·谢顿低下头来。

六十分钟后，哈里·谢顿仍坐在书桌前，等待着皇帝的消息。过去这一个钟头，是他一生中最难熬的经历之一，仅次于铎丝被毁之后的数个小时。

击败谢顿的是那个未知数。他一生都在处理已知数——不但知晓目前，还能预测未来。而现在，他最珍爱的三个人却完全下落不明。

全息屏幕发出轻柔的嗡嗡声，谢顿按下一个开关，艾吉思便出现了。

“哈里。”皇帝开口道。听到他声音中透着柔缓的悲伤，谢顿就知道这次通讯带来了坏消息。

“我儿子……”谢顿说。

“是的，”皇帝答道，“芮奇遇害了。那是今天稍早的事，他死于圣塔尼大学所遭到的一场轰炸。我的情报来源告诉我，芮奇明知对方即将发动攻击，但他拒绝离开他的岗位。你可知道，好些叛军都是学生，芮奇觉得他们要是知道他仍在那里，就绝不会……可是仇恨战胜了一切理智。

“那所大学，你也知道，是一所帝国大学。叛军觉得必须摧毁冠上帝国的一切，他们才能重新建设。这些傻瓜！为什么……”说到这里艾吉思住了口，仿佛突然察觉谢顿对圣塔尼大学或是那些叛军的计划都毫不关心，至少现在绝不关心。

“哈里，记住你儿子是为了保卫知识而捐躯的，这也许能让你觉得好过一点。芮奇战死并不是为了帝国，而是为了整个人类。”

谢顿抬起头来，双眼盈满泪水。他虚弱地说：“玛妮拉和小贝莉丝呢？她们怎么样？您有没有找到桃源七号？”

“搜寻没有任何结果，哈里。正如你听说的那样，桃源七号离开了圣塔尼，但它现在似乎已经失踪。它也许是被叛军劫持了，也许是做了紧急改道——此时此刻，我们根本无从得知。”

谢顿点了点头。“谢谢您，艾吉思。虽然您给我带来噩耗，但至少您带来了。生死未卜还要更糟，您是我真正的朋友。”

“好了，我的朋友，”皇帝说，“现在我要把你的时间留给你自己，还有你的回忆。”皇帝的影像从屏幕中逐渐消失，哈里·谢顿则将双臂叠在书桌上，伏下头来，开始哭泣。

30

婉达·谢顿调整了一下连身服的腰带，将它稍微拉紧一点。她在位于斯璀璘的心理史学大楼外辟了一个小花园，此时她拿着一把小铲子，正在对付刚发芽的杂草。一般说来，婉达大部分时间都待在研究室，利用她的元光体进行研究工作。从其中精确的、统计性的优雅，她找到了一份安慰；在这个变得如此疯狂的帝国中，那些不变的方程式总是能使人感到心安。但是，每当她对父亲、母亲与小妹妹的怀念变得难以承受，每当研究工作也无法使她暂时忘却最近的惨痛打击，婉达总会来到这里，扒梳着经过改造的土壤。仿佛养活几株植物，便能在某一方面、某个微小的程度上减轻她的痛苦。

自从一个月前，她的父亲过世，而玛妮拉与贝莉丝双双失踪之后，原本一向苗条的婉达，更是一路消瘦下来。若是几个月前，哈里·谢顿会为心爱的孙女失去胃口而操心不已，可是如今，他自己深陷于悲痛中，似乎也就未曾留意。

哈里·谢顿与婉达·谢顿都有了深刻的转变，心理史学计划所剩无几的人员也不例外。老谢顿似乎已经放弃了，现在，他大多时间都泡在斯璀璘日光浴馆，坐在一张扶手椅上，借着头顶明亮的灯泡取暖，望着外面的校园景致。计划成员偶尔会告诉婉达，说谢顿的保镖，一位名叫史铁亭·帕佛的人，会苦口婆心地劝他到穹顶之下散散步，或是试着引他讨论谢顿计划未来的方向。

婉达则更加努力研究元光体中那些奇妙的方程式，以此作为一种逃避。她能够感觉到，她的祖父一生竭尽心力所创造的未来，如今终于逐渐成形，而他是对的：百科全书编者必须在端点星扎根，他们将是基地的种子。

至于33A2D17节，从那里面，婉达能够看到谢顿所指的第二基地，或曰秘密基地。可是怎么做呢？没有谢顿的积极投入，婉达茫然不知如何进行。而家庭破碎所带来的悲痛，对她的伤害又是那么深，使她几乎没有力气找出答案。

谢顿计划本身的成员，那五十来个留下来的死忠者，则尽可能继续他们的工作。他们大多是百科全书编者，负责追查他们需要复制与编目的原始资料，为迁移端点星这个最终目标进行准备。但唯有获得帝国图书馆的完全使用权，他们才能着手实际的工作。此时此刻，他们仅仅凭借着信心继续苦撑。谢顿教授已失去了他在那座图书馆中的个人研究室，所以其他成员获得特权的机会更是微乎其微。

谢顿计划的其余成员（不算百科全书编者）则是历史分析员与数学家。历史学家负责诠释过去与当今的人类活动以及事件，然后将他们的发现交给数学家，后者再将这些成果代入伟大的心理史学方程式。这是个既冗长又费心费力的工作。

不少计划成员已经离去，因为回报少之又少——心理史学家成了川陀上许多新笑话的题材，有限的经费又迫使谢顿采取大幅减薪的措施。但是过去，哈里·谢顿经常不断出现在众人面前，他所带来的信心克服了困难的工作环境。事实上，那些坚守岗位的计划成员，每个人之所以这样做，纯粹都是出于对谢顿教授的尊敬与忠心。

现在，婉达·谢顿凄苦地想，他们还有什么理由留下来呢？一阵微风将她的一绺金发吹到眼前，她漫不经心地把它拨开，继续她的除草工作。

“谢顿小姐，我能占用你一点时间吗？”婉达转头抬眼望去，那是个年轻人（她判断他才二十出头），站在她身边的碎石子小径上。她立刻感知他是个强壮且聪明过人的人，她的祖父作了一个精明的选择。

婉达站起来，开始与他交谈。“我认得你，你是我祖父的保镖，对不对？史铁亭·帕佛，是吗？”

“是的，完全正确，谢顿小姐。”帕佛的双颊微微泛红，仿佛很高兴这么漂亮的女孩竟然留意到他，“谢顿小姐，我希望和你谈谈令祖父。我非常担心他，我们必须做点什么。”

“做什么呢，帕佛先生？我摸不着头绪。自从我父亲——”她吃力地咽了一下口水，仿佛难以说出口，“——过世，而我母亲和妹妹失踪后，我唯一能做的，只是每天早上拉他起床。而且告诉你一句实话，这个变故也深深影响了我。你该了解，对不对？”她望向他的双眼，便明白他的确了解。

“谢顿小姐，”帕佛轻声道，“对于你痛失亲人，我感到万分遗憾。可是你和谢顿教授还活着，你们的心理史学研究必须继续下去。教授似乎已经放弃，我是希望也许你——我们——能够做点什么，好给他一点新希望。你该知道，就是一个撑下去的理由。”

啊，帕佛先生，婉达想道，也许爷爷是对的，我怀疑是否真有任何撑下去的理由。但她却说：“很抱歉，帕佛先生，我想不出什么办法。”她用小铲子指了指地面，“现在，你也看得出来，我必须继续对付这些讨厌的杂草。”

“我并不认为令祖父的想法是对的。我认为确实有个撑下去的理由，我们必须把它找出来。”

这番话重重打在她的心头。他怎么知道她刚才在想什么？除非……“你能透视心灵，对不对？”婉达问完，便屏住气息，仿佛害怕听到帕佛的回答。

“是的，我有这个能力。”年轻人答道，“我想，我一直都可以。至少，我不记得有什么时候不能。有一半的时间，我甚至不会意识到这件事。我就是知道人们在想什么，或是想过什么。

“有些时候，”感到婉达散发出了解的讯息，给了他很大鼓励，于是他继续说，“我会接收到来自他人的灵光，不过总是在人群中，我找不到究竟是谁发出的。但我知道周遭还有其他像我——像我们这样的人。”

婉达兴奋地抓住帕佛的手，她的园艺工具早已丢到地上。“你可知道，无论是对爷爷，或是对心理史学，这可能代表什么意义吗？我们单独一人只能发挥有限的威力，但我们两人联手……”婉达迈步走向心理史学大楼，留下帕佛站在碎石子小径上。在将要走到入口时，她停下脚步，转过身来。来吧，帕佛先生，我们一定要告诉我祖父。婉达闭着嘴巴‘说’。是的，我想我们应该这么做。帕佛一面向她走去，一面这么回答。

31

“你的意思是，婉达，我寻遍川陀，想找个具有你那种能力的人，结果这几个月来，他一直在我们身边，而我们始终不知道？”哈里·谢顿简直不敢置信。当婉达与帕佛将他摇醒，带来这个惊人消息时，他正在日光浴馆里打盹。

“是的，爷爷。想想看，我从来没机会遇见史铁亭。你和他在一起的时候，大多不是在心理史学大楼，而我大部分的时间，都关在自己的研究室，利用元光体在进行研究。我们什么时候会碰面呢？事实上，我们的轨迹确实交会过一次，产生的结果影响深远。”

“是什么时候？”谢顿一面问，一面搜寻着自己的记忆。

“你上次的听证会，李赫法官主持的那次。”婉达立刻答道，“还记得那个目击者吗？他发誓说你和史铁亭曾经攻击那三个箍颈党。还记得他是如何崩溃，说出了实情，连他自己似乎也不知道怎么回事吗？史铁亭和我把真相拼凑了出来，当时我们都在推莱耳·纳瓦斯，都在逼他说实话。在他原先的申述中，他说得非常斩钉截铁；我不信我们单独一人推得动他。可是两人联手——”她偷偷地羞羞地瞥了一眼站在老远的帕佛，“我们的力量就很吓人！”

哈里·谢顿将这一切听了进去，然后仿佛想要开口。可是婉达继续说：“事实上，我们计划今天下午来测试我们的精神能力，个别的，以及联合的。根据我们目前发现的一点点，史铁亭的力量似乎比我稍微弱些，在我的评量标度上也许是五级。可是他的五级，和我的七级结合，就得到十二级！想想看，爷爷，多吓人！”

“你看不出来吗，教授？”帕佛高声道，“婉达和我就是你在寻找的突破。我们能帮助你说服所有的世界，让大家都相信心理史学的效力；我们能帮助你找到其他像我们这样的人；我们能帮助你让心理史学重新出发。”

哈里·谢顿抬头凝视着站在面前的两个年轻人，他们的脸庞燃烧着青春、活力与热情，他体会到自己因而老怀大慰。毕竟，或许尚未一败涂地。本来，他的儿子死了，他的儿媳与孙女失踪了，他从未想到会撑得过这个悲惨的打击，但是现在，他能看到芮奇活在婉达体内。而且现在他也知道，基地的未来寄托在婉达与帕佛身上。

“是啊，是啊。”谢顿猛力点着头，“你们两个，扶我起来。我必须回到我的研究室，计划我们下一步的行动。”

32

“谢顿教授，进来吧。”垂玛·阿卡尼欧馆长以冰冷的口气说。于是哈里·谢顿，以及同行的婉达与帕佛，走进了堂皇的馆长办公室。

“谢谢您，馆长。”谢顿在一张椅子上坐下来，正好隔着宽大的办公桌面对阿卡尼欧，“请容我介绍我的孙女婉达，还有我的朋友史铁亭·帕佛。婉达是心理史学计划中最有价值的成员之一，她的专长领域是数学。至于史铁亭嘛，史铁亭即将成为一流的普通心理史学家——我的意思是，在他担任我的保镖工作之余。”谢顿亲切地咯咯笑了几声。

“是的，很好，一切都很好，教授。”阿卡尼欧随口应道，谢顿的好心情令他困惑不已。他原本预料这位教授是来摇尾乞怜，乞求图书馆再赏他一次特权。

“但我不了解你想见我是为了什么。我假定你明白我们的坚定立场：一个在众人眼中极不受欢迎的人物，我们不能准许本馆与他合作。毕竟，我们是一个公众图书馆，我们必须将公众的好恶放在心上。”阿卡尼欧上身靠向椅背——现在，或许摇尾乞怜会开始了。

“我明白自己始终无法动摇您。然而，我想，如果您听听谢顿计划的两位年轻成员——两位明日的心理史学家怎么说，或许您将对谢顿计划——尤其是那套百科全书——在我们的未来将扮演多重要的角色，会有比较深入的印象。请务必听完婉达和史铁亭的一番话。”

阿卡尼欧以冷漠的目光望了望谢顿身边的两个年轻人。“很好。”说完，他刻意瞄了一眼墙上的计时片，“五分钟，不能再多，我有个图书馆要照顾。”

“馆长，”婉达开始说，“想必我祖父一定对您解释过，想要保存我们的文化，心理史学是最重要的一项工具。没错，是保存！”看到阿卡尼欧听到那两个字便张大眼睛，她特别重复了一遍，“人们过分强调帝国的毁灭，这样一来，便忽略了心理史学的真正价值。因为，既然借着心理史学，我们得以预测文明必将没落，同理就能设法保存这个文明。那正是《银河百科全书》的目的，那也正是我们需要您，以及您这座伟大的图书馆襄助的原因。”

阿卡尼欧忍不住露出笑容。这位小姐拥有无可否认的魅力，她是那么认真，那么能言善道。他凝望着坐在自己面前的她，她的金发向后扎成相当雅致的学者发型，却无法隐藏她迷人的容貌，反倒更加衬托她的美丽。而且，她说的话越听越有道理。也许婉达·谢顿是对的，也许他一直从错误的角度看这个问题。假如重点真是‘保存’，而不是‘毁灭’……

“馆长，”史铁亭·帕佛开口道，“这座伟大的图书馆屹立了数千年，或许甚至比皇宫更能代表帝国庞大的实力。因为，皇宫中仅仅住着帝国的领导者，这座图书馆则典藏了帝国所累积的一切知识、文化与历史，它的价值难以计数。

“难道不该为这个伟大的知识宝库准备一篇赞辞吗？《银河百科全书》就是这样的一篇赞辞，它是此间所有知识的浩大摘要。想想看！”

突然间，阿卡尼欧似乎彻底想通了。他怎能让评议会（尤其是那个不安好心的吉纳洛·麻莫瑞）说服他取消谢顿的特权？拉斯·齐诺过去一直全心全意支持谢顿的百科全书，而自己一向多么尊重他的判断。

他再瞥了一眼面前这三个人，他们正在等待他的决定。倘若面前的两位青年，就是谢顿手下那些人的代表，那么评议会将发现，谢顿计划的成员实在没有什么好挑剔的。

阿卡尼欧站了起来，走到办公室另一头，他的眉头深锁，仿佛锁住他的思绪。他从一张桌子上抓起一个乳白色水晶球，拿在手中掂了又掂。

“川陀，”阿卡尼欧意味深长地说，“帝国的中枢，整个银河的核心。当你想到这一点，总会觉得相当不可思议。或许，我们对谢顿教授太快妄下断语。现在，既然您的计划，这个《银河百科全书》，以这种方式呈现在我眼前，”他对婉达与帕佛很快点了点头，“使我了解到，准许您继续在这里工作，当然还有批准您的一批同事加入，会是一件多么重要的事。”

谢顿露出感激的笑容，紧紧捏住婉达的手。

“我支持这件事，不只是为了给帝国的光荣锦上添花。”阿卡尼欧继续说，显然对这个构想（以及他自己的声音）越来越感兴趣，“您大有名气，谢顿教授。不论人们认为您是个狂人或天才，反正人人似乎都有自己的看法。能有一位像您这么有地位的学者与帝国图书馆合作，唯一的结果就是增加我们的声望，让大家都知道我们是进行最高学术研究的城堡。啊，我们可以借您的光，来筹募亟需的经费，以更新我们的搜藏，增添我们的人手，好让我们的大门能对公众开放得更久……

“至于《银河百科全书》本身的展望——多么不朽的一个计

划！这样一个大工程，目的是要将我们的文明光辉聚焦——凸显我们光荣的历史、我们灿烂的成就、我们辉煌的文化——试想当公众获悉帝国图书馆有幸参与，将会出现什么反应。再想想我自己，垂玛·阿卡尼欧馆长，负责一手推动这个伟大的计划……”阿卡尼欧专心凝视着那个水晶球，沉醉在自己的幻想中。

“好的，谢顿教授。”阿卡尼欧将心神拉回此时此地，“您和您的同事将获准拥有自己人的完全特权，以及一大间办公室供你们使用。”他将水晶球放回桌上，在长袍带起的一阵沙沙声中走回办公桌。

“当然，可能需要花点工夫说服评议会。但我有信心能应付他们，一切交给我就行了。”

谢顿、婉达与帕佛欢欣鼓舞地相互对望，嘴角都挂着浅浅的笑容。垂玛·阿卡尼欧作势表示他们可以走了，三人便随即告辞，留下馆长坐在座椅中，梦想着在他的主持下，这座图书馆将获得的光荣与声誉。

“不可思议。”他们三人躲进地面车后，谢顿这样说，“你们该看看他上次见我的那副嘴脸，他说我‘正在威胁帝国的根本’或诸如此类的鬼话。而今天，仅仅和你们两个谈了几分钟……”

“这并不太难，爷爷。”婉达按下一个开关，将地面车开到路上。等到自动推进系统接管后，她便仰靠在椅背上。至于目的地的坐标，婉达早已预先键入控制盘。“他是个自负感极强的人，我们唯一需要做的，只是夸大百科全书的正面影响，接下来他的自我便自行运作。”

“婉达和我一走进去，他就成了囊中物。”坐在后座的帕佛说，“我们两人一起推他，简直就像探囊取物。”帕佛将手向前伸，深情地捏着婉达的肩膀。她则微微一笑，抬手轻拍他的手背。

“我必须尽快知会百科全书编者。”谢顿说，“虽然只剩三十二位，但他们都是优秀且敬业的工作人员。我要赶紧把他们安置在帝国图书馆，然后还要处理另一个难题——信用点。说不定和帝国图书馆的这项合作，正好足以说服众人捐献经费。让我想想，我要再去拜访泰瑞普·宾缀斯，而且会带你俩一起去。他当初对我颇有好感，至少最初如此。可是现在，他有办法拒绝我们吗？”

地面车终于在位于斯璀璘的心理史学大楼外停下来。车厢侧板随即滑开，但谢顿并没有立刻下车。他转过头来，面对着婉达。

“婉达，看看你和史铁亭在阿卡尼欧身上做到了什么。我确信你们两人联手，也能从几位慈善家身上挤出些信用点。

“我知道你多么不情愿离开你心爱的元光体，但这些造访能给你俩一个练习的机会，能磨炼你们的技巧，能让你们知道自己做得到什么。”

“好吧，爷爷，不过我很确定，既然你已获得帝国图书馆的批准，你将发觉你的要求不会再有多大阻力。”

“还有另一个原因，使我认为你们两人一起出去转转非常重要。史铁亭，我相信你说过，之前有几次，你曾经‘察觉’另一个像你这样的心灵，却没办法辨认出来。”

“是的，”帕佛答道，“我曾经感到灵光，但每次我都在人群中。而且，二十四年来，我记得这种灵光只出现过四五次。”

“可是，史铁亭，”谢顿的声音低沉而炽烈，“理论上来说，每个灵光都代表另一个像你和婉达这样的人——另一个精神异人。婉达从未感到这种灵光，因为坦白讲，她这一生都关在象牙塔里。而她置身人群那少数几次，附近一定没有其他的精神异人。

“这也是你们两人该走出去的原因，或许还是最重要的一个原因——有没有我跟着都一样。我们必须找到其他的精神异人。光是你们两个，就强大到足以推动一个人；你们一大群人联手，大家一起推，将有摇撼一个帝国的力量！”

说到这里，哈里·谢顿将双腿旋转半圈，吃力地将自己推出地面车。当婉达与帕佛望着他跛着脚走向通往心理史学大楼的小径时，他们仅仅模糊地察觉到，谢顿刚在他们年轻的肩头搁下了千斤重担。

33

现在是下午三点左右，川陀的太阳反射在这颗伟大行星的金属表皮上。哈里·谢顿站在斯璀璘大学观景天台的边缘，抬起手遮住眼睛，试图遮蔽耀眼的强光。除了几次皇宫之行，他已有多年未曾出过穹顶。就某方面而言，皇宫之行不能算数，因为他仍旧深陷御苑的重围中。

谢顿不再一定得有伴才会到处走走。首要的原因，是帕佛大部分时间都和婉达在一起，或是钻研元光体，或是专注于精神力学的研究，否则就是出外寻找类似他们的人。但是谢顿倘若有意，仍然能找到其他年轻人——某个大学生或谢顿计划的成员，来充当他的保镖。

然而，谢顿知道自己不再需要保镖。由于听证会轰动一时，以及他与帝国图书馆重新建立合作关系，使得公共安全委员会对谢顿产生强烈的关注。谢顿晓得时时有人跟踪他；过去几个月来，他好几次瞥见如影随形的跟踪者。他也绝不怀疑家里与研究室都藏有监听装置，不过每当进行敏感的通讯，他总会启动一个杂讯场。

谢顿不确定那个委员会对他的看法如何，或许他们自己也尚未确定。但无论他们是否相信他是先知或是狂人，他们已将随时掌握他的行踪当成分内工作。而这就意味着，在委员会改变态度之前，谢顿始终安全无虞。

一阵微风吹动谢顿罩在单件服上的深蓝色披风，并搅乱他头上所剩无几的稀疏白发。他透过栏杆向下望去，那张一望无际、毫无缝隙的钢毯尽收眼底。谢顿知道，在这张钢毯底下，一个极其复杂的世界正在隆隆运作。假使穹顶是透明的，他就能看到有地面车在疾驶，有重力计程车在繁复的隧道网络中风驰电掣，而来自或前往帝国各个世界的超空间飞船，则正在装卸着谷物、化学药品与珠宝。

在这个闪亮的金属罩子底下，四百亿人在此安居乐业，人生的喜怒哀乐、生老病死尽在其中。这个人类成就的缩影，是他深深喜爱的一幅图画。令他心如刀割的是，他知道不出几个世纪，如今展现眼前的一切便将成为废墟。这个伟大的穹顶将出现百孔千疮，甚至整个掀去，而下面将是一片荒凉。一个盛极一时的文明中枢，最后竟会落得如此下场。他悲伤地摇了摇头，因为他明白，他没有任何办法能阻止这个悲剧。可是，正如谢顿预见了残败的穹顶，他也同样了解，从这个被帝国最后几场战争摧毁殆尽的土地上，将会冒出新生的幼苗，而在一个崭新的帝国里，川陀终将再度成为重要的一员。谢顿计划早已安排好了。

天台周围环绕着一圈长椅，谢顿选了一张坐下来。这趟路程花的力气多了点，此时他的右腿疼痛地悸动着。但只要能再度凝望川陀，感受周遭露天的空气，并且看看头顶浩瀚的天空，受这点罪也是值得的。

谢顿万分思念地想起了婉达。现在他根本很少见到这个孙女，而有机会见到她时，史铁亭・帕佛则一律在场。自从婉达与帕佛相遇后，这三个月来，他们似乎形影不离。婉达向谢顿保证，两人的持续接触对谢顿计划是有必要的，但是谢顿觉得，他们所做的已超过对工作的投入。

他忆起了自己与铎丝初遇之际，那些无法掩饰的迹象。比如说，两个年轻人互相凝望时，其热烈程度已不是知性的激励所能解释，而必须考虑到感性的动机。

此外，由于他们的异禀，婉达与帕佛带给彼此的自在感，似乎是其他人望尘莫及的。事实上，谢顿已经发现，没有他人在场的时候，婉达与帕佛甚至不再互相交谈；他们的精神能力已经足够进步，不需要再借着语言来沟通。

谢顿计划的其他成员尚未知晓婉达与帕佛的独特天赋。谢顿始终觉得最好让这些精神异人默默工作，至少，在他们的角色尚未获得坚实定位之前，不可以让他们曝光。实际上，这项‘子计划’本身已有坚实的定位，但仅仅在谢顿心中。等到再拼出一点轮廓之后，他会对婉达与帕佛透露这项子计划，而总有一天，出于必要，他还会告诉其他一两个人。

谢顿缓缓地、僵硬地站起来。一小时后他得回到斯璀璘，和婉达与帕佛碰面。他们给他留了口信，说要带来一个大惊喜。谢顿希望，那会是这个拼图的另外一块。在转身走回反重力升降机前，他最后一次放眼望向川陀，微微一笑，轻轻说了一声："基地。"

34

哈里·谢顿走进他的研究室，发现婉达与帕佛已经到了，正围坐在房间另一端的会议桌旁。正如两人通常独处时一样，室内完全寂静无声。

然后，谢顿突然停下脚步，注意到还有一个陌生人和他们坐在一块。多奇怪啊——通常有他人在场之际，基于礼貌，婉达与帕佛会恢复正常的交谈，但这三个人却没有一个开口。

谢顿打量着这个陌生人。他有一副古怪的外表，大约三十五岁，看起来像是用功过度而患了近视。若非他的下颚有几许坚毅的棱角，谢顿认为他很可能被人视为无能之辈，但那显然会是大错特错。此人脸上同时透出毅力与和气，谢顿判断那是一张值得信赖的脸孔。

“祖父。”婉达一面说，一面从椅子中盈盈起身。谢顿望着他的孙女，心头一阵刺痛。自从她失去家人，几个月以来，她改变了那么多。以前她总是叫他“爷爷”，如今则改成较正式的“祖父”。过去她似乎常常忍不住咧嘴笑或吃吃笑，最近则透着安详的目光，仅仅偶尔点缀一个喜气的笑容。可是，不变的是她仍旧美丽如昔，而也唯有她惊人的智力，才能令她的美貌相形见绌。

“婉达，帕佛。”谢顿说完，亲了一下前者的面颊，又拍了拍后者的肩膀。

“你好，”谢顿转向那位陌生人，对方早已站起来。“我是哈里·谢顿。”

“见到您是我莫大的荣幸，教授。”那人答道，“我叫玻尔·艾鲁云。”艾鲁云向谢顿伸出一只手，这是古老的、因而也是最正式的问候礼仪。

“玻尔是一位心理学家，哈里，”帕佛说，“而且对你的工作极为着迷。”

“更重要的是，祖父，”婉达说，“玻尔是我们的一员。”

“你们的一员？”谢顿以探索的目光轮流望向他们三人，“你的意思是……？”谢顿的眼睛亮了起来。

“是的，祖父。昨天史铁亭和我走在艾瑞区，我们是照你的建议，出去转转，探访其他的同类。突然之间，轰！就出现了。

“我们立刻认出那个思想型样，开始四下寻找，试图建立联系。”帕佛把故事接下去，“我们当时在一个商业区，接近太空航站，所以人行道上挤满了购物者、观光客和外星行商。原本似乎毫无希望，但后来婉达干脆站住，发出‘来这里’的讯号，玻尔便从人群中出现了。他就这么向我们走来，并发出‘什么事？’的讯号。”

“不可思议。”谢顿对他的孙女露出微笑，“艾鲁云博士——是博士没错吧？你对这一切有什么看法？”

“这个嘛，”这位心理学家若有所思地说，“我很高兴。我总感到自己有点不一样，现在我知道为什么了。假如我能对您有任何帮助，啊——”这位心理学家低下头来，仿佛突然察觉到太冒失了。“我的意思是，婉达和史铁亭都说，我也许能在某方面对您的心理史学计划作出贡献。教授，再也没有让我更高兴的事了。”

“是的，是的，相当正确，艾鲁云博士。事实上，你若是愿意加入我，我想你或许能对本计划作出极大的贡献。当然，不论你现在做些什么，你都必须放弃，不论是教书或行医。你做得到吗？”

“啊，教授，当然可以。我也许需要点帮助，来说服我的妻子……”说到这里他轻笑了几声，又羞怯地轮流扫视在场其他三人。“但我似乎就是有办法做到。”

“那就这么说定了，”谢顿轻快地说，“你将加入心理史学计划。我向你保证，艾鲁云博士，这个决定不会令你后悔。”

“婉达，史铁亭，”玻尔·艾鲁云离去后，谢顿说，“这是个开心无比的突破。你们认为多快能找到更多的精神异人？”

“祖父，我们花了一个多月才发现玻尔，我们无法预测找到其他同类的频率。

“告诉你一句实话，这个‘出去转转’的办法占用了我们研究元光体的时间，而且令我们分心。现在我既然有史铁亭可以‘交谈’，语言沟通就有些太刺耳、太吵闹了。”

谢顿的笑容随即消失。他一直害怕这种事，婉达与帕佛将他们的精神力学技巧锻炼得越好，他们对“普通生活”的容忍度就越低。这很有道理，他们的精神异能使他们与众不同。

“婉达，史铁亭，我想现在大概是时候了，我该进一步告诉你们雨果·阿马瑞尔多年前的构想，以及我根据这个构想而设想的子计划。直到今天，我才准备着手精心规划，因为直到此时此刻，一切才通通各就各位。

“你们已经知道，雨果当初觉得我们必须建立两个基地，互相作为后备。这是个杰出的构想，我多么希望雨果活得够长，能够亲眼见到它的实现。”在此谢顿暂时打住，遗憾地叹了一声。

“但我离题了。六年前，当我确定婉达具有精神异能，或说触动心灵的能力时，我就想到不但应该建立两个基地，而且两者应该具有相异的本质。其中之一由物理科学家组成——百科全书编者正是即将登陆端点星的先锋部队。另一个的成员则是真正的心理史学家——精神学家，也就是你们。所以我才这么急着要你们找到其他同类。

“不过，最后我要强调的是：第二基地必须暗中进行。它的力量将根植于它的隐密，以及它无所不在、无所不能的精神感应力。

“知道吗，几年前，当我显然需要找个保镖的时候，我就领悟到，第二基地必须作为第一基地的保镖，一个强大的、沉默的、秘密的保镖。

“心理史学并非绝对正确无误，然而，它的预测极有可能成真。第一基地，尤其是在它的襁褓期，将会有许多敌人，就像我今天这样。

“婉达，你和帕佛则是第二基地的先锋，是端点星那个基地的守护者。”

“可是该怎么做呢，祖父？”婉达追问，“我们只有两个人——好吧，三个，如果你把玻尔也算在内。想要守护整个基地，我们将需要……”

“几百人？几千人？需要多少就找多少，孙女。你做得到，你也知道该怎么做。

“刚才，讲到如何发现艾鲁云博士的时候，史铁亭说你干脆站住，对你察觉的那股精神发出讯号，他就向你们走过来。你还不懂吗？在此之前，我一直驱策你们走出去，寻找其他像你们的人。但是对你们而言，这样做有困难，几乎是苦差事。现在我想通了，为了形成第二基地的核心，你和史铁亭必须离群而居。你们要从隐居处，再把无形的网撒向茫茫人海。”

“祖父，你在说些什么？”婉达悄声问道。此时她已离开座位，跪在谢顿的座椅旁。“你要我离开你吗？”

“不，婉达。”谢顿答道，声音中注满感情，“我不想要你离开，但这是唯一的办法，你与史铁亭必须和川陀的芸芸众生隔离开来。随着你们的精神力量逐渐增强，你们会慢慢吸引其他同类，于是沉默而秘密的基地便会形成。

“我们将保持联络，当然只是偶尔。而且，我们每个人都会有个元光体。你看得出我说的都是实情，而且有绝对的必要，是吗？”

“是的，我看得出来，祖父。”婉达说，“更重要的是，我感觉到了它的精妙。放心吧，我们不会让你失望。”

“我知道你们不会，亲爱的。”谢顿疲倦地说。

他怎能这样做，怎能把他心爱的孙女送走？她是他与一段最快乐的岁月，以及与铎丝、与雨果、与芮奇的最后一线联系。在整个银河中，她是谢顿家族硕果仅存的一员。

“我会万分想念你，婉达。”谢顿说着，一滴眼泪就落在满是细碎皱纹的脸颊上。

“可是，祖父，”站在帕佛身边、准备离去的婉达说，“我们要到哪里去？第二基地到底在哪里？”

谢顿抬起头来，说道：“元光体已经告诉你了，婉达。”

婉达茫然望向谢顿，同时搜寻着自己的记忆。

谢顿伸出手去，抓住孙女的手。

“接触我的心灵，婉达，它就在那里。”

婉达进入谢顿的心灵之后，立刻张大眼睛。

“我懂了。”婉达悄声对谢顿说。

33A2D17节：群星的尽头。

第五篇

尾 声

我是哈里·谢顿，克里昂大帝一世御前首相、川陀大学斯璀璘分校心理史学系荣誉教授、心理史学研究计划主持人、《银河百科全书》执行主编、基地的缔造者。

我知道，这些头衔都相当动听。在我八十一年的生命中，我做了很多事，如今我累了。回顾这一生，我常自问是否能够——或应该——做些不同的事。比如说，我是不是太过关切心理史学的壮阔远景，因而相较之下，与我的生命交会的人与事有时似乎相形见绌？

或许我忽略了在某些地方作些小小的、次要的调整，这些调整绝对不会危及人类的未来，却有可能大大改进我心爱之人的命运。雨果、芮奇……我更忍不住自问……当初我有没有什么办法，能拯救我所挚爱的铎丝？

上个月，我完成了“危机全息录像”的录制。我的助手盖尔·多尼克已将它带到端点星，亲自安装于谢顿穹窿。他将确定穹窿会密封起来，并会留下适当的指示，好在危机发生之际，穹窿都有机会重新开启。

当然，那时我已经死了。

大约五十年后，在首度危机期间，当他们，那些未来的“基地人”看到我的时候（更精确地说，是我的全息像），他们会怎么想呢？他们会对我评头论足，说我看起来多么苍老，或者我的声音多么微弱，或禁锢在轮椅上的我显得多么渺小吗？他们会了解——体会——我留给他们的讯息吗？啊，算了，臆测这些实在没有意义。正如古人所云：骰子已经掷下。

昨天我接到盖尔的讯息。端点星上一切顺利，玻尔·艾鲁云与每位计划成员的“放逐”生涯都欣欣向荣。我本来不该窃喜，但每当想起两年前，凌吉·陈决定将谢顿计划流放到端点星之际，那个傲慢的白痴脸上自满的表情，我就会忍不住呵呵大笑。虽然最后的结果，是表面上以一纸皇帝特许状执行这次放逐（“一所国立科学机构，以及神圣威严的皇帝陛下直辖的领域”——这位主任委员要我们滚出川陀，离他越远越好，但他绝不甘心放弃完全的控制权），不过，一想到其实是拉斯·齐诺与我选择端点星当做基地的家，我仍会一个人乐上半天。

提到凌吉·陈这个人，我最大的遗憾是我们未能拯救艾吉思。那位皇帝是个好人，是个高贵的领导者，即使他只是名义上的皇帝。他所犯的错误是相信自己的头衔，而公共安全委员会则无法容忍独立皇权的萌芽。

我常纳闷他们如何处置了艾吉思。他是被放逐到某个遥远的外围世界，还是像克里昂一样遇刺了？

今天坐在皇位上的男孩是个标准的傀儡皇帝。他听从凌吉·陈附在他耳边所说的每一个字，并幻想自己是个新生代政治家。对他而言，皇宫以及帝王生活的锦衣玉食，只是一场梦幻般游戏中的大玩具。

我现在要做些什么呢？自从盖尔终于离去，加入端点星的阵容，我变得完全孑然一身。偶尔我会有婉达的消息，群星尽头的工作继续按部就班进行。过去十年间，她与史铁亭网罗了数十名精神异人，他们的力量持续壮大。正是这支群星尽头的分遣队——我的秘密基地——影响了凌吉·陈，令他决定将百科全书编者送到端点星。

我很想念婉达。上次我见到她，与她默默对坐，抓着她的小手，已是多年前的事。即使当初是我要她走的，但在婉达离去后，我仍以为自己会心碎得活不下去。这件事，或许是我一生中最困难的一项决定。虽然我从未告诉她，但我差点决定让她留下来。可是为了基地的成功，婉达与史铁亭必须前往群星的尽头。这是心理史学所注定的，所以话说回来，它或许并非真正是我的决定。

我仍旧每天来到这里，来到心理史学大楼中的研究室。我还记得这座建筑日日夜夜挤满了人的那些岁月。有时我会觉得，仿佛此地仍充满人声，发自那些与我久违的家人、学生、同事。然而，每间研究室都空荡寂静，只有走廊上回响着我的轮椅引擎的呼呼声。

我想我应该撤出这座大楼，将它还给大学当局，用来安置另一个系所。不过要舍弃这个地方实在很难，有那么多的回忆……

现在我所剩的只有这个，我的元光体。它是心理史学得以接受计算的工具，我的计划中每条方程式都能藉此分析，一切都在这个不可思议的黑色小立方体中。此时我坐在这里，这个看似简单的工具就握在我的掌心。我好希望能将它展示给机·丹尼尔·奥利瓦……

但我现在孤独一人，我只需要按下开关，调暗研究室的照明。当我靠回轮椅，元光体启动了，那些方程式在我周围散开，形成一个三维光团。在普通人眼中，这个七彩漩涡只是一堆杂乱的图形与数字，然而对我——还有雨果、婉达、盖尔而言——这就是心理史学，活生生的心理史学。

在我的面前，我的四周，我见到的都是人类的未来。三万年潜在的混乱局面，压缩成短短一个仟年……

那一片，一天天越来越明亮的，就是端点星方程式。而那里，扭曲得无法复原的，则是川陀的图像。但我能够看见……是的，柔和的光芒，一道稳定的希望之光……群星的尽头！

这——这——就是我的终身志业。我的过去，人类的未来。基地！这么美丽，这么生动，无比的……

铎丝！

哈里·谢顿：……银河纪元12069年（基地纪元元年）逝于斯瑞璘大学他自己的研究室内，遗体伏在书桌上。显然谢顿于生命中最后一刻，仍在从事心理史学方程式的研究；在他手中，紧握着启动了的元光体……

根据谢顿的遗嘱，这个仪器后来送交他的同事盖尔·多尼克，后者不久之前已移居端点星……

谢顿的遗体被抛入太空，这也是根据他的遗嘱行事。在川陀举行的官方追悼会相当简单，出席者却分外踊跃。值得注意的是，谢顿的老友、前首相伊图·丹莫刺尔亦曾出席。克里昂大帝一世在位期间，在九九派阴谋平息之后，丹莫刺尔随即神秘失踪，从此无人再见过他。谢顿的追悼会结束后，公共安全委员会曾试图追查丹莫刺尔的行踪，多日努力的结果是一无所获……

婉达·谢顿，哈里·谢顿的孙女，当天则未出席。传言她由于伤心欲绝，拒绝在任何公开场合露面。直到今天，她后来的下落仍是个谜……

有人认为哈里·谢顿虽死犹生，因为在离世之际，他所创造的未来正展现在他的四周……

——《银河百科全书》

读客®

科幻文库

跟着读客读科幻，经典科幻全看遍

太空歌剧、赛博朋克、奇幻史诗……

中国、美国、英国、俄罗斯、波兰、加拿大、日本、牙买加……

读客汇聚雨果奖、星云奖、轨迹奖获奖作品

精挑细选顶尖的科幻奇幻经典

陪伴读者一起探索人类文明的过去、现在和未来

亿亿万万年，直至宇宙尽头

阿西莫夫
银河帝国系列

基地系列

银河帝国：基地（Foundation）

银河帝国2：基地与帝国（Foundation and Empire）

银河帝国3：第二基地（Second Foundation）

银河帝国4：基地前奏（Prelude to Foundation）

银河帝国5：迈向基地（Forward the Foundation）

银河帝国6：基地边缘（Foundation's Edge）

银河帝国7：基地与地球（Foundation and Earth）

机器人系列

银河帝国8：我，机器人（I, Robot）

银河帝国9：钢穴（The Caves of Steel）

银河帝国10：裸阳（The Naked Sun）

银河帝国11：曙光中的机器人（The Robots of Dawn）

银河帝国12：机器人与帝国（Robots and Empire）

帝国系列

银河帝国13：繁星若尘（The Stars, Like Dust）

银河帝国14：星空暗流（The Currents of Space）

银河帝国15：苍穹一粟（Pebble in the Sky）

图书在版编目（CIP）数据

银河帝国．迈向基地 /（美）阿西莫夫 (Asimov,I.) 著；叶李华译．-- 南京：江苏凤凰文艺出版社，2015（2023.3 重印）
（读客全球顶级畅销小说文库）
ISBN 978-7-5399-8331-8

Ⅰ．①银… Ⅱ．①阿… ②叶… Ⅲ．①长篇小说－美国－现代 Ⅳ．① I712.45

中国版本图书馆 CIP 数据核字 (2015) 第 097169 号

Forward the Foundation by Isaac Asimov
Copyright © 1993 by Nightfall, Inc.
Simplified Chinese translation copyright © 2011 by Dook Media Group Limited
This translation published by arrangement with Doubleday, an imprint of The Knopf Doubleday Publishing Group, a division of Random House, Inc.
Through Bardon–Chinese Media Agency
ALL RIGHTS RESERVED

中文版权 © 2015 读客文化股份有限公司
经授权，读客文化股份有限公司拥有本书的中文（简体）版权
图字：10–2011–624 号

银河帝国． 迈向基地

［美］艾萨克·阿西莫夫 著　　叶李华 译

责任编辑　丁小卉
特约编辑　朱亦红　　许姗姗
封面设计　李子琪
责任印制　刘　巍
出版发行　江苏凤凰文艺出版社
　　　　　南京市中央路 165 号，邮编：210009
网　　址　http://www.jswenyi.com
印　　刷　三河市龙大印装有限公司
开　　本　890 毫米 ×1270 毫米 1/32
印　　张　14
字　　数　331 千字
版　　次　2015 年 9 月第 1 版
印　　次　2023 年 3 月第 41 次印刷
标准书号　ISBN 978 – 7 – 5399 – 8331 – 8
定　　价　54.00 元

江苏凤凰文艺版图书凡印刷、装订错误，可向出版社调换，联系电话：010–87681002。